DIE UNSCHULDIGE FRAU

WEITERE TITEL VON LISA REGAN

Her Mother's Grave

Her Final Confession

The Bones She Buried

Her Silent Cry

Cold Heart Creek

Find Her Alive

Save Her Soul

Breathe Your Last

Hush Little Girl

Her Deadly Touch

The Drowning Girls

Watch Her Disappear

Local Girl Missing

The Innocent Wife

Close Her Eyes

My Child is Missing

LISA REGAN

DIE UNSCHULDIGE FRAU

Übersetzt von Judith Farny

bookouture

Die Originalausgabe erschien 2022 unter dem Titel „The Innocent Wife"
bei Storyfire Ltd. trading as Bookouture.

Deutsche Erstausgabe herausgegeben von Bookouture, 2023
1. Auflage August 2023

Ein Imprint von Storyfire Ltd.
Carmelite House
50 Victoria Embankment
London EC4Y 0DZ

deutschland.bookouture.com

ISBN: 978-1-83790-871-4
eBook ISBN: 978-1-83790-870-7

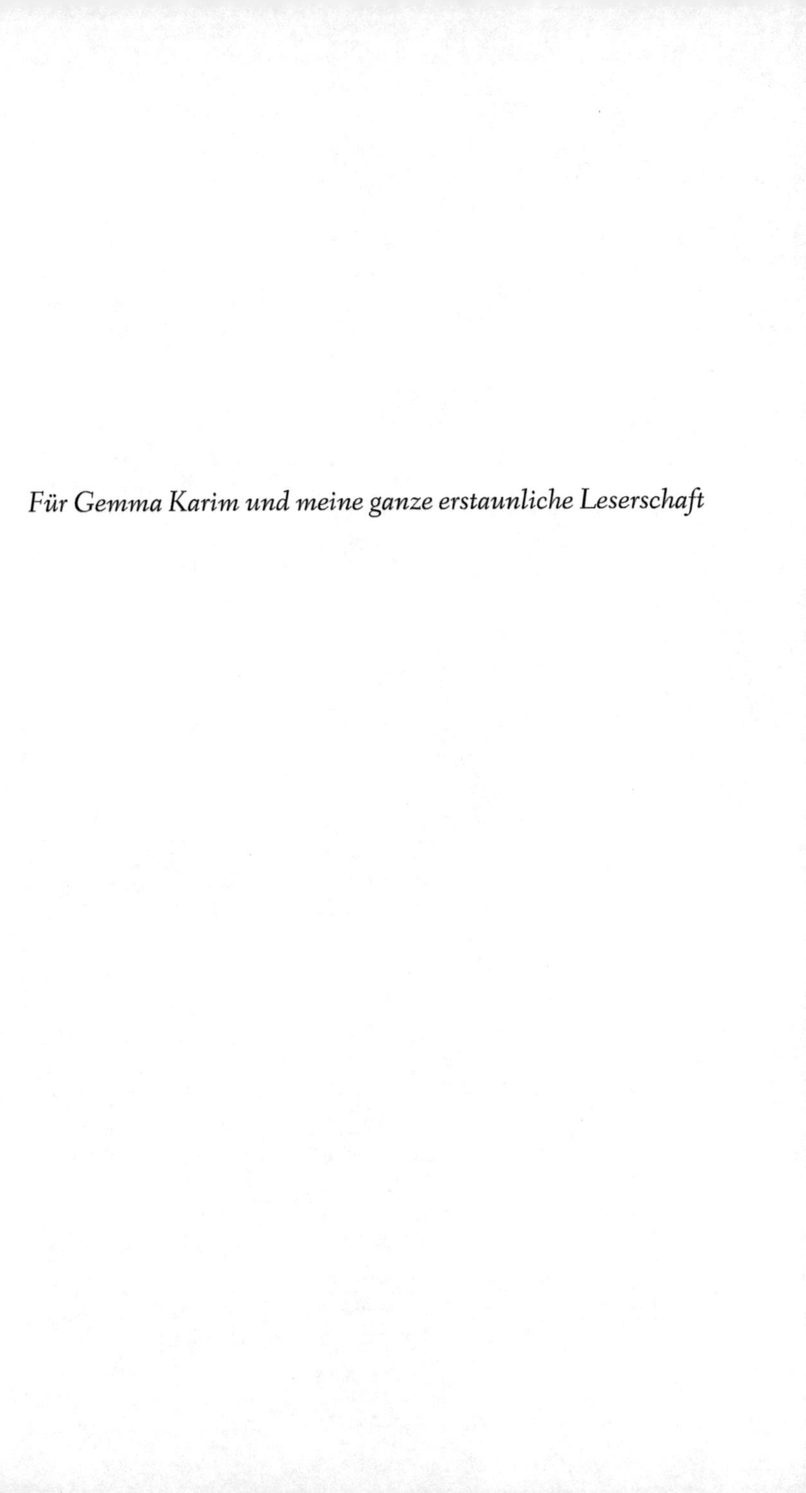

Für Gemma Karim und meine ganze erstaunliche Leserschaft

PROLOG
DEZEMBER

Josies Herz schlug heftig bis zum Hals, als sie einen Mann auf einem Fahrrad über den Bürgersteig rasen sah, direkt auf den siebenjährigen Harris Quinn zu. Sie verfluchte sich, dass sie Harris erlaubt hatte, so weit vorauszulaufen, aber es war kurz vor Weihnachten und die Ladenfronten, die sich auf der Haupteinkaufsstraße in Dentons Geschäftsviertel aneinanderreihten, erstrahlten in ihrem Lichterschmuck und waren mit mannshohen Dekorationen bestückt, an denen kein Siebenjähriger vorbeigehen konnte, ohne sie zu berühren – oder manchmal auch auf sie hinaufzuklettern. Jetzt gerade war es ein über einen Meter achtzig großer, leuchtender Schneemann, der Harris' Aufmerksamkeit geweckt hatte, weil er in dem abnehmenden Tageslicht besonders schön zur Geltung kam. Harris stand auf dem Bürgersteig, starrte mit offenem Mund hinauf zu seinem Zylinderhut und bemerkte dabei überhaupt nicht, wie der Radfahrer auf ihn zuschoss.

Der Mann auf dem Fahrrad musste Harris zweifellos wahrgenommen haben, aber Josie konnte unter dem Rand seines Helms das Gesicht nicht sehen. Er hielt den Kopf gesenkt, sein Körper war in starrer Haltung vornübergebeugt und er raste auf

Harris zu wie eine Rakete. Eine ältere Dame schreckte wankend zurück, als er an ihr vorbei in die Pedale trat und dabei mit der Lenkstange beinahe in ihrem Mantelärmel hängen blieb. Nur eine mit Rauschgoldgirlanden umwickelte Parkuhr bewahrte sie vor einem bösen Sturz.

»Runter vom Bürgersteig!«, schrie sie dem Kerl hinterher.

Josie rannte los und winkte dabei mit einer Hand, um entweder die Aufmerksamkeit von Harris oder die des Radfahrers zu erlangen. »Har...« Sein Name blieb ihr im Hals stecken.

Die ganze Situation dauerte nur ein paar Sekunden, aber die fühlten sich an wie eine Ewigkeit. Harris machte einen Schritt zurück, blieb mitten auf dem Bürgersteig stehen und wandte sich zu Josie um.

»Bleib stehen!«, schrie Josie.

Harris verzog überrascht das Gesicht, und der Radfahrer hatte sie wohl nicht gehört, denn er unternahm keinen Versuch, sein Tempo zu drosseln. Er war jetzt nur noch ein, zwei Meter von einem Zusammenprall mit Harris entfernt. Josie schnürte es den Hals zusammen. Warum funktionierten bloß ihre verdammten Beine nicht? Plötzlich leuchtete etwas Rotes auf, eine Frau rannte von der Straße aus auf den Bürgersteig zu, genau in Fahrtrichtung des Radlers. Sie schien wie aus dem Nichts aufzutauchen. In einer fließenden Abfolge von Bewegungen stürzte sie auf Harris zu, hob ihn hoch, was bei seinem Alter eine ziemliche Leistung war, und wich gleichzeitig dem Radfahrer aus, wobei sie mit dem erleuchteten Schneemann zusammenstieß. Eine Sekunde lang schien es, als schafften es alle, einander unbeschadet auszuweichen. Doch dann verfing sich der Lenkergriff des Radfahrers in der braunen Papiertüte, die der Frau vom Handgelenk baumelte. Wie eine Tänzerin, die von ihrem Partner herumgewirbelt wird, löste sie ihren Griff um Harris' Körper, der zu Boden rutschte, und ihre Arme fuchtelten wild in der Luft, als der Lenkergriff sich mit der Tüte verhakte und sie herumriss. Die Papiertüte zerriss und der

Inhalt verstreute sich über den ganzen Bürgersteig. Etwas aus Glas zersplitterte und die Frau stürzte zu Boden.

Der Radfahrer fuhr einfach weiter.

Josie rannte ihm nach und schrie ihm Schimpfworte hinterher, bis sie eine kleine, vertraute Hand spürte, die ihre umfasste. Harris' Wangen waren von der Kälte und dem Schreck über den Vorfall gerötet. »JoJo«, sagte er. »Die Frau hier hat mich gerettet. Hast du das gesehen?«

Josie versuchte ihre Wut zu zügeln und holte tief Luft. Viermal durch die Nase einatmen und viermal durch den Mund kräftig ausatmen. Das wiederholte sie zweimal, aber sie kochte innerlich immer noch vor Zorn. Diese doofen Atemübungen, nie halfen sie ihr. Eher noch hätte sie versuchen sollen, den Typen einzuholen und festzunehmen. Schließlich war sie Detective bei der Polizei von Denton, zwar gerade nicht im Dienst, aber sie hätte die Leitstelle anrufen und eine Streife anfordern können, die den Mann in Gewahrsam nahm.

Eingebettet in die hügelige Landschaft von Mittelpennsylvania erstreckte sich ein großer Teil der Stadt in ihren Randbezirken zwar auf ländliche Gegenden, dennoch wurden Radfahrer auch im Stadtzentrum, wo die Gebäude enger beieinander standen, zu einem immer größeren Problem. Das unbeständige Wetter – am einen Tag fühlte es sich an wie im Frühling und am nächsten Tag war es wieder winterlich, wobei es mehr warme als kalte Tage gab – führte dazu, dass die Radler auch im Dezember zahlreich unterwegs waren.

Harris zog sie wieder an der Hand, diesmal zurück zu dem Ort des Vorfalls. »JoJo, du musst einen ganzen Packen Dollars in unsere Fluch-Dose stecken. Und ich glaube auch, dass die Frau hier Hilfe braucht.«

Die Frau – Josies neue Heldin – saß noch immer auf ihrem Hinterteil auf dem Bürgersteig und hielt den abgebrochenen Absatz eines ihrer High Heels in der Hand. Um sie herum lagen die Scherben eines Keramikgegenstandes, dazwischen ein hellbrauner Kaschmirschal, an dem noch das Preisschildchen hing, und eine hölzerne Box, die aufgesprungen war und aus der Golfbälle und Golf-Tees herausrollten. Harris eilte zu ihr hin, ging auf die Knie und sammelte die Bälle ein. Zwei Frauen kamen aus dem Laden vor ihnen und boten ihre Hilfe an, aber Josie winkte ab und kniete sich neben Harris auf den Boden.

Die Frau strich sich ihr langes sandfarbenes Haar aus dem Gesicht und lächelte die beiden an. Von Nahem bemerkte Josie kleine Fältchen in ihren Augenwinkeln und schätzte sie auf Mitte vierzig. Sie trug einen teuren Hosenanzug und einen Mantel, der wahrscheinlich mehr gekostet hatte, als Josie in einem Monat verdiente. »Vielen Dank«, sagte die Frau.

Josie half Harris, all die Golfbälle und Golf-Tees wieder in der Holzbox zu verstauen, und erwiderte: »Aber ich bitte Sie, ich bin diejenige, die Ihnen zu danken hat. Das war wirklich eine erstaunliche Rettungsaktion.«

Harris versuchte, den Deckel der Box zu schließen, aber er passte nicht mehr richtig, denn eines der Scharniere war gebrochen. Josie nahm ihm die Box ab, um zu sehen, ob sie daran noch irgendetwas reparieren konnte.

Die Frau sagte: »Ich bin nur froh, dass ich zur rechten Zeit am rechten Ort war.« Sie wandte sich an Harris und fragte ihn: »Alles in Ordnung bei dir?«

Er hob den Schal vom Boden auf und klopfte den Staub davon ab. »Ich hab mir nicht mal wehgetan!«

»Da bin ich aber froh«, entgegnete die Fremde und stand langsam vom Boden auf. »Das alles hat deiner Mom ja einen schönen Schrecken eingejagt!«

Josie stand ebenfalls auf und hielt die Box mit beiden Händen geschlossen. »Oh, ich bin nicht seine Mutter. Ich bin seine ...«

Sie verstummte. Es gab eigentlich kein Wort für ihre Beziehung zu Harris. Ihr erster Ehemann, Ray Quinn, hatte ein Verhältnis mit Misty, Harris' Mutter, angefangen, nachdem er und Josie sich getrennt hatten. Sowohl Josie als auch Ray hatten bei der Polizei in Denton gearbeitet. Nachdem Ray in Ausübung seines Dienstes ums Leben gekommen war, hatte Misty den gemeinsamen Sohn Harris zur Welt gebracht. Josie hatte Misty dabei geholfen, Harris großzuziehen. Zu Anfang konnten sich die beiden Frauen nicht ausstehen, aber ihre Liebe zu Harris hatte sie zusammengeschweißt.

Seufzend sagte Harris: »Sie ist meine Tante. So ziemlich.«

Die Frau lachte. »Ich heiße Claudia ... Claudia White.« Harris reichte ihr den Schal zurück. »Ich heiße Harris Quinn, und das ist meine Tante JoJo. Sie heißt auch Quinn mit Nachnamen.«

Josie reichte der Frau die Holzbox. »Ich glaube, sie ist zerbrochen. Es tut mir sehr leid. Sie würden mir einen Gefallen tun, wenn ich sie Ihnen ersetzen dürfte, und auch alles andere, was kaputtgegangen ist.«

Claudia nahm Josie die Box ab und legte den abgebrochenen Absatz ihres High Heels darauf. Ein großer Diamantring funkelte an ihrem linken Ringfinger. Der Lichtschein des stehenden Schneemanns spiegelte sich in den Smaragdschliff-Facetten des riesigen Steins in der Mitte wider und ebenso in den vielen kleineren Diamanten, mit denen der Ring zur Hälfte besetzt war und die auf dem Gesicht der Frau leuchtende Funken tanzen ließen. Unterhalb dieses großen Rings mit Stein trug sie noch einen schmaleren Bandring, der mit noch mehr kleinen Diamanten besetzt war. Josie gab sich Mühe, nicht auf die Hand der Frau zu starren, aber im Geiste stellte sie sehr wohl ihre Berechnungen an. Dieser große Ring und der schmalere hatten vermutlich mehr gekostet als ihr Auto. Claudia verlagerte das Gewicht auf ihren bestrumpften Fuß und kickte mit dem verbliebenen Absatz am Schuh des anderen Fußes die Keramikscherben hinter den Schneemann. »Es ist ja eigentlich nichts Schlimmeres passiert«, bemerkte sie. »Den Krug wollte ich sowieso umtauschen.«

»JoJo, ich friere«, jammerte Harris und griff wieder nach ihrer Hand.

Mit ihrer freien Hand drückte Josie die Tür zum Laden vor ihnen auf und geleitete Claudia nach drinnen. »Lassen Sie uns wenigstens ins Warme gehen. Hören Sie, man wird Ihnen sicher nichts von den gekauften Sachen zurücknehmen. Ich würde Ihnen die Sachen gern ersetzen. Das ist das Mindeste, was ich tun kann.«

Das Geschäft hieß Heartfelt Treasures und gehörte einem Ehepaar aus Denton, das seinen Geschenkeladen schon seit fünfzig Jahren betrieb. Er war großflächig, führte allerlei hochwertige Produkte, unter anderem auch Kleidung, und sein Motto lautete »Raritäten für den gehobenen Geschmack«. Direkt am Eingang stand eine Parkbank, auf der man eine lebensgroße Santa-Claus-Figur platziert hatte, und Claudia ließ sich neben sie fallen.

»JoJo, ich wette, hier drin finden wir was für Onkel Noah«, sagte Harris. »Darf ich mich umsehen?«

Josie strich ihm über sein zerzaustes blondes Haar. Der Wirbel darin rührte sie immer noch jedes Mal, wenn sie ihn sah, selbst nach all den Jahren, denn Ray, Harris' Vater, hatte auch so einen an genau derselben Stelle gehabt. »Klar«, sagte sie. »Aber du kennst die Regeln, nicht wahr?«

»Ich muss immer so nah bleiben, dass du mich noch sehen kannst.«

Josie gab ihm einen spielerischen Stups und er rannte davon, um die Sitzbank herum und an den Weihnachtsartikeln vorbei zur Abteilung für Männer. Von Zeit zu Zeit warf er einen Blick zurück, um sicherzustellen, dass er und Josie noch Blickkontakt hatten.

Claudia drehte sich um und sah ihm nach. Als sie sich Josie wieder zuwandte, war ihr Gesichtsausdruck wehmütig, fast traurig. »Er ist sehr süß. Und ein schlaues Kerlchen.«

»Ja«, erwiderte Josie. »Das ist er wirklich. Mrs White, bitte, kann ich Ihnen nicht irgendetwas Gutes tun?«

Claudia zog ihren anderen High Heel aus und reichte ihn Josie. »Können Sie den da in der Höhe dem anderen mit dem abgebrochenen Absatz angleichen?«

Josie starrte den Schuh einen Augenblick verständnislos an.

»Bitte«, sagte Claudia. »Ich muss zu meinem Auto zurückgehen, und das klappt nicht mit einem Schuh, der zehn Zentimeter höher ist als der andere.«

Josie hätte sich in diesen High Heels mit den zehn Zentimeter hohen Absätzen sicher gleich den Knöchel verstaucht. »Aber der sieht teuer aus«, wandte sie ein.

Claudia seufzte, aber ihr Lächeln blieb immer noch entspannt. »Das stimmt, aber der andere ist ja schon kaputt. Ich würde es selber tun, aber ...« Sie sah sich um, als suche sie nach etwas, mit dem sie den Absatz abbrechen könnte. Ihr Blick landete auf Josies Füßen. »Sie haben schwere Stiefel an. Vielleicht könnten Sie ...?«

Josie nahm den Schuh von Claudia in die Hand, beugte sich hinunter und legte sich den Absatz unter einem ihrer Stiefel zurecht.

Harris kam gerade zu ihnen zurückgerannt und hielt eine Krawatte in der Hand. »Sieh mal!«, rief er. »Für Onkel Noah! Manchmal trägt er ja eine Krawatte zur Arbeit.«

Josie begutachtete seine Wahl. »Ja, ich glaube, die würde ihm gefallen.«

Mit ihrem anderen Fuß trat Josie zweimal fest gegen den Schuh und brach so den Absatz ab. Harris riss wie ein Cartoonmännchen die Augen weit auf und flüsterte Josie erschreckt zu: »JoJo, jetzt hast du Claudias Schuh kaputt gemacht.«

Claudia nahm den absatzlosen Schuh von Josie entgegen und schlüpfte hinein. Dann zog sie sich den anderen über.

»Alles in Ordnung, Schätzchen«, beruhigte Josie ihn. »Sie

hat es mir erlaubt.« Dann nahm sie Harris die Krawatte aus der Hand. »Ja, die kannst du ihm schenken.«

Harris sah Claudia zu, die aufstand und ein paar Schritte hin und her ging. Als er sah, dass sie nicht sauer war, weil Josie ihr den zweiten Absatz abgebrochen hatte, wandte er sich zufrieden wieder an Josie. »Und jetzt such ich für Noah was von dir.«

»Ach, lass mal«, begann Josie, aber Harris war schon davongeeilt und schlängelte sich durch die Weihnachtsdeko zurück zur Männerabteilung.

»Jetzt sucht er also etwas für Ihren Mann aus?«, fragte Claudia.

»Ja. Für den etwas zu finden, ist wirklich schwer.« Sie strich mit dem Finger über die Krawatte.

»Das trifft auf viele Männer zu«, erwiderte Claudia. »Was mag er denn so?«

Josies antwortete rasch und spontan. »Mich.«

Claudia lachte. »Das klingt sehr gut.«

Josie erwiderte: »Oh, das ist mir etwas seltsam rausgerutscht, so als – aber eigentlich interessiert er sich tatsächlich sehr für Astronomie. Ich hab mir also gedacht, ich kaufe ihm ein Teleskop und fahre im Frühling mit ihm in den Cherry Springs State Park. Ich hab gehört, dass man von dort aus sehr gut die Milchstraße sehen kann.«

»Das mit dem Teleskop ist eine tolle Idee, aber das gemeinsame Erleben – Zeit füreinander unter Sternen – übertrifft ja immer noch alles bei Weitem, nicht?« Sie zwinkerte Josie zu.

Harris kehrte mit triumphierendem Grinsen zurück. Er hielt eine Dose mit Heftpflastern in die Höhe, die wie Speckstreifen gemustert waren. »Das hier ist das perfekte Geschenk!«, verkündete er. »Onkel Noah liebt Frühstücksspeck.«

EINS

JANUAR

Ein eiskalter Regentropfen spritzte auf Margots Nacken, als sie von ihrem Auto über die Straße zum Juwelierladen rannte. Weitere Tropfen folgten und der Regen steigerte sich, als sie die Tür zum Laden aufzog, von einem unregelmäßigen Plätschern zu einem stetigen Geprassel. Ein Windstoß kalter Januarluft hob den Saum ihres Rockes an und trieb sie nach drinnen. Schaukästen aus Glas bildeten in der Mitte des Ladens ein Rechteck und weitere dieser Art reihten sich entlang der Wände aneinander. Ein weißhaariger Mann in einem Kragenhemd stand an dem rechteckigen Verkaufstresen in der Mitte und half einem Ehepaar bei der Auswahl eines Diamantenarmbands. Margots Absätze klackerten auf dem weißen Fliesenboden, als sie an ihnen vorbeiging und auf eine junge Verkäuferin weiter hinten im Geschäft zustrebte. Sie wartete erst gar nicht darauf, dass die Verkäuferin sie fragte, ob sie ihr helfen könne, stattdessen verkündete sie: »Ich bin hier, um etwas für Beau Collins abzuholen.«

Die Finger der Verkäuferin zupften leicht an ihrem dunkelblauen Rollkragen. Sie fragte mit angespanntem Lächeln: »Haben Sie einen Abholschein?«

»Er hat mir gesagt, er hätte vorher angerufen, um sicherzustellen, dass Sie mir den Ring aushändigen«, erwiderte Margot, aber da war ihr bereits klar, dass sie das Schmuckstück ohne Vorlage des Abholscheins nicht bekäme. Heute war wieder einer dieser schrecklichen Tage, die einem das Leben so schwer machten. Mit einem theatralischen Seufzer ließ Margot ihre geräumige Handtasche auf die Glasablage zwischen ihnen plumpsen und begann, darin herumzuwühlen.

Etwas weniger streng fügte die Verkäuferin jetzt hinzu: »Es tut mir leid. Das ist so Vorschrift bei uns.«

Der Vibrationsalarm von Margots Handy brachte ihre ganze Tasche zum Summen und der Lichtschein des Displays erhellte das Innere. Eve Bowers.

»Natürlich«, murmelte Margot. Heute schien wirklich alles schiefzugehen. Eigentlich sollte sie jetzt gerade in Sandman's Grill an der Bar sitzen, ein Glas weißen Zinfandel in der Hand, und mit dem etwas älteren, attraktiven Typen vom Fernsehen plaudern, mit dem sie in den vergangenen Monaten eine lose Beziehung eingegangen war. Allmählich wurde die Sache zwischen ihnen immer leidenschaftlicher. In letzter Zeit konnte sie nur noch an seine Hände denken.

»Miss?«, fragte die Verkäuferin.

Margot beachtete sie gar nicht, seufzte wieder, griff in die Tasche und wischte auf Ablehnen. Eve musste selber klarkommen. Ihre einzige Aufgabe heute bestand darin, Claudia dabei zu helfen, das Dinner für das Hochzeitsjubiläum herzurichten und sicherzustellen, dass dieses Event sowohl fernseh- als auch Social-Media-tauglich rüberkam. Was konnte daran so schwer sein?

»Eine Minute noch«, fauchte Margot und durchsuchte noch einmal den Inhalt ihrer Tasche. Dann schlossen sich ihre Finger um den zerknitterten Abholschein, den ihr Chef ihr heute morgen in die Hand gedrückt hatte. »Hier, bitte.«

Sie schob den Zettel der Verkäuferin zu, die ihn mit beiden

Händen auf der Glasfläche glättete. Sie musste neu hier sein, denn als sie den Preis darauf sah, bekam sie große Augen. Sie fasste sich jedoch rasch wieder und lächelte Margot strahlend an. »Ist der für den Beau Collins vom Fernsehen? Beau und Claudia Collins?«

Margot unterdrückte einen entnervten Ausruf, als ihr Handy schon wieder summte. Eve Bowers. Ablehnen. Sie setzte ein Lächeln auf und erwiderte: »Ja, das stimmt! Er ist mein Chef. Ich bin seine persönliche Assistentin.«

»Ich hab die Sendung der beiden gesehen«, sagte die Verkäuferin. »Fand sie sehr unterhaltsam. Meine Mom ist geradezu besessen von ihrem gemeinsamen Buch. Sie meint, es hätte ihre und Dads Ehe gerettet.«

Wie automatisch sprudelten nun die Worte aus Margots Mund, denn Beaus Manager drängte sie immer wieder, den Podcast zur Sendung für die jüngere Zielgruppe zu pushen: »Es gibt auch einen Podcast dazu. Den sollten Sie sich mal anhören.«

»Vielleicht«, murmelte die Verkäuferin. Sie wedelte mit dem Abholschein. »Dann hol ich das mal für Sie.«

Sie verschwand in einem hinteren Raum. Margots Handy meldete sich erneut. Eve Bowers. Margot zog es mit einem gereizten Seufzer, der laut genug war, dass die anderen Anwesenden im Geschäft ihn hören konnten, aus der Tasche, ignorierte die Blicke der Fremden und wischte auf Annehmen. »Was gibt's?«

Eves stets heitere Stimme antwortete: »Bist du schon dort?«

Margots Finger umklammerten angespannt ihr Handy. »Nein, ich bin – warte mal, bist du etwa noch nicht im Haus? Eve ...«

»Ich weiß schon«, unterbrach Eve sie. »Es tut mir wirklich leid. Ich glaub nicht, dass ich das heute Abend tun kann. In letzter Zeit hatte ich immer wieder mal das Gefühl, dass dieser

Job nicht das Richtige für mich ist. Ich weiß nicht, ob ich da weiterarbeiten soll, und ...«

Margot versuchte, sich ihre Verblüffung nicht anmerken zu lassen. Von allen Angestellten, die für Beau und Claudia Collins arbeiteten, war Eve wahrscheinlich die hingebungsvollste, fleißigste und engagierteste. Eine echte Teamplayerin hatte Beau sie immer genannt. Jeder einzelne im Team verehrte sie. Margot suchte nach den richtigen Worten. Aber alles, was ihr einfiel, war: »Du bist Claudias Assistentin. Es ist in wörtlichem Sinn deine Aufgabe, ihr zu assistieren. Wenn du aufhören willst, gut, aber dann um Himmels willen doch nicht heute. Sei professionell. Claudia ist eine gute Chefin. Sie verdient es, dass du ihr deine Kündigung zwei Wochen vorher einreichst. Mindestens.«

»Ich weiß. Aber du verstehst mich nicht. Ich ...«

Margot schnitt ihr wieder das Wort ab. »Eve, bitte. Keiner weiß besser als ich, wie erniedrigend und frustrierend dieser Job sein kann. Ich verstehe dich, okay? Aber du musst dich jetzt noch einen Abend lang zusammenreißen. Besonders am heutigen Abend. Fahr zu Claudia, hilf ihr, alles fertig vorzubereiten, und dann besprich alles mit ihr am Montag.«

Eve schwieg.

Ein Ping durchbrach die Stille. Eine Textnachricht. »Eve«, sagte Margot. »Fahr jetzt einfach zum Haus, okay?«

»Aber ich hab doch gerade geredet mit ...«

Margot ließ sie nicht ausreden. Sie beendete den Anruf und öffnete die Textnachricht. Sie war von Beau. Er schrieb, er werde es zum Dinner seines eigenen Hochzeitsjubiläums nicht pünktlich schaffen. Ob sie der Videocrew Bescheid geben könnte? Und ob sie zum Haus gehen und dort den Ring für ihn hinterlegen könnte?

»Das kann nicht dein Ernst sein«, murmelte Margot und war kurz davor, die Glasplatte mit ihrem Handy zu zerschmettern.

»Bitte sehr.« Die Verkäuferin kehrte zurück und streckte ihr eine kleine Geschenkbox entgegen, deren Deckel aufgeklappt war, als wollte sie Margot einen Heiratsantrag machen. In der Box funkelte der schwere, diamantbesetzte Ring. Er war viel zu protzig für Claudia, aber was Claudia wollte, spielte hier keine Rolle. Der Ring war das, was ihr gemeinsames Publikum sehen wollte. Es ging immer darum, was ihr Publikum wollte.

Margot schob das Handy in ihre Handtasche, nahm die Geschenkbox und klappte sie zu. »Ja, das ist er«, sagte sie. »Danke.«

Zurück im Auto drehte Margot mit durchnässter Kleidung und vom eiskalten Regen triefnassen Haaren die Heizung voll auf und rief Beau an. Er nahm beim zweiten Klingeln ab und begann sofort zu reden. »Ich weiß, ich weiß. Es tut mir leid. Du hast was gut bei mir.«

Sie hatte noch von den letzten hundert Gefälligkeiten, die außerhalb ihres Aufgabenbereichs gelegen hatten, etwas gut bei ihm. Ihr Job sollte eigentlich eine normale Anstellung mit einem Achtstundentag sein, mit Tätigkeiten wie seinen Kalender zu führen und mit Erledigungen während der Geschäftszeiten. Stattdessen war sie wie eine Dienstbotin, die ständig auf Abruf für ihn bereitstehen musste. Ihr Arbeitstag endete nie. Ganz zu schweigen von all den anderen Dingen, für die sie noch etwas gut bei ihm hatte. Es war nicht gelogen, als sie zu Eve gesagt hatte, sie verstehe, dass diese den Job nicht weitermachen wollte. Margot würde ihren letzten mageren Gehaltsscheck darauf verwetten, dass Claudia ihre Assistentin Eve eher noch besser behandelte als Beau sie selbst. Andererseits hatte sich Eve auch immer ganz besonders reingehängt. Sie hatte sich die Zeit genommen, jede Person, die für Beau und Claudia arbeitete, näher kennenzulernen. Sie kannte all ihre Geburtstage und brachte Gebäck für das ganze Team mit, wann immer jemand ein Jahr älter wurde. Sie wusste sogar, dass der fürs Audiovideo zuständige Typ eine Nussallergie hatte. Zu seinem Geburtstag hatte sie deshalb frische Früchte mitgebracht und sie wie ein Blumenbouquet arrangiert.

Beau unterbrach sie in ihren Gedanken: »Margot, ehrlich, es tut mir leid«, sagte er. »Ich weiß, dass du dein eigenes Leben hast. Es ist nicht fair von mir, dir diese ganze Verantwortung aufzubürden. Wenn dieses Hochzeitsjubiläum erst mal vorbei ist, dann sollten wir uns zusammensetzen und über eine angemessenere Gesamtvergütung sprechen für all die Arbeit, die du leistest und die über deine Jobbeschreibung hinausgeht. Ich weiß, du rufst jetzt nicht primär deshalb an, aber ich möchte wirklich, dass du weißt, wie sehr ich dich schätze – als Person und als meine Assistentin.«

Da war er wieder – der Grund, warum sie blieb. Er schien ihre Gedanken lesen zu können und wusste genau, was er sagen musste, auch wenn er später seinen Versprechungen dann keine Taten folgen ließ. Genau das war sein geradezu unheimliches Talent, das ihm und Claudia kürzlich einen Deal beschert hatte, der ihre Fernsehshow vom Lokalsender WYEP in der kleinen Stadt Denton zur landesweiten Ausstrahlung befördern würde.

Sie musste unbedingt vorher ihre Gehaltserhöhung durchsetzen. Es gab noch viele Dinge, die sie unbedingt vorher erledigen musste. Bevor man Beaus Aufmerksamkeit noch schwerer erlangen konnte, als das jetzt schon der Fall war.

»Um wie viel wirst du dich verspäten?«, fragte sie.

Sie konnte sein Grinsen praktisch aus seiner Stimme heraushören. »Liebe Margot, genau das ist es, was ich an dir so schätze! Nicht lange. Versprochen. Bist du gerade auf dem Weg dorthin?«

»Ja.«

»Ich werde wahrscheinlich fünf oder zehn Minuten nach dir dort eintreffen, vielleicht sogar noch eher. Wenn du mich einfach mit dem Ring dort treffen könntest, das wäre perfekt.« Margot brauchte noch zwanzig Minuten bis zum Haus, was bedeutete, dass es bei ihm noch beinahe dreißig Minuten bis dorthin dauern würde – vorausgesetzt, es war nicht zu viel Verkehr.

»Beau, es ist dein Hochzeitstag, und ein runder noch dazu!«, platzte Margot heraus. »Was ist so wichtig – weißt du was? Ich will's gar nicht wissen. Wir treffen uns dort.«

Sie beendete das Gespräch und fand die Nummer von einem ihrer Kameraleute, deren Job es war, die Videocrew mitzubringen. Liam Flint nahm das Gespräch an und in seiner Stimme schwang Ärger mit. Grußlos fragte er: »Was gibt's?«

Margot unterdrückte den Impuls, ihn anzufauchen. Beau bestand darauf, dass sie zu allen im Team freundlich war, selbst wenn Liam ihre Nerven regelmäßig arg strapazierte. »Beau wird nicht rechtzeitig da sein«, sagte sie. »Er hat mich gebeten, dir zu sagen, dass du mit der Crew erst um halb sieben anstatt um halb sechs dort eintreffen sollst.«

Vier Sekunden lang herrschte Stille, dann hörte man einen tiefen Seufzer. »Beau Collins wird zum Dinner seines eigenen Hochzeitsjubiläums zu spät kommen? Und da konnte er mich nicht mal selber anrufen, um mir das zu sagen?«

Margot biss sich auf die Lippe, um Beau jetzt nicht auch noch zu verteidigen. Es war im Team wohl bekannt, dass er immer sehr spät kam. Und sehr spät hieß bei ihm definitiv zu spät. Aber Liam würde immer etwas an Beau auszusetzen haben, selbst wenn der ihm eine Gehaltserhöhung anbieten würde. Sie ignorierte seine Fragen und stellte stattdessen eine Gegenfrage: »Kannst du um halb sieben statt um halb sechs dort sein, oder nicht?«

»Hat das jemand schon Claudia verklickert?«, fragte er spitz.

Ihr Ärger brachte sie zum Platzen. »Weißt du was? Das ist nicht mein Job, und dein Ton gefällt mir nicht. Sei einfach um halb sieben am Haus.«

Noch bevor er antworten konnte, beendete sie den Anruf,

warf ihr Handy auf den Beifahrersitz und reihte sich in den Verkehr ein. Das Haus der Collins' lag in einer kleinen, aber exklusiven Siedlung, die an den Stadtpark angrenzte. Entlang der Straße standen nur vier weitere Häuser – jedes am Ende einer langen Zufahrt und von den Nachbarn durch dichte Baumgruppen getrennt. Margot hätte sich für ihre eigene Wohnung auch so viel Privatheit gewünscht, aber sie lebte noch immer in einem Zwei-Zimmer-Apartment in Zentrum von Denton. Sie hätte so viel mehr verlangen können, aber sie hatte Wert darauf gelegt, sich ihren Aufstieg selbst zu erarbeiten. Vielleicht hätte sie mit einer höheren Gesamtvergütung ja endlich das Budget dafür, sich ein eigenes Haus zu kaufen.

Eves brandneuer Nissan parkte vor der freistehenden Dreiergarage. Margot stellte ihren Wagen daneben. Neid flammte in ihr auf und verursachte ihr Magendrücken. Sie hatte nie konkret nachgefragt, da sie nicht glaubte, dass Eve es ihr verraten würde, aber sie hegte den Verdacht, dass Claudia ihrer Assistentin eine Menge mehr zahlte als Beau seiner. Bevor sie mit ihm über ihr Gehalt verhandelte, sollte sie das unbedingt noch herausfinden. Die Collins' waren gleichberechtigte Partner. Also sollten sie ihren Assistentinnen auch dasselbe Gehalt zahlen.

Durch die regennasse Windschutzscheibe sah sie den goldenen Schein der raumhohen Fenster an der gesamten Vorderseite des Hauses. Beau hatte ihr erzählt, wie er und Claudia das Haus vor fast zehn Jahren nach ihren eigenen Wünschen – der Salon hatte eine siebeneinhalb Meter hohe Gewölbedecke – hatten bauen lassen. Von außen wirkte es wie ein riesiges Blockhaus mit mehr Fenstern als Holzbalken. Die drei hohen Dachgiebel waren mit Kupferblech beschlagen.

Kalter Regen prasselte auf sie ein, als sie aus dem Wagen stieg. Ein Scheinwerferpaar durchschnitt das dämmrige Licht über der Auffahrt. Margot blieb am Fuß der breiten Steinstufen, die zum Vordereingang führten, stehen und sah zu, wie

Beau aus seinem Lexus stieg. Er hielt sich seinen Mantel über den Kopf. Als er bei ihr ankam, bot er auch ihr Schutz darunter an, sodass sie seinen Duft nach teurem Aftershave und Leder riechen konnte. Selbst im Halbdunkel bemerkte sie seine geröteten Wangen, als er zu ihr hinunterlächelte. Margot spürte, wie sich einiges von ihrem angestauten Ärger auflöste.

Sie wollte ihm gerade erzählen, dass sie die Videocrew informiert hatte, als die Doppeltüren oben auf den Stufen aufgerissen wurden und Eve nach draußen stolperte. Sie hatte die Hände an ihre Wangen gepresst und stieß schrille Schreie aus. Unter Beaus Schulter geborgen spürte Margot, wie sich sein Körper anspannte. Eve hastete die Stufen hinunter auf sie zu.

»Eve«, rief Beau. »Alles okay bei dir? Mein Gott, ist das Blut?«

Eve sank ihm in die Arme und legte die Hand auf seine Brust. Ein dunkelroter Streifen zog sich quer über ihre Wange. Beaus Mantel schlug gegen Margots Schläfe.

»Ru...« Eve verschluckte sich an ihren eigenen Worten. Sie hustete, schluckte, versuchte es erneut: »Ruft den Notruf an. Wir müssen die 911 anrufen.«

ZWEI
TAGEBUCHEINTRAG, UNDATIERT

Der Tag heute war der schlimmste und zugleich schönste meines Lebens. Wie kann das sein? Ich versuche noch immer, damit klarzukommen. Ich hab etwas Furchtbares getan. Etwas Unentschuldbares. Etwas, von dem ich geschworen habe, es niemals zu tun, aber als es dann passiert ist, hat es sich so gut angefühlt. So richtig. Das klingt schrecklich. Vielleicht bin ich kein guter Mensch. Alles, was ich weiß, ist, dass ich jahrelang versucht hab, ein guter Mensch zu sein, jemand, mit dem man eine gute Beziehung führen kann, und es hat mir nichts als Kummer und Stress eingebracht. Heute hab ich endlich was für mich selbst getan, und obwohl ich weiß, dass es falsch war, fühlt es sich unglaublich gut an. Ich fühle mich unglaublich gut.

Ich hoffe nur, er findet es nicht raus. Falls doch, wird er mich dafür büßen lassen.

DREI

Die Tür zum Büro des Chiefs war schon ungewöhnlich lange geschlossen. Detective Josie Quinn stand, die Hände in die Hüfte gestemmt, ein paar Schritte davor und lauschte den Stimmen, die aus dem Zimmer drangen. Hinter ihr, im Großraumbüro des Ermittlungsteams auf dem Polizeirevier von Denton, herrschte Stille, man hörte nur das Tastaturklappern von ein paar ihrer Kollegen, die Berichte tippten. Der Raum war groß und hatte keine Trennwände zwischen den Schreibtischen, von denen die meisten alle uniformierten Polizisten nutzen konnten, um dort ihren Papierkram, Telefongespräche oder andere organisatorische Aufgaben zu erledigen. Die einzigen fest vergebenen Schreibtische gehörten der Pressesprecherin Amber Watts und den vier Mitgliedern des Ermittlungsteams: Josie, ihrem Mann Lieutenant Noah Fraley, Detective Finn Mettner und Detective Gretchen Palmer.

»Kannst du irgendwas verstehen?«, fragte Mettner.

»Nein«, erwiderte Josie und trat zögernd einen Schritt näher. »Wie lange, hast du gesagt, ist er schon da drin?«

Hinter ihr knarrte ein Stuhl und Mettner sagte: »Ich bin so

um zwei vom Mittagessen zurückgekommen, und da hab ich bemerkt, dass die Tür geschlossen ist.«

»Jetzt haben wir es schon nach sechs. Sollen wir nachsehen, ob er noch lebt?«, fragte Noah.

»Aber du hörst doch Stimmen, Boss, oder? Dann lebt er wohl noch«, meinte Mettner.

Vor einer gefühlten Ewigkeit war Josie ein paar Jahre lang Interimspolizeichefin gewesen, bevor die Bürgermeisterin Bob Chitwood, den derzeitigen Chief, eingestellt hatte, vor dessen Tür sie nun stand. Josie hatte diese Stelle nach einer Reihe von verheerenden Korruptionsfällen von den untersten bis hinauf zu den höchsten Ebenen der Stadtverwaltung übernommen. Ihre Amtszeit war davon geprägt gewesen, dass sie sowohl das Police Department in Denton ganz neu wiederaufbauen als auch das Vertrauen derer zurückgewinnen musste, die dort im Dienst verblieben waren. Bei den meisten dieser Kollegen hatte es sich damals eingebürgert, sie »Boss« zu nennen, und selbst nach Jahren unter Chief Chitwood taten sie das immer noch. Josie hatte immer wieder versucht, die Kollegen zu korrigieren, aber sie hatte keinen Erfolg damit.

»Vielleicht spricht er ja mit Daisy«, meinte Noah.

»Das glaub ich nicht«, erwiderte Josie. »Klingt nach zwei Männerstimmen.«

Daisy war die viel jüngere Halbschwester des Chiefs, für die er vor sechs Monaten die Vormundschaft übernommen hatte. Keiner hatte zuvor etwas von ihrer Existenz gewusst. Erst nachdem Josies Team einen Fall geknackt hatte, der mit der Vergangenheit des Chiefs in Verbindung stand, war Daisy in sein Leben getreten. Sie hatte ihre Kindheit und Jugend unter – gelinde gesagt – bizarren Verhältnissen verbracht. Eine Teenagerin, die von einem älteren Halbbruder betreut wurde, der schon in seinen Sechzigern stand, war ein ungewöhnliches Arrangement, aber bis jetzt hatte es funktioniert. Da der Chief unverheiratet war, brachte er Daisy oft lieber mit aufs Revier, als sie unbeaufsichtigt zu Hause zu lassen. Er hatte ihr sogar einen kleinen Schreibtisch in seinem Büro aufgestellt, damit sie dort ihre Schularbeiten machen konnte, während er arbeitete.

»Daisy ist doch heute bei Gretchen und Paula«, erinnerte Mettner sie.

»Ach, stimmt«, sagte Noah. »Das Konzert.«

Gretchen Palmer, die älteste und erfahrenste in ihrem Team, war nach fünfzehn Jahren im Morddezernat von Philadelphia zu ihrem Team in Denton gestoßen. Sie und ihre erwachsene Tochter Paula, die während ihres Masterstudiums bei Gretchen wohnte, hatten dem Chief anfangs bei der Betreuung von Daisy geholfen. Mittlerweile schien sich das zu einer viel engeren Beziehung entwickelt zu haben. Trotz ihrer sechzehn Jahre war Daisy noch nie zuvor auf einem Konzert gewesen. Als Paula das erfuhr, hatte sie es sich zur Aufgabe gemacht, diesen Zustand zu ändern, und so machten die drei jetzt einen Wochenendtrip nach Philadelphia und schauten sich Lizzo an. Dass Gretchen nicht verfügbar war, war der einzige Grund, warum Josie und Noah arbeiteten, statt bei Harris' Basketballspiel in der Sportanlage neben dem Stadtpark zuzusehen. Er hatte gerade erst mit diesem Sport angefangen und sie versuchten, es zu so vielen Spielen wie möglich zu schaffen.

»Schätzungsweise könnte ich auch einfach an die Tür klopfen«, sagte Josie. »Und fragen, ob er Kaffee will oder so was.«

»Das wird er sofort durchschauen«, wandte Mettner ein.

»Na und?«, meinte Josie, ging mit ausgestreckter Hand zur Tür und wollte gerade den Türknauf berühren, als die Tür plötzlich nach innen aufgerissen wurde.

Hinter ihr verstummte das Tastaturklappern.

Ein großer Bloodhound zockelte aus dem Büro des Chiefs. Er blieb schwanzwedelnd vor Josie stehen, als er sie sah. Mit seinem freundlichen Hängebackengesicht blickte er erwartungsvoll zu ihr auf. Er trug ein schwarzes Hundegeschirr.

Mettner sagte: »Hat da wirklich gerade ein Hund diese Tür aufgemacht?«

Josies Herz rutschte ihr in die Hose. Sie kannte nur einen Bloodhound, und tatsächlich wusste der, wie man Türen aufmachte. Sie liebte diesen Hund, das Problem war eher sein Herrchen. Bei ihrem prüfenden Blick in seine herzensgute, erwartungsvolle Miene hoffte sie inständig, er möge nicht dieser Hund sein.

»Blue?«, fragte sie.

Sein Schwanz bewegte sich noch begeisterter hin und her. Josie bückte sich und kraulte den Hund zwischen den Ohren. Er vergrub seine feuchte Schnauze in ihren Handflächen und sein Schwanz wedelte jetzt mit Warpgeschwindigkeit.

»Scheiße«, murmelte sie.

Noah stand neben ihr und lächelte zu dem Hund hinunter. »Du kennst diesen ... Hund?«

Im selben Augenblick trat Josies früherer Verlobter Luke Creighton in den Türrahmen. Sein breiter, ein Meter fünfundachtzig hoher Körper füllte ihn fast ganz aus. Er trug Jeans und ein Polohemd, das über seinem gewaltigen Brustkorb spannte, und man sah das Spiel seiner Muskeln darunter, als er auf Josie zutrat. Ein Vollbart umrahmte sein rechteckiges Gesicht und er hatte seine braunen Haare fast bis zu den Schultern wachsen lassen. Hinter einer langen Strähne, die ihm ins Gesicht fiel, spähte er von Blue hin zu Josie und grinste. Josie spürte, wie Noahs Körper neben ihr in Alarmmodus schaltete. Es lag plötzlich eine Spannung in der Luft, die vorher nicht dagewesen war.

»Hey«, sagte Luke. »Schön, euch zu sehen.«

Er sprach sie beide an, richtete aber den Blick nur auf Josie, als wären sie alte Freunde. Obwohl sie bei ihrem letzten

Zusammentreffen im Guten auseinandergegangen waren, verband sie beide eine komplizierte gemeinsame Geschichte.

Nach dem Scheitern von Josies erster Ehe hatte sie sich mit Luke verlobt. Damals war er Staatspolizist gewesen. Als sie sich begegnet waren, hatte er seine Arbeit sehr ernst genommen und immer gesetzestreu gehandelt. Doch an dem kleinen, harmlosen Gefallen, den er ihr einmal auf ihre Bitte hin erwiesen hatte, hätte sie erkennen können, dass er fähig war zu lügen, aber damals hatte sie das anders eingeschätzt. Dieser Gefallen hatte ihn fast das Leben gekostet. Während sie fast zwei Jahre damit verbrachte, ihn bei seiner Genesung zu unterstützen, konnte Josie zusehen, wie ihre Beziehung sich allmählich auflöste. Luke brach damals nicht nur seinen Eid, sich an Recht und Gesetz zu halten, sondern er hatte auch Josie betrogen. Er hatte sich in eine furchtbare Situation hineinmanövriert, die rasch außer Kontrolle geriet. Statt Josie um Hilfe zu bitten, hatte er versucht, die Sache allein in den Griff zu bekommen, was ihm nicht gelungen war.

Die Konsequenzen seiner Entscheidungen waren brutal gewesen, und der Beweis für das, was er durchgemacht hatte, zeigte sich, als er die Hand ausstreckte, um Noah zu begrüßen. Im Zuge des Vorfalls, der Lukes Karriere und seine Beziehung zu Josie beendet und ihm sechs Monate Gefängnis eingebracht hatte, war er gefoltert worden. Man hatte ihm beide Hände zertrümmert. Die Chirurgen hatten ihr Möglichstes getan, sie wieder zurechtzuflicken, aber selbst jetzt noch, sieben Jahre später, waren die silbrig schimmernden Narben an seinen Fingern als helle Linien auf der Haut zu sehen. Zwei der Finger an seiner rechten Hand waren plattgedrückt und verstümmelt. An seiner anderen Hand stand der kleine Finger in einem seltsamen Winkel nach außen ab.

Falls Noah es gesehen hatte, ließ er sich nichts anmerken. Er schüttelte Luke die Hand und platzte heraus: »Was machst du denn hier?«

Für einen Sekundenbruchteil entglitt Luke das Lächeln. Er richtete den Blick wieder auf Josie. »Ich bin mit Blue hier«, sagte er und deutete auf den Hund, als würde das alles erklären.

Hinter Luke ertönte die donnernde Stimme des Chiefs. »Setzen Sie ihm nicht zu hart zu, Quinn! Ich hab diesen Kerl hier gerade engagiert!«

Josie hörte, dass Mettner etwas sagte, aber seine Stimme war so leise, dass Luke ihn nicht hören konnte. »Hm, das ist aber seltsam.«

Noah sagte: »Sie können ihn gar nicht einstellen. Er hat einen Eintrag im Strafregister.«

Der Chief erschien im Türrahmen, eine buschige weiße Augenbraue nach oben gezogen. Er trat neben Luke und tätschelte Blue am Kopf. »Sagen Sie mir nicht, was ich tun kann und was nicht, Fraley. Er ist kein Officer mit Amtseid und allem Drum und Dran. Er ist Berater.«

Luke lächelte zu Blue hinunter und richtete den Blick dann wieder auf Josie. Sie wünschte, er würde damit aufhören, sie so anzusehen, als wäre sie die einzige Person im Raum. »Blue und ich arbeiten seit Kurzem für eine gemeinnützige Organisation, die den Strafverfolgungsbehörden Such- und Rettungshunde gegen einen eher symbolischen Betrag, der einige Grundkosten deckt, zur Verfügung stellt. Ich weiß, dass es in der Gegend einen Bedarf dafür gibt.«

»Dann wohnst du jetzt hier?«, fragte Josie.

Als sie noch zusammen gewesen waren, hatte Luke in Denton gewohnt, aber später hatte er sein Haus verkaufen und zurück nach Sullivan County ziehen müssen, wo er bei seiner Schwester gelebt hatte, die die Farm der Familie bewirtschaftete. Josie wusste, dass er dortgeblieben war, weil er es nicht auf die Reihe bekam, allein zu leben. Hatte sich etwas bei ihm verändert? Vielleicht hatte er eine Freundin? Das wäre ihm zu wünschen.

»Ich denke, Denton ist ein guter Ausgangspunkt«, erwiderte Luke. »Nicht weit entfernt von ein paar großen Städten und Polizeirevieren auf dem Land, die unsere Hilfe benötigen könnten.«

Ein Telefon klingelte. Mettner ging ran. Josie hörte ihn ein paarmal »Ja« und »Verstanden« sagen, bevor er den Hörer wieder zurück auf die Gabel fallen ließ. »Da hat ein Typ namens Landan Clarke angerufen«, sagte er. »Er hat eine Farm im Südwesten von Denton. Sein sechsjähriger Sohn ist seit zwei Stunden von zu Hause verschwunden. Er ist sich ziemlich sicher, dass er noch irgendwo auf dem Gelände ist, aber die ganze Familie ist in großer Sorge, weil sie ihn noch nicht gefunden haben. Es ist kalt draußen und es regnet.«

Josie wandte sich vom Chief und dem neuen Polizeihund-Berater ihres Reviers ab. Sie schnappte sich ihre Jacke von der Lehne ihres Schreibtischstuhls. »Dann gehen wir mal los.«

»Nicht so schnell, Quinn. Das klingt wie die perfekte Gelegenheit, unseren neuen Berater einzuarbeiten.«

Josie unterdrückte ein Stöhnen. Das Letzte, was sie jetzt wollte, war, mit Luke allein zu sein.

»Fraley«, sagte der Chief. »Das hier übernehmen Sie. Luke und Blue können mit Ihnen fahren.«

Josie wechselte einen Blick mit ihrem Mann. Keiner im Raum bemerkte es, aber sie sah an der Art, wie ein winziger Muskel in seiner Kieferpartie zuckte, dass er keine Lust dazu hatte. Trotzdem brachte er ein Lächeln zustande. Schmallippig erwiderte er: »Geht klar.«

Sobald sie fort waren, zog sich der Chief in sein Büro zurück. Josie setzte sich an ihren Schreibtisch und ignorierte Mettners fragende Blicke. Sie war erleichtert, als das Telefon auf ihrem Schreibtisch klingelte. »Quinn«, meldete sie sich knapp.

Eine Minute später ließ sie den Hörer zurück auf die Gabel

fallen, stand auf und zog sich die Jacke an. »Gehen wir«, sagte sie zu Mettner.

»Was gibt's?«

»Eine Leiche.«

VIER

Josie stellte den Scheibenwischer auf Höchststufe, während sie um den Stadtpark herum und dann auf sein nordwestliches Ende zufuhren, wo einige wenige Häuser an einem der Joggingwege des Parks lagen. Sie war vertraut mit der Straße, die ihnen die Leitstelle durchgegeben hatte. Da sie ihr ganzes Leben in der Stadt verbracht hatte, erinnerte sie sich daran, wie oft Immobilienentwickler vorgeschlagen hatten, in dieser Gegend Apartmenthäuser zu errichten. Diese hätten den Park überragt und den Bewohnern einen herrlichen Ausblick geboten, aber die Gegend um den Park wäre verkehrsreicher und weniger leicht zugänglich geworden. Jedes Mal, wenn ein neues Planungsbüro mit einem maßstabsgetreuen Modell und einem Stapel Entwürfe auf einer Stadtratssitzung erschien, erhielten die Architekten eine Abfuhr. Schließlich war das fragliche Grundstück aufgeteilt und an Personen verkauft worden, die darauf ihre eigenen Häuser gebaut hatten.

»Hast du was über die Adresse rausgefunden?«, fragte sie Mettner. Sie musste über etwas reden, irgendwas, das sie von ihren Gedanken daran ablenkte, dass ihr derzeitiger Ehemann gerade mit ihrem ehemaligen Verlobten unterwegs war, um ein verschwundenes Kind zu suchen.

Vom Beifahrersitz aus strich Mettner mit dem Finger über den Bildschirm des mobilen Datenterminals. »Das Haus gehört Beau und Claudia Collins«, sagte er. »Er ist siebenundvierzig, sie zweiundvierzig. Keine Einträge im Strafregister. Die Führerscheine sind gültig. Sie haben das Grundstück vor zwölf Jahren gekauft und darauf gebaut. Keine früheren polizeilichen Maßnahmen an dieser Adresse.«

Josie drosselte die Geschwindigkeit und suchte nach der Abzweigung, die gleich kommen musste. Im Januar wurde es in Denton abends schnell und früh dunkel. Draußen war pechschwarze Nacht und in dieser abgelegenen Gegend boten die Straßenlaternen wenig Beleuchtung. Der Name Claudia ging ihr nicht aus dem Kopf. Erinnerungen an die Frau, die Harris vor einem Monat gerettet hatte, traten vor ihr inneres Auge. Aber die Frau hatte damals gesagt, sie heiße Claudia White, nicht Collins. Trotzdem kam ihr der Name irgendwie bekannt vor. Sie konnte nur noch nicht genau sagen, warum. »Wieso klingen diese Namen so vertraut?«

Aus Mettners Richtung hörte man einen tiefen Seufzer. »Frag mich nicht, warum ich das weiß, okay?«

Josie fand die Abzweigung, bog rechts ab und steuerte den Wagen steil bergauf. Sie war erleichtert, dass der Regen die Straßen noch nicht zu einer nassen Rutschbahn aufgeweicht hatte. »Das ist wirklich nicht fair, Mett. Du kannst nicht mit einer solchen Bemerkung beginnen.«

»Du darfst keine Fragen stellen«, beharrte er.

Josie zuckte mit den Schultern. Vor ihnen, oben auf dem Hügel, konnte sie das Aufblitzen von Warnleuchten der Einsatzwagen ausmachen. »Okay. Ich werde Schlussfolgerungen ziehen und raten. Das macht mehr Spaß.«

Er stöhnte. »Ich werde so tun, als hättest du das nicht

gesagt. Sie treten im Fernsehen auf. Sie sind sozusagen ein berühmtes Ehepaar, das Partnerschaftsberatung macht.«

»Sozusagen berühmt?«, fragte Josie nach.

»Ja, hier in der Gegend eben. Sie haben eine Sendung auf WYEP. Ihre Show wird nur im Lokalfernsehen ausgestrahlt, aber sie haben auch ein Buch rausgebracht.«

Josie drosselte erneut die Geschwindigkeit, als sie sich der letzten Zufahrt näherte, die von der Straße abzweigte. Ein Streifenwagen der Polizei von Denton stand mit eingeschalteten Warnleuchten davor. »Wie heißt das Buch, Mett?«

»Ich kann dir nicht ...«

»Jetzt sag nicht, dass du ihn nicht weißt. Das glaub ich dir nicht.«

Er seufzte wieder. »Also gut. Der Titel ist *Mit Spiel und Spaß zum Liebesglück.*«

»Das klingt vertraut.«

»Wenn du das Cover siehst, erkennst du es sofort. Es stand zwei Jahre oder so ganz oben auf der Bestsellerliste der *New York Times.* Jedenfalls waren die beiden Eheberater und dann haben sie dieses Buch geschrieben und es wurde ein Riesenerfolg, auch durch die sozialen Medien. Dann begannen sie mit ihrer Sendung. Ich bin mir ziemlich sicher, dass sie auch einen Podcast haben.«

»Dann machen sie also Beziehungsberatung«, sagte Josie.

»Ja, stimmt, außer dass die Idee dahinter darin besteht, das auf eine unterhaltsame Weise zu tun oder so. Hast du wirklich noch nie ihre Sendung gesehen? Ein paar ihrer Videos gingen auch viral.«

»Ich hab nicht so viel Zeit zum Fernsehen gehabt in den letzten ...«

»Paar Jahren«, ergänzte er.

Sie lachte. »Ja, das müsste so hinkommen.«

Ein uniformierter Officer tauchte aus der Dunkelheit zwischen dem Streifenwagen und der Zufahrt auf, voll ausgestattet in grauem Regenschutz. Josie ließ das Fenster herunter. Nach einem kurzen Gespräch winkte sie der Officer durch.

Ganz oben an der Zufahrt verkündete ein kleines, dreieckiges Schild: *Dieses Anwesen wird gesichert durch Summers Security.* Dahinter ging der Asphalt in eine riesige kiesbedeckte Fläche über, die das große Haus umgab. Mehrere Fahrzeuge parkten dicht gedrängt rund um eine freistehende Dreiergarage. Drei Zivilfahrzeuge, drei Streifenwagen, ein Rettungswagen und ein SUV mit der Aufschrift »Spurensicherung der Polizei Denton« an der Seite. Die Heckklappe stand offen. Direkt davor hatte man ein provisorisches Zelt aus Segeltuch aufgestellt. Daneben stand ein kleiner weißer Pick-up, der Dentons Rechtsmedizinerin Dr. Anya Feist gehörte. Josie parkte neben einem der Streifenwagen und nahm sich einen Moment Zeit, um die Fenster an der Hausfront zu betrachten, die von oben bis zum Boden hinunter reichten und hell erleuchtet waren. Man sah einen Kollegen von der Spurensicherung im Tyvek-Schutzanzug, der Tatortfotos machte.

»Bist du bereit?«, fragte Mettner.

Sie stiegen aus und trabten hinüber zu einer Reihe breiter Steinstufen, die von einem weiteren uniformierten Officer in Regenschutzkleidung bewacht wurden. Er notierte ihre Namen und Dienstmarkennummern auf einem Klemmbrett, das er aus seiner Regenjacke zog. Auf dem Absatz am Kopf der Stufen hatte jemand vom Team ein weiteres Zelt aufgestellt. Im Schutz darunter standen ein tragbarer Halogenscheinwerfer und mehrere kleine Plastikcontainer, beschriftet mit »Eigentum der Spurensicherung der Polizei Denton«. Neben den Containern, mit denen die Eingangstür verstellt war, hielt noch ein weiterer uniformierter Officer Wache. Josie erkannte ihn, ohne sein Namensschild zu lesen. »Brennan«, grüßte sie. »Was haben wir?«

Er zog sein Notizbuch heraus und blätterte ein paar Seiten um, dann las er aus den Notizen vor. »Notruf um achtzehn Uhr dreizehn von einer Frau namens Margot Huff. Sie gab an, sie sei die persönliche Assistentin von Beau Collins, einem der Hausbesitzer, und sagte, im Haus liege eine Leiche. Wir sind hergekommen und haben die Anruferin, Mr Collins und eine andere Erwachsene angetroffen, die angab, sie sei Eve Bowers, die Assistentin von Dr. Claudia Collins. Sie wartet in dem Nissan dort drüben.« Er deutete über ihre Schultern zu den Zivilfahrzeugen an der Garage. »Der Kollege von der Leitstelle wies sie an, das Gebäude zu verlassen. Es hat geregnet, daher haben sie sich dort drüben in ihre Fahrzeuge gesetzt.«

»Wer hat die Verstorbene gefunden?«, fragte Josie.

Brennan erwiderte: »Miss Bowers. Sie kam heute Abend um etwa achtzehn Uhr hier an, sagt sie, und ging ins Haus, um Dr. Claudia Collins bei den Vorbereitungen für die Feier zu helfen. Sie hat berichtet, als sie eintrat, habe sie überall Blut in der Küche gesehen und Dr. Collins tot im Esszimmer gefunden. Sie ist aus dem Haus gerannt, gerade als Beau Collins und Margot Huff zum Haus kamen.«

»Sind Beau Collins oder Miss Huff überhaupt noch reingegangen?«, fragte Mettner.

Brennan nickte. »Mr Collins ja, aber alle drei sagen, dass er nicht lang drinnen war. Eine Minute, höchstens. Er hat gesagt, er musste die Leiche unbedingt selbst sehen. Als wir hier angekommen sind, haben wir das Haus abgesucht, den Tatort gesichert und weitere Einheiten angefordert. Ich selbst bin so um achtzehn Uhr fünfundvierzig hier eingetroffen. Die Spurensicherung und Dr. Feist sind schon dagewesen. Dr. Feist hat hier bei mir gewartet, während die Spurensicherung mit ihrer Arbeit begonnen hat. Die drei Zeugen haben wir in getrennte Wagen gesetzt.«

Das erklärte die große Anzahl der Fahrzeuge.

»Sie können die drei aufs Revier fahren lassen«, sagte Josie. »Ich will allerdings nicht, dass sie Kontakt miteinander haben. Getrennte Vernehmungsräume. Stellen Sie sicher, dass es ihnen gut geht. Und besorgen Sie ihnen was zu essen und zu trinken. Wir sind sicher noch eine Weile hier beschäftigt.«

Brennan nickte bei ihren Worten. Dann schaltete er das Funkgerät an seiner Schulter an und senkte das Kinn, um hineinsprechen und den Officers, die vor der Garage parkten, Anweisungen zu geben.

»Willst du nicht zuerst noch mit ihnen reden?«, fragte Mettner.

»Nein«, erwiderte Josie. »Nein, die kommen schon zurecht. Ich will mir erst mal ansehen, womit wir es hier zu tun haben, bevor wir uns mit ihnen hinsetzen.«

Sie richtete den Blick auf Brennan und fragte ihn: »Was haben Sie noch aus ihren ersten Aussagen erfahren?«

Er blätterte in seinem Notizbuch weiter. »Heute ist der fünfzehnte Hochzeitstag der Besitzer des Hauses, Beau und Claudia Collins. Wie ich schon gesagt hab, ist Eve Bowers hergekommen, um Dr. Claudia Collins bei der Vorbereitung des Dinners zu helfen. Mr Collins und Miss Huff sind auch wegen des Dinners zum Hochzeitstag dort eingetroffen. Und es wurde auch eine Videocrew erwartet.«

»Eine Videocrew?«

Brennan sah von seinen Notizen auf. »Ja. Anscheinend haben die beiden eine Sendung auf WYEP. Sind lokale Berühmtheiten.«

»Das hat Mettner mir schon erzählt«, meinte Josie. »Aber warum eine Videocrew für ein Dinner zum Hochzeitstag?«

»Ms Huff meinte, das sei für ihre Fans.«

Mettner fügte hinzu: »Ihre ganze Masche dreht sich um gute Beziehungen. Sie sind praktisch die Modellvorbilder dafür. Sie teilen in der Sendung eine Menge persönlicher Dinge mit dem Publikum und in den sozialen Medien.«

Brennan fuhr fort: »Jedenfalls ist besagte Videocrew tatsächlich hier aufgekreuzt, nachdem wir schon am Tatort angekommen waren. Zwei Männer. Sie waren ziemlich erschüttert. Wir haben ihre Angaben aufgenommen und sie nach Hause geschickt. Auch haben weder Miss Bowers noch Mr Collins lebensrettende Maßnahmen ergriffen, nachdem sie die Verstorbene gefunden hatten. Miss Bowers sagte, die Verstorbene ›komme definitiv nicht mehr zurück‹.«

Unbehagen breitete sich in Josies Bauch aus wie eine zusammengerollte Schlange, die sich entkräuselt und bereit macht zuzuschnappen. Neben der Garage konkurrierte jetzt der Lärm anfahrender Streifenwagen mit dem Rauschen des starken Regens – die Streifenwagen fuhren los, um Beau Collins, Margot Huff und Eve Bowers aufs Polizeirevier von Denton zu bringen. Aus dem Augenwinkel sah Josie, dass eine Tür an der Seite der Garage aufschwang und ein trüber Lichtschein auf den Kies fiel. Zwei Mitglieder der Spurensicherung in weißen Tyvek-Anzügen traten heraus. Sie bewegten sich durch die Nacht wie Gespenster. Einer trug ein Klemmbrett und einen Stift, der andere eine große Kamera. Sie verschwanden hinter dem SUV.

»Sie haben die Garage durchsucht?«, fragte Josie. »Haben Sie was drin gefunden?«

Brennan schüttelte den Kopf. »Nein. Nichts sah irgendwie durcheinandergebracht aus. Alle Fahrzeuge, die auf diesen Haushalt zugelassen sind, sind da, wo sie sein sollen.«

»Wann haben Beau, Margot Huff und Eve Bowers zuletzt mit Claudia Collins gesprochen?«

»Alle drei haben ausgesagt, dass sie früher am Tag mit ihr im Studio gesprochen haben, das im WYEP-Gebäude auf der anderen Seite der Stadt liegt.«

Mettner deutete auf das Haus. »Ein solch großes Anwesen – da gibt es doch sicher eine Alarmanlage.«

»Gibt es«, erwiderte Josie. »Ich hab das Schild von Summers Security am Ende der Zufahrt gesehen.«

Brennan tippte mit seinem Stift auf das Notizbuch. »Sie

haben recht. Sie haben eine und sie ist auch eingeschaltet, aber es gibt keine Kameras.«

»Keine Kameras?«, fragte Mettner nach. »Das ist wohl ein Scherz, wie?«

Brennan schüttelte langsam der Kopf. »Ich hab bei Beau Collins nachgefragt.«

»Ihre verdammten Karossen sind allein schon ein Vermögen wert! Keine einzige Kamera auf diesem ganzen Anwesen? Drinnen nicht und draußen nicht?«

»Weder noch«, bestätigte Brennan.

»Wir können das Thema ansprechen, wenn wir mit Beau Collins auf dem Revier sprechen«, sagte Josie.

»Haben sie Hausangestellte?«, fragte Mettner.

Brennan schüttelte den Kopf.

»Wie steht es mit Zugangscodes? Braucht man einen, um hier reinzukommen? Hat Claudia ihn heute Abend benutzt? Wie viele Leute haben diese Zugangscodes?«

»Die Hausbesitzer und beide Assistentinnen haben die Codes. Man muss sie eingeben, sobald man die Eingangshalle betritt. Wenn man das nicht tut, dann bekommt das Sicherheitsunternehmen ein Signal, und das benachrichtigt dann wiederum uns, dass ein unberechtigter Zutritt erfolgt ist. Eve Bowers hat berichtet, dass das System bereits abgeschaltet war, als sie ankam, daher hat sie den Code nicht gebraucht. Ich hab keine Ahnung, wer ihn sonst noch hat.«

»Wir werden uns bei der Befragung bei Mr Collins erkundigen«, erwiderte Josie. »Jetzt will ich mir aber erst einmal den Tatort ansehen.«

FÜNF

Überall war Blut. Es zog sich von dem geräumigen Eingangsbereich durch den riesigen Salon und in die Küche – überwiegend in Form ganzer und teilweiser Fußabdrücke, anscheinend von einem Mann und einer Frau, die in beide Richtungen zeigten und sich überlagerten. Der größte Teil der Blutspritzer fand sich in der Küche. Sie setzten sich in einer chaotischen Spur von Flecken über die weißen Granitfliesen ins Esszimmer fort, wo ein großer Eichentisch den Raum beherrschte. Die Leiche von Dr. Claudia Collins saß zusammengesunken auf einem der Stühle. Ihr langes sandfarbenes Haar verdeckte ihr Gesicht, aber an ihrer Seite bis hinunter zum Boden sah man einen Blutstrom. Dr. Feist stand auf der anderen Seite der Leiche und ihre behandschuhten Hände tasteten Claudias Stirn ab. Josie umrundete den Tisch und trat näher, Mettner folgte direkt hinter ihr. Noch nicht getrocknetes Blut durchtränkte Claudias Haar und tropfte von den Spitzen auf ihre Kakihosen und ihren Arm hinunter, der etwa zehn Zentimeter über dem Fliesenboden hing. Kleine Rinnsale liefen über ihre Hand zu den Fingern und von dort auf den Boden.

Josie betrachtete den übrigen Raum ganz genau. Am Tisch

war für ein Dutzend Gäste Platz, aber es war nur für zwei Personen gedeckt. Zwischen den beiden Gedecken ruhte eine Flasche Champagner in einem Eiskübel, aber darin war jetzt mehr Wasser als Eis. Daneben waren von den frischen Rosen in einer Vase Blütenblätter auf das weiße Leinentischtuch gefallen. Rechts und links davon flackerten Kerzen und ihr Vanilleduft vermischte sich mit dem beginnenden Geruch von Verfall und Blut. Wandleuchter in der Form von Laternen waren an den Wänden angebracht. Jeder davon brannte, obgleich sie so aussahen, als gäben sie alle zusammen nicht genug Licht ab. Jemand von der Spurensicherung hatte auf allen Seiten des Raums Halogenscheinwerfer aufgestellt, damit das Team besser arbeiten konnte. Der Leiter der Spurensicherung, Officer Hummel, trat in den Türrahmen der Küche. »Die Kerzen waren an, als wir herkamen, ebenso die Wandleuchter.«

Josie blickte wieder von Claudias Hand hin zu den Türen, die zur Küche führten. Überall Blutstropfen und weitere Fußspuren. In diesem Licht fiel es leichter, die Spuren zu unterscheiden, die anscheinend von einem Paar Damenschuhe mit Absatz stammten und von einem weiteren, größeren Paar, das zu den Anzugsschuhen eines Herrn passen würde. Sie und Mettner hatten darauf geachtet, nirgends draufzutreten, aber die Fußspuren waren überall, beide Paare überlagerten einander. »Was für eine Schweinerei«, sagte Josie.

Hummel folgte ihrem Blick. »Sowohl Eve Bowers als auch Beau Collins sind ins Blut auf dem Boden getreten und haben es überall im Erdgeschoss verteilt. Wir haben schon ihr Schuhwerk als Beweismittel gesichert und werden es mit den Spuren hier zusammenbringen. Alles, was nicht passt, könnte zum Mörder gehören. Wir haben allerdings kein Blut an Claudias Schuhen gefunden. Wie du sehen kannst, sind es Ballerinas.«

»Was auch immer hier geschehen ist, hat eindeutig in der Küche begonnen«, meinte Mettner.

»Was bedeutet, dass jemand sie hier hereingetragen hat«,

folgerte Josie. Sie deutete auf den Boden, wo zwischen den Fußspuren eine lange Reihe mit Tröpfchen verlief, die dort begann – oder endete –, wo Claudias Hand herunterhing. »Die Blutstropfen, die von ihrer Hand kommen, sind kreisförmig ohne Spitze, aber die, die von der Küche nach hier draußen führen, sind langgezogen, ovalförmig, mit Spitze – oder Abschüttelspuren, wenn du so willst.«.

»Stimmt«, sagte Mettner. »Wenn Blut durch die Luft geschleudert wird, statt gerade herunterzutropfen, dann hat es, sobald es auf eine Oberfläche aufprallt, eine verlängerte ovale Form mit einem Fortsatz. Wisst ihr, als ich das damals lernen musste, hat unser Ausbilder diese Spitze als Elefantenrüssel bezeichnet.«

»Das hab ich so auch schon gehört.«

Ob man es Spitze, Abschüttelspur oder Elefantenrüssel nannte, die Ausmaße des Fortsatzes und die exakte Form des Ovals hingen alle ab von dem Winkel, in dem das Blut auf eine Oberfläche traf. Passive Tropfen hingegen, die durch die Schwerkraft und ohne jede Gewalt entstanden und gerade herunterfielen, waren kreisförmig ohne Abschüttelspuren.

»Sobald sie auf diesem Stuhl saß, hat sie sich nicht mehr bewegt«, sagte Josie.

Mettner folgte der Spur der Blutstropfen vom Stuhl zur Küche. »Diese Tropfen hier müssen also daher stammen, dass ihr Arm hin- und herschwang, während er sie trug.«

Hummel nickte und zeigte zurück in die Küche, dabei deutete er auf die Reihe von Tropfen, während sie dorthin zurückgingen. Sie waren auf dem Weg hin zu der Leiche bereits durch diesen Raum gegangen, aber jetzt sah sich Josie die Küche genauer an. Wie das übrige Haus war sie sehr geräumig. Die Bodenfliesen waren aus weißem Granit, die Schränke aus Eiche. Es gab keine Kücheninsel, nur einen kleinen, runden Tisch mit Plätzen für zwei Leute auf einer Seite. Darauf lagen eine Reihe von Takeaway-Behältnissen aus Plastik, die mit

Blutstropfen bedeckt waren. Ihnen entstieg ein schwacher Geruch nach Steak and Lachs. Der Herd und auch das Spülbecken glänzten vor Sauberkeit. Kein Krümel oder schmutziges Geschirr weit und breit.

Außer dem fast überall verteilten Blut war der Raum blitzblank.

Gegenüber vom Tisch, ein Stück zurückgesetzt von der Wand, befand sich ein kleiner Vorraum, der zu Glasschiebetüren führte. Josie ging um weitere blutige Fußspuren und Blutströpfchen in der Mitte des Küchenfußbodens herum zu diesen Türen. Sie schob eine der herunterhängenden Jalousien zur Seite. Außenlampen beleuchteten eine geräumige Veranda, und dahinter ging es eine Reihe von Stufen hinunter zu einem in den Boden eingelassenen Pool, der jetzt im Winter abgedeckt war.

»Waren diese Türen verschlossen?«, fragte Josie.

»Ja«, erwiderte Hummel. »Es gibt auch eine kleine Tastatur außerhalb der Tür, also braucht man einen Code, um reinzukommen.«

Sie bewegte sich zu dem Tisch und achtete dabei sorgfältig darauf, ihre Tyvek-Überziehschuhe aus dem Blut herauszuhalten. Keine leichte Aufgabe. Mettner war schon dort und stieß einen der Styroporbehälter mit einem behandschuhten Finger an. »Essen vom Takeaway für ihren runden Hochzeitstag?«

Josie deutete auf einen großen Bereich mit Blutspritzern an der Wand über einem der Stühle. Weiteres Blut war quer über den Tisch versprengt. »Ist das hier der Ausgangspunkt?«

Hummel deutete auf einen mit Blutflecken übersäten Bereich an der Wand, der sich, falls Claudia dort gesessen hatte, etwa auf Kopfhöhe befand. Die Blutströpfchen waren klein und weit verstreut, was auf ein Zerspritzen mit mittlerer Geschwindigkeit hindeutete. Das bedeutete, dass jemand Claudia mit einem Gegenstand auf den Kopf geschlagen hatte. Tropfen, die durch die Schwerkraft nach unten geflossen waren, zogen eine Spur bis zum Boden hinunter. Weiteres Blut, mittlerweile dunkel und geronnen, hatte sich in Lachen an mehreren Stellen am Fuß des Stuhls gesammelt. Hummel sagte: »Es war eine Kopfverletzung. Ich denke, eine durch stumpfe Gewalt. Aber da bin ich mir nicht sicher. Dr. Feist kann uns vielleicht dabei weiterhelfen. Wir haben hier nichts gefunden, was jemand als Waffe benutzt haben könnte.«

»Sieht so aus, als ob sie auf dem Stuhl gesessen hat, als es passiert ist«, sagte Mettner.

Hummel nickte. »Das glaube ich auch. Sie saß wohl mit dem Rücken zum Salon, also glaube ich, er kam so herein, wie wir gerade, von der Eingangstür, und hat sich von dort an sie herangeschlichen. Hat sie auf den Kopf geschlagen, bevor sie wusste, was überhaupt geschah.«

Josie ließ den Blick von der Tür hin zum Stuhl wandern. »Wie viele Eingänge gibt es zum Haus?«

»Die Eingangstür und die dort, die zum Pool führt.«

»Wenn jemand versucht hätte, vom Poolbereich hereinzukommen, dann hätte sie ihn gesehen«, sagte Josie. »Du hast recht, er muss geradewegs durch die Eingangstür gekommen sein. Sie hat, laut Eve Bowers, die Alarmanlage ausgeschaltet gelassen, wahrscheinlich, weil sie Leute erwartete.«

»Was für ein Glück für den Mörder«, erwiderte Mettner.

»Oder er kannte ihren Tagesablauf und wusste, dass sie da sein würde. Er hat darauf gewartet, sie hier allein zu überraschen«, wandte Josie ein. »Machen wir weiter.«

Hummel deutete auf den Teil des Tisches, der der Wand am nächsten war. »Hier hinter den Takeaway-Behältern stand ihre Handtasche – wir haben sie schon zu den Beweismitteln genommen. Es scheint, als sei sie hier hereingekommen, hätte ihre Sachen abgestellt, das Essen ausgepackt, die Tüte vom Takeaway weggeworfen – ich hab sie im Abfalleimer gefunden – und hätte sich dann auf diesen Stuhl gesetzt. Vielleicht hat sie gerade mit dem Handy telefoniert und den Mörder deshalb nicht gehört? Aber ihr Handy ist nicht hier.«

»Bist du ganz sicher, dass es nicht hier ist? Anderswo im Haus?«, fragte Josie.

»Nicht in ihrer Handtasche und auch nicht anderswo im Haus«, erwiderte Hummel. »Wir haben alles abgesucht.«

»Habt ihr den Ehemann gebeten, es anzurufen? Geprüft, ob ihr es irgendwo im Haus klingeln hören konntet?«

»Mehrfach«, entgegnete Hummel. »Es ist nicht hier.«

»Wir können ja Brennan bitten, bei der Leitstelle anzurufen und den Standort des Handys ermitteln zu lassen. Dann können wir sehen, ob wir es orten können«, schlug Mettner vor.

Hummel fragte: »Du meinst also, dieser Typ ist reingekommen, hat sie getötet und einfach nur ihr Handy mitgenommen? Es gibt eine Tonne Schmuck im Obergeschoss – edle Klunker –, und auch die Elektrogeräte könnte man teuer verscherbeln.«

»Wir wissen einfach noch nicht genug«, sagte Mettner. »Aber es ist seltsam, dass das Handy nicht hier ist. Okay, er schlägt sie auf den Kopf und trägt sie ins Esszimmer.«

»Ja«, sagte Hummel. »Das ist der merkwürdige Teil. Ich verstehe nicht, warum er sie bewegt hat.«

Der Mörder hatte sich die Mühe gemacht, Claudia Collins an ihren Platz fürs Hochzeitstags-Dinner zu setzen. Welche Botschaft versuchte er damit zu senden? Josie fragte: »Ist es möglich, dass sie zu diesem Zeitpunkt noch gelebt hat?«

»Das weiß ich nicht«, erwiderte Hummel. »Vielleicht kann Doc Feist was dazu sagen.«

SECHS

Josie und Mettner suchten sich vorsichtig ihren Weg über den blutigen Fliesenboden zurück ins Esszimmer. Mit ihrem üblichen Gesichtsausdruck – halb Grimasse, halb Lächeln –, mit dem sie die Ermittler jedes Mal an einem Tatort begrüßte, sah Dr. Feist von Claudias Kopf auf. »Da seid ihr wieder. Ich freue mich, euch beide zu sehen«, sagte sie. »Leider wieder anlässlich einer Leiche.«

»Ich bin mir ziemlich sicher, dass das die einzige Chance ist, sich immer wieder zu begegnen«, meinte Mettner.

Dr. Feist neigte den Kopf wieder Claudia Collins' Leiche zu. »Nein, manchmal essen Detective Quinn und ich zusammen zu Mittag. Oder wir trinken Kaffee.«

»Und unterhalten uns über Leichen«, sagte Josie seufzend.

Dr. Feist widersprach nicht, stattdessen begann sie gleich mit ihren Untersuchungsergebnissen. »Eure Streifenkollegen haben eine anfängliche Bestätigung ihrer Identität von den Zeugen und ihrem Führerschein erhalten. Dr. Claudia Collins, Alter zweiundvierzig. Sie ist, nach meiner Einschätzung, erst zwei bis drei Stunden tot. Die Leichenstarre ist noch nicht eingetreten, was, wie ihr wisst, normalerweise zwischen zwei und drei Stunden nach dem Tod der Fall ist. Ich habe ihre Temperatur unter der Achsel gemessen. Unter normalen Bedingungen würde ich erwarten, dass sie etwa 36,4 Grad Celsius beträgt. Mrs Collins' Temperatur betrug 34,7 Grad. Typischerweise behält der Körper seine normale Temperatur bis eine Stunde nach dem Tod – es sei denn, er ist sehr kalten Bedingungen ausgesetzt. Der Thermostat in diesem Haus ist auf 22 Grad eingestellt, also ist Kälte kein Faktor. Nach dieser ersten Stunde verliert der Körper ein oder eineinhalb Grad pro Stunde, bis er die Umgebungstemperatur erreicht. Ich werde nochmals die Temperatur in der Leber messen, wenn ich die Leiche auf meinem Tisch habe, aber jetzt im Moment sieht es so aus, als sei sie schon ein paar Stunden tot.«

»Was ist deine Anfangsvermutung bezüglich ihrer Todesursache? Stumpfe Gewalteinwirkung auf den Kopf?«

Dr. Feist schob die Haare der Leiche zur Seite und ermöglichte dadurch den Blick auf eine klaffende Wunde in der Stirn der Toten, nahe der Schläfe. Sie sah aus wie ein blutiger, zahnloser Mund. »Allem Anschein nach, zumindest nach meiner vorläufigen Untersuchung, aber ich muss sie wirklich erst auf meinen Tisch bekommen. Und sicherstellen, dass sie keine weiteren Verletzungen hat, die jetzt bei ihrem Auffinden nicht erkennbar sind.«

Josies Herz machte einen Doppelschlag und das Blut rauschte in ihren Ohren. Dr. Feists Stimme drang auf einmal wie aus weiter Ferne an ihr Ohr. Ihre Augen fixierten das blutige Gesicht der Frau, der sie vergangenen Monat bei ihrem Weihnachtseinkauf mit Harris begegnet war. Die Frau, die sich ihr und Harris als Claudia White vorgestellt hatte.

Dr. Feist redete immer noch. »Ich werde ihren Körper vom Blut reinigen lassen und mache dann ein paar Röntgenaufnahmen. Ich muss mir diese Wunde viel gründlicher anschauen. Vielleicht kann ich dann irgendwelche Verletzungen mit einem Muster erkennen und daraus schließen, womit er sie erschlagen hat. Vielleicht.« Sie ließ Claudias Haar wieder über das Gesicht fallen und verbarg damit den schrecklichen Anblick der brutalen Tötung. »Wir werden auch UV-Licht einsetzen, um ihre Kleidung und ihren Körper zusätzlich zu all dem Blut nach weiteren DNA-Spuren – Sperma, Speichel, Schweiß – absuchen zu können, und wir machen Abstriche. Hoffentlich hat der Mörder etwas hinterlassen.«

»Boss?«

Mettner sah Josie mit sorgenvoll zusammengezogenen Brauen an.

Auch Hummel fragte: »Boss? Bist du okay?«

»Ich bin ihr schon mal begegnet«, platzte Josie heraus. »Letzten Monat. Auf der Straße. Aber sie hat sich als Claudia White vorgestellt. Nicht als Dr. Claudia Collins.«

Einen Augenblick starrten alle sie an. Dann sagte Dr. Feist: »Vielleicht ist White ihr Mädchenname?«

»Aber warum sollte sie ihren Mädchennamen nennen?«, wunderte sich Hummel. »Die Collins' sind eigentlich ja hauptsächlich deswegen berühmt, weil sie miteinander verheiratet sind.«

Mettner warf ein: »Vielleicht wollte sie den ganzen Promi-Rummel vermeiden? Vielleicht hat sie damals versucht, unter dem Radar zu fliegen?«

Josie seufzte. »Das wäre schon möglich, denke ich.« Sie trat einen Schritt vor, näher an die Leiche heran, und versuchte, das Grauen, das sie so heimtückisch packte, in den Griff zu bekommen. Claudias andere Hand lag mit der Handfläche nach oben auf ihrem Oberschenkel. »Hält sie da etwas fest?«

Dr. Feist trat zurück, damit sie besser nachsehen konnten. In Claudias offener Handfläche befand sich ein langes, schmales Holzkästchen — der obere Teil war hellbeige, der untere rot. Josie schätzte die Grundfläche des Kästchens auf etwa dreizehn Zentimeter Länge und acht Zentimeter Breite, wobei es nur etwa fünf Zentimeter hoch war. Oben auf dem

Deckel befand sich eine aus Holz geschnitzte rote Geschenkschleife. Eine böse Vorahnung beschlich Josie und es lief ihr eiskalt den Rücken hinunter. Der Mörder hatte Claudia einen Schlag versetzt, den sie nicht überleben sollte, und dann hatte er sie hierher ins Esszimmer geschleppt und ihren Körper kunstvoll drapiert. Er hatte gewollt, dass man sie so finden sollte: am Tisch zum Dinner ihres Hochzeitstags sitzend und mit einer Geschenkbox in der Hand.

»Das ist nicht meine Abteilung«, sagte Dr. Feist. »Hummel?«

Der Leiter der Spurensicherung trat neben Josie. »Wir haben schon von allem Fotos gemacht, aber ich wollte, dass ihr das seht, bevor wir das Kästchen zu den Beweismitteln nehmen. Niemand hat es berührt.«

Josie wandte sich an Mettner. »Ist das etwas aus dem Buch der Collins'?«

»Es ist eine Rätselbox«, erwiderte er. »Die beiden verkaufen sie auf ihrer Website. Es ist eher ein Symbol als ein Behältnis für irgendwas. Beau Collins hat es mal in einer ihrer Fernsehsendungen verwendet, um etwas zu demonstrieren, und dann waren die Leute plötzlich ganz verrückt danach.«

»Ist da irgendwas drin?«, fragte Josie.

Er schüttelte den Kopf. »Man kann etwas reintun, also es ist Platz darin. Ich hab auf den Social-Media-Plattformen gesehen, dass Leute verschiedenste Dinge darin verstaut haben.« Er winkte mit einer Hand zum Tisch hin. »Es könnte Teil dessen sein, was die beiden hier inszenieren wollten, um es dann in den sozialen Medien und in ihrer nächsten Show mit dem Publikum zu teilen.«

Hummel ging aus dem Raum und kehrte mit einer Beweismitteltüte aus Papier zurück. Mit einer behandschuhten Hand hob er das Kästchen hoch. Er schüttelte es vorsichtig, während alle anderen auf irgendein Geräusch aus dem Inneren lauschten.

»Klingt so, als würde darin etwas klappern«, meinte Josie.

»Das ist ein Kugellager«, sagte Mettner. »Es ist an einem Magneten befestigt und hält das Kästchen geschlossen. Wenn man einfach nur versucht, den Deckel anzuheben, geht es nicht auf. Die oberen Führungen öffnen sich in einem bestimmten Winkel, aber um den genau hinzubekommen, muss man die Ecke finden, in der das Kugellager sitzt, und dann muss man versuchen, es von dem Magneten zu lösen. Wenn man das schafft, gleitet der Deckel auf.«

Hummel verstaute das Kästchen in der Tüte. »Ich will versuchen, davon Fingerabdrücke abzunehmen, bevor wir all das ausprobieren.«

Josie fragte nach: »Mett, kannst du es leicht öffnen?«

»Nein. Ich hab nie eines selber aufgemacht. Ich hab nur ungefähr ein Dutzend Mal gesehen, wie Beau Collins es im Fernsehen getan hat.«

»Nimm es mit«, sagte Josie zu Hummel. »Sobald du mit der Untersuchung auf Fingerabdrücke fertig bist, will ich, dass es geöffnet wird.«

Mit einem Nicken zog Hummel einen Stift hervor und kritzelte etwas quer über die Tüte. Josie starrte auf Claudias offene Handfläche. Sie war mit getrocknetem Blut bedeckt. Hatte sie mit ihrer Hand versucht, die klaffende Wunde an ihrem Kopf zusammenzudrücken? War sie noch so lange klaren Bewusstseins gewesen, um zu verstehen, was mit ihr geschah, oder hatte der Schlag sie zu benommen gemacht? Das Ausmaß der Blutung könnte sie erschreckt haben. Bedrückende Traurigkeit legte sich über Josies Schultern wie ein vertrauter Mantel. Sie war gut in ihrem Job, aber gleichzeitig hasste sie ihn auch. Sie hasste ihn, weil sie bei ihrer Arbeit damit konfrontiert wurde, dass das Leben von Menschen wie Claudia Collins viel zu früh beendet wurde, und das mit schrecklicher Gewalt.

Hummel ging zu den Küchentüren und rief nach jemandem aus seinem Team. Einen Augenblick später erschien

Officer Jenny Chan mit einer Kamera in der Hand. »Mach bitte ein paar Fotos von ihrer Hand ohne das Kästchen«, sagte er.

Sie traten zurück, während Chan fotografierte. Josie versuchte, ihren Geist zu beruhigen. Das Bild von Claudia, wie sie auf den Gehweg trat und Harris mit perfekter Leichtigkeit aus der Gefahrenzone des Radfahrers schnappte, lief vor ihrem inneren Auge immer wieder ab. Sie listete jedes Detail der Begegnung in Gedanken auf und suchte dabei nach etwas. Aber wonach? Dieses zufällige Zusammentreffen hatte nichts mit dem hier zu tun. Woran versuchte sich ihr Gehirn mit solch fieberhafter Intensität zu erinnern?

»Die Ringe!«, rief sie plötzlich aus. »Ihre Ringe fehlen!«

Chan hörte auf zu fotografieren und Mettner fragte: »Welche Ringe?«

»Sie hat einen sehr großen, sehr teuren Verlobungsring und einen Ehering getragen, als ich ihr damals begegnet bin. Ich sehe die beiden an keiner ihrer Hände.«

»Ich durchsuche noch einmal das Schlafzimmer, wo wir den Schmuck gefunden haben«, sagte Hummel.

Chan fotografierte weiter. Dr. Feist zog seufzend ihre Latexhandschuhe aus. »Ich informiere euch nach der Autopsie und der Untersuchung, was ich gefunden habe. Vielleicht hab ich schon morgen früh etwas für euch, solange wir heute Abend keine weiteren Leichen reinbekommen.«

»Hoffentlich nicht«, sagte Josie.

SIEBEN

Josies Fingerspitzen fühlten sich taub an, als sie nach der Tür griff, durch die man vom städtischen Parkplatz am Polizeirevier von Denton in das Gebäude ging. Im Erdgeschoss schlug ihr und Mettner ein Schwall warmer Luft entgegen, aber selbst nachdem sie die Treppe hinaufgegangen und im Großraumbüro im ersten Stock angekommen waren, brannten Josies Wangen noch immer vor Kälte. Noah saß an seinem Schreibtisch und tippte etwas in seinen Computer. Josie blickte sich um, aber nichts deutete darauf hin, dass Luke oder Blue hier waren. Die Tür zum Büro des Chiefs war angelehnt, aber drinnen brannte kein Licht.

»Habt ihr den Sohn von Landan Clarke gefunden?«, fragte Josie.

Noah tippte ungerührt weiter. »Ja. Gott sei Dank sogar ziemlich schnell.« Er stieß einen tiefen Seufzer aus, sah auf und lächelte Josie schmallippig an. »Mal ganz ehrlich: Blue ist absolut genial. Er hat diesen Jungen in weniger als fünf Minuten aufgespürt. Wirklich unglaublich.«

»Und wie ging's mit Luke?«, wollte Mettner wissen.

Noah sah weiterhin Josie an. Auch ohne dass er etwas sagte,

war ihr klar, dass es eine unangenehme Situation gewesen war. Die beiden hatten zwar nie ein wirklich schlechtes Verhältnis gehabt – im Grunde hatten sie überhaupt kein Verhältnis zueinander –, aber das ganze Team wusste über Josies Vergangenheit mit Luke Bescheid und darüber, was er ihr angetan hatte. Eines aber wusste lediglich Noah: Lange nachdem Luke seine Gefängnisstrafe verbüßt und Denton verlassen hatte, war da eine Nacht gewesen, die Josie bei Luke zu Hause verbracht hatte. Luke hatte ihr beim Verfolgen einer Spur geholfen, und da sie und Noah gerade schlecht aufeinander zu sprechen gewesen waren, hatte sie sich gemeinsam mit Luke betrunken und sie waren nebeneinander eingeschlafen. Es war nichts zwischen ihnen geschehen, aber trotzdem hatte Josie ein extrem schlechtes Gewissen gehabt. Noah war danach sehr verständnisvoll gewesen und hatte ihr sofort geglaubt, dass nichts passiert war. Danach hatten sie nie wieder darüber gesprochen. Wozu auch? Luke war Geschichte.

Nur, dass er es jetzt auf einmal nicht mehr war.

Noah ging nicht auf Mettners Frage ein und meinte stattdessen: »Ihr habt einen Mordfall reinbekommen, hab ich gehört. Ziemlich üble Sache, oder?«

»Sehr sonderbar jedenfalls«, antwortete Mettner, der offenbar verstanden hatte, dass er das Thema Luke besser fallen lassen sollte.

Josies Handy meldete sich in ihrer Hosentasche. Sie zog es heraus und las die Textnachrichten, während Mettner Noah darüber informierte, was sie bereits wussten und was sie am Tatort vorgefunden hatten.

»Okay«, meinte Noah, als Mettner fertig war. »Als ich vor etwa einer halben Stunde zurückgekommen bin, hat mir der diensthabende Sergeant am Empfang Bescheid gegeben, dass Margot Huff im Besprechungsraum ist, Eve Bowers in Vernehmungsraum eins und Beau Collins in Vernehmungsraum zwei.«

»Dann sollten wir wohl anfangen«, sagte Mettner. »Ich

kann eine der beiden Assistentinnen übernehmen. Vielleicht die Huff.«

»Einen Moment noch«, schaltete Josie sich ein. »Brennan hat mir eine Nachricht wegen des Handys von Claudia Collins geschickt. Die Leitstelle konnte den Standort ermitteln. Es war als Letztes bei den Collins' zu Hause eingeloggt.«

»Soll das heißen, dass es noch immer dort ist und die Spurensicherung es nicht gefunden hat?«, fragte Mettner.

»Das Haus ist riesig, aber ich glaube nicht, dass Hummel und sein Team was übersehen haben. Die sind doch supergründlich.«

Josie schob ihr Handy zurück in die Hosentasche. »Es kann auch einfach ausgeschaltet worden sein. Wenn der Mörder das Handy mitgenommen hat, hätte er es vor dem Verlassen des Hauses nur ausmachen müssen und damit erreicht, dass es noch dort geortet wird. Wir sollten aber auf jeden Fall eine richterliche Anordnung für Claudias Verbindungsdaten beantragen.«

»Sehe ich auch so«, meinte Mettner. Er hatte sein Handy in der Hand und erstellte in seiner Notizen-App eine Liste. »Ich kann das erledigen, während ihr beiden mit Collins sprecht. Ich hab ihn schon zigmal im Fernsehen erlebt. Er kommt echt sympathisch rüber, aber ich hätte gern, dass ihr euch selbst einen Eindruck von ihm verschafft. Sobald ich die Anordnung habe, fange ich mit einer der Assistentinnen an.«

»Ich würde tatsächlich gern zuerst mit Eve Bowers sprechen, da sie Claudia ja aufgefunden hat«, sagte Josie. »Im Übrigen wissen wir noch nicht, ob der Mörder in die Einfahrt reingefahren ist und direkt beim Haus geparkt hat oder ob er zu Fuß unterwegs war.«

»Also wenn ich dort hinfahren würde, um jemanden zu ermorden, würde ich garantiert nicht bis ganz vors Haus fahren. Was, wenn jemand anders kommt und vor mir parkt?«, überlegte Noah laut.

»Ja, da war ein ziemliches Kommen und Gehen an diesem Abend. Eher unklug, dann in der Einfahrt zu parken«, bestätigte Mettner. »Er könnte sein Fahrzeug unauffällig an der Straße abgestellt haben. Die ist ja ziemlich abgeschieden. Man kann die anderen Häuser von dort aus nicht mal sehen. Selbst wenn an denen Überwachungskameras sind, haben diese die Straße sicher nicht mit erfasst.«

»Das ist wahr«, antwortete Josie. »Aber es gibt noch eine andere Möglichkeit: Das Grundstück der Collins' grenzt hinten direkt an den Stadtpark. Der Mörder könnte auch von dort gekommen sein. Eine Menge Leute gehen oder joggen durch den Park oder durchqueren ihn mit dem Rad, sogar im Winter. Das wäre völlig unverdächtig. Er könnte sich einfach von dem Weg, der parallel zur Straße der Collins' läuft, in die Büsche geschlagen haben und dann zu ihrem Haus gegangen sein. Lasst uns eine richterliche Anordnung für ein Geofencing beantragen, das ihre Wohnstraße sowie den Stadtpark einschließt.«

Geofencing war in Fällen wie diesem ein exzellentes Hilfsmittel für die Strafverfolgungsbehörden. Mit dem auf Ortungstechnologie basierenden Tool konnte die Polizei eine virtuelle Grenze um einen spezifischen geografischen Bereich – wie zum Beispiel den Stadtpark – ziehen und dann smarte Geräte wie Handys tracken, die sich zu einer bestimmten Zeit innerhalb dieses Umkreises befunden hatten. Geofencing war von den Strafverfolgungsbehörden erstmals 2016 gerichtlich beantragt worden und wurde seither immer häufiger genutzt. In anderen Bundesstaaten waren zwar Datenschutzbedenken dagegen vorgebracht worden, aber zum jetzigen Zeitpunkt stand ihnen das Tool zur Verfügung und Josie war fest entschlossen, es zu nutzen, wann immer es möglich war.

»Das könnte uns aber eine ziemlich große Menge an Handynummern liefern«, wandte Noah ein.

»Stimmt«, entgegnete Josie. »Aber das Geofencing wird uns

nur eine Liste von Handynummern innerhalb dieser geografischen Grenzen liefern und noch keine persönlichen Daten ihrer Besitzer. Wir richten den Blick dann nur auf die Handys, die sich vom Park aus auf das Grundstück der Collins' bewegt oder sich diesem zumindest so weit genähert haben, dass sie auch bis zum Haus gekommen sein könnten. Wenn wir rausfinden, welche Nummern das sind, können wir auch nur diese Nummern abfragen. Ich denke, wenn man das, was wir bereits wissen, und den Tatort berücksichtigt, wird der Richter uns das genehmigen.«

Mettner saß bereits an seinem Computer: »Bin dran.«

»Prüf bitte zusätzlich auch, ob die automatische Nummernschilderkennung in diesem Bereich etwas ergeben hat«, fügte Josie hinzu.

Drei der Streifenfahrzeuge der Polizei von Denton waren mit Kameras ausgestattet, die direkt mit den mobilen Datenterminals im Wageninneren verbunden waren. Diese Kameras scannten die Nummernschilder aller fahrenden und parkenden Autos und machten auf Fahrzeuge aufmerksam, für die eine richterliche Anordnung vorlag, die gestohlen worden waren oder deren Kennzeichen abgelaufen waren. Wenn sich eines dieser Polizeiautos zum Zeitpunkt des Mordes an Claudia Collins in der Nähe ihrer Wohnstraße oder des Stadtparks befunden hatte, würde die Kamera aufgenommen haben, welche Fahrzeuge zu dieser Zeit in diesem Bereich unterwegs waren.

»Geht klar«, meinte Mettner.

»Jetzt lass uns mit Eve Bowers sprechen«, sagte Noah.

ACHT

Vernehmungsraum eins war der sauberste und am wenigsten genutzte auf dem Revier. Trotzdem wirkte Eve Bowers in diesem Betonziegelkabuff an dem verschrammten Metalltisch deplatziert. Sie hatte die Füße auf die Sitzfläche ihres Stuhls gestellt und hielt ihre Beine vor der Brust umschlungen. Als Josie und Noah den Raum betraten, lugten große blaue Augen, die vom Weinen rotgerändert waren, über ihren mit Strumpfhosen bekleideten Knien hervor. Sie hatte die Schuhe ausgezogen und ihre Zehen krümmten sich nach unten um die Stuhlkante. Als sie den Kopf hob, war ein sommersprossenübersätes Gesicht mit sinnlich geschwungener Oberlippe zu sehen. Seitlich ihrer Nase verlief ein verschmierter Blutfleck, der bereits angetrocknet war.

Josie und Noah stellten sich vor und nahmen Platz. »Es tut uns leid, dass wir Sie so lange haben warten lassen«, eröffnete Josie das Gespräch.

Eve starrte erst sie, dann Noah einen kurzen Augenblick an und stellte danach ihre Füße auf den Boden. Jetzt konnte man erkennen, dass sie ein weiches cremefarbenes Strickkleid trug, das einen starken Kontrast zu ihren schwarzen Feinstrumpfhosen bildete. Angetrocknete Flecken von verschmiertem Blut verunzierten die Vorderseite des Kleids. Auf Höhe der Taille gab es drei fingerförmige Streifen, wo sie offenbar versucht hatte, das Blut abzuwischen. »Wie geht es Beau – Mr Collins?«, fragte sie mit zaghafter Stimme.

»Wir haben noch nicht mit ihm gesprochen«, entgegnete Noah, »aber sobald wir die Aussagen von Ihnen allen aufgenommen haben, können Sie mit ihm reden.«

»Okay«, sagte Eve, beugte sich nach vorn und legte ihre Arme auf den Tisch.

Josie begann mit ein paar Standardfragen. »Eve, wie lange arbeiten Sie schon für Dr. Collins?«

»Ungefähr drei Jahre«, antwortete Eve leise.

»Sie sind ihre persönliche Assistentin?«, fragte Noah.

»Ja, sozusagen. Claudia – Dr. Collins – sagt immer, ich soll mich als ›Assistentin der Geschäftsführung‹ bezeichnen. Sie meint, das klingt besser. Im Lebenslauf oder so, hat sie wohl gedacht.«

»Waren Sie denn auf der Suche nach einem neuen Job?«

Eves Blick glitt hinab zu ihren Fingern. Sie zupfte an dem abblätternden hellrosa Nagellack an einem ihrer Daumen herum. »Äh, ich meine, aktuell nicht so direkt, aber ich hab ... nun ja, Claudia meinte immer, ich sei zu intelligent, um auf ewig ihre Assistentin zu bleiben. Sie denkt, dass ich größere und ansprechendere Aufgaben übernehmen könnte. Sie sagt, sie wäre mir nicht böse, wenn ich weiterkommen wolle.«

»Wie war denn Ihre Arbeitsbeziehung zu Claudia?«

Ein rosa Lacksplitter von Eves Daumennagel landete auf dem Tisch. »Sie war gut. Wirklich in Ordnung. Sie behandelt mich gut.« Sie korrigierte sich: »Hat mich gut behandelt.«

»Welche Aufgaben haben Sie für Dr. Collins übernommen?«, wollte Josie wissen.

»Was immer sie brauchte, aber hauptsächlich hab ich ihren Terminkalender verwaltet und sie an alles Mögliche erinnert.

Hab irgendwelche Dinge für sie abgeholt. E-Mails beantwortet.«

»Wie sieht denn ein normaler Arbeitstag bei Ihnen aus?«, fragte Noah.

Eve kratzte unten an ihrem anderen Daumennagel herum, bis weitere Splitter des verbliebenen Nagellacks absprangen und sich auf dem Tisch verteilten. »Hm, ja, ich komme so gegen sieben Uhr morgens ins Studio und treffe mich mit ihr. Wir sprechen dann den Tag durch. Claudia legt gern so Tagesziele fest, was hauptsächlich bedeutet, dass sie mir eine Liste gibt, was ich alles an diesem Tag für sie erledigen oder recherchieren soll. Ich bleibe dann noch, solange sie mit Beau die Sendung aufzeichnet. Dabei schieße ich ein paar Fotos, die ich an Margot schicke und auch an Rafferty, der die sozialen Medien für den Sender managt, falls sie was davon brauchen können.«

»Warum an Margot?«, hakte Noah nach.

»Sie ist für die sozialen Medien von Beau und Claudia zuständig. Sie haben auf fast jeder Plattform ein Profil für ihre Sendung. Früher hatten sie getrennte Profile für ihn, für sie und für die Sendung, aber dann haben sie beschlossen, alles zu einem Profil zusammenzufassen, das sich um die Sendung dreht, und dafür ist Margot verantwortlich.«

Josie nickte. »Um wie viel Uhr ist die Sendung vorbei?«

»Sie wird von neun bis halb zehn live gesendet. Danach gibt es gewöhnlich noch ein Meeting, bei dem die Sendung für den nächsten Tag besprochen wird oder was an Themen noch aufgekommen ist. Gegen zwölf Uhr mittags, wenn das Ganze dann beendet ist, geht Claudia in ihre Praxis und empfängt ihre Klienten. Ich arbeite den Rest des Tages von zu Hause aus.«

»Hat Ihr Zeitplan auch heute so ausgesehen?«

Eve vertiefte sich jetzt in ihre Nagelhaut. »Äh, ja, mehr oder weniger.«

»Außer dass Sie dann für das große Dinner zum Hochzeitstag gebraucht wurden?«, fragte Josie.

Eve blickte von ihren Händen auf und Josie in die Augen. »Ich sollte ein paar Bilder für die sozialen Medien machen und sie an Margot weiterschicken, ja. Ich hatte auch angeboten, das Takeaway-Essen abzuholen, den Champagner und das ganze Zeug, aber Claudia wollte das selbst erledigen.«

»Das letzte Mal, dass Sie mit Claudia gesprochen oder sie gesehen haben, war wann genau?«, erkundigte sich Noah.

»Gegen Mittag im Studio«, erwiderte Eve. »Also das war das letzte Mal, dass ich persönlich mit ihr gesprochen habe, aber sie hat mir ein paar Fotos geschickt, bevor ich bei ihr zu Hause angekommen bin.« Sie fasste hinter sich, wo eine große Handtasche an der Stuhllehne hing, fischte ihr Handy heraus, tippte die PIN ein und rief ihren Chat mit Claudia auf.

»Darf ich?«, fragte Josie und griff nach dem Handy.

Eve zuckte mit den Achseln. »Wenn Sie meinen, dass es Ihnen weiterhilft.«

Josie scrollte zurück durch zahlreiche unspektakuläre Nachrichten, in denen es um Termine, die Reinigung und Kaffee ging. Dann die Nachrichten von diesem Tag ab etwa halb drei am Nachmittag.

Eve: *Wann soll ich da sein?*

Claudia: *Kurz nach halb sechs, denke ich. Bis dahin sollte ich alles hergerichtet haben.*

Eve: *Ok, danke.*

Die nächste Nachricht war um siebzehn Uhr dreizehn von Claudia gekommen, eine Stunde bevor der Notruf auf der 911 einging. Sie lautete: *Was meinst du?* Eine Reihe von Fotos folgten. Alle davon waren aus dem Esszimmer der Collins'. Eines zeigte ein Liefertüte vom Takeout-Service Cadeau. Auf einem weiteren waren zwei festliche Gedecke zusammen mit unangezündeten Kerzen zu sehen. In der Mitte des Tischs standen eine Vase mit Rosen und ein Eiskübel mit einer Champagnerflasche darin. Das letzte Foto war ein Selfie von Claudia. Sie lächelte darauf und hielt das Handy hoch über ihren Kopf, damit der Esstisch hinter ihr ebenfalls im Bild war. Diesmal brannten die Kerzen. Sie reckte den Daumen ihrer einen Hand hoch. Der große Diamantring und der dazu passende Ehering, die Josie am Tag ihres Zusammentreffens mit Claudia gesehen hatte, funkelten an ihrem Ringfinger.

Josie spann ihre Theorie weiter, die sie nach der Tatortbegehung entwickelt hatte. Der Mörder war höchstwahrscheinlich durch die Vordertür gekommen, da die Alarmanlage deaktiviert war. Er hatte sich Claudia in der Küche von hinten genähert und so fest zugeschlagen, dass sie eine große Menge Blut verloren hatte. Dann hatte er sie ins Esszimmer getragen, auf einen der Stühle gesetzt und die Ringe von ihren Fingern abgezogen. Bevor er gegangen war, hatte er ihr noch eine Rätselbox in die Hand gelegt und ihr Handy an sich genommen.

Eine böse Vorahnung schnürte Josies Brust zusammen.

Die letzte Nachricht kam von Claudia und war um siebzehn Uhr neunundzwanzig eingegangen.

Wo seid ihr alle? Dachte, wir machen das um 17:30? Das Essen wird kalt!

Wie um ihre Nachricht zu entschärfen, hatte sie noch einen Smiley danebengesetzt.

Eve hatte nicht geantwortet.

Josie fügte im Geist ihrer Rekonstruktion des Abends ein weiteres Detail hinzu. Der Mörder hatte seine Tat innerhalb eines 30-Minuten-Zeitraums ausgeführt. Mit größter Wahrscheinlichkeit war Claudia noch am Leben gewesen, als sie Eve um siebzehn Uhr neunundzwanzig die Nachricht geschickt hatte. Eve war ungefähr eine halbe Stunde bis fünfundvierzig Minuten danach angekommen und hatte Claudia tot am inszenierten Tatort vorgefunden, denn als der Notruf einging, war es achtzehn Uhr dreizehn.

»Können wir uns davon Kopien machen?«, fragte Josie.

Wieder zuckte Eve mit den Achseln. »Klar.«

Josie reichte das Handy an Noah weiter, damit auch er den Chat ansehen konnte. Zu Eve gewandt, fragte sie: »Sollte das große Dinner denn um halb sechs stattfinden?«

Eve nickte. Sie brachte ihren Daumen zum Mund und begann, auf der ohnehin schon strapazierten Nagelhaut herumzubeißen.

»Und Sie sind wann dort angekommen?«, hakte Josie nach.

»Um sechs«, nuschelte Eve hinter ihrer Hand hervor. »Ich war spät dran. Wir waren alle spät dran.«

An dieser Stelle brach sie in Tränen aus und ihr ganzes Gesicht verzog sich. Sie spreizte die Finger einer Hand und bedeckte ihre Augen mit der Handfläche. Schluchzer schüttelten ihren Körper. Ein schriller Aufschrei erfüllte den Raum, den Josie als Vibration in ihren Zähnen spürte. Es war Trauer und Schuld, pur und unverfälscht. Für einen Moment verlor auch Noah die Fassung. Mit weit aufgerissenen Augen schweifte sein Blick von dem Handy zu Eves zitterndem Körper. Josie hob eine Hand vom Tisch, um zu signalisieren, dass sie Eve einfach ein paar Minuten gönnen sollten, damit sie sich wieder fassen konnte.

»Wenn wir nicht zu spät dran gewesen wären, wäre sie vielleicht noch am Leben«, rief Eve weinend und fuhr sich mit dem Ärmel ihres Kleides übers Gesicht. »Alle waren wir zu spät. Wirklich alle. Wenn ich einfach zu der Zeit gekommen wäre, die sie mir gesagt hatte, dann wäre vielleicht nichts passiert. Claudia ist ein guter Mensch. Sie verdient das ... sie hat das nicht verdient. Sie ist eine wunderbare Chefin. Die beste überhaupt. Und das Blut. Da war so viel Blut. Ich bin versehentlich reingetreten und dann war es überall. Es klebt ja jetzt noch an mir!«

Eve hyperventilierte jetzt fast. »Eve, schauen Sie mich an!«, redete Josie ruhig, aber entschieden auf sie ein. »Sie müssen jetzt ein paarmal tief durchatmen. Können Sie mir diesen Gefallen tun?«

Eve nickte, obwohl ein weiterer Schluchzer ihren Körper erschütterte. Josie konnte in ihren Augen sehen, wie sie den Horror dessen, was sie an diesem Abend gesehen hatte, niederzukämpfen versuchte. Stockend atmete sie ein paarmal ein. Noah holte vom anderen Ende des Tischs eine Schachtel mit Taschentüchern und bot sie ihr an. Sie warteten ab, während Eve sich die Nase putzte und die Augen trocken tupfte.

Josie fuhr mit der Befragung fort: »Eve, als Sie beim Haus der Collins' angekommen sind, standen da irgendwelche anderen Autos? In der Einfahrt? Oder vielleicht welche auf der Straße, an denen Sie vorbeigefahren sind?«

Eve knüllte das Taschentuch in ihrer Faust zusammen und schüttelte den Kopf. »Nein. Nichts. Claudia parkt immer in der Garage und ich wusste ja, dass sie zu Hause war, aber da stand kein Auto in der Einfahrt. Ich bin auch an keinem Auto auf der Straße vorbeigefahren. Jedenfalls kann ich mich nicht daran erinnern.«

»Ist Ihnen, als Sie ankamen, irgendetwas ungewöhnlich vorgekommen?«, fragte Noah.

»Nein, überhaupt nicht.«

»Sie haben einem unserer Streifenkollegen erzählt, dass Sie Ihren Zugangscode nicht eingeben mussten, um reinzukommen, weil Claudia die Alarmanlage deaktiviert hatte«, sagte Josie. »Hat sie das oft getan?«

»Ja, hat sie. Wenn ein paar von uns zu ihnen gekommen sind, hat Claudia immer die Alarmanlage abgeschaltet, sodass wir alle einfach reinmarschieren konnten. Das war einfach unkomplizierter.«

»Haben andere Personen, die regelmäßig zu Besuch kamen, das auch gewusst?«, fragte Josie.

»Ich bin mir nicht sicher. Schätze schon.«

»Erzählen Sie uns, wie es war, als Sie ins Haus kamen«, sagte Noah behutsam.

Eve fing wieder an, auf ihrer Nagelhaut herumzubeißen. Ihre Stimme klang nur gedämpft hinter den knabbernden Zähnen hervor. »Ich bin reingegangen. Ich hab nach ihr gerufen. Sie hat nicht reagiert. Ich hab gedacht, dass sie in der Küche ist, und bin direkt dorthin. Und da hab ich das ganze Blut gesehen. Am Tisch, an der Wand, am Boden.« Sie ließ die Hände wieder auf den Tisch fallen und schloss die Augen. »Es war wie eine Spur, die sich von der Küche ins Esszimmer zog. Ich hab gehofft, sie hätte sich vielleicht nur geschnitten. Ich weiß, das klingt lächerlich, aber als ich das ganze Blut gesehen hab, war in meinem Kopf einfach der Gedanke ›Sie hat sich geschnitten, mehr nicht‹. Ich wollte mir einfach nicht vorstellen, dass es etwas Schlimmeres sein könnte. Ich wollte, dass es ihr gut geht. Ich hab gedacht: ›Ich geh jetzt einfach rüber ins andere Zimmer und dann wird sie mich mit ihrem typischen Claudia-Lächeln anstrahlen und sich über sich selbst lustig machen, was sie doch für ein Trampel ist, obwohl sie die am wenigsten trampelige Person ist, die ich kenne. Ich werde sie in die Notaufnahme fahren und alles wird gut.‹ Aber dann hab ich sie im Esszimmer gesehen.«

Ihre Augenlider öffneten sich flatternd, als wollte sie nicht, dass sich diese Szene noch einmal vor ihrem geistigen Auge abspielte. Sie hob ihre Hände vor sich in die Luft. Auch an der Außenseite ihres rechten kleinen Fingers klebte getrocknetes Blut. »Ich hätte sie wahrscheinlich nicht anfassen dürfen, aber ich konnte einfach nicht anders. Ich hab sie so gesehen und konnte einfach erst nicht glauben, dass sie wirklich tot ist. Ich hab an ihrem Hals nach dem Puls getastet. Wahrscheinlich hab ich, irgendwie, den Tatort durcheinandergebracht, oder?«

»Das ist kein Problem«, antwortete Noah. »Sie haben das Richtige getan.«

Eve schien nicht überzeugt. Sie senkte ihre Stimme zu einem Flüstern. »Sie war so kalt. Schon da. Und einfach ... nicht mehr da, verstehen Sie? So still irgendwie. Es war so fürchterlich. Mein Gott, die arme Claudia.«

Erneut überkam sie Schluchzen. Diesmal schlug sie beide Hände vors Gesicht und weinte etwas leiser als zuvor. Josie und Noah warteten ab, bis ihre Tränen wieder versiegten.

»Eve«, sagte Noah. »Hatte Claudia in letzter Zeit mit jemandem Schwierigkeiten? Gibt es irgendjemanden, von dem Sie glauben, dass er ihr schaden wollte?«

Eve schüttelte heftig den Kopf. »Nein, überhaupt nicht.«

»Ich glaube, das ist im Augenblick alles, was wir brauchen«, meinte Josie. »Danke, dass Sie mit uns gesprochen haben. Wir können dafür sorgen, dass jemand Sie zu Ihrem Auto zurückbringt.«

Eve ließ ihre Hände sinken. »Ich glaube, ich warte lieber, bis Beau und Margot fertig sind, und gehe dann mit ihnen.«

»Natürlich«, entgegnete Josie. »Ach, noch eine letzte Sache. Warum sind Sie denn heute zu spät gekommen? Also zu Claudia.«

Eve riss ihre blauen Augen auf. Ihre Hände fanden zusammen, sie verschränkte die Finger, knetete sie. »Ach, ich, äh ...« Sie verstummte und ließ die Schultern sinken. Josie wartete ein paar Sekunden ab, in der Hoffnung, Eve würde ihr Schweigen wieder brechen. Was sie dann auch tat. »Ich weiß, das hört sich fürchterlich an, aber manchmal ist es hart, für Beau und Claudia zu arbeiten. Nicht wegen ihnen. Sie sind großartige Menschen. Es ist, weil sie einfach alles haben, verstehen Sie?«

Ihre Augen blickten flehend.

»Klar«, meinte Noah. »Superkarrieren, eine Fernsehshow, der ganze Reichtum ...«

»Und ihre Ehe«, fügte Eve hinzu. »Wenn man Single ist

und keine Beziehung bisher wirklich funktioniert hat, dann ist es manchmal hart, in der Gesellschaft von Leuten zu sein, die einander ... so ergeben sind.«

»Das ist verständlich«, entgegnete Josie.

Wieder liefen Eve Tränen übers Gesicht. »Jedenfalls wollte ich nicht hingehen. Ich war fest entschlossen. Ich hab Margot angerufen, in der Hoffnung, sie könnte diese blöden Fotos machen. Aber sie hat mich überredet, Claudia nicht hängen zu lassen. Jetzt ist Claudia tot. Wenn ich nicht so egoistisch gewesen wäre, würde sie vielleicht noch leben.«

NEUN

TAGEBUCHEINTRAG, UNDATIERT

Es wird immer schwieriger, alles geheim zu halten. Neulich hat eine meiner Kolleginnen gesagt, dass ich das erste Mal, seitdem sie mich kennt, glücklich aussähe. Sie hat gemeint, ich würde strahlen. Dieses Wort hat sie verwendet. Ich weiß, dass sie recht hat. Ich hab mich noch nie zuvor so gefühlt. Ich wusste nicht, dass es sich so anfühlen kann, verliebt zu sein. Ich weiß, dass ich es beenden sollte, aber ich bringe es nicht fertig. Zum ersten Mal in meinem Leben empfinde ich wirkliches Glück. Aber wenn schon einer Kollegin auffällt, dass da etwas im Busch ist, muss ich damit rechnen, dass es auch ihm auffallen wird.

ZEHN

Josie und Noah überließen die erschöpfte und mit Schuldgefühlen kämpfende Eve Bowers sich selbst und begaben sich zum anderen Ende des Flurs, wo Beau Collins in Vernehmungsraum zwei wartete. Josie blickte zuerst durch das kleine rechteckige Fenster in der Tür hinein und sah, wie er in schwarzen Anzugsocken den Raum durchschritt und sich immer wieder mit beiden Händen durch das dichte dunkle Haar fuhr. Sein Jackett hatte er ausgezogen und über eine Stuhllehne geworfen. Die Hemdsärmel waren hochgekrempelt und legten muskulöse Unterarme frei. Josie schloss aus seiner schlanken Figur, dass er regelmäßig joggte oder zumindest viel Zeit im Fitnessstudio verbrachte. Immer wieder hielt er inne, nahm sein Handy vom Tisch, prüfte etwas darauf und legte es unsanft wieder auf den Tisch zurück. Jemand hatte ihn mit Kaffee und etwas Gebäck von Komorrah's, dem Coffeeshop in der Nähe des Reviers, versorgt, aber alles davon war in die Tischmitte geschoben worden und noch unberührt.

Josie spürte Noahs Körper warm hinter sich. Sie deutete in Richtung Tür. »Hast du jemals diese Sendung der Collins' gesehen?«

Noah schüttelte den Kopf.

»Oder ihr Buch gelesen?«

»Nö.«

»Alles klar. Gehen wir rein.«

Als sie den Raum betraten, blieb Beau Collins stehen und seine Hände verharrten mitten in der Bewegung in seinen dichten Locken, als würde er sich die Haare raufen. Sein Gesicht war vom Weinen fleckig und gerötet.

Noah lächelte ihm verständnisvoll zu und streckte ihm seine Hand entgegen. »Mr Collins, ich bin Lieutenant Noah Fraley. Und das ist meine Kollegin Detective Josie Quinn.«

Beau senkte langsam die Arme und schüttelte Noah die Hand. Er hielt sie für einen winzigen Augenblick zu lange fest und blickte Noah dabei beschwörend in die Augen. »Haben Sie schon etwas rausgefunden?«, fragte er. »Haben Sie den, der das getan hat, schon erwischt?«

Noah entzog ihm seine Hand wieder und forderte ihn mit einer Geste auf, sich an den Tisch zu setzen. »Es tut mir leid, Mr Collins, aber wir sind noch mittendrin in den Ermittlungen.«

Beau drehte sich zu dem Stuhl, über den er sein Jackett geworfen hatte, und starrte darauf, als hätte er ihn noch nie zuvor gesehen.

»Mr Collins?«, meinte Josie, da er sich nicht mehr bewegte.

Beau richtete seinen Blick auf sie, die blauen Augen zusammengekniffen. »Verzeihen Sie. Ich hab nur ... Meine Claudia. Ich seh sie immer wieder da auf diesem Stuhl vor mir. Ich bekomme das Bild einfach nicht aus meinem Kopf.«

Noah bugsierte ihn am Ellenbogen sanft in Richtung des Stuhls und brachte ihn dazu, sich zu setzen. »Unser herzliches Beileid, Mr Collins.«

Beau nickte. Josie war sich nicht im Klaren, ob er Noah überhaupt gehört und das Gesagte verarbeitet hatte. Seine

Augen wurden tränenfeucht. »Meine Claudia«, murmelte er. »Wissen Sie, was ihr passiert ist? Wie es ... Wurde sie erschossen?«

»Dafür gibt es keinerlei Anzeichen«, entgegnete Josie. »Sie hat eine Kopfverletzung erlitten. Wir werden mehr wissen, wenn uns die Gerichtsmedizinerin informiert hat.«

Beaus Unterlippe zitterte. Fragend zog er sein Gesicht in Falten. Obwohl er müde und völlig erschüttert wirkte und sich eine tiefe Sorgenfalte über seine Stirn zog, war er aus der Nähe betrachtet ein attraktiver Mann. Josie versuchte, ihn sich mit Claudia vorzustellen – mit der Claudia, der sie im Dezember begegnet war. Sie hatten wohl ein attraktives Paar abgegeben. Bei dieser Gelegenheit fiel Josie auf, dass sie kein einziges gerahmtes Foto des Ehepaars im Haus gesehen hatte. Sie und Mettner hatten zwar nicht alle Räume betreten, aber man hätte doch erwarten können, dass es im Erdgeschoss gerahmte Bilder der beiden gab. Ihr eigenes Zuhause war voll mit Fotos. Nicht nur von ihr selbst und Noah, sondern auch von allen, die ihnen lieb und teuer waren: seine verstorbene Mutter, ihre verstorbene Großmutter, ihrer beider Geschwister, seine Nichte, ihre gemeinsame Freundin Misty und deren Sohn Harris und nicht zuletzt die Leute aus dem Polizeiteam, mit denen sie auch privat gut befreundet waren.

»Wie lange wird das dauern?«, fragte Beau mit belegter Stimme. »Also bis die Gerichtsmedizinerin ... Oh, mein Gott, entschuldigen Sie, aber ich kann einfach nicht glauben, dass das hier tatsächlich wahr ist. Mein Gott!« Er krümmte sich in seinem Stuhl vornüber. »Ich muss mich bestimmt gleich übergeben.«

»Es tut mir sehr leid, Mr Collins. Ich weiß, wie schwierig das für Sie ist. Wir können Sie gern für ein paar Minuten in Ruhe lassen. Ich bin mir sicher, wir können ein Glas Wasser oder Gingerale für Sie organisieren, wenn Sie möchten.«

Noah ging Richtung Tür. Josie drehte sich um und wollte ihm nach, aber Beau streckte seine Arme blitzartig nach vorne und umfasste ihr Handgelenk mit beiden Händen. Seine Haut fühlte sich feucht und warm an. »Bitte lassen Sie mich nicht allein«, bettelte er. »Bitte. Ich werde ... Ich kann das. Ich kann ...« Er lockerte seinen Griff und atmete tief ein. »Sie müssen Fragen stellen, nicht? Das ist es doch, was die Polizei tut, wenn jemand ... ermordet wurde. Mit jedem sprechen, der sie gekannt hat, oder? Das wird Ihnen doch helfen. Helfen rauszufinden, wer meiner Frau das angetan hat?«

»Ja«, antwortete Josie. »Als Erstes müssen wir ein Gefühl für Claudias Tagesablauf und die Menschen in ihrem Umfeld bekommen.«

Beau gab Josies Handgelenk frei. »Entschuldigen Sie. Hab ich Ihnen wehgetan? Sie müssen mir verzeihen. Ich stehe im Augenblick einfach völlig neben mir.«

Josie setzte sich auf den Stuhl neben ihm. »Kein Problem, Mr Collins.«

Noah kam langsam zum Tisch zurück und setzte sich ebenfalls.

Beau fuhr sich erneut mit den Händen durchs Haar, setzte sich aufrecht hin und bemühte sich um Fassung. Er umklammerte die Tischkante mit beiden Händen. »Okay«, sagte er. »Ich kann das. Ich tue das für Claudia. Was müssen Sie wissen?«

Josie fragte zuerst die Familienverhältnisse ab. »Haben Sie und Claudia Kinder?«

»Nein, da sind nur wir zwei.«

»Ist das die erste Ehe für Sie beide?«

Beau nickte.

»Gibt es Kinder aus früheren Beziehungen?«, fragte Josie weiter.

»Nein, keine.«

»Wo haben Sie beide sich kennengelernt?«, wollte Noah wissen.

Der Anflug eines Lächelns spielte um Beaus Mund. »Im Studium. Ich war gerade dabei, meinen Master in Ehe- und Familienberatung zu machen, während Claudia in ihrem Promotionsstudiengang alle um den Verstand brachte. Anfangs hatte sie null Interesse an mir. Es war gar nicht so einfach, sie für mich zu gewinnen. Aber als es dann so weit war, wollte ich sie nicht mehr hergeben. Nach dem Abschluss habe ich in einer Praxis hier in Denton gearbeitet. Claudia kam als Teilzeitkraft dazu. Als dann der Inhaber der Praxis, in der wir angestellt waren, in Pension ging, haben wir sie übernommen.«

»Verstehe ich das richtig, dass Sie die Praxis noch immer haben?«, hakte Josie nach.

»Ja, das ist so, aber sie wird jetzt fast ausschließlich von Claudia geführt. Sogar nach unserem großen Bucherfolg und als wir mit der Sendung begonnen hatten, wollte sie unbedingt ihre Klienten behalten. Ich habe mich zurückgezogen, denn einer von uns musste sich auf die Sendung konzentrieren und auf die Möglichkeiten, die uns durch unser Buch eröffnet wurden.«

Über das Leben mit Claudia zu sprechen, wirkte beruhigend auf Beau. Seine Atmung wurde gleichmäßiger und die Flecken auf seinem Gesicht verblassten.

Schließlich lenkte Josie das Gespräch in eine andere Richtung. »Mr Collins, können Sie uns berichten, wie heute Ihr Tag verlief?«

»Mein Tag? Ja, natürlich. Wir haben, äh, unsere Sendung aufgezeichnet, wie wir es an jedem Werktag tun.«

»Und wie ist es gelaufen?«, fragte Josie.

»Meiner Meinung nach bestens. Wir haben ein Jubiläumsspecial gemacht, weil heute unser fünfzehnter Hochzeitstag war.« Schmerz blitzte in seinen Augen auf, als versetze ihm die Erwähnung des Hochzeitstags einen Stich. Er umklammerte die Tischkante noch fester, sodass seine Fingerknöchel weiß hervortraten.

»Heute Morgen im Studio – war das das letzte Mal, dass Sie Ihre Frau gesehen haben?«, fragte Noah.

»Ich ... ich glaube schon. Claudia verlässt das Studio normalerweise gegen Mittag für ihre Sprechstunde. Wir wollten uns dann zu Hause treffen und das Jubiläumsdinner aufzeichnen.«

»Aufzeichnen? Nicht essen? Die gemeinsamen fünfzehn Jahre feiern?«, wollte Josie wissen.

Aus Beaus Kehle kam ein nervöses Lachen. »Das war alles für die Show, für unsere Fans«, erklärte er. »Wir wollten im Privaten feiern, sobald alle anderen gegangen wären. Wir haben so eine Hochzeitstagstradition. Ist was Persönliches.« Seine Stimme wurde rau und er musste sich einige Male räuspern, bevor er weitersprechen konnte. Tränen schimmerten in seinen Augen. »Als wir mit der Sendung anfingen, hat Claudia die Regel aufgestellt, dass ein paar Dinge nur zwischen uns beiden bleiben sollten. Sie, äh, wolle keine Dreiecksbeziehung, hat sie gesagt.«

»Dreiecksbeziehung?«, fragte Josie nach.

»Sie, ich und das Fernsehpublikum.«

»Wie sah Ihre Hochzeitstagstradition denn aus?«, erkundigte sich Noah.

Beau wischte eine Träne weg, die gerade über seinen Lidrand quoll. »Nudelsuppe aus der Dose und Erdnuss-M&Ms.«

»Das klingt ja ziemlich speziell«, meinte Josie.

Beau lachte unsicher und umklammerte wieder die Tischkante. »Wir setzen uns dazu auf den Boden im Salon und essen vom Couchtisch. An unserem ersten Hochzeitstag waren wir total pleite. Mehr als das konnten wir uns nicht leisten und wir haben in unserem ersten gemeinsamen Apartment auf dem Boden gegessen. Nicht mal Möbel hatten wir damals. Claudia besteht darauf, das jedes Jahr wieder so zu machen. Sie will, dass wir nicht vergessen, wo wir einmal angefangen haben. Sie meinte, es war ...« Er verstummte und sein Adamsapfel hob und senkte sich. Als er wieder sprach, klang seine Stimme hoch und heiser: »Es war für uns das beste Essen aller Zeiten, einfach weil wir beieinander waren.«

ELF

Weder Josie noch Noah sagten etwas, um Beau die Gelegenheit zu geben, sich wieder zu fassen. Tränen liefen ihm übers Gesicht. Während Josie ihn so lautlos weinen sah, musste sie wieder an die Begegnung mit Claudia im Dezember denken. Als sie dann das Gefühl hatte, er sei bereit weiterzumachen, erkundigte sie sich: »Wie lautet Claudias Mädchenname?«

Die Frage schien Beau zu überraschen. »White. Aber warum ist das ... Warum fragen Sie?«, entgegnete er.

Josie ignorierte seine Frage, ging zum nächsten Thema über und hielt ihren Ton dabei möglichst neutral: »Fünfzehn Jahre Ehe, das ist eine lange Zeit. Wie standen denn die Dinge zwischen Ihnen beiden privat?«

Beau rang sich ein Lächeln ab: »Nicht schlecht, aber auch nicht gerade überragend. Ich will ganz ehrlich sein: Wir haben zuletzt nicht gerade viel Zeit zu zweit verbracht. Wir sind beide sehr beschäftigt und haben eine Praxis mit vielen Klienten. Wir haben täglich die Sendung. Wöchentlich den Podcast. Unser Agent drängt uns, ein neues Buch zu schreiben. Und wir haben gerade einen Riesenvertrag mit einem TV-Sender unterschrieben, der die Sendung ins nationale Fernsehen bringen will.«

»War die Situation zwischen Ihnen angespannt?«, hakte Noah nach.

»So weit würde ich nicht gehen«, antwortete Beau. »Ich weiß, was Sie jetzt denken: großes Blabla, aber nichts dahinter. Schon verstanden. Beziehungsgurus, die das, was sie anderen predigen, selbst nicht umsetzen. Kann ich nachvollziehen. Aber ...« Hier unterbrach er sich und reckte den Hals, um einen Blick auf Josies und Noahs Hände werfen zu können. »Ich sehe, Sie sind beide verheiratet. Sie müssen wissen, dass jede Ehe ihre Höhen und Tiefen hat.«

»Und waren Sie gerade in einem Tief?«, fragte Josie.

Beau lächelte schmallippig. »So würde ich es nicht beschreiben.«

»Hätte Claudia es so beschrieben?«, wollte Noah wissen.

Beau presste seine Finger auf die Tischplatte. »Nein, das glaube ich nicht. Aber Sie wissen ja sicher, wie es so ist.« Mit einem verständnisheischenden Gesichtsausdruck wandte er seinen Blick zu Noah. »Sie haben sicherlich einen übervollen Dienstplan, so als Ermittler. Da ist es doch bestimmt schon öfter vorgekommen, dass Sie keine Zeit für Ihre Frau erübrigen konnten und Sie sich deshalb voneinander entfernt haben, oder?«

»Meine Frau steht für mich an erster Stelle«, antwortete Noah. »Ich ›erübrige Zeit‹ für alles Weitere und würde diesen Job von einer Sekunde auf die andere kündigen, wenn er zwischen uns stünde.«

Seine Worte trafen Josie wie eine Ohrfeige. Der Unterschied zwischen ihnen beiden wurde ihr schmerzhaft bewusst. Sie liebte Noah, und zwar tiefer, als sie jemals einen Mann vor ihm geliebt hatte, aber sie war sich nicht sicher, ob sie ihre Karriere für ihn aufgeben würde. Geschweige denn für irgendjemand anderen. Dieser Job war schwierig. Er konfrontierte sie mit unsäglichen Dingen. Manchmal ließ er Josie sogar am Sinn des Lebens überhaupt zweifeln. Aber diese Arbeit war ihre

Aufgabe und sie war gut darin. Sie hatte sich ihre Karriere mit Blut, Schweiß und Tränen erkämpft. Buchstäblich. Ihr Erfolg war hart erarbeitet und hatte unvorhersehbare Opfer verlangt. Sie konnte sich nicht vorstellen, auf ihre Arbeit zu verzichten. Selbst wenn Noah sie darum gebeten hätte. Was er zum Glück bisher nie getan hatte. Hier war er, an ihrer Seite bei der Arbeit, wie schon seit Jahren. Sogar, bevor sie überhaupt zusammengekommen waren.

Beau blinzelte. »Oh. Nun ja, dann ist Ihre Frau wohl sehr … anspruchsvoll.«

Josie war sich nicht sicher, ob er einen Scherz machen wollte oder nicht, aber Noah lächelte einfach nur. »Sie ist eine großartige Frau, eine beeindruckende Frau, ja. Anspruchsvoll? Nein. Aber selbst wenn sie es wäre – ist das wirklich so schlecht? Ich mag es, wenn eine Frau weiß, was sie will und das auch zu verstehen gibt. War Ihre Frau denn anspruchsvoll?«

Beau rutschte unbehaglich auf seinem Stuhl hin und her. Er schien nicht glücklich damit, welche Wendung das Gespräch genommen hatte. »Ich glaube, ich habe mich einfach nicht deutlich genug ausgedrückt. Meine Frau ist – war ebenfalls ein beeindruckender Mensch, aber wir waren auf einmal so beschäftigt, dass unsere Ehe wohl auf unserer Prioritätenliste ganz nach unten gerutscht ist. Und zusätzlich steht, wie ich schon sagte, für Claudia immer noch die Praxis im Vordergrund. Bei mir ist es eher die zunehmende Anzahl an Paaren, denen wir durch die Sendung, das Buch und den Podcast helfen können. Wie auch immer, es war jedenfalls etwas, was ich mit ihr nach diesem Jubiläumsdinner gerne besprochen hätte.«

Josie lenkte die Befragung wieder zurück auf den gegenwärtigen Tag. »Das letzte Mal, als Sie Ihre Frau gesehen haben, war also heute Mittag nach der Aufnahme der Sendung. Was haben Sie beide den restlichen Tag über gemacht?«

Sie konnte Beaus Erleichterung förmlich spüren. »Ja, wie

ich schon sagte, hatte Claudia für den Rest des Tages Klienten. Ich hatte Meetings.«

»Was für Meetings?«, fragte Noah.

»Mit unserem Literaturagenten, dem Verleger und danach mit ein paar Fernsehleuten, meinem Manager und unserem Anwalt. Wie bereits erwähnt, haben wir gerade mit einem nationalen Fernsehsender einen Vertrag für unsere Sendung geschlossen. Daneben haben wir Verhandlungen über zwei weitere Bücher geführt.«

»Und Claudias Anwesenheit bei diesen Meetings war nicht erforderlich?«, fragte Josie.

»Bei Claudia kommen ihre Klienten an erster Stelle«, erklärte Beau. »Sie überlässt – hat es immer mir überlassen, alle Einzelheiten in Bezug auf die Sendung oder die Bücher zu regeln, und mir da völlig vertraut.«

»Haben Sie nach der Sendung heute überhaupt noch einmal mit ihr gesprochen?«, wollte Noah wissen.

»Kurz. Nach dem Meeting mit den Fernsehleuten hab ich sie angerufen und wir haben uns über deren Bedingungen ausgetauscht. Sie hatte viel zu tun. Wir wollten das heute Abend noch einmal besprechen.«

»Dann lassen Sie uns über den heutigen Abend reden«, sagte Josie. »Um welche Uhrzeit wurden Sie denn zu Hause erwartet?«

»Um halb sechs.«

»Aber sie waren spät dran«, meinte Noah.

Beau schluckte. »Ja, ich, äh, ich bin beim Sender aufgehalten worden. Hab nicht auf die Zeit geachtet. Ich hab Margot angerufen, ob sie vielleicht den Ring zum Hochzeitstag, den ich für Claudia bestellt hatte, abholen und sich dann bei uns zu Hause mit mir treffen könnte. Als wir dort ankamen, rannte Eve gerade aus dem Haus. Sie schrie und weinte. Zuerst hab ich ihr gar nicht geglaubt. Ich musste reingehen und es mit eigenen Augen sehen.«

»Sie hatten also keine Sorge, der Mörder könnte noch im Haus sein?«, wollte Josie wissen.

Beau riss erstaunt die Augen auf. Ganz offensichtlich war ihm diese Möglichkeit gar nicht in den Sinn gekommen. »Ich ... Ich hab nicht ... Ich glaube, ich hab einfach nicht gedacht ... Ich bin nur für ein paar Sekunden drin gewesen, höchstens eine Minute. Ich musste es einfach selbst sehen. Da war so viel Blut. Ich bin direkt wieder rausgelaufen.«

»Mr Collins«, fuhr Josie fort. »Sie haben eine Summers-Alarmanlage in Ihrem Haus, aber keine Überwachungskameras. Wie kommt das?«

»Oh«, meinte er und seine Wangen röteten sich leicht. »Wir haben einfach nicht gedacht, dass wir sie brauchen. In all den Jahren ist niemals was vorgekommen. Da sind ja nur Claudia und ich.«

»Und Videocrews«, gab Josie zu bedenken. »Und Ihre Assistentinnen. Beschäftigen Sie eine Firma, die den Rasen mäht und Schnee räumt?«

»Klar. Das Grundstück ist ja ziemlich groß. Wir haben weder die Zeit noch den Sachverstand, es selbst zu pflegen.«

»Man braucht einen Code, um in Ihr Haus zu gelangen. Sie, Claudia, Eve und Margot haben diese Codes. Gibt es da noch jemanden?«, wollte Noah wissen.

»Ich glaube nicht. Außer Claudia hat irgendjemandem die Codes weitergegeben, aber ich kann mir nicht vorstellen, wer das gewesen sein sollte.«

Noah beugte sich weiter zu Beau hinüber. »Fällt Ihnen irgendeine Person ein, die Claudia hätte schaden wollen?«

Beau schüttelte heftig den Kopf. »Nein. Niemand. Alle Leute haben sie geliebt.«

»Sind Sie da sicher?«, hakte Noah nach. »Vielleicht ein ehemaliger Klient? Eine unzufriedene frühere Mitarbeiterin? Ein Internetstalker?«

Beau schüttelte bei jedem Vorschlag den Kopf.

Josie versetzte sich wieder in die Begegnung vor Weihnachten zurück. Hatte Claudia ihren Mädchennamen angegeben, weil sie nicht als Lokalprominente erkannt werden wollte? Aber warum? Welchen Unterschied hätte es gemacht?

Behutsam sagte sie: »Es tut mir leid, aber wir müssen das fragen: Besteht die Möglichkeit, dass Claudia eine Affäre hatte?«

Beau machte eine wegwerfende Bewegung mit der Hand. »Nein, nein. Claudia? Niemals.«

»Okay«, meinte Josie. »Können Sie mir sagen, ob Claudia noch manchmal ihren Mädchennamen benutzt hat?«

Völlig perplex antwortete Beau: »Nein. Sie heißt jetzt seit fünfzehn Jahren Collins. Auch ihr Doktortitel läuft unter ihrem Ehenamen. Sie war immer so stolz darauf. Dr. Collins. Ich selbst hab nicht mal einen Doktor gemacht!«

Josie überrumpelte ihn gleich mit der nächsten Frage: »Spielen Sie Golf?«

Beau sah hilfesuchend zu Noah hin. Da von dort keine Unterstützung kam, antwortete er: »Nein, nicht regelmäßig.«

»Würden Sie mich bitte entschuldigen?«, sagte Josie. Ohne die Antwort abzuwarten, verließ sie den Raum. Im Großraumbüro saß Mettner bereits tippend an seinem Computer. »Seid ihr durch mit Bowers und Collins?«, wollte er wissen.

»Mit Bowers ja«, antwortete Josie und fuhr ihren eigenen Computer hoch, um ein Foto aus der neu erstellten Akte zum Mordfall Claudia Collins herauszusuchen, das sie Beau zeigen wollte. »Mit Collins sprechen wir gerade noch. Wie weit bist du?«

»Die automatische Nummernschilderkennung hat nichts ergeben. Ich werde jetzt gleich losgehen, um mir die richterlichen Anordnungen für das Geofencing und die Handyverbindungsdaten unterschreiben zu lassen. Und ich hab mit der Assistentin von Beau Collins gesprochen.«

»Was hast du rausbekommen?«

Mettner gab eine kurze Zusammenfassung von Margot Huffs Aussage, die genau mit dem übereinstimmte, was ihnen bereits Beau Collins und Eve Bowers erzählt hatten. »Und was gibt's bei euch?«

Josie berichtete, was sie bisher von Eve und Beau erfahren hatten. Mettner pfiff durch die Zähne. »Dieser Typ muss ja blitzschnell rein- und wieder rausgegangen sein.«

»Gewalt erfordert nicht viel Zeit«, meinte Josie seufzend. »Manchmal dauert es nur Sekunden und dann ist ein Menschenleben für immer ausgelöscht.«

Sie schickte das Foto an den Drucker, der in der anderen Raumecke mit einem trägen Brummen zum Leben erwachte.

»Er ist auch ein großes Risiko eingegangen«, sagte Mettner. »Das Haus hätte eigentlich voller Menschen sein sollen.«

»Es ist ein schrecklicher Zufall, dass niemand von den Leuten, die hätten da sein sollen, wirklich da gewesen ist«, meinte Josie. »Es ging von Beau aus, dass weder er selbst noch Margot oder die Videocrew zwischen halb sechs und sechs da waren. Wir sollten sowohl bei Beau als auch bei Margot verifizieren, wo sie vor dem Absetzen des 911-Notrufs waren.«

»Glaubst du, dass er etwas damit zu tun hat? Was ist mit Eve? Du hast gerade erzählt, dass sie eine Art persönliche Krise hatte, weil sie noch Single ist. Ich bezweifle, dass Beau das gewusst hat. Was er dagegen ganz bestimmt gewusst hat, ist, dass sie um halb sechs im Haus erwartet wurde.«

Josie ging zum Drucker hinüber und nahm das Foto aus dem Ausgabeschacht. »Momentan weiß ich noch gar nicht, was ich denken soll. Dieser Typ wirkt ehrlich geschockt über das, was passiert ist. Außerdem hat er nach allem, was er uns erzählt hat, nicht den geringsten Vorteil davon, dass Claudia ermordet wurde. Sie haben gerade einen Vertrag für die nationale Ausstrahlung der Sendung unterschrieben. Und waren in Verhandlungen, weitere Bücher zu schreiben.«

»Leuchtet ein«, entgegnete Mettner. »Wieso das alles aufs

Spiel setzen? Und trotzdem bist du nicht komplett überzeugt, dass er in der ganzen Angelegenheit unschuldig ist, oder?«

Josie seufzte. »Wie ich schon sagte, Mett, ich weiß nicht, was ich denken soll. Aber irgendwas an diesem Fall stinkt zum Himmel.«

ZWÖLF

Josie schob das Foto über den Tisch zu Beau. Er beugte sich darüber, um es zu betrachten und die Sorgenfalte auf seiner Stirn wurde tiefer. »Das ist so eine Art Geschenkbox«, meinte Josie. »Können Sie sich daran erinnern, sie gesehen zu haben, als Sie ins Haus gingen, um Claudias Leiche mit eigenen Augen zu sehen?«

Schrecken malte sich auf Beaus Gesicht. »Moment mal. Dieses Ding war dort? Ist das ... ist das Claudias Hand? Hat sie es gehalten?«

»Ja«, entgegnete Josie. »Sie haben es nicht gesehen?«

»Nein, hab ich nicht. Ich hab das nicht gesehen. Ich war so gefangen von Claudia und dem ganzen Blut. Ich war einfach ...«

»Das ist völlig in Ordnung«, beruhigte Noah ihn. »In einer hochemotionalen Situation und unter dem Einfluss von so viel Adrenalin ist es ganz normal, dass man gewisse Details überhaupt nicht wahrnimmt. Aber ja, das wurde in der Hand Ihrer Frau gefunden. Kommt es Ihnen bekannt vor?«

Beau runzelte die Stirn. »Ja, allerdings. Es ist eine Rätselbox.

Etwas, das wir sowohl in unserer Praxis als auch in der Sendung verwenden. Man kann diese Kästchen auf unserer Website kaufen. Sie sehen so aus, als könnte man sie ganz einfach öffnen, aber das ist nicht der Fall, zumindest nicht auf die übliche Weise. Die beiden Teile werden von einem Magneten im Inneren zusammengehalten. Man muss genau an der richtigen Stelle auf die Box drücken, und zwar nicht zu leicht und nicht zu fest, damit sie aufgeht. Die Metapher ist, dass der eigene Partner oder die Partnerin dieser Box ähnelt – sie steht sozusagen für die innerste Seele Ihres Gegenübers. Wenn Sie herausbekommen, wie sie geöffnet werden kann, liegt ein Geschenk darin. Dieses Geschenk ist die Partnerin oder der Partner selbst.«

»Können Sie sich irgendeinen Grund dafür vorstellen, warum der Mörder das Claudia in die Hand gegeben hat?«, fragte Josie.

Beau schüttelte heftig den Kopf. »Nein. Ganz und gar nicht. Ich verstehe überhaupt nicht, was hier vorgeht.«

»Was liegt denn bei Ihren Vorführungen in der Rätselbox?«, wollte Noah wissen.

»Nichts«, antwortete Beau leise. »Das ist gerade der Punkt. Es ist ja nicht greifbar. Ihre Partnerin ...«

Josie unterbrach ihn. »Wer würde denn so was tun? Wer würde Claudia schaden wollen?«

»Ich habe nicht die leiseste Ahnung. Ich sage Ihnen, ich weiß es nicht.«

»Mr Collins, was glauben Sie, dass in dieser Box ist?«, fragte Josie weiter.

Beau starrte auf das Foto. »Ich weiß es nicht. Haben Sie sie denn noch nicht geöffnet?«

»Sie wird noch kriminaltechnisch untersucht«, antwortete Noah.

»Ich weiß nicht, was drin ist«, fuhr Beau fort. »Ich wünschte, ich könnte Ihnen helfen. Ich versuche es natürlich.

Claudia ...« Er ließ den Kopf hängen und seine Schultern bebten leicht.

»Mr Collins, hat Ihre Frau eine Lebensversicherung?«, fragte Josie so neutral wie möglich.

Er blickte hoch zu ihr und wischte sich die Tränen von den Wangen. »Natürlich. Wir haben beide eine. Wir haben sie abgeschlossen, als klar wurde, dass wir beide einiges Vermögen anhäufen würden. Aber was tut das hier zur Sache?«

»Wie hoch ist die Versicherungssumme?«, hakte Josie nach.

»Drei Millionen Dollar«, entgegnete Beau leichthin. »Aber ich verstehe nicht, was das mit dem Mord an meiner Frau zu tun hat.«

Noah sprang in die Bresche und tippte mit dem Finger auf das Foto. »Der Mörder hat sich die Zeit genommen, das hier, diese Box nämlich, zu hinterlassen, und zwar für Sie, nehme ich an. Sie haben also nicht die geringste Ahnung, warum jemand so etwas tun könnte?«

Er schob das Foto noch näher zu Beau hin. Ein hilfloser Ausdruck blitzte in Beaus Augen auf. »Es tut mir leid. Ich weiß es wirklich nicht.«

»Sie sagten, dass Sie diese Rätselboxen in Ihrer Sendung verwendet haben. Womit haben Sie und Claudia in Ihren Sendungen denn noch so gearbeitet?«

Ein schräges Lächeln. »Das hört sich vielleicht albern für Sie an, aber wir verwenden auch Spiele.«

Er verstummte, wohl in Erwartung weiterer Fragen. Josie wurde klar, dass der Mörder im Gegensatz zu ihr mit der Sendung bestens vertraut war. »Erzählen Sie uns mehr darüber«, drängte sie.

»Gern. Nun, das Konzept von Spiel und Spaß ist ein sehr wesentlicher Teil unserer Botschaft für Paare. Sehen Sie, die meisten Leute wissen weit weniger von Ihrer Partnerin, als sie glauben, selbst nach vielen gemeinsamen Jahren. Es zeugt ja von großer Intimität, wenn Sie mehr über den Partner wissen als alle anderen. Das fängt damit an, wie man seinen Kaffee am liebsten trinkt, und reicht bis zu den größten persönlichen Ängsten. Vom Lieblingsessen bis zu dem, was man im Leben am meisten bereut. Wir verwenden bestimmte Spiele und die Idee des Spiels an sich als unterhaltsame Methode für Paare, um ihre Verbindung zu stärken und mehr über den jeweils anderen zu erfahren.«

»Welche Art von Spielen?«, wollte Noah wissen.

»Alle möglichen. Wir entwickeln immer wieder neue.«

»Welches davon verwenden Sie selbst am häufigsten?«, fragte Josie. »Beziehungsweise, welches empfehlen Sie Ihren Zuschauern am häufigsten?«

»Ich kann Ihnen sagen, was am beliebtesten ist. Das sind die Schatzsuche und das Fragespiel Fünf vertrauliche Fakten. Die Schatzsuchen zeigen wir immer in den Sendungen, aber das Fragespiel können Paare direkt auf unserer Website spielen. Und wir ermuntern sie dazu, die Ergebnisse in den sozialen Medien zu posten.«

»Verwenden Sie die Rätselboxen manchmal in den Schatzsuchen?«

Beau schob das Foto von sich weg. Es wirkte auf einmal so erschöpft, als könne er sich nicht mehr gerade halten, ohne die Ellbogen auf den Tisch zu stützen. »Glauben Sie denn, dass es Ihre Ermittlungen irgendwie weiterbringen wird, hier mit mir über meine Sendung zu diskutieren?«

Josie berührte das Foto der Rätselbox. »Ein Mörder hat einen Gegenstand aus Ihrer Sendung dafür verwendet, den Mord an Ihrer Frau in Szene zu setzen. Also ja, ich denke, das hier könnte uns helfen, ihn aufzuspüren.«

»Schon gut, ich verstehe. Wir haben die Boxen schon mal in Schatzsuchen verwendet, aber gewöhnlich tun wir das nicht. Wenn wir die Schatzsuchen durchführen, geben wir den Paaren eine Liste von Dingen, die für sie von Bedeutung sind und die sie finden müssen, und dann vergleichen sie ihre Fundstücke. Sie können dafür tatsächlich die Gegenstände zusammensammeln oder einfach Fotos von ihnen machen.«

»Was für Dinge sind das denn so?«, wollte Noah wissen.

Beaus Antwort kam wie aus der Pistole geschossen: »Ein Film, den keiner von beiden bisher gesehen hat, ein Musikalbum, das beide mögen, ein Gegenstand, der für beide als Paar steht – das macht wirklich Spaß –, das Lieblingsfoto vom anderen, etwas, das die andere gar nicht mag, etwas, das einen Ort repräsentiert, an den der Partner gerne reisen würde. Ich könnte Ihnen noch x Beispiele nennen, aber ich glaube, Sie haben das Konzept verstanden. Es gibt Tausende von Dingen, nach denen wir die Paare suchen lassen. Es bringt sie einander näher, aber manchmal offenbart es auch die Kluft zwischen ihnen und sie können dann daran arbeiten, diese zu überbrücken.«

»Und was ist jetzt wirklich am beliebtesten?«, hakte Noah noch einmal nach. »Die Rätselboxen? Die Schatzsuchen? Oder noch was anderes?«

Beau war jetzt voll in seinem Element. Die Worte sprudelten nur so aus ihm heraus, als er über seine Arbeit sprach, als hätte er das schon tausendmal getan, was wahrscheinlich der Fall war. »Fünf vertrauliche Fakten. Das ist ein Fragespiel. Es findet sich auf unserer Website, obwohl wir auch schon Überlegungen angestellt haben, eine App dazu rauszubringen. Unsere Follower gehen da drauf und die Idee ist, dass ein Paar das Quiz – also die Beantwortung von fünf Fragen über den Partner – jeweils gleichzeitig durchführt und dass die beiden im Anschluss ihre Antworten vergleichen. Es gibt Tausende von Fragen und jedes Quiz ist wieder anders, sodass sie es immer und immer wieder spielen können und trotzdem jedes Mal ganz neue Fragen bekommen.«

»Welcher Art sind denn diese Fragen?«, wollte Noah wissen.

»Das ist ja gerade das Brillante daran. Es sind fünf Fragen, angeordnet nach dem Grad ihrer Intimität. Das heißt, man bekommt zuerst eine einfache wie zum Beispiel ›Was ist der Lieblingsnachtisch Ihrer Partnerin?‹, und dann geht jede Frage ein bisschen tiefer, bis die letzte dann zum Beispiel lautet ›Was schätzt Ihr Partner im Leben am meisten?‹«. Kein Paar hat jemals fünf Richtige. Oder zumindest kommt das nur sehr selten vor. Wir ermuntern die Leute ja immer, ihre Ergebnisse auf den sozialen Medien zu teilen. Wir haben sogar einen Hashtag, unter dem sie posten können, was sie über ihre Partnerin noch nicht wussten. Er lautet #wasichnichtwusste. Können Sie sich ja mal ansehen.«

»Haben Sie und Claudia jemals das Fragespiel miteinander gemacht?«, fragte Josie.

»Natürlich. Viele Male.«

»Und hatten Sie jemals alle Fünfe richtig?«, erkundigte Noah sich.

»Meistens ja. Wir haben uns die Fragen ja ausgedacht. Manchmal machen wir ein Quiz in der Sendung und beantworten absichtlich eine Frage falsch, sodass wir demonstrieren können, was passiert, wenn man etwas nicht weiß. Wir wollen den Paaren zeigen, wie man damit umgeht, speziell wenn es eine der bedeutsamen Fragen ist. Das Ganze ist spielerisch und macht Spaß. Genau das ist der Punkt. Tiefer zu gehen und enger zusammenzurücken muss nicht zwangsläufig in einem schmerzhaften therapeutischen Prozess stattfinden. Manchmal erreicht man mit Spaß dasselbe.«

Josie hob die Brauen. »Erzählen Sie das auch Ihren Klienten?«

Beau machte eine wegwerfende Bewegung. »Natürlich nicht. Es gibt durchaus Probleme, die mithilfe des therapeutischen Prozesses angegangen werden müssen. Unsere Methode passt nicht für alle Lebenslagen.«

»Und wie heißt Ihr Buch? *Glück in der Liebe?*«

»*Mit Spiel und Spaß zum Liebesglück*«, korrigierte Beau.

»Es geht darum, auf Ihre Partnerin oder Ihren Partner so einzugehen, als würden Sie noch immer versuchen, sie oder ihn für sich zu gewinnen, als wären Sie sozusagen noch bei den ersten Dates. Und, wie ich schon sagte, auch darum, einander auf spielerische Weise näherzukommen, eine innigere Beziehung zu entwickeln. Sie gewinnen das ›Liebesglück‹, wenn Sie sich bemühen, Ihrer Partnerin oder Ihrem Partner noch näherzukommen und diese Intimität aufrechtzuerhalten.«

Er hörte auf zu sprechen und atmete tief ein. Als er sich im Raum umsah, schwand der leidenschaftliche Ernst wieder, der sein Gesicht erhellt hatte, während er über die Sendung sprach, und wurde durch Traurigkeit abgelöst. Seine Augen bekamen erneut ein glasiges Aussehen. Er blinzelte heftig und richtete seinen Blick wieder auf Josie und Noah.

»Hören Sie, Officers. Ich bin erschöpft. Das war der schlimmste Tag in meinem Leben. Ich möchte einfach nur nach Hause. Nein, nicht nach Hause, aber irgendwohin, wo ich mich ausruhen kann.«

»Ich denke, wir sind für heute Abend ohnehin fertig«, entgegnete Josie. »Wir müssen uns aber mit Ihrem Team vom WYEP-Studio treffen, und zwar so bald wie möglich.«

»Natürlich. Ich werde für morgen eine Krisenbesprechung im Studio einberufen. Sie könnten dazukommen, wenn das für Sie passt. Alle kennenlernen, mit allen sprechen. Was immer Sie tun müssen.«

Er stand auf und zog sein Jackett an. Sein Blick blieb noch einmal an dem Foto der Rätselbox hängen und Angst huschte über sein Gesicht.

Josie stand ebenfalls auf und übergab ihm ihre Visitenkarte. Dann sagte sie: »Mr Collis, der Mörder hat sich große Mühe gegeben, den Tatort zu inszenieren. Er hat diese Box in Claudias Hand hinterlassen. Wir wissen noch nicht, warum, aber es besteht die Möglichkeit, dass er noch nicht fertig ist.«

Beaus Brauen schossen in die Höhe. »Fertig womit?«

»Das können wir nicht sagen.« Josie beugte sich über den Tisch, streckte den Arm aus und tippte mit dem Zeigefinger auf das Foto. Dann sah sie Beau wieder in die Augen. »Er hat sich ganz spezifisch auf die Rätselbox aus Ihrer Sendung bezogen. Wenn er nicht das Gefühl hat, dass er damit sein Ziel erreicht hat, wird er vielleicht etwas anderes versuchen.«

Beaus Gesicht verzerrte sich vor Entsetzen. »Was denn, um Himmels willen?«

»Er könnte versuchen, ein Spiel zu spielen«, entgegnete Noah.

Als Josie und Noah ins Großraumbüro zurückkamen, war Mettner schon gegangen, aber Hummel stand vor Josies Schreibtisch, mit zwei Beweismitteltüten aus Papier in der Hand. »Boss«, meinte er, als die beiden in den Raum traten, »ich hab da was für dich.«

Josie ging um den Schreibtisch herum und räumte einen Teil der Tischplatte frei. Noah stellte sich neben sie, während Hummel sich Handschuhe überzog und den Inhalt der ersten Tüte auf den Schreibtisch leerte. Die zersplitterten Überreste der Rätselbox purzelten heraus. Schwarze Flecken vom Fingerabdruckpuder verunzierten das Holz in Eiche Natur und Rot. Hummel schnappte sich das glänzende Kugellager, bevor es vom Tisch rollen konnte.

Noah blickte mit gerunzelter Stirn auf den Haufen. »Konntest es wohl nicht aufbekommen, oder?«

Hummel schaute beleidigt drein. »Wie du deutlich sehen kannst, hab ich es aufbekommen.«

»Womit?«, fragte Josie. »Mit einem Hammer?«

»Nein«, meinte Hummel angefressen. »Ihr haltet mich wohl für einen völligen Barbaren. Mit einem Gummihammer.«

Noah konnte sich ein Prusten nicht verkneifen.

»Okay«, sagte Josie. »Was hast du gefunden?«

»Also, zuerst einmal konnte ich nur einen einzigen verwertbaren Fingerabdruck auf der Unterseite abnehmen und dafür gab es im AFIS keine Übereinstimmung.« AFIS, das automatisierte Fingerabdruckidentifizierungssystem, war eine vom FBI unterhaltene Datenbank, in der sowohl die Fingerabdrücke von Personen mit kriminellem Hintergrund beziehungsweise von Personen, die einmal verhaftet worden waren, gesammelt wurden als auch Fingerabdrücke unbekannter Personen, die an Tatorten gefunden wurden. »Ich habe auch Vergleichsabdrücke von Beau Collins genommen, da er ja in dem Haus wohnt. Es ist nicht sein Fingerabdruck.«

Er nahm den unlackierten Teil der Box in die Hand und strich mit dem Zeigefinger über ein rechteckiges Fach darin. Es maß höchstens fünf Zentimeter in der Diagonale und war nicht tiefer als zweieinhalb Zentimeter. »Wie ihr sehen könnt, gibt es hier drin ein kleines Geheimfach.« Er griff nach der anderen Beweismitteltüte und leerte sie ebenfalls aus. Zum Vorschein kam ein etwa DIN-A5-großes Blatt, das er in eine Plastikhülle gesteckt hatte. Darauf waren ebenfalls Flecken von Fingerabdruckpuder.

»Was ist das?«, wollte Noah wissen.

»Eine Seite aus dem Buch der Collins'«, klärte Josie ihn auf.

Hummel lächelte. »Ganz genau.«

Er legte die Seite auf den Schreibtisch und trat einen Schritt zurück, damit Josie und Noah sie durchlesen konnten. Sie trug die Seitenzahl fünf, aber die Kapitelnummer oben war eins. Noah las die ersten Zeilen laut vor. »*Willkommen zu unserer Entdeckungsjagd. Da Sie das hier lesen, sind Sie offensichtlich bereit, Ihr Bemühen um die Liebe noch einmal zu intensivieren. Wir freuen uns, Sie dabei anleiten zu dürfen, egal ob Sie als Single Ausschau nach einem Partner halten oder schon jahrelang verheiratet sind und den Funken der Liebe in Ihrer Beziehung neu entfachen wollen.«*

»Stopp«, ächzte Josie.

»Aber das Beste kommt doch erst«, beschwerte sich Noah. »Was, wenn wir den Funken der Liebe in unserer Beziehung neu entfachen müssen?«

Josie verdrehte die Augen. »Du willst mir jetzt ganz sicher nicht sagen, dass unser Funke verloschen ist. Und ganz nebenbei bin ich an nichts von dem, was in diesem Buch steht, interessiert, außer es hilft uns, den Mord an Claudia Collins zu klären.«

»Ich konnte drei Fingerabdrücke von dieser Seite abnehmen, aber auch hier: keine Treffer im AFIS«, schaltete Hummel sich wieder ein.

»Was meinst du – wie viele gedruckte Exemplare von diesem Buch gibt es?«, fragte Josie.

»Ich hab's rausgefunden«, entgegnete Hummel. »Über zwei Millionen.«

»Konzentrieren wir uns darauf, was der Mörder uns damit sagen will«, mahnte Noah.

»Nicht uns«, erwiderte Josie. »Beau Collins. Das richtet sich an ihn, da bin ich mir ganz sicher.«

Noah beugte sich noch tiefer über die Seite. »*Und hier sind die Regeln für Ihre ›Entdeckungsjagd‹: Kommunizieren Sie klar und offen. Seien Sie ehrlich und respektvoll. Vertrauen Sie Ihrem Partner. Unterstützen Sie Ihre Partnerin. Räumen Sie ihr oder ihm den ersten Platz in Ihrem Leben ein.*«

»Hört sich nicht so an, als ob der Mörder nach diesen Regeln spielt«, meinte Hummel.

»Das tut er definitiv nicht«, pflichtete Josie ihm bei. »Aber warum lässt er diese Seite zurück? Will er seinerseits Spielregeln aufstellen? Wofür?«

»Das Ganze ist ein Spiel für ihn«, spekulierte Noah. »Oder

eine Art Entdeckungsjagd. Genau, wie du es Beau Collins gesagt hast.«

»Ja«, erwiderte Josie. »Und wenn das der Fall ist, ist er noch nicht fertig damit.«

»Stimmt«, meinte Noah. »Indem er Dinge aus dem Buch, aus der Sendung benutzt, verspottet er ganz klar Beau Collins. Wenn diese Box die ›Spielregeln‹ enthält, lässt sich daraus schließen, dass es weitere Kontakte geben wird.«

»Weitere Morde«, berichtigte Josie. Das ungute Gefühl, das sie hatte, seit sie das Haus der Collins' betreten hatte, wurde jetzt überwältigend. »Lasst uns eine Streife zu Beau Collins schicken. Dieser Mörder legt gerade erst los.«

VIERZEHN

Als Josie am nächsten Morgen um sieben Uhr aufwachte, stellte sie fest, dass das Bett neben ihr leer war. Noah war verschwunden und ihr Boston Terrier Trout ebenso. Dass Trout Josie und die Bettdecken freiwillig zurückließ, konnte nur eines bedeuten. Und tatsächlich wehte ihr, als sie aufgestanden war und ins Bad ging, von unten der Duft von Würstchen und Ahornsirup entgegen. »Gib ihm nichts vom Tisch«, rief sie vom oberen Ende der Treppe hinunter.

»Mach ich doch gar nicht«, antwortete Noah.

Josie wusste jedoch, dass bestimmt ein oder sogar zwei Bröckelchen »ganz aus Versehen« neben Noahs Stuhl auf den Boden fallen würden.

Zwanzig Minuten später stand sie frisch geduscht und angezogen in der Küche und beobachtete Trout dabei, wie er jeden Quadratzentimeter des Fliesenbodens rund um Noahs Stuhl beschnüffelte und abschleckte. Noah sah sich gerade etwas auf seinem Handy an und war so beschäftigt, dass er es gar nicht bemerkte. Seufzend ging Josie zum Küchentresen hinüber, schenkte sich einen Kaffee ein und betrachtete das ganze Ausmaß der Zerstörung. Im Spülbecken steckten drei

Pfannen. Zwei der Griffe ragten senkrecht in die Luft, zu einem X gekreuzt, als warnten sie sie, näherzukommen. Auf dem Herd stand eine weitere Pfanne, in der sich Josie ein abstraktes Gemälde aus Pancaketeig offenbarte. Auf einem Pappteller auf der Arbeitsfläche türmte sich ein Stapel missglückter Pancakes, der sich zur Seite neigte, als würde er jeden Moment umkippen. Reste einer Backmischung, Eierschalen, Milch und eine fettigen Substanz bedeckten nahezu jeden Zentimeter des Herdes und der Arbeitsfläche.

Josie hasste sich selbst dafür, aber sie musste unweigerlich an Luke denken. Sie hatte lange nicht mehr an ihn gedacht, doch gestern war er ganz plötzlich wieder in ihr Leben getreten. Beim Anblick des Chaos auf der Arbeitsfläche und dem Herd musste sie daran denken, wie hervorragend er kochen konnte und wie geschickt er darin war, aus nichts ein leckeres Essen zuzubereiten. Wie er ihr unzählige Male das Frühstück ans Bett gebracht hatte. Außerdem war er der ordentlichste Mensch, den sie je kennengelernt hatte.

Noah riss sie aus ihren Gedanken. »Ich räum das schon wieder auf.«

Josie schob die Erinnerungen an ihren Ex-Verlobten beiseite und stupste den Turm Pancakes mit den Finger an. Sie waren kalt und klebrig. »Wie steht es diesmal?«

Er seufzte. »Pancakes gegen Noah: dreizehn zu null.« Er deutete auf einen Teller gegenüber von ihm, auf dem ein riesiger Berg Rührei und zwei Würstchen lagen. »Für dich gibt es Ei.«

Josie kehrte dem Chaos den Rücken und setzte sich an den Tisch. »Mein Rekord liegt auch bei null. Zwischen uns herrscht also immer noch Gleichstand.«

In kulinarischer Hinsicht waren sie ein teuflisches Gespann: Josie konnte überhaupt nicht kochen, Noah nur leidlich gut. Ein paar Wochen zuvor hatte Harris bei ihnen übernachtet. Zum Frühstück hatte er sich Pancakes gewünscht.

Josie hatte eigentlich welche vom Pancake Palace holen wollen, doch Noah hatte gemeint, sie könnten doch auch selbst welche aus einer Backmischung machen.

Er hatte sich getäuscht.

Nachdem er sieben Pancakes verbrannt und damit den Rauchmelder ausgelöst hatte, waren sie dann doch zum Essen zum Pancake Palace gegangen. Aber Harris wollte das Pancakedebakel nicht auf sich beruhen lassen. Seit jenem Tag hatten sie beide versucht, die simple Kunst des Pancakebackens zu perfektionieren, waren jedoch beide bislang kläglich gescheitert.

Josie setzte sich vor das Frühstück, das Noah für sie zubereitet hatte, warf aber noch einen Blick auf ihr Handy, bevor sie losfutterte. Die einzige Neuigkeit waren die Autopsieergebnisse von Dr. Feist, die bestätigten, was sie bereits vermutet hatten: Claudia Collins war durch einen Schlag auf den Kopf umgekommen. Wodurch er hervorgerufen worden war, konnte Dr. Feist jedoch nicht sagen. Nichts deutete auf sexuelle Gewalt hin. Die Todesursache war Mord. Dr. Feist hatte auf Claudias Kleidung DNA-Spuren gefunden und den Abstrich ans Labor der Staatspolizei geschickt, wo man ihn analysieren und mit sämtlichen Profilen im Combined DNA Index System, kurz CODIS, abgleichen würde. In dieser durchsuchbaren Datenbank speicherte das FBI die DNA-Profile von verurteilten Straftätern sowie von Personen, die verhaftet worden oder vermisst gemeldet waren. Das Problem war nur, dass die Analyse mehrere Wochen oder sogar Monate dauern konnte. Und selbst wenn die Ergebnisse irgendwann vorliegen würden, würde ihnen das nur weiterhelfen, wenn es eine Übereinstimmung mit einem vorhandenen Profil gab. Josie bezweifelte, dass dies der Fall sein würde, denn der Abgleich mit der AFIS-Datenbank war bereits erfolglos gewesen. Sie konnten also nur hoffen, dass die Ergebnisse, wenn sie dann eintrafen, mit einem Verdächtigen in Verbindung gebracht werden konnten – nur dass sie keinen Verdächtigen hatten. Noch nicht.

Josie scrollte weiter. Die Suche mithilfe des Geofencing hatte zu nichts geführt. Das einzige Handy, das sich zum Zeitpunkt des Mordes an Claudia im Haus der Collins' befunden hatte, war ihr eigenes gewesen. Hatte der Mörder sein Handy demnach ausgeschaltet? Oder anderswo zurückgelassen? Er musste gewusst haben, dass die Polizei ihn darüber mit dem Tatort in Verbindung bringen und aufspüren konnte.

Nichts als Sackgassen.

Ohne von seinem Handy aufzuschauen, stupste Noah die leere Packung der Pancake-Backmischung in der Mitte des Tisches an. »Ich versteh das nicht. Das kann doch nicht so schwer sein? Ich hab's genau nach Anleitung gemacht.«

»Das könnte fast das Motto meines ganzen Lebens sein ...«, gab Josie zwischen zwei Bissen Rührei zurück. »Was schaust du dir da an?«

Noah sah nicht auf. »Partnerschaftsplausch mit den Collins'. Die Folge von gestern. Findet man auf der Website von WYEP.«

Er stand auf, drehte das Handy in ihre Richtung und schob es über den Tisch zu ihr, zusammen mit einem seiner kabellosen Ohrstöpsel. Josie steckte ihn sich ins Ohr und drückte auf den Play-Pfeil. Unter dem Tisch presste Trout seine Nase gegen ihr Bein – seine Art, ihr zu verstehen zu geben, dass er genau wusste, dass sie Würstchen gegessen hatte. Josie ignorierte ihn und drehte die Lautstärke höher.

»... Hochzeitstage sind bei den Collins' immer ein großes Ereignis, aber dieser ist ein ganz besonderer«, sagte Beau Collins. Er saß an einem weißen runden Tischchen, neben ihm Claudia. Die beiden strahlten in die Kamera. Hinter ihnen war ein großer Bildschirm zu sehen, auf dem Fotos der beiden als Diashow eingeblendet wurden. Einige davon waren eher neueren Datums, während andere offenbar aus früheren Zeiten stammten, als sie noch deutlich jünger gewesen waren.

»Fünfzehn Jahre!«, rief Claudia aus und schlug die Hände

zusammen. Ihr Blick blieb starr geradeaus gerichtet. »Das ist ja kaum zu glauben.«

Beau sah zu ihr hinüber, dann ergriff er ihre Hand. Bewundernd blickte er sie an, fast auf dieselbe Weise, wie Josie morgens immer ihren Kaffee ansah. »Hättest du dir damals, als wir noch arme Uniabsolventen waren, vorstellen können, dass wir fünfzehn Jahre lang zusammen sein würden?«

Claudia lachte laut und lange und legte dann ihre andere Hand über die seine, sodass die Hände von ihr und Beau zwischen ihnen übereinanderlagen. Sie drehte sich zu Beau, beugte sich ein Stück vor und schürzte ihre Lippen leicht, damit er sich einen Kuss abholen konnte. Den Blick fest auf ihn gerichtet, sagte sie: »Ich hätte gedacht, du würdest mich schon bald für eine andere, viel interessantere Frau verlassen.«

Er hielt seinen Blick für drei weitere Sekunden auf sie gerichtet. »Niemals, mein Schatz«, sagte er, dann wandte er sich wieder der Kamera zu. »Doch das führt uns zu einer wichtigen Frage: Wie gelingt es einem, das Interesse an seiner Partnerin oder seinem Partner auch nach fünfzehn Jahren noch aufrechtzuerhalten?«

Josie nahm sich den Ohrstöpsel heraus. »Ich kann mir das nicht anschauen. Das ist ja, als würden sie jedes Wort ablesen. Ich kann mir nicht vorstellen, dass denen irgendwer so einen Mist abnimmt.«

Noah betrachtete Josie von der anderen Seite der Küche aus, die Hüfte gegen die Arbeitsfläche gelehnt. Er nahm einen Schluck Kaffee. »Was für einen Mist?«

Josie deutete auf das Display. »Na, das da! Dass eine Ehe oder Beziehung jemals perfekt sein wird.«

»Nichts ist perfekt«, sagte er. »Na ja, außer natürlich der glorreiche Sieg der Pancakes über uns.«

Josie lachte. Sie schaute aufs Handy und stoppte das Video. Dann suchte sie im Internet nach der Website der Collins'. Der Hintergrund der Seite war ganz in Creme und Rosa gehalten, mit skizzierten Herzen. Auf der Startseite sah man etliche Agenturfotos von Paaren, jedes von ihnen in einer anderen gestellten Pose, am Meer, am Waldrand, ja sogar vor einem Maisfeld. Die Biografien von Beau und Claudia waren das Einzige auf der gesamten Website, was glaubwürdig erschien. Josie überflog die Zusammenfassung des Buches, das die beiden geschrieben hatten, sowie mehrere Dutzend begeisterter Rezensionen von Kollegen und Leserkommentare. Weiter unten gab es unzählige kurze Ausschnitte aus ihrer Sendung. Josie schüttelte es schon beim Überfliegen der Überschriften: Spielen Sie auf Sieg – Finden Sie den perfekten Partner; Sexy Schatzsuchen – Wie Sie den Funken neu entfachen; Eine Traum-Ehe lässt sich planen; Kein unlösbares Rätsel: Der innigste Wunsch Ihrer Partnerin.

Vielleicht hatte Claudia bei ihrer Begegnung mit Josie und Harris ja ihren Mädchennamen genannt, weil sie mit all dem nicht in Verbindung gebracht werden wollte.

»Sieh dir nur mal diese Website an«, sagte Josie mit gequälter Miene und hielt Noah das Handy hin. Er setzte sich wieder und scrollte ebenfalls durch die Seite.

»Was wollen die denn mit den ganzen Herzchen beweisen?«, sagte Josie.

Noah lachte. »Ich glaube, du verstehst nicht, worum es hier geht.«

»Wie bitte?«

Sie beugte sich vor und berührte das Display, sodass er nicht weiterscrollen konnte. Auf dem Handy war nun ein Foto von Beau und Claudia zu sehen, wie sie – beide im Profil – am Ufer eines Sees standen, im Hintergrund der Sonnenuntergang. Eine leichte Brise fuhr sanft durch Claudias Haar und hob es schmeichelhaft in die Luft. Sie schaute zu Beau auf, der sie schmachtend ansah. Eine seiner Hände ruhte auf ihrer Hüfte. Es sah aus, als würden die beiden sich jeden Moment küssen, als gäbe es niemanden in der Welt außer ihnen. Es sah aus wie das Cover eines Liebesromans. »Echte Beziehungen sehen nicht so aus.«

Noah legte seine Hand auf ihre. »Willst du damit sagen, dass ich dich noch nie so angesehen habe?«

Josie rollte mit den Augen. »Natürlich hast du das. Darum geht es hier ja gar nicht.«

»Worum denn dann?«

Sie zog ihre Hand weg, stand auf und ging zur Kaffeemaschine, um sich noch eine zweite Tasse Kaffee zu holen. »Eine echte Beziehung ist nicht wie das Cover eines Liebesromans, sondern ... Da steht man nebeneinander, während jemand von den Eltern oder Großeltern beerdigt wird. Da ist jemand für einen da, wenn danach der ganze Schmerz kommt, egal wie schwierig es wird oder wie sehr sich der andere einigelt. Da bringt einen jemand zu Arztterminen oder hilft einem auf die Toilette, wenn man sich das Bein gebrochen hat. Da hat jemand kein Problem damit, wenn die Schränke im Haus keine Türen haben, weil die Partnerin ein Kindheitstrauma hat. Da kann man echt ekelhaft zum anderen sein, weiß aber, dass er trotzdem bleiben wird. Da ...« Sie deutete auf das Chaos auf der Arbeitsfläche. »Da macht jemand tausend Pancakes, weil er der Nennonkel vom Sohn des verstorbenen ersten Ehemanns seiner Frau ist und das auch noch völlig in Ordnung findet.«

Noah lächelte. Er besaß viele verschiedene Arten zu lächeln und Josie hatte sie im Laufe der Jahre alle zu deuten gelernt. Das hier war sein sexy Lächeln, bei dem ihr Herz jedes Mal zu rasen begann. Er stand auf und ging langsam auf sie zu. Trout bekam von all dem nichts mit – er war immer noch damit beschäftigt, den Boden unter dem Tisch abzuschnüffeln, in der Hoffnung, noch ein Fitzelchen Wurst zu finden. Noah nahm Josie die Tasse aus der Hand und stellte sie auf die Arbeitsplatte, zwischen einen teigverkrusteten Pfannenwender und einen weiß bestäubten Messbecher. Er schmiegte sich eng an sie. Die Kante der Arbeitsfläche drückte sie hart im Kreuz, aber das störte sie nicht. Er war ihr jetzt so nah, dass sein Atem ihre Stirn liebkoste. Innerhalb von einem Augenblick spürte Josie alles, was sie miteinander verband: die elektrisierende Erregung und die Geborgenheit. Jeder Muskel ihres Körpers entspannte sich, während sämtliche Nervenenden auf ihrer Haut vor Verlangen nach seiner Berührung prickelten.

Sie würden nie in so einer Sonnenuntergangsszenerie sein wie das Paar auf dem Foto, aber für Josie fühlte es sich in diesem Moment ganz genau so an.

»Kannst du auch was dazu sagen?«, flüsterte sie.

Er küsste die dünne Narbe, die sich von ihrem rechten Ohr bis unter ihr Kinn zog. »Eines hast du noch vergessen«, sagte er. »In einer echten Beziehungen sieht man alle Narben seiner Partnerin und liebt sie.«

Josie verschmolz förmlich mit der Arbeitsfläche. Mit einer Hand fuhr sie unter seinem T-Shirt nach oben, bis zur rechten Schulter, wo eine kreisrunde Stelle wulstig zwischen ihren Fingern hervortrat. Sie hatte ihm diese Narbe zugefügt, als sie auf ihn geschossen hatte. Es war schon lange her, noch bevor sie zusammengekommen waren, und obwohl sie damals überzeugt gewesen war, dass sie das Richtige tat, bereute sie es noch immer.

Noah hielt ihre Hand fest und hob den Kopf, um ihr in die Augen schauen zu können. Mit einem Lächeln sagte er: »Und da verzeiht man seiner Partnerin, dass sie auf einen geschossen hat.«

Josie wollte ihn küssen. Sie wollte etwas anderes in der Küche tun, als Pancakes anbrennen zu lassen, jetzt gleich. Doch ihr Kopf ließ es nicht zu. In Gedanken war sie schon wieder im Vernehmungsraum bei Beau Collins.

»Noah«, sagte sie sanft, während er ihr die Fingerspitzen küsste.

Er neigte den Kopf, bis seine Zunge die Kuhle an ihrem Hals fand, und schlang seine Arme um sie. Unwillkürlich musste sie stöhnen. Sie hielt jedoch ihre Emotionen unter Kontrolle und fragte: »Was du gestern zu Collins gesagt hast, dass du deinen Job für mich aufgeben würdest: Hast du das ernst gemeint?«

Seine Zunge hielt nur so lange inne, dass er, dicht an ihrer Haut, eine Antwort murmeln konnte. »Willst du wirklich jetzt darüber sprechen? In einer Stunde müssen wir bei WYEP sein. Wir sollten die Zeit gut nutzen.«

Sie musste daran denken, was sie aus all ihren Beziehungen gelernt hatte. Es war keine erfreuliche Lektion gewesen, vermutlich deshalb, weil es nie so lief, wie man es sich erhoffte. Letztendlich lernte man einen Menschen erst dann wirklich kennen, wenn es hart auf hart kam. Man dachte immer, der Junge, in den man sich mit neun Jahren verliebt hatte, würde eines Tages ein tüchtiger und mutiger junger Mann werden, der genügend Integrität und Rückgrat besaß, um sich nicht korrumpieren zu lassen. Aber wenn es dann hart auf hart kam, stellt sich heraus, dass er ganz anders war. Man dachte, der Verlobte, in den man sich danach verliebt hatte, wäre ehrlich und treu und würde einen niemals von sich stoßen oder betrügen, vor allem, nachdem man ihn infolge einer fast tödlichen Verletzung über ein Jahr lang gesund gepflegt hatte. Aber wenn es dann hart auf hart kam, entpuppte er sich als Enttäuschung.

Es gab die unterschiedlichsten Situationen, in denen Menschen auf die Probe gestellt wurden – ob innerhalb oder außerhalb einer Beziehung –, und unterschiedlichste Bewährungsproben für Beziehungen. Wie gut die eigene Beziehung ihnen standhalten konnte, wusste man erst dann, wenn eine solche Situation eintrat, weil man jemanden erst dann wirklich kennenlernte, wenn er sich bewähren musste.

Noah hob Josie hoch und legte ihre Beine um seine Taille. Sie klammerte sich an ihn, ohne weiter nachzudenken. Ihr körperliches Verlangen nach ihm war stärker alles andere. Erst das Klingeln ihres Handys hielt die beiden davon ab, wieder zurück ins Bett zu gehen. Es fiel ihr unendlich schwer, sich aus seiner Umarmung zu lösen. Er klammerte sich an sie und flüsterte an ihren Nacken gepresst: »Geh einfach nicht ran.«

»Ich muss aber«, gab sie zurück. »Lass mich wenigstens nachsehen, wer es ist.«

Mit einem Seufzen wand sie sich aus seinen Armen, ging zum Tisch zurück und griff nach ihrem Handy. Der Anruf kam aus Denton, aber sie kannte die Nummer nicht. Trotzdem wischte Josie über das Display und ging ran. »Hier Detective Quinn.«

Eine gedämpfte Frauenstimme sagte: »Detective? Hier spricht Margot Huff. Sie wissen schon, von gestern Abend. Ich glaube, wir brauchen Ihre Hilfe.«

Im Hintergrund hörte Josie lautes Rufen und Weinen. »Wo sind Sie gerade, Margot?«

»Im Fernsehstudio«, antwortete diese flüsternd. »Bitte beeilen Sie sich. Ich glaube, Eve ist verschwunden.«

FÜNFZEHN

WYEP, der lokale Fernsehsender von Denton, befand sich auf einer Hügelkuppe im Nordwesten der Stadt. Das klobige zweistöckige Gebäude sah aus wie die meisten anderen Büroblocks der Gegend, außer dass auf dem Parkplatz dicht nebeneinander mehrere Übertragungswagen standen. Seit Claudias Ermordung waren nicht einmal vierundzwanzig Stunden vergangen, doch Josie fragte sich, ob nicht trotzdem jemand von den Lokalnachrichten Wind davon bekommen hatte. Immerhin war es eine aufsehenerregende Story, die sich nicht lange geheim halten lassen würde, zumal die Show der Collins' im selben Gebäude aufgezeichnet wurde wie die Nachrichtensendungen von WYEP.

Josie und Noah hielten dem Wachmann ihre Dienstmarke hin und dieser drückte den Türöffner, sodass sie durch einen Vorraum in einen geräumigen Korridor gelangten. Auf einem Schild an der Wand waren alle wichtigen Bereiche im Erdgeschoss aufgeführt, mit Pfeilen, die nach rechts oder links zeigten, je nachdem, wo sie sich befanden. Zum Hauptstudio ging es nach links, zum Studio eins, wo die Sendung der Collins' aufgezeichnet wurde, nach rechts. Die Journalisten arbeiteten also wenigstens am anderen Ende des Gebäudes.

Aus dem Studio eins waren Stimmen zu hören, noch bevor Josie die Tür aufdrückte. Sie und Noah betraten den kleinen dunklen Raum, als ein Mann gerade schrie: »... sei du doch still, du Hexe! Du hast Claudia doch genauso wenig gemocht!«

Mitten im Raum, beleuchtet von einem hellen Lichtkegel, standen als Set die weiße Couch und das Tischchen, von wo aus die Collins' ihre Sendung machten. Um den Tisch herum hatten sich mehrere Personen versammelt, darunter auch der Mann, den man eben schreien gehört hatte. Er deutete mit dem Finger auf eine groß gewachsene Frau auf der anderen Seite des Tisches.

»Halt den Mund, Liam!«, blaffte sie ihn an. »Meine Sorge ist berechtigt. Auch wenn es vielleicht nicht allen gefällt: Wir müssen entscheiden, wie es mit dieser Sendung weitergeht.«

Liam schnaubte und ballte die Hände zu Fäusten. »Wen kümmert diese bescheuerte Sendung? Claudia ist ermordet worden! Und keinen von euch interessiert es.«

»Das ist nicht wahr«, gab einer der anderen zurück.

Beau, der bis dahin auf der Couch gesessen hatte, stand auf und versuchte, seinen Arm um Liams Schultern zu legen.

»Fass mich nicht an«, stieß Liam hervor und schüttelte Beaus Arm ab. »Das ist alles nur deine Schuld.«

Beau wirkte geschockt. Im Raum wurde es still, nur ein leises Schluchzen war zu hören. Langsam entfernte sich Beau von der Gruppe der anderen. »Beau, bitte«, rief die große Frau ihm hinterher. »Ich meine das wirklich nicht respektlos. Ich versuche ja nur, vernünftig zu sein. Ich bin Producerin. Das ist nun mal mein Job.«

»Kathy, bitte«, murmelte er im Fortgehen. Er steuerte auf einen Regieraum zu, der im Dunkeln lag. Zwei der Frauen folgten ihm. Josie und Noah schlängelten sich zwischen verschiedenen Scheinwerfern und drei Kameras hindurch. Alle

Anwesenden hatten Abstand zu Liam genommen, nur Kathy wandte sich zu ihm um und sagte: »Pass lieber auf. Du bist nur ein Kameramann. Wir könnten dich jederzeit auswechseln.«

Liam stürzte sich auf sie, und die anderen, die neben der Couch und dem Tischchen standen, gingen dazwischen. Kathy ließ ihre Hand zwischen den beiden Männern, die ihn von ihr wegzogen, hindurchschnellen und riss kräftig an Liams Bart. Er schrie auf und drehte den Kopf von ihr weg. Ihre langen Fingernägel schrammten über sein Gesicht, sodass seine Brille auf dem Boden landete, und hinterließen auf seiner Stirn drei deutlich erkennbare Striemen.

»Miststück!«, schrie Liam, während die Männer ihn fortzerrten, ans andere Ende des Raumes. Eine der Frauen hob seine Brille auf. Sie funkelte Kathy wütend an, dann ging sie zu Liam hinüber und versicherte den Männern, dass er sich bestimmt gleich wieder beruhigt hätte.

Josie blieb der befriedigte Blick der Produzentin nicht verborgen. Leise, sodass nur Noah sie hören konnte, sagte sie: »Gretchen dürfte inzwischen mit ihrer Schicht begonnen haben. Schreib ihr eine Nachricht und bitte sie herzukommen. Wir werden von allen Leuten hier Aussagen brauchen - über ihr Verhältnis zu Claudia, wann sie sie zum letzten Mal gesehen haben und wo sie gestern Nacht waren.«

Noahs Finger flogen über die Tastatur seines Handys. »Geht klar.«

Margot stand hinter der Couch, die Augen schreckgeweitet. Ihr Haar war fettig, ihr Gesicht blass. Sie sah aus, als hätte sie die ganze Nacht nicht geschlafen. Josie konnte es ihr nachempfinden. Hinter Margot stand ein großer Mann mit einem dunklen, ordentlich getrimmten Kinnbart. Er trug eine Kakihose und ein weißes Polohemd, auf dessen linker Brust das WYEP-Logo eingestickt war. Darüber stand in schwarzen Stickbuchstaben ein Name: Raffy. Der Mann hatte eine Hand auf Margots Schulter gelegt. Mit einem schmachtenden Blick aus seinen braunen Augen sah er auf sie herab, während sie bestürzt mitverfolgte, was um sie herum geschah. Als Raffy Josie und Noah bemerkte, beugte er sich zu Margot vor und sagte leise etwas zu ihr. Josie konnte es an seinen Lippen ablesen: *Die Polizei ist da. Sag es ihnen.*

Gleichzeitig schob er sie sanft nach vorn. Das Handy an die Brust gepresst, schlängelte sie sich an der Couch und der Gruppe der anderen vorbei, die Josie und Noah anstarrten. »Danke, dass Sie gekommen sind«, sagte sie.

»Wer sind diese Leute?«, wollte Kathy wissen.

Josie und Noah stellten sich vor und hielten ihre Dienstausweise so, dass alle sie gut sehen konnten. Nun erschien auch Beau wieder, plötzlich ganz der liebenswürdige Gastgeber, und machte sie mit dem Team bekannt, auch mit Liam, der jedoch auf Distanz blieb. Zu den anderen Anwesenden zählten zwei weitere Kameramänner, Sean House und Jim Fogle, zudem Jewell Cartwright, die für die Beleuchtung zuständig war, ein Audio-Video-Techniker, Kyle Schwarber, eine Aufnahmeleiterin, Marissa Parker, und zwei Stylistinnen, Cindy Stamm und Stephanie Horvat.

»Tut mir leid, dass Sie das eben miterleben mussten«, sagte Beau. Er sah wohlwollend in Liams Richtung. »Ich hatte das Team zu einem Notfallmeeting zusammengerufen, weil ich das mit Claudia allen persönlich sagen wollte. Aber wie Sie sehen, kommt nicht jeder so gut damit zurecht. Egal – ich weiß, dass Sie mit den Mitgliedern des Teams sprechen wollten. Also fangen Sie ruhig an ...«

Josie sah an ihm vorbei zu Margot. »Wo ist Eve?«

Beau schien verwirrt. Langsam ließ er seinen Blick durch den Raum schweifen. Margot sah Raffy an, der ihr ein ermutigendes Lächeln zuwarf, dann trat sie nach vorn. »Sie ist nicht hier.«

Beau schüttelte den Kopf. »Nein, das stimmt so nicht. Sie sollte eigentlich nur eben Kaffee und Bagels holen.«

Margot sagte: »Das ist schon Stunden her, Beau.«

»Was? Das ist unmöglich.«

»Doch! Sie hat meine Wohnung heute Morgen um fünf verlassen. Du warst doch auch da!«

Von den anderen Teammitgliedern war ein Raunen zu vernehmen. Margot rollte die Augen und wandte sich an die Gruppe. »Wir waren komplett durch den Wind, okay? Ich meine, Eve und Beau haben immerhin Claudias Leiche gesehen.« Das Wort Leiche betonte sie und sah dabei von einer Person zur nächsten. Aus einer Ecke des Raumes, in der Liam stand, war ein leises Geräusch zu hören, etwas zwischen einem Japsen und einem Würgen. Cindy Stamm, die Stylistin, die seine Brille aufgehoben hatte, tätschelte ihm die Schulter.

Beau machte mit den Händen eine beschwichtigende Bewegung, damit sich alle im Raum etwas beruhigten. »Ich weiß, dass sich das seltsam anhört«, sagte er. »Aber wir waren einfach unglaublich erschüttert und verstört. Eve war völlig am Ende. Margot hat ihr angeboten, dass sie bei ihr bleiben kann. Ich selbst wollte in einem Hotel übernachten – ich hab keine Ahnung, ob ich dieses Haus jemals wieder betreten kann.« Er erschauerte, schloss für einen Moment die Augen und richtete seinen Blick dann wieder auf die Umstehenden. »Aber Margot und Eve hatten netterweise nichts dagegen, dass ich bleibe. Ich glaube nicht, dass einer von uns auch nur eine Sekunde geschlafen hat.«

Noah versuchte, das Gespräch wieder auf das Wesentliche zu lenken. »Haben Sie Eve dort zum letzten Mal gesehen? In Margots Wohnung?«

Margot nickte. »Um fünf Uhr morgens war sie immer noch wach. Sie meinte, sie würde zurück nach Hause fahren, um zu duschen und sich umzuziehen. Die anderen von uns hatte sie schon am Abend angerufen und gebeten, um acht Uhr morgens hier zu sein. Sie sagte, sie würde noch Bagels und Kaffee besorgen. Auch wenn gerade keiner von uns einen Bissen runterkriegen könnte. Ich glaube, sie wollte sich einfach irgendwie beschäftigen.«

»Aber sie ist nie hier angekommen. Und sonst hat noch keiner von Ihnen sie heute gesehen?«, fragte Josie.

Irgendjemand murmelte ein Nein, andere schüttelten den Kopf.

»Lebt sie allein?«, wollte Josie wissen.

Margot nickte.

»Ist sie mit irgendjemandem zusammen?«, hakte Noah nach. »Oder hat sie engere Freunde in der Nachbarschaft, zu denen sie vielleicht gegangen ist?«

»Das weiß ich nicht«, antwortete Margot. »Aber ich glaube nicht.«

Kathy widersprach: »Doch, sie ist mit jemandem zusammen.«

Aller Augen richteten sich auf sie. »Woher weißt du das?«, fragte Beau.

Kathy zuckte mit den Achseln. »Ich hab gesehen, wie sie an ihrem Handy Textnachrichten geschrieben hat. Sie dachte, es würde niemand mitbekommen, aber dieses Lächeln in ihrem Gesicht, das war das einer Frau, die verliebt ist.«

Josie sah sich um und blickte in erstaunte Gesichter. »Weiß irgendwer, mit wem Eve zusammen ist?«

Stille.

»Hat denn schon jemand von Ihnen versucht, sie anzurufen oder ihr eine Nachricht zu schicken?«, fragte Noah.

Margot streckte Josie ihr Handy entgegen. »Ja, ich. So gegen sieben, nachdem wir um halb sieben hier angekommen waren. Wir haben angerufen und ihr mehrere Nachrichten geschickt. Sie hat aber nicht reagiert. Es waren noch nicht alle hier, deshalb bin ich zu ihrer Wohnung rübergegangen. Ihr Auto war nicht da, aber sie hat einen Ersatzschlüssel unter dem Blumentopf vor ihrer Tür und den hab ich verwendet.«

»Sie wissen, wo ihr Ersatzschlüssel ist, Margot. Wissen Sie

dann auch, bei wem sie sich im Moment aufhalten könnte?«, fragte Josie.

Margot schüttelte den Kopf. »Nein. Wenn ich es wüsste, hätte ich doch längst dort angerufen! Deshalb bin ich ja auch zu ihrer Wohnung gegangen. Ich weiß, dass es übergriffig ist, einfach so da reinzugehen, aber ich hab mir wirklich Sorgen gemacht. Ich hab auch nichts angefasst. Ich wollte nur nachsehen, ob es ihr gut geht. Aber sie war nicht da.«

»Wie sah es denn in der Wohnung aus? Hatten Sie den Eindruck, als wäre irgendetwas durcheinandergebracht worden?«, wollte Josie wissen.

Margot schüttelte den Kopf, drückte das Handy wieder an ihre Brust und hielt es mit beiden Händen fest.

Beau starrte Josie mit zunehmendem Entsetzen an. »Wie meinen Sie das: ›durcheinandergebracht‹?«

Josie ignorierte ihn.

»Dann bin ich zu dem Bagel-Laden gegangen«, fuhr Margot fort. »Aber die meinten, sie hätten sie heute ganz bestimmt noch nicht gesehen. Oder zumindest konnte sich niemand daran erinnern.«

»Als Sie bei ihr zu Hause waren«, erkundigte sich Josie, »haben Sie da auch im Bad nachgesehen?«

Beau berührte Margot an der Schulter, doch die schüttelte seine Hand ab. Raffy beobachtete das Ganze argwöhnisch. »Wie bitte?«, fragte Margot zurück.

Josie sagte: »Sie haben doch erzählt, Eve hätte gesagt, dass sie nach Hause gehen und duschen wollte. Haben Sie denn einen Blick ins Badezimmer geworfen? War es in der Dusche nass?«

Margots Unterlippe zitterte. »Das weiß ich nicht mehr.«

Beau packte Margot an der Schulter. »Warum hast du mir das nicht erzählt?«

Raffys Augen waren fest auf Beaus Hand geheftet. Er machte einen Schritt nach vorn und hob die Hand, als wollte er einschreiten, doch dann trat Margot ein Stück beiseite und aus Beaus Reichweite. Schnell legte Raffy seinen Arm schützend um Margots Schultern.

Beau sah Raffy verwirrt an, als hätte er erst jetzt bemerkt, dass er ebenfalls anwesend war. Sein Blick währte einen Moment zu lang, sodass sich eine peinliche Stille breit machte. Waren die beiden einander denn noch nie zuvor begegnet? Oder hatte Beau einfach noch nicht mitbekommen, wie nahe sich Raffy und Margot standen, weil er immer so beschäftigt war und sich alles nur um ihn drehte? Endlich blinzelte Beau und richtete seine Aufmerksamkeit wieder auf Margot. »Sag doch. Warum hast du mir das mit Eve denn nicht erzählt?«

»Weil ich davon ausgegangen bin, dass sie schon wieder auftauchen wird oder dass sie vielleicht eine Art Nervenzusammenbruch oder eine persönliche Krise hat. Gestern hat sie mir jedenfalls erzählt, dass sie kündigen möchte.«

Beau sah aus, als hätte sie ihm eben eine Ohrfeige verpasst. »Wie bitte?«

Margot ignorierte ihn und sah stattdessen auf ihr Handy. Sie tippte etwas und wischte ein paarmal über das Display, dann wandte sie sich an Josie und Noah. »Aber der Grund für meinen Anruf war das hier.«

Josie rückte ein Stück näher und nahm das Telefon in die Hand, das Margot ihr entgegenstreckte. Auf dem Display wurden mehrere Textnachrichten zwischen Eve Bowers und Margot angezeigt.

Die erste Nachricht hatte Margot um sechs Uhr früh verschickt, weitere in den folgenden anderthalb Stunden.

Wo steckst du denn?

Ist alles in Ordnung?

Alles okay bei dir?

Kommst du noch? Wenn du nicht willst, versteh ich das. Ich kann Beau Bescheid geben.

Niemand wird dir deswegen böse sein. Ich würde nur gern wissen, ob es dir gut geht.

Eve, ich mach mir langsam Sorgen. Schreib doch bitte zurück.

Alles in Ordnung bei dir?

Ich komm jetzt zu dir in die Wohnung.

Es folgte eine Lücke von dreißig Minuten.

Echt jetzt, Eve! Schreib mir doch bitte zurück.

Dann, um sieben Uhr dreiundvierzig, war eine Antwort gekommen.

Sag deinem Chef, dass nicht er die Regeln bestimmt. Das mache ich. DAS SPIEL HAT BEGONNEN.

SECHZEHN

Josie hatte sich Handschuhe übergestreift, bevor sie den Duschvorhang in Eve Bowers' winzigem Badezimmer zurückzog. An den Fliesen und am Boden der Wanne hingen Wassertropfen. Der Wäschekorb in der Ecke des Raumes war randvoll mit Kleidern. Ganz obendrauf lag zerknüllt das cremefarbene Strickkleid, das Eve am Abend zuvor auf dem Polizeirevier getragen hatte. Josie sah die übrigen Kleidungsstücke in dem Korb rasch durch. Sie hatten dieselbe Größe und einen ähnlichen Stil – demnach gehörten sie vermutlich alle Eve. Die Borsten ihrer Zahnbürste waren noch feucht. Sie war also von Margot Huffs Wohnung nach Hause gegangen und hatte genügend Zeit gehabt, um zu duschen und sich umzuziehen. Josie hatte nichts gefunden, was darauf hindeutete, dass noch jemand anderes in dem Apartment wohnte. Es gab keine zweite Zahnbürste und auch keine Fotos außer ein paar von Eve und zwei weiteren Personen – wahrscheinlich ihre Eltern, wie Josie aufgrund des Alters und der Ähnlichkeit mit der jungen Frau annahm. Falls sie tatsächlich mit jemandem zusammen war, dann konnte es keine besonders ernsthafte Beziehung sein, denn es hatte niemand Spuren in ihrer Wohnung hinterlassen.

Aus einem anderen Zimmer hörte Josie Noahs Stimme. »Josie?«

Sie verließ das Bad und ging durch einen kurzen Flur ins Wohnzimmer. Auf dem Couchtisch lag ein Stapel Bücher, daneben stand eine halbleere Wasserflasche. »Eve Bowers war heute Morgen hier.«

Noah stand in der Eingangstür. »Ich weiß. Ich habe gerade mit einer Nachbarin gesprochen, die gesehen hat, wie Eve um sechs Uhr fünfzehn in ihr Auto gestiegen und davongefahren ist.«

»Allein?«

Er nickte. »Ich hab den Hausmeister des Gebäudes die Aufzeichnungen der Überwachungskameras prüfen lassen. Sie ist tatsächlich allein aus dem Haus gegangen.«

Josie besah sich den Stapel mit Büchern. Es waren sechs Stück – eine bunte Mischung aus populärpsychologischen Titeln und Beziehungsratgebern, darunter auch das Buch der Collins'. Sie beugte sich nach vorn, zog es ganz unten aus dem Stapel hervor und blätterte darin. Mehrere Ecken waren umgeknickt, etliche Passagen unterstrichen.

Noah kam zu Josie herüber. »Glaubst du, sie hat die Ratschläge aus dem Buch ihres Chefs mit der Person umgesetzt, mit der sie angeblich zusammen war – vorausgesetzt, die Produzentin hatte recht mit ihrer Einschätzung?«

»Ich weiß nicht«, gab Josie zurück. »Uns hat sie gesagt, dass sie Single ist. Vielleicht hat sie die Stellen ja markiert, für den Fall, dass sie mal jemanden kennenlernt. Vielleicht war sie mit jemandem zusammen, hat inzwischen aber schon wieder Schluss gemacht.«

Ein weißes Stück Papier flatterte aus dem Buch und landete auf dem Boden. Josie legte das Buch zurück auf den Tisch, hob den Zettel auf und besah ihn sich von allen Seiten. Es war gar kein Notizzettel, sondern ein ungeöffneter Briefumschlag. »Was ist das?«, fragte Noah.

Josie zeigte ihm die Vorderseite des Briefes. Er war an Claudia Collins adressiert und stammte von einer gemeinnützigen Organisation aus der Gegend. Der Poststempel war von Mitte Dezember. Josie hatte einen Monat zuvor ebenfalls so einen Brief erhalten, mit dem in einer groß angelegten Weihnachtsaktion Spenden gesammelt wurden.

»Eine Werbesendung?«, fragte Noah.

»Nicht direkt«, gab Josie zurück. »Aber es sieht auch nicht nach etwas Wichtigem oder Privatem aus.«

»Und was steht da auf der Rückseite?«

Josie drehte das Kuvert um. In kleiner, enger Schrift hatte jemand einen Namen darauf geschrieben. Josie las ihn laut vor. »Archie Gamble.«

»Vielleicht ist das ja ihr Freund?«, mutmaßte Noah.

»Ich weiß nicht. Dieser Brief ist an Claudia adressiert. Ich könnte nicht mal sagen, ob das die Handschrift von ihr oder von Eve ist.«

Sie sahen sich in dem Zimmer nach irgendetwas um, das möglicherweise Eves Handschrift trug, fanden aber nichts. »Mach doch ein Foto davon«, schlug Noah vor. »Wir können das auch nachher noch überprüfen. Jetzt sollten wir uns lieber beeilen.«

Josie machte ein paar Bilder mit ihrem Handy und legte das Buch dann wieder so zurück, wie sie es vorgefunden hatte. Noah bedeutete ihr, mit ihm nach draußen zu gehen. Im Erdgeschoss des Wohnblocks, in dem sich Eves Apartment befand, gab es mehrere Eingangstüren und Parkplätze direkt vor jeder Wohneinheit. Josie legte den Ersatzschlüssel wieder dorthin, von wo sie ihn genommen hatten. Sie hatten keine Zeit gehabt, sich um eine richterliche Anordnung zu kümmern, doch der Vermieter hatte ihnen gestattet, die Wohnung zu betreten, um zu überprüfen, ob mit Eve alles in Ordnung war.

Josie schaute die Straße auf und ab. »In welche Richtung ist sie gefahren?«

Noah deutete in Richtung des Bagel-Ladens, zu dem Eve laut Margot öfters ging. »Dann schauen wir doch als Nächstes mal bei diesem Laden vorbei.«

Josie fuhr, während Noah die Nachrichten auf seinem Handy nach neuen Informationen durchsah. Sie hatten Gretchen mit mehreren Streifenpolizisten im WYEP-Studio zurückgelassen, um alle zu befragen, die an der Sendung der Collins' beteiligt waren. Mettner hatten sie aus seiner wohlverdienten Pause zurückgeholt und gebeten, herauszufinden, ob Eves Nissan über ein Navigationsgerät verfügte, mit dessen Hilfe sich ihr Aufenthaltsort ermitteln ließ. Mit jeder Minute, die verstrich, wurde Josies Angst größer. Der Kaffee, den sie am Morgen getrunken hatte, brannte ihr jetzt ein Loch in den Magen.

Dann stieß Noah auf eine Neuigkeit: »Die Einsatzzentrale hat ihr Handy geortet. Die letzte bekannte Position war im Stadtpark.«

Josie sah kurz zu ihm hinüber. »Der Stadtpark liegt auf dem Weg zu dem Bagel-Laden – wenn wir davon ausgehen, dass sie die Squillace Road rüber zur Greiner Avenue genommen hat. Wir können ja mal dorthin fahren.«

»Das wäre die schnellste Route mit dem wenigsten Verkehr«, meinte Noah. »Aber jetzt, im Januar, so früh am Morgen, noch dazu an einem Samstag ... Ich denke, da ist auf den Straßen eh nicht viel los.«

»Haben die eine genauere Position im Stadtpark ermitteln können?«

»In der Nähe des Haupteingangs.«

»Vielleicht hält sie sich ja einfach nur dort draußen beim Haupteingang auf«, murmelte Josie. »Aber fordere mal lieber ein paar Einheiten an, für den Fall, dass wir doch den Park durchsuchen müssen.«

Noah telefonierte. Nach zehn Minuten hatten sie den Stadtpark erreicht. Josie sah sich die Autos an, die in der Straße am Haupteingang des Parks auf dem Bürgersteig parkten, doch es befand sich kein Nissan darunter. Einige Einheiten waren bereits vor Ort. Josie wies sie an, um den gesamten Park herum und dann zurück zum Haus von Beau und Claudia Collins zu fahren, um auszuschließen, dass Eve aus irgendeinem Grund dorthin zurückgefahren war. Sie selbst fuhr mit Noah weiter, um die Parkplätze innerhalb des Stadtparks zu überprüfen. Sie fanden nichts.

Wieder beim Haupteingang angekommen, stellte Josie ihren SUV ab und ging mit Noah zu der Handvoll Streifenpolizisten hinüber, die gleich hinter dem Parkeingang standen und auf weitere Anweisungen warteten.

»Willst du die Jungs losschicken, um nach Eve Bowers' Auto zu suchen?«, wollte Noah von Josie wissen.

Sie seufzte. »Mett geht der Sache mit dem Navi nach. Eine Fahndung nach dem Wagen ist schon rausgegangen. Vielleicht hat ihn ja jemand gesehen. Und wenn er von der Nummernschilderkennung registriert wird, werden wir es auch erfahren.«

»Aber wenn wir noch mehr Einheiten losschicken, um ihn zu suchen, könnten wir ihn schneller finden.«

Sie gelangten zu einer breiten Lücke in der Hecke zwischen dem Park und dem Gehweg. Auf einer freien, mit Kopfsteinpflaster befestigten Fläche empfing sie ein Schild mit der Aufschrift »Willkommen im Stadtpark von Denton«. Daneben stand ein weiteres Schild mit den Parkregeln – es waren etliche. Am Rand der Fläche standen mehrere Bänke. Jeder der vier Fußwege, die von hier wegführten, war mit einem Wegweiser versehen, der anzeigte, was einen unterwegs jeweils erwartete: Spielplatz, Karussell, Musikpavillon, Softballfelder, Aussichtspunkt, Teich, Lauf- und Fahrradstrecken, ausgewiesene Picknickplätze. Die Streifenpolizisten standen eng beisammen neben dem Weg, der zum Spielplatz und dem Karussell führte.

Noah berührte Josie am Arm. Als sie sich zu ihm umdrehte, stand er schon nicht mehr neben ihr. In der Nähe des Weges, der zu den Lauf- und Fahrradstrecken führte, war er stehen geblieben. »Was ist los?«, fragte sie.

Er ging auf eine der Bänke zu, lief um sie herum und kniete sich auf den Boden. Josie folgte ihm und beobachtete, wie er sein Handy herauszog und Fotos von irgendetwas machte, das zwischen zwei Pflastersteinen lag. Dann kramte er ein Paar Handschuhe aus seiner Jackentasche und streifte sie sich über. Er hob den Gegenstand auf und hielt ihn hoch, damit Josie ihn sehen konnte. Ihr Herz machte einen kleinen Sprung, dann beschleunigte sich ihr Puls. Was ihr von einem Führerschein des Staates Pennsylvania entgegenstarrte, war das Gesicht von Eve Bowers.

»Dann war sie also doch im Park«, folgerte Josie.

Einige der Streifenbeamten kamen herübergelaufen. Einer von ihnen bot sich an, einen Asservatenbeutel aus seinem Auto zu holen, und rannte los.

»Oder aber der Mörder hat sie entführt und ihren Führerschein hierher geworfen, um uns zu verwirren.«

Josie ging ein Stück den Weg entlang, bis dorthin, wo der gepflasterte Bereich endete und Gras, Erde und abgestorbene Pflanzen den Pfad säumten. Die anderen Polizisten hatten sich bereits auf der freien Fläche verteilt und suchten den Boden nach weiteren Hinweisen ab.

»Aber das spielt eigentlich auch keine Rolle, oder?«, sagte Josie. »Den Park nicht zu durchsuchen wäre fahrlässig, denn falls sie hier ist und auch nur die geringste Chance besteht, dass er sie noch nicht getötet hat, dann müssen wir sie finden.«

»Wenn sie hier ist, dann ist auch er hier«, sagte Noah. Der Streifenpolizist, der zu seinem Auto gegangen war, kam mit dem Asservatenbeutel zurück. Noah verstaute Eve Bowers' Führerschein in der Papiertüte und der Polizist beschriftete sie sorgfältig mit einem Stift, den er mitgebracht hatte, und nahm sie an sich.

»Ich bezweifle, dass er noch hier ist«, meinte Josie. »Er würde doch nicht länger bleiben als nötig.«

»Dann hat er sie vielleicht doch in ihrem Auto weggebracht«, sagte Noah. »Und den Führerschein hier zurückgelassen, damit wir unseren Suchtrupp aufteilen müssen. Wir sollten lieber nach dem Auto suchen.«

Josie konnte Noahs Argumentation nichts entgegensetzen. Alle bisherigen Indizien deuteten darauf hin, dass Eve Bowers ihre Wohnung allein und in ihrem eigenen Wagen verlassen hatte. Dann hatten sie ihr Handy vor dem Eingang des Stadtparks orten können. Es war ihre letzte bekannte Position. Aber sie war nicht hier und auch ihr Wagen nicht. Es war wesentlich schwieriger, ein Auto verschwinden zu lassen als einen Menschen. Dass der Mörder mehr Zeit gewinnen wollte, indem er dafür sorgte, dass die Polizeikräfte sich für die Suche aufteilen mussten, erschien plausibel. Er hatte ja auch Claudia Collins' Handy ausgeschaltet, als er ihr Haus verlassen hatte. Eve Bowers hatte er – wie auch immer – hier getroffen, hatte von ihrem Handy aus die Textnachricht an Margot geschickt und es dann höchstwahrscheinlich ausgeschaltet. Er wusste also genug über das Vorgehen der Polizei, um sicherzustellen, dass man ihn nicht über das Handy orten konnte. Und folglich wusste er vermutlich auch, dass ein Wagen wie der von Eve, ein relativ neues Modell, über ein Navigationssystem verfügte. Bis die Polizei ihn aufgespürt hatte, wäre es nur eine Frage der Zeit. Es so aussehen zu lassen, als hielte sich Eve im Park auf, war also ein geschicktes Ablenkungsmanöver.

»Und was, wenn sie doch hier ist?«, sagte Josie.

Noah folgte ihr ein Stück den Weg entlang. »Aber ihr Auto ist nicht hier, Josie.«

Ihr fiel wieder ein, was der Mörder in seiner Nachricht geschrieben hatte: *DAS SPIEL HAT BEGONNEN.*

»Er will, dass sie gefunden wird«, sagte sie. »Ich glaube, es könnte durchaus sein, dass er sie hier zurückgelassen hat.«

»Und dann mit ihrem Wagen davongefahren ist?«, gab Noah zurück. »Wie soll das denn gehen? Dann müsste er seinen Wagen ja irgendwo in der Nähe stehen gelassen haben. Mag sein, dass er es darauf anlegt, dass wir sie finden, aber ich bin mir ziemlich sicher, dass er nicht scharf darauf ist, geschnappt zu werden.«

Auch diesmal konnte Josie seinem Gedankengang nichts entgegensetzen. »Okay«, sagte sie. »Dann lass mir ein paar Leute hier und wir durchsuchen den Park. Ein paar weitere Einheiten schickst du los, um die Kennzeichen aller Autos zu überprüfen, die in der Nähe parken. Alle anderen suchen nach Eves Wagen, bis sie ihn gefunden haben – oder bis Mettner ihn über das Navi aufgespürt hat.«

»Josie, der Stadtpark ist riesig.«

»Aber wenn du recht hast und er wirklich versucht, uns auf eine falsche Fährte zu locken, dann werdet ihr Eves Wagen schnell gefunden haben und wir können die Suche hier abbrechen. Im Moment sind ziemlich viele Leute im Park unterwegs, die keine Ahnung haben, was hier vor sich geht. Die Medien haben wir in den letzten achtzehn Stunden noch abwimmeln können. Es wäre also geschickt, wenn wir auch jetzt möglichst wenig Aufmerksamkeit erregen und nicht gleich eine Hundertschaft von Polizisten durch den Park schicken, bevor wir uns nicht absolut sicher sind, dass das nötig ist.«

Wie auf ein Stichwort hin näherten sich auf einem der Pfade ein Jogger und ein Mann, der seinen Hund spazieren führte, und starrten die Polizisten an, als sie den Park verließen.

»Wir sollten Luke anrufen«, schlug Noah vor. »Wir könnten etwas aus Eves Wohnung holen, damit Blue die Fährte aufnehmen kann. Falls sie tatsächlich noch hier ist, dann hat der Hund sie innerhalb von zehn Minuten gefunden.«

Josie zog den Kragen ihrer Jacke etwas höher, bis er ihre Wangen bedeckte. »Ich weiß nicht, ob uns noch genügend Zeit dafür bleibt.« Sie musste an Claudias Kopfverletzung denken.

Wenn der Mörder Eve auf dieselbe Weise attackieren würde wie Claudia, wäre sie möglicherweise verblutet, bevor sie sie fanden – falls sie nicht schon tot war. Doch egal, ob sich Eve noch im Park befand oder er sie in ihrem Auto bereits durch die halbe Stadt gefahren hatte: Sie mussten sie so schnell wie möglich finden.

Noah zog sein Handy heraus. »Ich ruf ihn an und frag ihn, wie schnell er hier sein kann.«

»Und ich hol unsere Funkgeräte aus dem Auto und fang hier an zu suchen. Ich werde mich systematisch durch den Park vorarbeiten«, sagte Josie.

Noah nickte. »Ich kümmere mich um alles andere. Sei vorsichtig!«

SIEBZEHN

Sobald sie ihr Funkgerät hinten an der Hose befestigt hatte, sprintete Josie los. Ihr Atem bildete kleine Wölkchen, als sie den Weg bergauf lief, der zu den Lauf- und Fahrradstrecken führte. Sie kam zu einer weiteren offenen, diesmal asphaltierten Fläche, wo sich der Weg in sechs Fußpfade auffächerte. Josie entschied sich für den, der am Rand des östlichen Parkendes entlangführte. Sie war erst wenige Schritte weit gekommen, als ihr etwas am Wegesrand, halb verborgen zwischen den Ästen eines wild wuchernden Weißdorns, ins Auge fiel. Zunächst dachte sie, es wäre nur ein vertrocknetes Blatt, doch dann ging sie näher heran und sah, dass es dunkelblau war. Als sie sich vorbeugte, um es besser erkennen zu können, blieb ihr die Luft weg.

Es war eine Kreditkarte. Eve Bowers' Kreditkarte.

Josie holte das Handy heraus und machte ein paar Fotos. Sie informierte den Rest des Teams, dann kehrte sie auf den Pfad zurück und lief mit unverminderter Geschwindigkeit weiter. Der Weg wand sich über mehrere Grünflächen mit Bänken und ein Hügelchen mit einem kleinen Springbrunnen, der jetzt, im Winter, abgestellt war. Zwei Spaziergänger und ein Jogger liefen an Josie vorbei und warfen ihr neugierige Blicke zu. Allmählich verringerte sich der Abstand zwischen dem Pfad und den Bäumen links und rechts davon. Da sie kein Laub trugen, boten sie Josie einen weitgehend ungehinderten Blick auf das bewaldete Gelände ringsum. Vierhundert Meter vom Fundort der Kreditkarte entfernt, tief im Gebüsch, entdeckte Josie eine Damenhandtasche. Sie lag offen auf der Seite, der Inhalt teilweise über die Erde verteilt. Josie schoss ein paar weitere Fotos und stocherte dann mit dem Ende eines Asts darin herum, bis sie eine Brieftasche mit weiteren Kreditkarten gefunden hatte, die ebenfalls Eve Bowers gehörten.

Ein Autoschlüssel oder Transponder war nicht mit dabei, ebenso wenig ein Handy.

Josie durchforstete das umliegende Gelände nach Eve oder irgendwelchen Spuren eines Kampfes, fand aber nichts. Sie ließ die Handtasche zurück, wie sie war, und funkte ein weiteres Mal das Team an, während sie auf den Pfad zurückkehrte. Beim Weiterlaufen spielte sie in Gedanken durch, wie sich alles zugetragen haben könnte. Eve Bowers hatte ihre Wohnung allein verlassen und war mit ihrem Nissan losgefahren. Am Eingang des Stadtparks hatte sie angehalten oder war angehalten worden. Sie musste den Mörder gekannt haben, sonst wäre sie nicht wegen ihm stehen geblieben – es sei denn, er hatte sie zuvor angerufen und mit ihr vereinbart, sich am Park zu treffen. Offensichtlich war sie aus ihrem Auto ausgestiegen. Entweder war sie ihm in den Park gefolgt, da sie ihn nicht als Bedrohung empfunden hatte, oder er hatte sie dazu gezwungen oder genötigt. Sie musste schon bald gemerkt haben, in welcher misslichen Lage sie sich befand, sonst hätte sie ihren Führerschein nicht so knapp hinter dem Parkeingang auf den Boden geworfen.

Von da an hatte sie versucht, eine Spur zu hinterlassen.

Josie war beeindruckt, wie rasch Eve den Ernst der Lage erkannt und wie klug sie darauf reagiert hatte. Leider war die

Handtasche der letzte Hinweis. Der Mörder musste bemerkt haben, was sie vorhatte. Hatte er Eve daraufhin wieder aus dem Park gezerrt, zurück zu ihrem Wagen?

Josies Funkgerät meldete sich mit einem Krächzen. Sämtliche Einheiten waren auf dem Weg zu ihr.

Sie lief weiter. Ihre Waden brannten, als es von den grünen, sanft geschwungenen Wiesen steil einen bewaldeten Hügel hinaufging. Kurz unterhalb der Kuppe kam sie auf eine kleine Lichtung, an deren Rand ein Schild stand: Höhle der Liebenden. Unter dem Namen war eine kurze Zusammenfassung der Legende zu lesen, die sich um die Höhle rankte. *Ende des 19. Jahrhunderts fand man in der Höhle der Liebenden zwei Skelette, die Hand in Hand nebeneinanderlagen. Ihre Identität ist bis zum heutigen Tag ein Rätsel geblieben.*

Josie spähte den Trampelpfad hinunter, der zu der Höhle führte. Auf dem verrotteten Laub, das ihn bedeckte, hatten unzählige Spaziergänger ihre Spuren hinterlassen. Einige Jahre zuvor hatte die Stadtverwaltung den Versuch gestartet, den Hügel mit der Höhle der Liebenden, der bis dahin lediglich Jugendlichen als leicht gruseliger Treffpunkt für ihre Saufgelage gedient hatte, zu einer richtigen Touristenattraktion zu machen. Man hatte das Gelände vom Müll befreit und vor der Höhle mehrere Picknicktische aufgestellt. Tatsächlich hatte Noah eine Weile bevor ein Fall, an dem sie beide gearbeitet hatten, aus dem Ruder gelaufen war, vorgehabt, Josie hierherzubringen und ihr bei einem Picknick einen Heiratsantrag zu machen. Josie schickte Noah eine weitere Nachricht, dann folgte sie dem Pfad. Obwohl das Sonnenlicht durch die Zweige über ihr fiel und sie vor Anstrengung schwitzte, spürte sie, wie ihr ein kalter Schauer in die Knochen fuhr.

Bei den Tischen war niemand zu sehen. Das einzige Geräusch auf der Lichtung war das wütende Krächzen einiger Krähen, die in den Baumwipfeln hockten. Am Eingang der Höhle hatte man eine hüfthohe Schwingtür aus Plexiglas angebracht und dazu ein Schild mit der Aufschrift ZUTRITT VERBOTEN, doch davon ließ sich ganz bestimmt niemand abhalten. Als sie noch Teenager gewesen waren, hatte es bei den anderen in Josies Klasse als Mutprobe gegolten, sich in die Höhle zu wagen. Sie selbst war nie hineingegangen. Dunkle, enge Räume machten ihr seit jeher zu schaffen. Auf der Plexiglastür waren etliche verschmierte Finger- und sogar einige Handabdrücke zu erkennen. Josie lehnte sich mit der Hüfte dagegen und sie schwang auf, in die Höhle hinein.

Das erste Stück hinter dem Eingang war kurz und unregelmäßig geformt, aber groß genug für eine Person von durchschnittlicher Statur, sofern sie den Kopf einzog. Josie starrte in die Dunkelheit und spürte, wie ihr das Blut in den Kopf schoss. Als Kind war Josie von einer Frau entführt worden, die sich ihr gegenüber als wahre Wiedergeburt des Teufels erwiesen hatte. Im Alter von sechs bis vierzehn Jahren war Josie ihrer Entführerin hilflos ausgeliefert gewesen. Jene Zeit war für sie hoch traumatisch gewesen. Immer wieder war sie stundenlang in einen kleinen, dunklen Schrank gesperrt worden. Ganz gleich, wie lange sie als Erwachsene zur Therapie gegangen oder sich gezwungen haben mochte, mit einer Waffe in der Hand dunkle, geschlossene Räume zu betreten: nichts hatte die Panik, die sie in Situationen wie dieser erfasste, weniger werden lassen. Die endlose Dunkelheit von Höhlen war ihr dabei besonders verhasst.

Sie beschloss abzuwarten, bis die Verstärkung da war. Dann würde sie einige der Streifenpolizisten hineinschicken. Sie war sich ja nicht einmal sicher, ob Eve Bowers überhaupt in der Höhle war.

Sie machte einen Schritt zurück. Die Plexiglastür schloss sich wieder, wobei sie über das welke Laub am Boden streifte. Dabei kam ein winziger hellrosa Splitter zum Vorschein, dessen warme Farbe sich deutlich vom drögen Braun ringsherum abhob. Mit wachsendem Grauen kniete sich Josie hin, um erkennen zu können, was es war. Das Dröhnen in ihrem Kopf wurde lauter.

Auf der Erde vor ihr lag ein abgebrochener Fingernagel mit einem Rest abgeplatztem hellrosa Nagellack.

Am Abend zuvor hatte Eve Bowers im Vernehmungsraum einen Nagellack mit genau derselben Farbe von ihren Nägeln gekratzt. Josie wusste, dass das kein Zufall sein konnte.

Sie stand auf und straffte den Rücken. Ohne weiter nachzudenken, tastete sie nach ihrem Funkgerät und sprach hinein. Sie gab kurz ihre aktuelle Position durch und meldete, worauf sie gestoßen war und dass sie sich in der Höhle umsehen würde. Die Stimmen der anderen drangen an ihr Ohr, baten sie inständig, doch lieber zu warten. Sie schaltete das Funkgerät ab und knipste die Taschenlampen-App ihres Handys an. Mit der rechten Hand öffnete sie das Holster an ihrer Seite und zog die Pistole heraus. Die Handytaschenlampe in der linken und die Waffe in der rechten Hand, beides nach vorn gerichtet, trat Josie durch die Plexiglastür.

Dann blieb sie stehen.

Die Neunjährige in ihr begann zu wimmern. Ihr Herzschlag dröhnte ihr in den Ohren wie tausend galoppierende Pferde. Sie konnte auch warten. Sollte warten. Wenn sie sich bisher an einen Ort wie die Höhle der Liebenden begeben hatte, war immer Noah an ihrer Seite gewesen und seine Anwesenheit hatte ihre Dämonen einigermaßen in Schach gehalten. Selbst einen Streifenpolizisten mit dabeizuhaben, wäre besser, als allein hineinzugehen. Sie wollte ihre Arme gerade sinken lassen, als ein Geräusch die Panik durchbrach, die sich in ihr aufbaute. Es war ein Rascheln, das aus der Höhle kam.

Josie hatte sich gelobt, es nie so weit kommen zu lassen, dass ihr Trauma sie davon abhielt, ihren Job zu machen. Sie würde nicht zulassen, dass ihre Entführerin den Sieg davontrug, dass unschuldige Zivilisten gefährdet wurden, nur weil sie persönliche Probleme hatte. Sie hob ihre Arme wieder und streckte sie vor sich aus, auch wenn das Licht der Taschenlampe die Dunkelheit vor ihr kaum zu durchdringen vermochte.

Mit eingezogenem Kopf trat sie in die Finsternis. Fieberhaft versuchte sie eine der Atemübungen zu machen, die ihre Therapeutin ihr beigebracht hatte, doch es nützte nichts. Ihr Brustkorb hob und senkte sich bei jedem Atemzug so heftig, dass sie das Licht und die Waffe nicht ruhig in ihren Händen halten konnte. Dass es mit jedem Schritt ins Innere der Höhle kälter wurde und der faulige, erdige Geruch immer penetranter, nahm sie nur am Rande wahr. Der Lichtschein ihres Handys fiel auf die Felswände, aus denen sonderbare dunkle Dinge hervorwuchsen. Unter ihren Füßen spürte sie Erde und Steine. Josie blieb in geduckter Haltung, bis sie merkte, dass die Decke etwas höher geworden war. Sie richtete den Lichtstrahl nach oben und sah Dutzende von Fledermäusen, die wie Beutel herabhingen. Ihr Magen krampfte sich zusammen und die Panik ließ eine Woge der Übelkeit in ihr aufsteigen.

Rasch trugen ihre Füße sie weiter, bis sie die Kammer hinter sich gelassen hatte und sich die Decke wieder auf etwa dreißig Zentimeter über ihrem Kopf gesenkt hatte. Sie lauschte nach dem Rascheln, dass sie eine Weile zuvor vernommen hatte, doch ihr Herz pochte viel zu laut. Allmählich rückten die Wände näher. Die Angst griff nach ihr und schnürte ihr den Brustkorb zu, bis ihr jeder Schritt nach vorn körperliche Schmerzen bereitete. Josie öffnete den Mund, um sich zu erkennen zu geben und nach Eve zu rufen, doch alles, was sie zustande brachte, war ein ersticktes Keuchen.

Sie versuchte, ihre Vernunft einzuschalten, die Erwachsene in sich zu finden, die ihr klarmachen würde, dass ihre Angst auf etwas beruhte, das längst Vergangenheit war.

Dann hörte sie das Rascheln wieder. Sie schwenkte den Lichtstrahl hin und her und erstarrte, als sich aus der Dunkelheit der Blick glühender Augen auf sie richtete. Ihre Lippen zuckten, versuchten Worte zu formen, irgendein Geräusch hervorzubringen, doch nichts geschah. Die Angst presste ihr die Rippen zusammen. Luft zu holen war unmöglich.

Die Augen blinzelten, dann waren sie verschwunden. Josie zwang sich, ihre Arme zu bewegen, ihnen mit dem Lichtstrahl zu folgen, doch ihr Körper wollte ihr nicht gehorchen und rührte sich keinen Millimeter. Dann hörte sie ein lauteres Rascheln, nur wenige Meter von ihr entfernt.

Sie vernahm ein Stöhnen, bei dem sich ihr der Magen umdrehte. Es stammte zweifellos von einem Menschen. Und es kam ganz aus der Nähe.

Sie versuchte ein »Eve« hervorzupressen, *irgendetwas* zu sagen, doch sie war immer noch wie gelähmt.

Dann waren die Augen wieder da, diesmal dreifach. Drei glühende Augenpaare auf unterschiedlicher Höhe, aber alle nah am Boden. Erst als sie auf sie zurasten, entrang sich ihrer Kehle ein Schrei, der die ganze Höhle erfüllte und sich so laut an den Felswänden brach, dass sie das Gefühl hatte, als würden ihr von dem Dröhnen die Zähne klappern. Mehrere gedrungene Tiere, etwa so groß wie ihr Hund, wuselten ihr über die Füße und zwischen den Beinen hindurch, sodass sie das Gleichgewicht verlor. Die Pistole konnte sie festhalten, doch das Handy flog ihr aus der Hand. Sie landete auf ihrem Hinterteil, während der Lichtstrahl ihres Handys im Fallen den dicken, pelzigen Schwanz eines Waschbären erfasste, der in die Richtung davonschoss, aus der Josie gekommen war.

Doch es blieb keine Zeit zum Aufatmen. Das Stöhnen, das Josie gehört hatte, hallte noch immer durch ihren Kopf. Auf allen Vieren kroch sie über den Erdboden, hob ihr Handy auf und drehte sich hastig in die Richtung, aus der das grässliche Geräusch gekommen sein musste. Der Lichtstrahl fiel auf einen Fuß, der in einem modischen grauen, unten mit Schlamm verschmierten Stiefel steckte.

Jetzt endlich kamen die Worte. »Eve!«, schrie Josie.

Sie stand auf und rannte auf den Fuß zu. Schon einen

Augenblick später war sie dort. Mit zitternden Händen ließ sie das Licht über den Körper fahren, bis es für einen kurzen Moment auf Eves Gesicht landete. Josie steckte ihre Pistole in das Holster und tastete nach dem Puls, doch sie fühlte nichts. Eves Haut war eiskalt.

Aber dieses Stöhnen ...

Eve lehnte mit dem Oberkörper an der Wand, ein wenig nach links geneigt, die Arme und Beine schlapp von sich gestreckt wie bei einer Puppe, die jemand achtlos beiseitegelegt hatte. Josie legte ihr Handy aus der Hand, das Licht nach oben gerichtet, und zog Eve flach auf den Boden. Dann begann sie mit der Herzdruckmassage, wobei sie im Kopf mitzählte. Jetzt, wo sie wie gewohnt handeln konnte und die routinierte Polizistin in ihr wieder die Oberhand gewann, lockerte sich der eiserne Griff der Angst um ihren Brustkorb ein wenig. Trotzdem hatte sie Mühe, tief einzuatmen, als sie zur Notfallbeatmung überging.

Eves Lippen schmeckten eiskalt und nach Tod.

Josie machte weiter, bis die Taschenlampen eines halben Dutzends Polizisten die Höhle erhellten. Sie machte weiter, bis einer von ihnen sie aufhob und davontrug.

Ich ertrage das nicht länger. Ich möchte einen klaren Schnitt machen. So klar, wie es mit ihm eben möglich ist. Ich halte das Lügen und die Heimlichtuerei nicht mehr aus. Die reinste und tiefste Freude, die ich jemals empfunden habe, wird mir dadurch verdorben. Ich will nicht, dass der Betrug unser künftiges Leben überschattet. Ich möchte es laut herausschreien, dass ich jemanden liebe – dass wir uns lieben. Ich weiß, man wird uns deswegen lange Zeit verachten, vielleicht für immer. Aber wir haben dann einander und das ist alles, was zählt. Wir müssen nicht mehr länger lügen und betrügen. Das ist es, was zählt. Aber immer, wenn ich mir ausmale, wie wir beide uns mit ihm hinsetzen und es ihm erzählen, bekomme ich keine Luft mehr. Er wird es niemals verstehen, niemals akzeptieren.

Ich habe Angst, dass keiner von uns beiden seine Reaktion überleben wird.

NEUNZEHN

Zwei Stunden später saß Josie auf einem der Picknicktische vor der Höhle der Liebenden und starrte auf deren Eingang, der nun hell erleuchtet war. Die ganze Lichtung war voller Menschen und Ausrüstung. Streifenpolizisten hatten das Areal abgeriegelt und schickten die Parkbesucher weiter, die stehen blieben, um zu gaffen oder darüber zu spekulieren, was hier vor sich ging. Mit einem Krankenwagen bis zur Höhle zu fahren hatte sich als unmöglich erwiesen, weshalb die Sanitäter zwei Tragen mit Leichensäcken darauf bis zur Lichtung geschoben hatten. Einer der Sanitäter hatte Josie eine Decke angeboten, doch sie hatte sie abgelehnt. Die Kälte, die sie empfand, hatte nur wenig mit dem Januarwetter zu tun. Die Kollegen von der Spurensicherung hatte ihre Ausrüstung in faltbarer Handwagen den Pfad hinauf bis zur Lichtung gezogen. Dann hatten sie im Inneren der Höhle so viele Halogenlampen aufgestellt, dass sie die Fledermäuse aufgescheucht hatten. Die Tiere waren in Aufruhr geraten, doch das hatte Hummel und sein Team nicht davon abgehalten, die Beweissicherung am Tatort fortzusetzen.

Während sie in der Höhle ihrer Arbeit nachgingen, traf

Dr. Feist ein. Sie warf einen Blick auf Josie, dann raffte sie die Decke von der nächsten Trage zusammen. Entschlossenen Schrittes und damit wedelnd wie eine Stierkämpferin kam sie auf Josie zu und wickelte sie ihr fest um die Schultern.

»Doc«, protestierte Josie.

»Keine Widerrede.« Dr. Feist legte Josie den Handrücken auf die Stirn, dann auf die Wange. Irgendwie fand sie zwischen den Falten der Decke und Josies Jacke auch ihr Handgelenk und drückte zwei Finger auf dessen Innenseite.

»Es geht mir gut«, sagte Josie.

Dr. Feist ignorierte sie. Als sie mit Josies Puls zufrieden war, verschwand sie und kehrte wenige Sekunden später mit einer Flasche Wasser zurück. »Trink das.«

Josie kannte die Ärztin gut genug, um zu wissen, dass jede Diskussion zwecklos war. Sie nahm einen großen Schluck und stellte die Flasche neben sich auf den Tisch.

»Wo ist Noah?«, fragte Dr. Feist.

»Er versucht, den Wagen von Eve Bowers zu finden«, antwortete Josie. »Wir gehen davon aus, dass der Mörder damit weggefahren ist.«

Dr. Feist ging ein wenig in die Knie und beugte sich vor, um Josie besser ins Gesicht sehen zu können. »Alles in Ordnung bei dir?«

Josie brachte ein schwaches Lächeln zustande. Es war nicht das erste Mal, dass sie im Dienst einen dunklen, engen Raum hatte betreten müssen oder dass sie vergeblich versucht hatte, jemandem das Leben zu retten. Zu schaffen machte es ihr dennoch jedes Mal. »Wenn nicht, würde ich es dir dann sagen?«

Dr. Feist hielt ihrem Blick einen Moment lang stand, dann wurden ihre Züge weicher. »Du weißt aber, dass du das könntest, oder? Es mir sagen. Wir können ja auch mal über was anderes sprechen als über Leichen.«

Josie seufzte und zog die Decke enger um ihre Schultern.

»Wenn es dir nichts ausmacht, würde ich, glaub ich, lieber bei den Leichen bleiben. Zumindest heute.«

Dr. Feist nickte. »Dann erzähl mir mal, womit wir es hier zu tun haben.«

Josie berichtete, was sich in der Höhle zugetragen hatte, und Dr. Feist stellte ihr ein paar Fragen. Dann warteten die beiden, bis Hummel herauskam, um der Ärztin grünes Licht für die Begutachtung der Leiche zu geben. Dr. Feist fand in der Nähe einen Tyvek-Anzug samt Haube, Schuhüberziehern und Handschuhen und zog alles an. »Willst du mich begleiten?«, fragte sie Josie.

Josie sah zu dem Lichtschein hinüber, der aus dem Höhlenschlund drang. Er wirkte umso heller, je tiefer die Sonne am Horizont stand. »Nein«, gab sie zurück. »Ich warte hier.«

Dr. Feist ging in die Höhle. Der Nachmittag zog sich dahin. Nach einer gefühlten Ewigkeit tauchte die Ärztin wieder auf, streifte sich die Handschuhe ab und winkte zwei Sanitäter zu sich. Sie sprach kurz mit ihnen, dann holten die beiden aus ihrer Ausrüstung ein Spineboard, eine besonders stabile Trage, und verschwanden damit in der Höhle.

Dr. Feist kam zu Josie herüber und nahm dabei die Kappe vom Kopf. »Nur für den Fall, dass du dir die Schuld dafür gibst, dass du es nicht geschafft hast, das Leben dieser jungen Frau zu retten: Das brauchst du nicht.«

Josies sprang vom Tisch. »Wie meinst du das?«

»Sie ist schon seit Stunden tot, Josie. Die Leichenstarre ist während der Tatortsicherung eingetreten. Ihrer Körpertemperatur sowie der Temperatur in der Höhle nach zu urteilen, gehe ich davon aus, dass sie irgendwann zwischen sieben und neun Uhr früh ermordet wurde.«

»Aber ich hab sie doch erst gegen zehn Uhr gefunden«, sagte Josie verwundert. »Und ich hab sie stöhnen gehört. Erst hat es geraschelt und dann war da dieses Stöhnen. Ich hab es doch gehört.«

Dr. Feist lächelte gequält. »Du hast doch erzählt, dass mindestens drei Waschbären bei ihr waren. Wahrscheinlich waren die für das Rascheln verantwortlich, das du gehört hast. Hummel hat da drin eine ganze Menge Verpackungen gefunden. Auch Essensreste. Anscheinend haben sie das Zeug in die Höhle getragen, um es dort zu fressen.«

»Aber das Stöhnen«, wandte Josie ein. »Ich hab schon öfter mit Waschbären zu tun gehabt. Sie machen keine solchen Geräusche. Nicht solche, wie ich sie gehört habe. Das Stöhnen kam von einem Menschen. Eve war noch am Leben.«

Dr. Feists Lächeln wurde breiter. »Ich weiß, dass du schon eine Menge Leichen zu Gesicht bekommen hast, Josie, aber du beschäftigst dich nicht so lange mit ihnen wie ich. Der menschliche Körper kann auch nach dem Tod noch Geräusche hervorbringen, ein Stöhnen, Ächzen, manchmal sogar ein Quieken.«

Josie starrte sie an.

»In den Lungen wird Luft eingeschlossen. Es kommt zwar nicht besonders häufig vor, aber gelegentlich – zum Beispiel, wenn jemand bewegt wird – entweicht die Luft und das kann dann wie ein Stöhnen klingen. Höchstwahrscheinlich haben die Waschbären sie angestupst und ein wenig zur Seite geschoben und dabei ist Luft aus ihren Lungen gekommen. Und das war dann das Stöhnen, das du gehört hast.«

Josie blinzelte. Ein beklemmendes Gefühl machte sich in ihr breit. »Ich habe den Tatort kontaminiert«, sagte sie. »Ich wollte sie reanimieren und dabei habe ich den Tatort kontaminiert.«

Dr. Feist seufzte. Hinter ihr quetschten sich gerade die Sanitäter durch den Höhleneingang, sorgsam darauf bedacht, dass das Spineboard nicht kippte. Sie hatten Eve sicher in einem Leichensack verstaut. Josie beobachtete, wie sie sie vom Spineboard auf eine der Tragen verfrachteten und dort festgurteten. Dann kamen Hummel und noch jemand von der Spurensicherung heraus, in den Händen mehrere Asservatenbeutel und Lampen. Dr. Feist winkte Josie, ihr zu folgen, und die beiden gingen zu der Trage hinüber. Die Sanitäter machten ihnen Platz, damit Dr. Feist den Reißverschluss des Leichensacks öffnen und diesen ein Stück auffalten konnte.

Eve Bowers' hübsches Gesicht war nur noch ein Anblick des Grauens. Dr. Feist holte eine Diagnostiklampe aus einer ihrer Taschen, knipste sie an und leuchtete in Eves Augen. Sie traten grotesk hervor und auf der Lederhaut waren winzige punktförmige Hauteinblutungen zu erkennen. Ihre Lippen waren geschwollen. Am Hals hatte sie leuchtend rote Schnürmale.

»Er hat sie stranguliert«, sagte Josie.

»Ja«, pflichtete Dr. Feist ihr bei. »Möglicherweise mit einem Gürtel. Auf den ersten Blick ist ein Verletzungsmuster zu erkennen, aber Genaueres kann ich erst sagen, wenn ich sie untersucht habe.«

Verletzungsmuster entstanden dann, wenn der Gegenstand, mit dem einem Opfer eine Verletzung beigebracht wurde, auf der Haut Spuren hinterließ. Manchmal war die Verletzung ein regelrechtes Spiegelbild des Mordwerkzeugs.

Dr. Feist zog den Reißverschluss des Leichensacks wieder zu und bedeutete den Sanitätern, dass sie Eve nun mitnehmen konnten. »Ich werde euch das Obduktionsergebnis so schnell wie möglich zukommen lassen.«

Hummel kam zu Josie herüber. Er hielt eine Digitalkamera in der Hand, deren Display hell leuchtete. »Wir sind jetzt da drin fertig, aber bevor du fährst, wollte ich dir noch etwas zeigen, das dich interessieren wird.«

Er hielt Josie die Kamera so hin, dass sie das Foto sehen konnte. Zum ersten Mal seit mehreren Stunden beschleunigte sich ihr Puls wieder. An einer der Höhlenwände, keine dreißig Zentimeter von Eves Leiche entfernt, lag ein rechteckiges hölzernes Schächtelchen, eingepackt wie ein Geschenk. Vermutlich hatte sie es gehalten, als der Mörder sie in der

Höhle zurückgelassen hatte, und es war ihr aus der Hand gefallen, weil entweder die Waschbären oder Josie gegen die Leiche gestoßen waren.

»Sobald du das Ding aufbekommen hast, will ich wissen, was darin ist«, sagte Josie. »Was ist mit ihrem Handy? Habt ihr das auch in der Höhle gefunden?«

»Nein, leider nicht.« Hummel klickte weitere Fotos an. »Aber es gibt noch was anderes.«

Wieder hielt er ihr das Display der Digitalkamera hin, auf dem eine von Eves zarten Händen in Nahaufnahme zu sehen war. Knapp unter dem ersten Gelenk ihres Ringfingers steckten der Verlobungsring und der Ehering von Claudia Collins.

»Ist das der Schmuck, der am Tatort von gestern Abend vermisst wurde?«, fragte Hummel.

»Ja«, antwortete Josie. »Sieht ganz danach aus.«

Noch bevor sie darüber nachdenken konnte, was das bedeutete, sah sie auf dem Fußweg, der in den Park hineinführte, jemanden näherkommen. Josies Knie hätten beinahe nachgegeben, als sie erkannte, dass es ihr Ehemann war. Am liebsten wäre sie zu ihm gerannt und hätte sich ihm in die Arme geworfen, doch sie riss sich zusammen. Der Ausdruck in seinem Gesicht sagte ihr, dass der heutige Tag noch lange nicht zu Ende war.

»Was ist los, Fraley?«, wollte Hummel von ihm wissen.

Noah warf Josie einen prüfenden Blick zu, hob fast unmerklich eine Augenbraue und erkundigte sich auf diese Weise, ob mit ihr alles in Ordnung war. Nachdem sie ihm, für die Umstehenden kaum wahrnehmbar, kurz zugenickt hatte, antwortete er. »Wir haben Eve Bowers' Wagen gefunden.«

ZWANZIG

Josie stellte die Heizung im Wagen auf Höchststufe, während Noah durch die Straßen von South Denton steuerte. Es war noch nicht einmal achtzehn Uhr, aber bereits stockdunkel. Am Himmel stand nur eine schmale Mondsichel. Die wenigen Autos, die unterwegs waren, stellten kaum eine Lichtquelle dar. Anders als im restlichen Stadtgebiet mit seinen steilen Anhöhen und Bergflanken war der Süden von Denton flacher und lief in eine sanfte Hügellandschaft mit Feldern und vereinzelten Lagerhallen aus. Ein Seitenarm des Susquehanna River, der sich durch East Denton zog, wand sich entlang der südlichen Stadtgrenze. Die Rücklichter von Mettners Wagen immer im Blick, lenkte Noah den Wagen über die schmale Brücke, die in einen entlegenen Teil von South Denton führte. Gretchen war nach Hause geschickt worden, um sich etwas auszuruhen.

In den ersten zehn Minuten ihrer Fahrt hatten sich Josie und Noah gegenseitig auf den aktuellen Stand der Ermittlungen gebracht, wobei vor allem Josie gesprochen hatte. Sie hatte erwartet, dass Noah sie wegen der Waschbären aufziehen würde, aber dann merkte sie, dass er wusste, wie schwer ihr es gefallen war, die Höhle überhaupt zu betreten. Sie rechnete mit einem Vorwurf, weil sie nicht auf die Verstärkung gewartet hatte, aber er sagte nichts.

Sie liebte ihn umso mehr für sein Schweigen.

Dann lenkte sie das Gespräch auf Eve Bowers' Auto. »Wo hat man es denn gefunden? Wir sind ja schon bald in Lenore County. Fällt das überhaupt noch in unseren Zuständigkeitsbereich?«

»Mir hat man gesagt, dass das noch zu Denton gehört«, gab Noah zurück. »Na ja, streng genommen liegt der Fundort auf staatlichem Jagdgebiet, aber da keine Leiche darin war, überlässt die Staatspolizei uns die Sache natürlich gern.«

Kurz darauf war vor ihnen blaues und rotes Blinklicht zu sehen, das die Nacht erhellte. Josie erkannte nichts als eine enge zweispurige Straße, zwei Streifenwagen der Polizei von Denton und etliche kahle Bäume, die ihre Äste in alle Richtungen streckten. Mettner stellte sein Auto hinter einem der Streifenwagen ab, Noah fuhr hinter ihm rechts ran. Er schaltete in Parkposition und zog sein Handy heraus, um sich eine Karte der Gegend anzeigen zu lassen. Die Straße, auf die er deutete, sah für Josie genauso aus wie alle anderen. »Wir sind jetzt hier.« Dann schob er die Karte mit dem Zeigefinger etwas weiter. In einem Waldstück neben der Straße erschien eine Markierung in Form einer roten Stecknadel. »Der Wagen ist hier.«

Josie nahm ihm das Telefon aus der Hand und sah sich die Karte genauer an. Sie drückte Daumen und Zeigefinger zusammen und zog sie auseinander, um den Ausschnitt zu vergrößern. Kilometerweit fast nichts als Wald. Sie deutete auf das Waldstück auf der anderen Seite der Straße, von der aus man den Wagen entdeckt hatte, und zog eine Linie um ein großes Stück Land, das zwischen der Straße, auf er sie sich gerade befanden, und einer anderen lag, die weiter westlich parallel dazu verlief. »Und was ist das?«

Noah lächelte. »Da beginnt die Sache echt interessant zu werden. Das ist das Privatgrundstück eines Mannes namens ...«

Er zögerte, bevor er das Geheimnis lüftete, um den Spannungseffekt zu steigern. »Archie Gamble.«

Josie wandte ihre Aufmerksamkeit wieder dem Handy zu und zoomte in die Karte hinein und wieder heraus, um einen besseren Eindruck von dem Grundstück zu bekommen. »Das ist das zweite Mal innerhalb weniger Stunden, dass ich diesen Namen höre«, sagte sie. »Du weißt, was das bedeutet.«

Noah griff schräg nach vorn und schaltete das mobile Datenterminal ein. »Ich bin ja inzwischen nicht untätig gewesen.« Schon einen Augenblick später erschien auf dem Bildschirm ein Foto von Archie Gamble aus dessen Führerschein. Er sah ganz anders aus, als Josie es erwartet hatte. Natürlich hatte sie sich keine genaue Vorstellung von ihm gemacht. Vielleicht handelte es sich ja um den unbekannten Freund von Eve Bowers. Aber warum um alles in der Welt sollte eine Frau den Namen ihres Freundes auf die Rückseite einer an ihre Chefin adressierte Werbesendung schreiben und diese in einem Beziehungsratgeber hinterlassen? Josie wusste nicht, warum, aber es hätte sie überrascht, wenn Gamble derjenige gewesen wäre, der Eve das Strahlen »einer Frau, die verliebt ist« ins Gesicht gezaubert hätte. Der Mann war in seinen Fünfzigern, hatte einen kalten Blick, grau meliertes Haar und einen dazu passenden, wilden Bart.

»Irgendwelche Vorstrafen?«, fragte Josie.

»Nein, ob du's glaubst oder nicht«, antwortete Noah. »Er ist sauber.«

»Zumindest soweit man weiß«, setzte sie hinzu. »Na dann los.«

Außerhalb des Autos hinterließ Josies Atem winzige Wölkchen, die emporstiegen und in der Dunkelheit verschwanden. Mit Einbruch der Nacht war auch die Kälte gekommen und jagte ihr einen Schauer über den Rücken. Sie zog die Jacke enger um sich. Bei einem der Streifenwagen stand Mett mit zwei Polizisten beisammen und sprach leise mit ihnen.

Einen der beiden erkannte Josie als Dougherty. Er deutete hinter sich, hinüber zum Straßenrand und dem, was dahinter lag. Josie sah nichts als Finsternis. »Wir sind von der Straße aus ungefähr fünfzehn, zwanzig Meter weit auf die Lichtung gegangen, um sicherzugehen, dass es tatsächlich das Auto war, nach dem alle suchen. Es ist ein Nissan Rogue. Das Kennzeichen ist auf Eve Bowers zugelassen. Die Fahrgestellnummer stimmt auch überein. Das Auto ist nur leicht beschädigt und Bremsspuren konnten wir auf der Fahrbahn auch nicht finden. Es sieht also nicht nach einem Unfall aus. Sie wissen vermutlich, dass wir berechtigt sind, das Fahrzeug abzuschleppen, da es sich auf staatlichem Jagdgebiet befindet. Aber wir sind davon ausgegangen, dass Sie bestimmt noch die Spurensicherung verständigen wollen, damit die sich den Wagen hier vor Ort anschauen, bevor sie ihn zur Verwahrstelle bringen, deshalb haben wir nichts berührt oder verändert.«

»Sehr gut«, sagte Josie. »Es wird allerdings eine Weile dauern, bis die Spurensicherung hier ist. Die Kollegen sind gerade an einem anderen Tatort im Einsatz.«

Dougherty nickte. »Kein Problem. Dann warten wir.«

Mettner stieß einen langen Seufzer aus. »Und jetzt? Müssen wir die nächsten Stunden dann untätig hier rumsitzen?«

»Nein«, erwiderte Josie. »Es gibt durchaus etwas, das wir in der Zwischenzeit tun können.«

Noah brachte Mettner auf den neuesten Stand. Er berichtete ihm, dass sie in Eves Wohnung Archie Gambles Namen entdeckt hatten und ihm das Grundstück gehörte, das an das staatliche Jagdgebiet angrenzte, auf dem man Eves Wagen gefunden hatte.

Mettner grinste. »Na, dann unterhalten wir uns doch mal mit ihm.«

EINUNDZWANZIG

Sie ließen die Streifenpolizisten zur Bewachung des aufgefundenen Wagens zurück und fuhren um den Wald herum zur Vorderseite des Grundstücks. Ein verrosteter Blechbriefkasten hing wacklig an einem Pfosten neben einer unbefestigten Zufahrt. Josie wurde in ihrem Sitz hochgeschleudert, als sie mit dem SUV darauf einbog. Das Licht der Scheinwerfer traf zu beiden Seiten auf totes Gras und kahle Bäume. Nach einer gefühlten Stunde Fahrt sahen sie ein kleines Haus vor sich. Als die Scheinwerfer auf die weiße Hausverkleidung trafen, huschte etwas Flauschiges, Graues an der Seite des Gebäudes entlang und verschwand blitzschnell in der Dunkelheit. Es sah ganz nach einer Katze aus. Gambles Behausung war einstöckig, flach und rechteckig. Rechts von ihnen befand sich ein Vordach, die kleine Veranda darunter wirkte wie ein schwarzes Loch. Aus den Fenstern drang kein Licht und auch außerhalb des Hauses war alles dunkel. Josie parkte neben einem kleinen schwarzen Pick-up.

»Lass die Scheinwerfer an«, riet Mettner. »Hier ist ja stockdunkle Nacht.«

Josie ließ sie an, obwohl der Lichtschein nicht weiter als bis zum Pick-up reichte und die Veranda unbeleuchtet ließ. Während sie ausstiegen und vorsichtig auf das Haus zugingen, blinzelte sie ein paarmal, um ihre Augen an die Dunkelheit zu gewöhnen. Auf der anderen Seite des Pick-ups konnten sie die ersten Betonplatten eines Wegs zum Haus ausmachen. Sie folgten ihm, bis er einen scharfen Knick zur Veranda machte. Vor ihnen glühte ein orangefarbener Punkt auf, frei in der Luft schwebend. Dann erreichte der Geruch von Zigarettenrauch Josies Nase. Die drei erstarrten. Josies Finger zuckten und sie wollte schon nach ihrer Dienstpistole greifen, aber es gab noch keinen klaren Hinweis, dass Gefahr drohte. Sie hatten das Auto eines Mordopfers auf dem Gelände neben Gambles Grundstück gefunden - von dem dieses durch eine Straße abgetrennt war. Das gab ihnen noch lange nicht das Recht, sein Grundstück zu betreten. Die einzige Rechtfertigung für ihre Anwesenheit war, dass sie seinen Namen in Eve Bowers Apartment gefunden hatten. Sie waren daher befugt, zu versuchen, ihn zu befragen. Möglicherweise hatte er überhaupt nichts mit dem Mord an Eve oder gar an Claudia zu tun und es war reiner Zufall, dass sein Name zweimal an einem Tag im Zuge ihrer Ermittlungen aufgetaucht war. Aber Josie glaubte nicht an Zufälle. Ihr Magen krampfte sich zusammen und sie ballte ihre Hand zur Faust. Noahs Atem kitzelte sie im Nacken. Vor ihnen knarrte etwas.

»Mr Gamble?«, rief Josie. »Archie Gamble?«

Eine tiefe, heisere Stimme sprach von irgendwo aus der Dunkelheit. »Drei Leute, die abends und in dieser Montur herkommen – das können eigentlich nur Cops sein.«

Noah nannte ihm mit lauter Stimme ihre Namen. »Wir kommen vom Polizeirevier in Denton.«

»Und was wollen Sie von mir?«, tönte die Stimme.

Josie blinzelte wieder und zwang ihre Augen, sich schneller an die Dunkelheit anzupassen. Als Archie ein weiteres Mal an seiner Zigarette zog, konnten sie einen Augenblick lang sein

Gesicht erkennen. Er sah noch verwitterter aus als auf dem Foto seines Führerscheins. Zerzaustes Haar, tiefliegende Augen mit schweren Tränensäcken und Falten darunter, buschige Augenbrauen, ein langer Bart.

Mettner sagte: »Es tut uns leid, dass wir Sie stören, Sir, besonders so spät am Abend. Wir haben ein Fahrzeug neben der Rückseite Ihres Grundstücks gefunden, dort, wo es an die Wertz Road grenzt.«

»Sie sagen, Sie haben auf meinem Grundstück ein Fahrzeug gefunden?«

»Nein«, entgegnete Noah. »Auf der anderen Seite der Wertz Road, gegenüber von ihrem Grundstück.«

»Das ist staatliches Jagdgebiet, Junior. Hat nichts mit mir zu tun.«

Josie erläuterte: »Das Fahrzeug gehörte einer Frau, die heute ermordet wurde. Wir haben Ihren Namen bei ihren persönlichen Sachen gefunden und würden Ihnen gern ein paar Fragen stellen.«

Der orangefarbene Punkt leuchtete auf und segelte dann durch die Nacht, wobei er einen Schweif Funken hinter sich herzog, der rasch verglühte. Etwas landete zu ihren Füßen. Ein weiteres Knarren. »Ich schalte diese Taschenlampe hier an, damit wir einander richtig sehen können. Aber ich sag Ihnen gleich, ich hab ein Luftgewehr auf meinem Schoß. Ich hab nicht vor, jemanden damit zu verletzen, also schießen Sie auch nicht auf mich.«

Noch bevor einer von ihnen antworten konnte, ging das Licht an. Es war eher eine batteriebetriebene Laterne als eine Taschenlampe und sie stand auf einem kleinen, runden schmiedeeisernen Pflanzengestell neben einem Aschenbecher, der vor Kippen überquoll. Archie saß aufrecht in einem Lehnsessel, dessen Polsterung bessere Tage gesehen hatte. Seine Jeans waren ausgebleicht und verschossen und ein haariges Knie schaute aus einem zerrissenen Hosenbein heraus. Auf seinem schwarzen T-Shirt stand: *Du klingst besser, wenn du den Mund hältst.* Das besagte Luftgewehr lag unberührt quer über seinem Schoß. Er hielt seine Hände hoch, sodass sie sie sehen konnten, und Josie spürte einen Funken Erleichterung.

»Darf ich fragen, was sie mit dem zu schießen versuchen?«, wollte Mettner wissen.

Archie lächelte und an seinen Augenwinkeln kräuselten sich Lachfalten. »Junior, Sie dürfen fragen, was immer Sie wollen.«

Mehrere Sekunden vergingen. Es wurde klar, dass er nicht die Absicht hatte, die Frage zu beantworten. »Vielleicht schießen Sie ja auf verwilderte Katzen?«, meinte Josie.

Archie ignorierte auch diese Frage. »Haben Sie was dagegen, wenn ich jetzt meine Hände wieder runternehme?«

»Vielleicht wären Sie so nett, einfach das Luftgewehr auf den Boden zu legen, wenn es Ihnen nichts ausmacht«, sagte Mettner.

Der Sessel knarrte unter Archie, als er langsam das Luftgewehr auf den Boden der Veranda legte und es mit seinem Stiefel zur Seite schob.

Josie sagte: »Ich kenne jemanden bei der Tierrettung Precious Paws, und die würden nur zu gern herkommen, um alle verwilderten Katzen auf Ihrem Anwesen einzusammeln und sie Ihnen abzunehmen.«

Archie beugte sich vor und suchte ihren Blick. Seine Lippen verzogen sich zu einem Beinahe-Lächeln. »Ich bin nicht so scharf drauf, dass Leute unbeaufsichtigt auf meinem Grundstück rumrennen, aber trotzdem, vielen Dank.«

Josie ließ das Thema fallen. Wenn sie recht hatte und er mit dem Luftgewehr auf verwilderte Katzen schoss, dann war das, selbst wenn es auf seinem eigenen Grundstück geschah, illegal. Um die Sache mit den Katzen konnte sie sich später noch kümmern, aber jetzt mussten sie erst einmal klären, ob er Eve Bowers kannte. Je eher, desto besser. Daher fuhr sie fort: »Wir wollen nicht zu viel von Ihrer Zeit in Anspruch nehmen. Kennen Sie eine Frau namens Eve Bowers?«

Er zündete sich eine weitere Zigarette an. »Nein. Ganz sicher nicht.«

Josie zog ihr Handy heraus, holte sich Eves Führerscheinfoto auf das Display und zeigte es Archie Gamble. »Sie kennen diese Frau nicht?«

Ohne Zögern antwortete er: »Nein.«

»Haben Sie irgendeine Idee«, fragte Mettner, »warum sich Ihr Name bei ihren persönlichen Sachen befand?«

»Ich habe keine Ahnung.«

Das Kuvert war an Claudia adressiert gewesen. Sie hatten bisher noch keine Gelegenheit gehabt, die Handschrift zu überprüfen. »Und was ist mit Claudia Collins?«, fragte Josie nach.

Eine von Gambles Brauen hob sich. Die Zigarette zwischen seinen Lippen hüpfte ein paarmal auf und ab, dann kniff er sie zwischen zwei Finger und nahm sie aus dem Mund. »Der Name klingt vertraut.« Er machte zwei weitere Züge. »Ist sie im Fernsehen oder so?«

Josie antwortete: »Sie leitet eine Fernsehsendung am späten Vormittag auf WYEP. Zusammen mit ihrem Ehemann, Beau Collins.«

Er gab ein träges Glucksen von sich. »Ach, richtig. Die über Paarbeziehungen. Was für ein Bullshit. Und, was ist passiert? Ist dieser Idiot von Ehemann in irgendeine Art von Schlamassel geraten? Ist eine junge Frau involviert?«

Mettner wollte gerade etwas sagen, aber Josie gebot ihm mit einem diskreten Rippenstoß zu schweigen. »Warum finden Sie, dass er ein Idiot ist?«

Er ließ sich Zeit mit seiner Antwort, und Josie erkannte, dass das einfach seine Art war. Ob er sich absichtlich so verhielt oder nicht, es hatte den Effekt, dass sie jedem Wort von ihm ganz bewusst lauschten. Ihre Füße wurden allmählich kalt. Schließlich sagte Archie: »Ich kenne die Menschen, darum.«

»Was wissen Sie über Beau Collins?«, fragte Josie.

Er blinzelte ihr zu. »Sie sind eine ganz Schlaue, was? Ich weiß, dass er im Fernsehen ist, in einer blöden Show über blöde Dinge mit einer blöden Frau, die vermutlich den Wirbel nicht wert ist, der um sie gemacht wird.«

Josie spürte den Seitenhieb gegen Claudia, als wären sie beide alte Freundinnen, obwohl sie sich nur einmal begegnet waren. Sie fragte sich, ob er sie auch noch blöd nennen würde, wenn er erfahren würde, dass sie ermordet worden war – vermutlich ja.

»Haben Sie seine Frau jemals getroffen?«, fragte Mettner.

»Nein.«

»Warum glauben Sie, dass er in einen Schlamassel geraten ist?«, wollte Josie wissen.

Er machte einen weiteren tiefen Zug an seiner Zigarette und der orangefarbene Punkt glühte wieder auf. »Er scheint mir der Typ dafür zu sein.«

»Sind Sie Beau Collins jemals begegnet?«, fragte Josie.

»Nicht wirklich, nein«, erwiderte Archie. »Bin ihm mal bei der Kfz-Zulassungsstelle über den Weg gelaufen. Er hat sich in der Schlange vor mich gestellt. Ich hab ihm gesagt, es gibt so was wie Manieren. Aber so was kennt der nicht. Hat nicht viel dazu gesagt. Hat sich aber ans Ende der Schlange gestellt.«

»Woher haben Sie gewusst, wer er war?«, fragte Mettner.

»Die Frauen in der Schlange haben den Blödmann alle angeschmachtet, deswegen.«

Noah wechselte das Thema. »Sind Sie verheiratet?«

Wieder hörten sie sein heiseres Glucksen. »Ich würde nicht mal heiraten, wenn mich jemand dafür bezahlt, Junior. Man hasst niemanden mehr als die eigene Ehefrau oder den Ehemann. Und jetzt, habt ihr drei bald alle eure Fragen gestellt?«

»Fast«, erwiderte Josie. »Ein paar haben wir noch. Waren Sie heute den ganzen Tag zu Hause?«

Archie seufzte. »Nein, war ich sicher nicht. Aber wenn Sie drauf rauswollen, ob ich was mit der Sache zu tun hab, an der Sie da dran sind, ich war in Leo's Bar, von ungefähr fünf bis elf.«

»Und davor, wo waren Sie da?«, fragte Noah. »Heute morgen zwischen sechs und zehn?«

»Da war ich hier, Junior. Ich wohne hier.«

»Und was ist mit gestern Abend? So ab fünf?«

»Leo's. Drüben auf der Stott Street. Ich geh da jeden Freitag nach der Arbeit hin und auch an den Wochenenden.«

»Wo arbeiten Sie?«, fragte Mettner.

»Ich bin Zimmermann, Junior. Hab zurzeit keine feste Anstellung, aber ich bin in der Gewerkschaft. Ich geh dorthin, wo sie es mir sagen, wenn sie mir Arbeit besorgen können.«

»Leben Sie allein?«, fragte Josie.

»Aber sicher doch.«

»Während Sie heute zu Hause waren, haben Sie da was gehört?«, fragte Noah.

»Sie meinen, wenn eine Frau im Wald ihr Auto zu Schrott fährt, und keiner ist da, der es hört, dann ist es vielleicht gar nicht wirklich passiert? Junior, ich hab acht Hektar Land, und das erstreckt sich von dieser Straße dort bis rüber zur nächsten. Wie ich Ihnen schon gesagt hab, das Fahrzeug, nach dem Sie fragen, steht auf staatlichem Jagdgebiet. Es geht mich nichts an. Aber da Sie schon fragen: Ich höre nichts, was nicht direkt hier vor dem Haus ist.«

»Gibt es Wege, die von hier zur anderen Seite des Grundstücks führen? Hinüber zur Wertz Road?«, fragte Mettner.

»Sie wollen wissen, ob ich von hier rübergegangen bin zum staatlichen Jagdgebiet? Zu diesem Wagen, der Sie so beschäftigt? Oder ob ich von diesem Wagen aus hierher gegangen bin?«

»Sowohl als auch«, erwiderte Mettner.

Archie lächelte ihn an, aber es lag etwas Bedrohliches in der Art und Weise, wie er seine Brauen zusammenzog. »Sie fragen, ob ich etwas zu tun hatte mit dem ... was Sie vorher gesagt haben? Mit einem Mordopfer?«

»Ja«, erwiderte Mettner.

»Die Antwort ist Nein. Ich hatte keinen blassen Schimmer von irgendeinem Mordopfer oder von Autos auf einem Stück Land, das mir nicht gehört, bis Sie hier aufgekreuzt sind und mir davon erzählt haben. Und jetzt gehen Sie, kümmern Sie sich wieder um Ihre Angelegenheiten drüben auf dem Staatsgebiet und verlassen Sie mein Grundstück.«

Josie trat vor und reichte ihm ihre Karte, die er nahm und mit zusammengekniffenen Augen begutachtete. »Quinn«, las er vor. »Hab Sie auch schon im Fernsehen gesehen.«

»Rufen Sie uns an, wenn Ihnen etwas zu Eve Bowers einfällt«, sagte sie zu ihm.

Er steckte die Karte in die Falte seines Sessels, wo sich anscheinend auch seine anderen Wertgegenstände befanden. Dann griff er zum Schalter der Laterne und knipste sie aus. Als sie sich zum Gehen wandten, traf etwas Josie hinten an der Wade. Die Zigarettenkippe. Sie blieb stehen, blickte darauf hinunter und beobachtete, wie die Glut erlosch.

Archies Stimme schwebte durch die Dunkelheit. »Seien Sie vorsichtig da draußen. Man weiß ja nie, was alles so passieren kann.«

ZWEIUNDZWANZIG

Josie klatschte ihre behandschuhten Hände zusammen und rieb sie dann, so fest sie konnte, gegeneinander, in der Hoffnung, die Durchblutung wieder anregen zu können. Zwei Stunden draußen im Freien auf dem Seitenstreifen der Straße zu stehen, bei Temperaturen um den Gefrierpunkt, hatte jeden Körperteil taub gemacht. Aber sie würde bleiben, bis Eve Bowers' Auto auf den Abschleppwagen gehievt und zur Verwahrstelle der Polizei transportiert worden war. Am Horizont war der Himmel tief kobaltblau und die Sterne glitzerten wie Edelsteine. Die dichten Wolken, die am Abend davor Regen gebracht hatten, machten nun einer klaren und makellosen Kuppel über ihnen Platz. Josie war dankbar dafür. Nur wenige Dinge waren ungünstiger für den Schauplatz eines Verbrechens als schlechtes Wetter.

Noah stieg mit gezücktem Handy aus ihrem Fahrzeug. Seine Wangen waren leuchtend rot. »Warum setzt du dich nicht ein paar Minuten rein? Das tut gut, echt.«

Josie ignorierte seinen Rat und blickte zurück zu der Schneise zwischen dem einen Waldstück und dem anderen, durch die ein Mörder mit Eve Bowers' Auto gefahren war.

Zwischen den kahlen, knorrigen Ästen blitzte immer wieder der weiße Tyvek-Overall eines Mitarbeiters der Spurensicherung auf. Einer der Kollegen hatte Scheinwerfer rund um den Fundort aufgestellt und sie konnte sogar einen Teil der silbernen Karosserie sehen. Der Mörder musste den Ort zu Fuß verlassen haben. Wohin war er gegangen? Im Umkreis von Kilometern gab es nichts.

Außer Archie Gambles Haus.

Sie spürte, dass sich Noah dicht neben sie stellte. Seine körperliche Präsenz war für sie wie zu einem Magnet geworden. Wenn er in Reichweite war, schien es ihr, als würde sich jede Zelle ihres Körpers nach ihm ausrichten. »Worüber denkst du nach?«, fragte er. »Über Gamble?«

Die Rückseite ihrer Wade prickelte immer noch an der Stelle, wo Gambles letzte Zigarettenkippe sie getroffen hatte. Es hatte nicht wehgetan, man sah nicht einmal einen Fleck auf ihrer Jeans. Dennoch besaß der Mann etwas, was ihr die Nackenhaare gesträubt hatte.

Als könnte er ihre Gedanken lesen, sagte Noah: »Ich verstehe dich. Bei mir haben auch alle Alarmglocken geschrillt, aber ich konnte keinen einzigen verfluchten Hinweis darauf finden, der ihn mit Eve Bowers oder den Collins' in Verbindung bringt. Ich hab sämtliche Datenbanken und Social-Media-Plattformen durchsucht, alle seine bekannten Adressen und Arbeitgeber überprüft. Ohne Ergebnis.«

»Er könnte ein Klient von Claudia gewesen sein«, schlug Josie vor. »Das wäre in keiner Suche aufgetaucht, nicht bei den strengen Gesetzen zur Schweigepflicht, die in diesem Bereich gelten.«

»Gamble ist nicht verheiratet – es klingt auch nicht so, als sei er es je gewesen – und er hat bestritten, sie persönlich zu kennen. Aber vermutlich schadet es nichts, das mal genauer unter die Lupe zu nehmen. Ich schreib ihn mit auf die Liste. Vielleicht hatten Gamble und Claudia ja eine Affäre.«

Man konnte sich die freundliche, lebhafte Claudia, die Josie im Dezember kennengelernt hatte, nur schwer mit diesem reizbaren Mann vorstellen, der auf seinem Grundstück sehr wahrscheinlich auf Katzen schoss. Josie stellte nicht gerne Vermutungen an – das konnte bei ihrer Art von Arbeit über Leben und Tod entscheiden, aber ihr Bauchgefühl sagte ihr, dass die Verbindung zwischen Gamble und Claudia keine Affäre war. »Das bezweifle ich sehr«, sagte sie.

Er seufzte. »Ich auch. Ich dachte mir nur, wir sollten jede Möglichkeit in Betracht ziehen, vor allem bei einem Fall wie diesem, wo die Spuren so dünn gesät sind.«

Josie sah zu ihm hinüber. Auf seiner unteren Gesichtshälfte standen dunkle Bartstoppeln. Da niemand in der Nähe war, hob sie einen Finger und fuhr damit an seinem Unterkiefer entlang. »Eigentlich sollten wir jetzt längst im Bett liegen«, sagte sie.

Er nahm ihre Hand und drückte sie, bevor er sie wieder losließ. »Erinnere mich lieber nicht daran.«

Sie hatten Mettner nach Hause geschickt, damit er etwas Schlaf bekam. Auf dem Revier war die Personaldecke inzwischen dünn, da sie zwei Morde in weniger als vierundzwanzig Stunden hereinbekommen hatten. Keiner von ihnen wollte heimgehen, jetzt wo ein derart bedeutender Fall zu bewältigen war, aber sie brauchten Schlaf, wenn sie ihn lösen wollten.

»Ich rufe bei der Tierrettung an, sobald sie aufmachen«, sagte Josie.

»Damit wirst du den Typen ganz schön in Rage bringen«, meinte Noah.

»Das hoffe ich«, erwiderte Josie.

Sein leises Lachen erstarb, als Hummel in der Schneise zwischen den Bäumen auftauchte. Vor seinem Gesicht bildeten sich Atemwolken und sein Tyvek-Overall war an den Knien voller Erde und totem Laub. Trockene Zweige zerbrachen unter seinen Füßen. »Wir sind jetzt so weit, dass wir das Fahrzeug hier rausholen können.«

»Habt ihr was gefunden?«, fragte Noah.

»Ein Handy«, erwiderte Hummel. »Es gehört vermutlich Eve Bowers.«

»Es würde die Sache sehr vereinfachen, wenn es das Handy des Mörders wäre«, warf Noah ein.

»Findet die Nummer raus. Wir bereiten eine richterliche Anordnung dafür vor, damit wir baldmöglichst an den Inhalt rankommen.«

»Klar«, erwiderte Hummel.

Er machte keine Anstalten, wieder zu dem Wagen zurückzugehen.

Josie fragte: »Gibt's noch was, Hummel?«

»Also, wir haben nichts wirklich Brauchbares in diesem Auto gefunden. Ich meine, ich muss es noch auf Fingerabdrücke untersuchen, aber sonst? Bis jetzt haben wir nur ein paar kurze, dunkle Haare gefunden. Keine mit Haarwurzeln. So oder so, sie können jedem gehören, der irgendwann mal bei Eve Bowers im Wagen saß. Sobald wir das Auto bei der Verwahrstelle haben, untersuchen wir es von oben bis unten noch mal gründlich, aber es sieht nicht besonders vielversprechend aus.«

»Worauf willst du hinaus?«, fragte Noah.

»Wenn der Typ in ihrem Auto hergekommen ist, dann musste er zu Fuß weitergehen, richtig?«, fragte Hummel.

»Daran hab ich auch schon gedacht«, erwiderte Josie.

»Ich hab gehört, wir haben einen neuen Officer mit Spürhund«, sagte Hummel.

»Das geht ja rum wie ein Lauffeuer«, bemerkte Josie.

»Er ist kein Officer«, widersprach Noah. »Er ist Berater. Aber stimmt schon, wir haben einen.« Er sah Josie an. Ihre Schultern verspannten sich. Ohne Frage könnte ein Suchhund in ihrer Situation von Nutzen sein. Der Mörder hatte in diesem

Auto gesessen, sodass es auf alle Fälle eine Geruchsspur gab. Vielleicht war er in einen anderen Wagen eingestiegen, den er in der Nähe versteckt gehalten hatte. Vielleicht war er den ganzen Weg nach Hause zu Fuß gegangen. Vielleicht war es Archie Gamble. Aber sie konnten diese Möglichkeiten nicht erkunden, wenn sie keinen Hund hier draußen danach suchen ließen. Selbst wenn die Spur sich im Nichts verlor: Ihr zu folgen könnte wichtige Hinweise liefern.

»Okay«, sagte Josie. »Dann wartet noch mit dem Abschleppen. Ich rufe Luke an.«

DREIUNDZWANZIG

Als die Morgendämmerung anbrach, waren Josie und Noah völlig erschöpft und bei ihren Ermittlungen zum Mörder keinen Schritt weitergekommen. Luke und Blue waren einsatzbereit aufgetaucht, aber der Hund hatte der Geruchsspur des Täters nur von Eves Wagen bis zur Straße und dann noch etwa achthundert Meter Richtung Süden folgen können. Das ließ Josie vermuten, dass er ein anderes Fahrzeug dort versteckt gehalten hatte, um nach dem Mord an Eve verschwinden zu können. Wie er von dem versteckten Fahrzeug zum Park gekommen war, blieb jedoch ein Rätsel. Zu Fuß? Mit dem Fahrrad? Irgendwie anders? Hatte ihm jemand geholfen? Josie erschauderte, wenn sie daran dachte, dass irgendjemand einem derart skrupellosen Mörder auch noch half. Vielleicht hatte der Täter ja eine Mitfahrgelegenheit genutzt. Sie hatte eine richterliche Anordnung vorbereitet, um alle Mitfahrzentralen in der Gegend zu überprüfen und zu fragen, ob jemand einen Passagier in dieser Gegend und im entsprechenden Zeitraum mitgenommen oder abgesetzt hatte. Sie würden eine Weile auf diese Ergebnisse warten müssen, aber Josie hoffte, dass das nicht länger als einen Tag dauern würde.

Als Blues Suche nichts ergab, prüften sie nochmals alle verfügbaren Indizien, nachdem Hummel und die Kollegen von der Spurensicherung den Fundort und den Wagen untersucht hatten. Keiner der Fingerabdrücke im oder am Auto ergab eine Übereinstimmung in der AFIS-Datenbank. Die Rätselbox, die man neben Eve Bowers' Leiche gefunden hatte, war leer. Josie hatte keine Ahnung, was für eine Art Spiel der Mörder spielte, aber sie wusste, was immer es war, Beau Collins stand im Mittelpunkt. Der Mörder hatte seine Frau und ihre Assistentin getötet und er hatte Rätselboxen aus Beaus und Claudias Sendung an den Tatorten hinterlassen. In einer dieser Boxen hatte er eine Seite aus ihrem Buch platziert. Er hatte sich die Mühe gemacht, Claudia den Verlobungs- und den Ehering abzuziehen und sie Eve an den Finger zu stecken. Auch die Nachricht an Margot von Eves Handy aus deutete auf Beau hin.

Sobald Josie und Noah Zugang zu Eve Bowers' Handy bekamen, wurde klar, dass Beau ihnen gegenüber von Anfang an nicht die Wahrheit gesagt hatte.

———

Die Sonne ging gerade über den Bergrücken rund um Denton auf, als Josie und Noah vor der Tür zu Margot Huffs Apartment standen. Anders als Eve Bowers' geräumige Erdgeschosswohnung mit ihrem eigenen kleinen Vorgarten, dem Parkplatz und dem eigenen Zugang lag Margots Wohnung tief im Inneren eines klobigen dreistöckigen Mietshauses mit über fünfzig Parteien. Der abgetretene braune Teppichboden knarzte unter Josies Füßen, als sie zum dritten Mal an die Tür des Apartments klopfte. Sie hatten sich vorher nicht telefonisch angemeldet. Eine Einheit war zur Überwachung von Beau Collins eingeteilt worden. Josie hatte die Kollegen nur anrufen müssen, um herauszufinden, dass Beau kurz nach der Szene im

Fernsehstudio am Tag zuvor bei Margot eingetroffen war und deren Apartment seitdem nicht wieder verlassen hatte.

»Mr Collins, Ms Huff!«, rief Josie. »Wir sind von der Polizei.«

Weiter hinten im Flur streckte eine Frau mit einer Duschhaube über den Haaren den Kopf aus ihrer Tür. Josie brachte ein angespanntes Lächeln für sie zustande und sie zog sich in ihr Apartment zurück.

Margots Wohnungstür ging auf und vor ihnen stand Beau Collins, in einem weißen T-Shirt und dunkelblauen Pyjamahosen. Er blinzelte in das grelle Licht im Flur. Sein Haar war zerzaust und ein fleckiger Dreitagebart bedeckte sein Gesicht. »Was ist denn los?«, fragte er.

Noah antwortete: »Mr Collins, wir müssen mit Ihnen sprechen.«

Wortlos trat er beiseite und ließ sie herein. Das Wohnzimmer war winzig, nicht viel größer als die Vernehmungsräume auf dem Revier. Beau musste sich an ihnen vorbeischieben, um zur Couch zu gelangen, und berührte sie dabei beide fast. Er bückte sich, um ein Kopfkissen und eine Decke wegzuräumen, bevor er sich setzte. Dann deutete er mit dem Daumen über seine Schulter. Die Tür zur Küche und die zu zwei weiteren Räumen, in denen Halbdunkel herrschte, standen offen. Die Neonröhre über dem Spülbecken war als einzige Lichtquelle in der Wohnung eingeschaltet.

»Margot schläft noch«, murmelte Beau.

»Jetzt nicht mehr«, kam eine verschlafene Stimme aus dem Halbdunkel. Margot trat hinter einer der Türen hervor und zog sich währenddessen ein Sweatshirt mit Kapuze über. »Was ist los?«

»Setzen Sie sich«, bat Josie sie.

Margot nahm auf der Kante der Couch Platz und ließ etwa einen halben Meter Platz zwischen sich und Beau. Sie sah besorgt zu Josie und Noah auf und fragte mit piepsiger Stimme: »Haben Sie Eve gefunden?«

Josie war überzeugt davon, dass es das Beste war, schlechte Nachrichten so schnell und unumwunden wie möglich zu überbringen, ohne lange um den heißen Brei herumzureden. Lieber riss man sich das Pflaster mit einem Ruck ab und hatte es dann schnell hinter sich. »Ihre Leiche wurde gestern am späten Vormittag gefunden. Sie wurde ermordet. Die Rechtsmedizinerin unseres Countys hat den zuständigen Kollegen in der Gegend kontaktiert, wo Eves Eltern wohnen. Sie wurden etwa vor einer halben Stunde benachrichtigt.«

Margot presste sich die Hand auf den Mund und wiegte sich mit ihrem Oberkörper vor und zurück.

Beau blinzelte den letzten Rest seiner Müdigkeit weg. »Was?«, fuhr er auf. »Das kann nicht Ihr Ernst sein. Ich verstehe das nicht. Ich habe Eve doch gerade erst noch gesehen – wir waren am Freitagabend alle noch hier in diesem Apartment. Es ging ihr gut. Warum sollte jemand sie ermorden? Warum sie?«

Noah sagte: »Ihr Verlust tut uns sehr leid.«

»Was hat er mit ihr gemacht?«, fragte Beau, jetzt mit festerer Stimme.

»Wir sind nicht befugt, irgendwelche Details zu nennen«, erwiderte Josie. »Es tut mir leid.«

»Aber Sie glauben, dass es derselbe Täter ist?«, drängte Beau. »Dasselbe Monster, das auch meine Frau getötet hat?«

»Ja, das glauben wir«, bestätigte Noah.

Margot weinte leise. Ihre Hände zogen sich in die Ärmel ihres Sweatshirts zurück, das sie benutzte, um sich die Tränen abzuwischen. Beau blickte zu ihr hinüber, als sei er unschlüssig, ob er versuchen sollte, sie zu trösten, aber dann entschied er sich dagegen und wandte seine Aufmerksamkeit wieder Josie und Noah zu.

Josie zog ihr Handy heraus, klickte ein Foto von Claudias Ringen an und zeigte es Beau. »Sind das die Ringe Ihrer Frau?«

Beau starrte das Foto verständnislos an. »J-ja«, stammelte er. »Ich verstehe nicht, was das ...«

»Der Mörder hat sie Claudia am Freitag abgenommen. Nachdem er Eve getötet hatte, hat er sie ihr an die Hand gesteckt«, erklärte Noah.

Beau fuhr sich mit den Händen durchs Haar. »Das verstehe ich nicht.«

Josie erwiderte: »Wir verstehen es auch nicht. Wir hatten gehofft, Sie könnten uns erklären, warum der Mörder so etwas tun sollte.«

»Ich? Woher soll ich das wissen?«

»Mr Collins«, sagte Noah. »Wir wissen, dass Sie uns nicht die Wahrheit gesagt haben.«

Beaus Stimme klang plötzlich eine Oktave höher. »Ich? Wovon reden Sie?«

Josie griff in ihre hintere Tasche, zog einige ausgedruckte Seiten heraus und breitete sie auf dem schmalen Couchtisch aus. »Bitte sehen Sie sich das an.«

Beau wirkte, als verursache es ihm körperliche Schmerzen, die groß gedruckten Textnachrichten anzusehen, die die Kollegen auf dem Revier von Eves Handy ausgelesen hatten. Josie sagte: »Der Mörder hat Eves Handy zurückgelassen. Wir konnten uns Zugang zum Inhalt verschaffen. Die Nachrichten reichen nur drei Monate zurück, aber ich denke, das reicht aus.«

Margot nahm die Hände von ihrem Gesicht, beugte sich vor und betrachtete die Seiten.

Als Beau keine Antwort gab, nahm Josie eine Seite zur Hand und las laut vor: »Am dritten Dezember um neunzehn Uhr vierzehn schrieb Eve folgende Nachricht: ›Ich vermisse dich so sehr. Dich zweimal pro Woche zu treffen, ist nicht genug. Ich brauche mehr. Das geht jetzt schon ein ganzes Jahr so. Wann werden wir endlich zusammen sein? Wirklich zusammen sein?‹ Fünf Minuten später haben Sie geantwortet: ›Ich weiß. Ich will dich auch öfter treffen, aber es ist einfach nicht möglich. Ich will nicht, dass Claudia Verdacht schöpft.‹ Darauf Eve: ›Claudia wird es gar nicht merken und es wird ihr auch egal sein. Du kannst sie unmöglich jetzt noch lieben. Nicht, wenn du mich auch liebst. Sag mir bitte, dass du das nur für die Show machst.‹ Sie haben geantwortet: ›Ich kann die ganze Zeit nur an dich denken. Ich werde zusehen, ob ich mehr Zeit finden kann, die wir zusammen verbringen.‹«

Josie schwieg nach dem letzten Satz. Margot sah Beau mit offenem Mund von der Seite an. Es herrschte betretenes Schweigen. Alles, was man hörte, war das Zischen der Heizungsventile und einen laufenden Fernseher irgendwo.

Beaus Stimme zitterte: »Ich liebe meine Frau. Ich weiß nicht, was Sie hier versuchen wollen, aber ...«

Noah sagte: »Eine Affäre mit ihrer Assistentin zu haben ist eine seltsame Art, Ihre Liebe zu zeigen, Mr Collins.«

Beau sprang auf, die Hände neben dem Körper zu Fäusten geballt. »Eve war total fixiert auf mich. Sie war jung und hübsch und ja, es war ein Ausrutscher, aber das war auch schon alles. Ich hab versucht, eine Möglichkeit zu finden, die Sache mit ihr zu beenden.«

Josie wedelte mit dem Blatt Papier, von dem sie gerade vorgelesen hatte. »Das hier klingt aber nicht gerade danach.«

Er wandte sich an Noah. »Ich wüsste nicht, wie das dabei helfen soll, den Mörder zu finden. Was ist schon an so einem Ausrutscher? Ich habe niemanden ermordet. Dieses – dieses Monster von einem Mörder hat sie umgebracht! Nach dem sollten sie suchen, mit dem sollten sie reden, ihn verhören.«

Josie wandte ein: »Wenn Sie uns über diese Affäre nicht die Wahrheit gesagt haben, dann stellt sich nun mal die Frage: Worüber haben Sie sonst noch gelogen?«

»Über nichts!«, wehrte er sich. »Ich schwöre es Ihnen. Über nichts.«

Josie griff wieder nach den ausgedruckten Seiten, bis sie in der Anrufliste ein Telefonat von Freitag gefunden hatte. Sie deutete auf die Nummer, die sie vor ihrer Ankunft bei Margot markiert hatte. »Das hier ist ein Anruf, den Eve am Freitagnachmittag von Ihrem Handy aus bekommen hat.«

Beau sah sich das Protokoll nicht an, aber Margot tat es.

Noah sagte: »Sie haben nachmittags um vier mit Eve gesprochen – nicht lange, bevor Ihre Frau in Ihrem Haus ermordet wurde, während sie sich dort allein aufhielt.«

Beau blickte hilflos von Noah zu Josie und wieder zurück. »Na und? Jetzt wissen Sie, dass wir eine Affäre hatten. Sie haben gerade diese persönlichen Nachrichten gelesen. Was ist dann noch so besonders an einem Anruf?«

Josie ignorierte seinen Einwand und stellte eine Gegenfrage: »Worüber haben Sie da geredet?«

»Ich habe versucht, die Sache zu beenden. Zum wiederholten Mal. Es war mein fünfzehnter Hochzeitstag, verdammt noch mal! Und Eve sollte eigentlich auch dort sein, wegen der Aufnahmen ... in unserem Zuhause, mit mir und meiner Frau ... es fühlte sich einfach nicht richtig an. Bevor das geschehen würde, wollte ich also bei Eve klarstellen, dass es zwischen uns aus ist.«

»Haben Sie Eve gesagt, sie soll nicht zu dem Dinner zum Hochzeitsjubiläum kommen?«, fragte Noah.

Beau zog die Brauen zusammen. »Was? Nein. Sie ist – sie war – Claudias Assistentin. So was hätte ich nie zu ihr gesagt. Das hätte zu viele Fragen aufgeworfen ...«

»Mein Gott«, sagte Margot verachtungsvoll.

Beau riss den Kopf zu ihr herum. »Was ist?«

Margots Lippen kräuselten sich. »Hörst du dir eigentlich selbst zu? Du bist so abscheulich.«

»Margot, bitte ...«

Josie unterbrach die beiden. »Nachdem Sie diesen dreiundzwanzigminütigen Anruf mit Eve beendet hatten, haben Sie da wirklich erwartet, dass sie einfach so um halb sechs in Ihrem Haus beim Jubiläumsdinner auftauchen und die Aufnahmen von Ihnen beiden machen würde?«

»Natürlich«, sagte Beau und blickte wieder zu Josie und Noah. »Sie war zwar sauer auf mich, aber sie hat versprochen, dass sie trotzdem da sein würde.«

»Rechtzeitig?«, fragte Noah gezielt nach.

Beau warf beide Hände in die Luft und ließ sie auf seinen Schoß fallen. »Ja! Worum geht es hier eigentlich? Hören Sie auf damit, mich in den Mittelpunkt von all dem zu stellen, und kümmern Sie sich um den Mörder! Ich bitte Sie!«

Noah änderte seine Strategie und fragte: »Sagt Ihnen der Name Archie Gamble etwas?«

Beau ballte seine Hände zu Fäusten. »Wer soll das sein?«

Josie schob den Ausdruck zurück auf den Tisch, zog ihr Handy heraus und holte Archie Gambles Führerscheinfoto auf das Display. »Wer ist dieser Mann?«

Beau starrte auf das Foto und in seinem Gesicht waren verschiedene Ausdrücke zu erkennen, bevor es sich schließlich auf Verwirrung einstellte. »Ich weiß es nicht. Warum? Ist er der Mann, der Claudia und Eve ermordet hat?«

»Wir sind uns nicht sicher«, erwiderte Noah.

Josie zeigte Margot das Foto, aber die schüttelte nur den Kopf. »Ich hab ihn noch nie zuvor gesehen.«

»Ich frage Sie nochmals«, sagte Josie zu Beau. »Wer ist dieser Mann?«

Beaus Nasenflügel weiteten sich. Er gab keine Antwort.

»Sie haben diesen Mann noch nie getroffen? Niemals?«

»Nein. Natürlich nicht! Ich sage die Wahrheit.«

Margot war langsam von ihm abgerückt, bis sie an die andere Armlehne der Couch gepresst dasaß. Ihre Hände umklammerten die Lehne, als wäre sie ein Rettungsanker. Sie starrte Beau mit unverhohlenem Abscheu an. »Wie können wir da sicher sein? Wie kann irgendjemand noch das glauben, was du sagst?«

Beau wandte sich mit flehendem Blick zu ihr. »Margot, bitte.«

Er streckte ihr die Hand entgegen, aber sie stieß sie zurück. »Fass mich nicht an!«

»Margot!«, rief er, aber sein beschwörender Ton schlug plötzlich in einen ärgerlichen um. »Du kannst unmöglich sauer auf mich sein. Schließlich hast du mir auch nicht von dem Mann im Sender erzählt, mit dem du zusammen bist.«

»Das geht dich gar nichts an!«

»Du hast auch Dinge vor mir verborgen!«

Margot öffnete den Mund und holte tief Luft. Als ahne er, dass sie gleich über Beau herfallen würde, sagte Noah rasch: »Bei Eves Sachen wurde eine Notiz mit Archie Gambles Namen gefunden.«

Margot presste die Lippen zusammen und ihr Gesichtsausdruck verwandelte sich von Wut in Verwirrung. Zum ersten Mal sah Josie einen Riss in der Fassade von Beaus Fernsehpersönlichkeit. Im Bruchteil einer Sekunde veränderte sich seine Miene, die bis eben noch aufrichtige Empörung, Erschöpfung und Stress verraten hatte, und man sah die nackte Angst. Eine Ader an seiner Schläfe trat hervor, und ihr zuerst kaum wahrnehmbares Pochen wurde so stark, dass man es erkennen konnte. Er sagte: »Eve ... warten Sie, hat Eve ihn etwa gekannt?«

»Sagen Sie es uns«, sagte Noah.

»Woher soll ich ... woher soll ... woher soll ich das wissen?«, stammelte er.

Josie sagte: »Archie Gambles Name stand auf der Rückseite eines Briefes, der an Ihre Frau adressiert war. Es ist möglich, dass Claudia seinen Namen aufgeschrieben hat und Eve das Kuvert nahm. Wir bräuchten Handschriftenproben, um diese Frage zu klären.«

Das Pulsieren der Ader verlangsamte sich schrittweise. »Das kann ich tun. Ich kann welche für Sie besorgen. Heute noch.«

»Sehr gut«, sagte Noah. »Und wie steht es mit Ihrer Frau? Kannte sie Archie Gamble?«

»Nein. Ich glaube nicht. Aber so etwas würde ich nicht wissen. Ist er ein Klient von ihr oder war es früher mal? Ich kann mit Claudias Praxissekretärin sprechen. Ihr Name ist Trudy Dawson. Es kann sein, dass Sie eine richterliche Anordnung brauchen, wegen der Schweigepflicht, aber sie wird Ihnen bei allem helfen können, was mit Claudias Praxis zu tun hat.«

»Das wäre sehr hilfreich«, meinte Noah. »Es ist unwahrscheinlich, dass Mr Gamble ein Klient Ihrer Frau ist oder war, aber wir werden es dennoch überprüfen. Ist es möglich, dass Gamble und Claudia eine Affäre hatten?«

Ein ungläubiger Laut kam aus Beaus Kehle. »Nein, nein«, stotterte er. »Das ist nicht möglich.«

Margot sah ihn mit zusammengezogenen Brauen an. »Woher willst du das wissen?«

Beau warf die Hände in die Luft. »Weil Claudia niemals eine Affäre eingehen würde! Das würde sie einfach nicht tun! Und wenn sie es getan hätte, selbst mit ... einer solchen Person, dann hätte ich das bemerkt. Ich hätte ihn herumschleichen sehen oder dergleichen, aber ich bin dem Mann noch nie zuvor begegnet. Ich hab ihn noch nicht mal gesehen – bis gerade eben!«

Er war Archie Gamble in der Kfz-Zulassungsstelle begegnet, wenn man Gamble Glauben schenken konnte. War es möglich, dass er sich einfach nicht daran erinnerte? Weshalb sollte er so etwas abstreiten?

Josie holte noch einmal das Foto von Gamble auf ihr Display und hielt es Beau hin. »In der Zwischenzeit möchte ich, dass Sie sich einen Moment Zeit nehmen. Sehen Sie sich dieses

Foto noch einmal genau an. Sagen Sie uns wahrheitsgemäß, dass Sie diesem Mann noch niemals im Leben begegnet sind.«

Seufzend nahm ihr Beau das Handy ab und studierte Gambles Foto, das – so wie Gamble drohend in die Kamera starrte – eher wie ein Polizeifoto aussah. Josie zählte zehn Sekunden, bevor Beau ihr das Handy zurückgab. »Ich schwöre, dass ich diesen Mann nicht kenne. Ich bin ihm nie begegnet. Ich weiß nicht, was ich dazu sagen oder was ich tun soll. Meine Frau ist tot. Eve ist tot. Mein gesamtes Leben gerät gerade aus den Fugen. Sie sollten lieber dort draußen Ihre Arbeit tun, anstatt mich hier zu vernehmen, als wäre ich irgendein Krimineller, denn das bin ich nicht.«

Noah entgegnete: »Wir machen nur unsere Arbeit, Mr Collins. Jemand in Ihrem Umfeld ermordet Menschen. Verhöhnt Sie damit. Sie müssen doch irgendeine Vorstellung haben, wer Ihnen das antun will.«

Beau öffnete seine Fäuste und schüttelte seine Finger aus. »Ich weiß es nicht. Das ist die Wahrheit.« Er wandte sich an Margot. »Margot, sag du es ihnen. Du bist meine Assistentin. Du siehst praktisch alles, was hinter den Kulissen vor sich geht. Du kennst alle in meinem Leben. Du weißt, dass ich ehrlich bin. Sag es ihnen.«

Margot sah ihn mit einer Mischung aus Kränkung und Wut an. »Ich hab noch nicht mal über Eve Bescheid gewusst.«

»Das mit Eve war ein Ausrutscher«, beharrte er.

Margot stand auf und verschränkte die Arme vor der Brust. »Wie konntest du nur? Ich kann nicht glauben, dass ich mal dachte, du wärst ... Weißt du was? Es spielt keine Rolle mehr. Ich bin mit dieser ganzen Sache fertig.«

»Margot, bitte«, begann er, aber sie machte auf dem Absatz kehrt, ging aus dem Zimmer und knallte die Tür hinter sich zu.

Beau richtete seinen Blick auf Josie. »Sind Sie jetzt zufrieden? Sie zerstören mein ganzes Leben!«

»Nicht ich«, erwiderte Josie. »Jemand anderes, der Sie

unbedingt dabei beobachten will, wie Sie leiden. Sie müssen irgendeine Vorstellung darüber haben, wer diese Person sein könnte. Reden Sie mit uns.«

»Ich hab keine Ahnung!«, schrie er und Speicheltröpfchen sprühten aus seinem Mund. Er begann auf der winzigen Fläche zwischen der Couch und dem Wohnzimmertischchen auf und ab zu gehen. »Ich weiß ehrlich nicht, was ich jemandem angetan haben könnte, dass er oder sie Claudia – oder Eve – töten wollte. Schließlich wusste ja keiner von Eve und mir.«

Irgendjemand hatte offenbar doch Kenntnis davon. Der Mörder hatte sogar ganz bewusst Claudias Ringe an Eves Hand gesteckt und Eves Leiche in der Höhle der Liebenden zurückgelassen – es gab keinen Ort mit einem passenderen Namen, um die Geliebte von jemandem zu platzieren. Ganz gleich, ob Beau ihnen Lügen erzählte, ob er Feinde hatte oder nicht, jemand hatte ihn als Zielscheibe gewählt und benutzte die Menschen in seinem Umfeld, um verschlüsselte Botschaften zu senden.

»Mr Collins«, sagte Josie jetzt in versöhnlichem Ton. »Wir versuchen nicht, ihr Leben zu zerstören oder Sie wegen Ihres Ausrutschers bloßzustellen. Wir versuchen, weitere Morde zu verhindern.«

Er erstarrte und die Sorgenfalten auf seiner Stirn wurden noch tiefer. »Weitere Morde? Warum sollte es weitere Morde geben?«

»Weil dieser Mörder glaubt«, fuhr Josie fort, »dass er ein Spiel spielt, und er wird damit nicht aufhören, bis er meint, dass er gewonnen hat. Die Frage ist: Wie viele weitere Personen muss er noch töten, bevor er das Gefühl hat, gewonnen zu haben? Und wer sind diese Personen?«

Noah hob das Kinn und wies damit auf Margots Schlafzimmertür. »Miss Huff?«

Beau blickte verzweifelt drein. »Margot? Nein. Sie ist nur meine Assistentin. Mehr nicht.«

»Wer sonst?«, fragte Josie. »Wer ist sonst noch wichtig genug für Sie, um ins Visier des Mörders zu geraten?«

Beau senkte den Kopf. »Detectives«, sagte er. »Es hat immer nur eine Person gegeben, die für mich wichtig war, und das war meine Frau. Jeder, der mich kennt, weiß das. Fünfzehn Jahre lang hat sie mir absolut alles bedeutet. Wer auch immer dieses Monster sein mag, er kann mir nicht noch mehr weh tun, als er es bereits getan hat, indem er mir meine Claudia genommen hat.«

Tränen quollen ihm aus den Augen. Er setzte sich wieder hin und schluchzte in seine Hände, die er vors Gesicht geschlagen hatte. »Es tut mir leid«, sagte er. »Ich weiß ehrlich nicht, wer so etwas tun würde.«

VIERUNDZWANZIG

Acht Stunden später kehrten Josie und Noah nach unruhigem Schlaf wieder aufs Revier zurück, wo Mettner und Gretchen an ihren Computern saßen und tippten. Beide wirkten mitgenommen und erschöpft und blickten nicht einmal auf, als Josie und Noah das Großraumbüro betraten. Als Josie dann aber die Plastiktüte mit Essen vom Take-away zwischen zwei Fingern rascheln ließ, hörte Gretchen mit dem Tippen auf und nahm über ihre Lesebrille hinweg die Tüte ins Visier. »Das war ein langer und nervtötender Tag ohne wirklich brauchbare Spuren«, ächzte sie. »Wenn das jetzt kein Abendessen für uns ist, muss ich euch bitten, wieder zu gehen.«

Den Blick weiterhin auf den Bildschirm geheftet, meinte Mettner: »Palmer, wenn die beiden wieder gehen, hängen wir hier noch für eine weitere Schicht fest.«

Josie musste lachen, griff in die Tüte und nahm zwei Plastikboxen mit Essen heraus – eine für Gretchen und eine für Mettner. Sie reichte sie an Noah weiter, der sie den beiden an ihre Tische lieferte. »Eure Lieblingsgerichte«, sagte er.

Josie ließ sich auf ihren Schreibtischstuhl fallen. »Keine

brauchbaren Spuren«, seufzte sie. »Genau das, was Ermittler am liebsten hören.«

Es herrschte Stille im Raum, während Gretchen und Mettner sich ihr Essen schmecken ließen. Am anderen Ende des Büros saß die Pressesprecherin Amber Watts an ihrem Schreibtisch. Sie hielt ein Handy zwischen Ohr und Schulter geklemmt, während sie etwas in ihren Laptop tippte. Was sie da immer wieder ins Handy sprach, konnte Josie allerdings nicht verstehen.

Mettner sah zu Amber hinüber und dann wieder zu Josie und Noah. »Der Chief möchte, dass sie die Medien von diesen Mordfällen fernhält.«

Noah musste lachen. »Ja, klar.«

Amber lächelte angestrengt zu ihnen herüber und vertiefte sich dann wieder ins Telefonieren und Tippen.

»Ernsthaft«, erklärte Mettner. »Sie wimmelt sie schon den ganzen Tag ab, mit dem Versprechen, dass wir bald eine Pressekonferenz abhalten werden.«

»Super«, meinte Noah. »Das wird sicher ein Riesenspaß.«

Josie loggte sich in ihren Computer ein, öffnete die Akten von Eve Bowers und Claudia Collins und scrollte sich durch die Berichte, die von den verschiedenen Teammitgliedern hochgeladen worden waren.

»Ihr seid heute nicht groß weitergekommen, oder?«, fragte Noah.

Mettner seufzte. »Leider nein. Zumindest nicht so, dass wir diesen Typen eher heute als morgen fassen könnten.«

»Apropos«, warf Gretchen ein. »Wir haben die Liste mit den Mitarbeitern der Collins-Sendung abgearbeitet. Ich hab sie alle gestern befragt und auf Vorstrafen überprüft. Dann hab ich mir die Mitarbeiter von WYEP vorgenommen – die sind ja im selben Gebäude. Die haben wir auch alle überprüft. Bisher ist bei niemandem was Verdächtiges aufgefallen, aber wir arbeiten weiter dran.«

»Ein paar von ihnen haben tatsächlich Vorstrafen«, ergänzte Mettner. »Aber nicht wegen Gewaltverbrechen.«

»Als ich gestern bei WYEP war, hab ich mit Raffy gesprochen, dem Social-Media-Manager des Senders«, berichtete Gretchen weiter.

»Er und Margot Huff sind übrigens zusammen«, warf Josie ein.

»Ja«, entgegnete Gretchen. »Das hat er erwähnt. Wir waren auf der Suche nach Internettrollen. Leute, die vielleicht vom Sender oder den Collins' selbst blockiert wurden, weil sie Beau und Claudia in den sozialen Medien oder über Messenger-Dienste beleidigt oder gehatet haben. Er sagte, er würde sich heute mit Margot treffen und am Nachmittag gemeinsam mit ihr eine vollständige Liste für uns erstellen. Er wollte sie uns per E-Mail schicken. Darauf warten wir noch.«

Josie fiel wieder ein, wie Margot ihren Chef am Morgen angesehen hatte, als sie von seiner Affäre mit Eve erfuhr. Wie Beau sie immer wieder berühren wollte – sogar im Sender am Vormittag zuvor –, obwohl sie ganz klar jeden Körperkontakt mit ihm ablehnte. Und wie anklagend er gleich reagiert hatte, als er mitbekam, dass sie mit Raffy zusammen war. Lief zwischen ihm und Margot etwa mehr? Oder war in der Vergangenheit etwas gelaufen? »Du wolltest dich aber nicht mit ihnen treffen, oder?«, wollte sie von Gretchen wissen.

Gretchen hob fragend die Braue. »Ich hab keine Notwendigkeit dafür gesehen. Aber wenn du meinst, kann das natürlich einer von uns übernehmen.«

Alle Blicke richteten sich auf Josie. »Ich würde nur einfach gern mal mit Margot reden, ohne dass Beau dabei ist.«

»Ich hab am Freitagabend ohne Beau Collins mit ihr gesprochen«, informierte Mettner sie. »Glaubst du, dass sie was verschweigt?«

»Ich bin mir nicht sicher«, entgegnete Josie. »Aber das

Ausmaß ihrer Enttäuschung über Beau wegen seiner Affäre mit Eve war schon …«

»Eigenartig«, beendete Noah den Satz für sie. »Er ist ja nur ihr Chef. Warum kümmert es sie so sehr, ob sein Verhalten ethisch-moralisch einwandfrei ist?«

»Nebenbei gesagt denke ich gar nicht, dass wir hier nach einem Internettroll suchen«, meinte Josie. »Natürlich müssen wir auch das abklopfen, aber ich glaube, dass wir diesen Mörder eher in Beaus und Claudias engerem Umfeld finden können. Jemand, der so viel Zugang zu den Collins' hat, dass er ihre Terminplanung kannte und auch herausbekommen konnte, was zwischen Beau und Eve lief.«

»Aber du hast doch gesagt, dass selbst seine eigene Assistentin nicht über ihn und Eve Bescheid wusste«, wandte Mettner ein. »Der Mörder könnte genauso gut irgendein Stalker sein. Wenn er die Collins' ausspioniert hat, hat er vielleicht auch Beau und Eve zusammen gesehen. Und als er die beiden beobachtet hat, hat er vielleicht seine Chance gesehen, Claudia anzugreifen, und hat sie genutzt.«

»Das ist aber ziemlich riskant«, sagte Gretchen. »Einfach in ihr Haus zu latschen, ohne zu wissen, wann oder ob jemand anders auftaucht, während er grade den Mord begeht.«

»Ich meine noch immer, dass es jemand aus dem engsten Umfeld ist«, widersprach Josie. »Eve kannte den Mörder. Ich glaube nicht, dass sie ansonsten wegen ihm angehalten hätte. Nichts auf ihrem Handy deutet darauf hin, dass er Kontakt mit ihr aufgenommen hat, bevor sie gestern zum Park fuhr. Ich denke, er hat sie abgepasst, als sie vorbeifuhr.«

»Dann nehmen wir eben das engste Umfeld unter die Lupe – noch einmal«, meinte Gretchen, »und fangen bei denen an, die Freitagabend bei den Collins' zu Hause sein sollten. Wir können uns auch die Videocrew noch mal genauer ansehen.«

»Dieser Liam ist ein ziemlicher Hitzkopf«, meinte Noah, »und ganz offensichtlich mag er Beau nicht besonders.«

»Das stimmt«, sagte Gretchen. »Von allen, mit denen ich im Studio gesprochen habe, hat er sich Claudias Tod am meisten zu Herzen genommen. Deshalb muss er noch lange kein Mörder sein, aber wir könnten sicherlich noch mal mit ihm sprechen.«

»Es sollte auch noch mal jemand mit der Produzentin reden«, warf Noah ein. »Das ist diese Kathy.«

»Glaubst du, sie ist die Mörderin?«, wollte Mettner wissen.

»Sie schien es auf jeden Fall sehr zu genießen, Liam Flint gegen sich aufzubringen«, sagte Noah mit einem Achselzucken. »Nicht, dass sie das verdächtig macht, aber ich glaube, sie weiß so einiges. Sie war die Einzige vom Personal, die wusste, dass Eve Bowers jemanden gedatet hat. Das ist sonst niemandem aufgefallen.«

»Dann setzen wir sie auch auf unsere Liste«, antwortete Josie. »Aber anfangen würde ich gern mit Margot.«

»Geht klar, Boss«, meinte Gretchen lächelnd. »Lass mich ein paar Anrufe machen und sehen, ob ich sie erwischen kann, und dann könnt ihr losziehen und mit ihr sprechen.« Sie griff nach dem Telefonhörer. »Mett, erzähl den anderen inzwischen, was Dr. Feist herausgefunden hat.«

»Mach ich«, sagte Mettner. »Doc Feist hat uns von ihren ersten Ergebnissen berichtet. Keine Anzeichen sexueller Gewalt. Der Todeszeitpunkt liegt wahrscheinlich zwischen sieben und neun Uhr morgens.«

»Das passt mit dem zusammen, was sie mir gestern am Tatort gesagt hat«, meinte Josie. »Der Mörder hat Eve sofort umgebracht.«

»Sieht so aus«, stimmte Mettner zu. »Doc Feist konnte einige DNA-Spuren an ihrer Kleidung sichern, die sie ans Labor der Staatspolizei geschickt hat. Da das unser zweiter Mordfall innerhalb von zwei Tagen mit demselben Täter ist, hat der Chief darum gebeten, die DNA-Analysen von beiden Tatorten beschleunigt zu bearbeiten.«

»Sehr gut«, meinte Noah. »Kann aber trotzdem sein, dass wir einige Tage darauf warten müssen.«

»Tage sind besser als Wochen, Fraley«, belehrte Gretchen ihn. »Oder gar Monate.«

Mettner blickte zwischen den beiden hin und her. Als er feststellte, dass ihr Schlagabtausch beendet war, fuhr er mit seiner Zusammenfassung von Dr. Feists Obduktionsergebnissen fort. »Zur Todesursache: Eve Bowers wurde erdrosselt. Habt ihr die Akte grade offen? Die Fotos werden euch interessieren.«

Josie klickte sich durch mehrere Dokumente, bis sie die Fotos von Eves Hals fand, die Dr. Feist während ihrer Untersuchung aufgenommen hatte. Noah ging um die Tische herum, stellte sich hinter Josie und beugte sich über ihre Schulter, um die Aufnahmen besser sehen zu können. Unter dem grellen Licht in der Rechtsmedizin bildeten die roten Strangulationsmale einen starken Kontrast zu Eves ansonsten makelloser jugendlicher Haut.

»Fünf Zentimeter breit«, las Noah vor. »Was hat er benutzt? Einen Gürtel?«

»Das glaub ich nicht«, entgegnete Josie. »Sieh dir das hier mal an.« Sie deutete auf den oberen Rand der Strangulationsmale, wo ein Miniaturmuster zu erkennen war. Winzig kleine gleichmäßige Rillen, wie von einem festen Gurt. »Was auch immer er verwendet hat, es war dicht gewirkt.«

»Ein Seil?«, mutmaßte Noah.

»Das glaub ich eher nicht«, entgegnete Josie.

»Das ist zu breit für ein Seil«, meinte Mettner. »Und zu fest gewebt, meine ich.« Dann fügte er noch hinzu: »Wir dachten eher an eine Art Stoffgürtel, wie ihn Frauen tragen. Dr. Feist hat Fasern unter zwei Fingernägeln von Eve gefunden.«

»Vielleicht eine Art Leine?«, sagte Noah.

»Ich denke, dafür ist es auch zu breit«, erwiderte Mettner. »Aber ja, das Muster sieht irgendwie so aus, nicht?«

Josie spürte einen Funken Hoffnung. Das war wenigstens etwas. Es würde ihnen vielleicht nicht helfen, den Mörder heute zu identifizieren oder aufzuspüren, aber sie hatten jetzt doch mehr als am Tag zuvor. Das und die Tatsache, dass die Analyse der DNA von beiden Tatorten beschleunigt wurde, würde den Fall vielleicht schneller voranbringen. Sie klickte sich weiter durch die Akte, bis sie die Fotos von den Fasern fand, die so winzig waren, dass man sie nur unter dem Mikroskop richtig sehen konnte. Hellbraun.

»Hummel ist es gelungen, sie hier vor Ort zu analysieren«, erklärte Mettner. »Sind aus Polyester. Oh, und was ich beinahe vergessen hätte: Beau Collins hat uns diese Handschriftproben von Eve und Claudia geschickt. Das, was auf die Rückseite des Umschlags geschrieben wurde, stammt von Claudia.«

»Hast du die Proben in die Akte hochgeladen?«, fragte Josie und klickte sich hektisch weiter durch. Schließlich fand sie, wonach sie suchte, und holte Fotos der beiden Schriftproben auf den Bildschirm. Sie ordnete sie neben dem Foto an, das sie von dem Umschlag gemacht hatte. Noah beugte sich über sie, um die Bilder genau zu betrachten, und der Duft seines Aftershaves stieg Josie in die Nase.

»Ja, das ist zweifellos Claudias Handschrift«, meinte er. »Schau, wie unterschiedlich sie sind.«

Eves Handschrift war eine Ansammlung eilig hingeworfener schräger Striche, während Claudias Handschrift klein und ordentlich war und genau zu der auf dem Umschlag passte, den Josie im Buch der Collins' entdeckt hatte. »Warum sollte Claudia Archie Gambles Namen aufschreiben?«

Mettner zuckte mit den Achseln. »Warum sollte Eve den Umschlag an sich nehmen?«

Noah ging zu seinem eigenen Schreibtisch zurück. »Leider kann uns keine der beiden das mehr erklären. Wir können uns also nur an Beau halten, der darauf besteht, dass weder er noch Claudia Gamble kennen.«

»Sie hat den Namen auf die Rückseite eines Werbebriefs geschrieben«, überlegte Mettner laut. »Namen von Leuten, die man kennt, schreibt man nicht so einfach auf Reklamepost. Sie hat ihn aus irgendeinem anderen Grund notiert. Und dann ist der Umschlag irgendwie in das Buch gekommen und schließlich in Eves Apartment gelandet.«

»Du hast recht«, meinte Josie seufzend. »Das hier bringt uns nicht wirklich weiter, aber wenigstens wissen wir jetzt, dass Archie Gamble – aus welchem Grund auch immer – auf Claudias Radar war, bevor sie starb. Der Poststempel auf dem Umschlag ist von Mitte Dezember, also muss sie im Lauf des letzten Monats irgendwie auf ihn aufmerksam geworden sein. Und zwar so, dass sie seinen Namen aufgeschrieben hat. Vielleicht hat sie ihn ja Eve gegeben, damit die was über ihn rausbekommt?«

»Das ist eine Möglichkeit«, stimmte Noah ihr zu. »Aber hör mal, ganz sicher können wir nur sagen, dass die Handschrift mit sehr hoher Wahrscheinlichkeit die von Claudia ist. Alles andere ist Spekulation und ich weiß nicht, ob uns das jetzt weiterbringt.«

Josie nickte. »Machen wir weiter.«

Noah blickte zu Mettner hinüber. »Hast du irgendwas von den Mitfahrzentralen gehört?«

»Ja. Es gibt niemanden, der etwa zur Zeit des Mordes an Eve in der Nähe des Stadtparks oder an der Stelle, wo ihr Auto gefunden wurde, aufgelesen oder abgesetzt wurde.«

Gretchen nahm ihr Handy vom Ohr. »Da wir schon davon sprechen, wo ihr Auto gefunden wurde: Ein paar Leute von Precious Paws waren heute bei Archie Gambles Haus und haben verwilderte Katzen eingesammelt. Er hat eine Feuertonne hinter seinem Haus. Die Asche am Boden war noch warm.«

Ein kollektives Stöhnen ging durch den Raum. Solche Tonnen waren im ländlichen Pennsylvania nicht unüblich.

Viele Leute mit großen Grundstücken verbrannten ihre Abfälle lieber, als für die Müllabfuhr zu bezahlen. Oder vernichteten darin trockenes Laub und gefällte Bäume. Aber dass Archie Gamble – kurz nach zwei Morden und unmittelbar nachdem das Auto eines der Opfer in der Nähe seines Grundstücks gefunden worden war – in seiner Tonne irgendwelche Dinge verbrannte, war kein gutes Zeichen.

Es konnte natürlich auch völlig bedeutungslos sein. Genau das war das Vertrackte an Mordermittlungen. Manchmal wusste man einfach nicht, ob etwas wichtig war, bis es sich dann eben als wichtig herausstellte.

»Wir bekommen wahrscheinlich keinen richterlichen Beschluss für die Überreste in seiner Tonne, oder?«, fragte Noah.

»Das haben wir schon versucht«, antwortete Gretchen, während sie auf ihrem Telefon eine weitere Nummer wählte. »Kein hinreichender Tatverdacht. Keine ausreichende Verbindung zwischen dem Mord an Eve und seiner Feuertonne.«

Josie fluchte in sich hinein. Eine Sackgasse nach der anderen.

»Lasst uns mal über die Alibis sprechen«, meinte Noah.

»Gretchen und ich haben uns heute die vom Show- und vom Senderpersonal angeschaut«, antwortete Mettner. »Einschließlich dem von Beau. Der Wachmann des Senders hat uns gesagt, dass er am Freitagnachmittag bis siebzehn Uhr fünfundvierzig dort war. Er hat gesehen, wie er rausging. Am Samstag war er dann bei Margot, wie ihr wisst. Was die anderen Mitarbeiter betrifft: Einige haben ein Alibi für den einen Mordfall, aber nicht für den anderen. Die einzige Person, die tatsächlich für beide Mordzeiten kein Alibi hat, ist der Kameramann Liam Flint. Seine Überprüfung hat aber überhaupt nichts Besorgniserregendes ergeben. Und weil vorher Gambles Name gefallen ist: Den haben wir uns ebenfalls angesehen. Er hat kein Alibi für die Zeit von Eves Ermordung, aber der Barmann im Leo's schwört, dass er jeden Freitagabend von siebzehn Uhr bis etwa dreiundzwanzig Uhr dort ist.«

»Aber hat der Barmann ihn an dem Abend, an dem Claudia ermordet wurde, auch tatsächlich zwischen siebzehn und achtzehn Uhr dort gesehen?«, hakte Josie nach.

Mettner hob die Brauen. Er zog sein Handy heraus und ging seine Notizen durch. »So genau hat er das nicht gesagt. Jedes Mal, wenn ich ihn gefragt hab, meinte er nur: ›Gamble kommt immer um fünf am Freitagnachmittag hierher.‹ Die anderen Stammgäste sagen dasselbe.«

Josie vertraute den Aussagen der Typen im Leo's ungefähr so sehr wie darauf, dass ein Hai einen blutigen Fischköder links liegen lassen würde. »Das ist also im besten Fall zweifelhaft. Würde das irgendeiner von denen vor Gericht bezeugen?«

Noah lachte. »Das wage ich zu bezweifeln.«

Gretchen knallte den Hörer auf die Gabel. »Margot und Raffy werden in einer Stunde bei WYEP sein, falls ihr euch von ihnen die Liste von Internettrollen holen und mit Margot sprechen wollt.«

»Perfekt«, sagte Josie. »Es gibt aber noch jemand anderen, mit dem wir in der Zwischenzeit sprechen sollten – jemand, der länger als alle anderen im Team Teil des Lebens der Collins' ist.«

»Die Praxissekretärin?«, sagte Gretchen.

»Ja«, antwortete Josie. »Sie war die Letzte, die Claudia lebend gesehen hat.«

Gretchen sah in einem Notizblock auf ihrem Schreibtisch etwas nach. »An der bin ich schon dran. Sie heißt Trudy Dawson.« Sie ratterte eine Adresse in East Denton herunter. »Wir sind vorhin bei ihr vorbeigefahren, aber sie war nicht da. Eine Pflegerin hat uns aufgemacht. Offensichtlich lebt Trudy mit ihrer alten Mutter zusammen, die sehr viel Betreuung braucht. Trudy war gerade einkaufen. Die Pflegerin meinte, wir sollten wiederkommen, aber das haben wir bisher nicht geschafft. Sie müsste jetzt zu Hause sein.«

»Gut«, meinte Josie und erhob sich. »Dann lasst uns fahren und mit ihr sprechen. Sekretärinnen kennen jedes schmutzige Detail.«

FÜNFUNDZWANZIG

Trudy Dawson wohnte in einem kleinen einstöckigen Bungalow in einem ruhigen Viertel von East Denton. Der Gartenpfad, der zum Haus führte, war gesäumt von Solarlampen, die in der Abenddämmerung leuchteten. In der Mitte der Vorderveranda hing eine Lampe von der Decke. Bevor Josie und Noah an die Tür klopfen konnten, wurde sie schon geöffnet. Vor ihnen stand eine Frau in Jeans und einem blauen Pullover. Ihr braunes Haar war mit Grau durchzogen und zu einem fransigen Bob geschnitten. Dunkelbraune Augen musterten die beiden über eine Lesebrille mit dickem Rand hinweg.

»Sie sind die Polizei«, meinte sie und gab ihnen durch eine Handbewegung zu verstehen, dass sie die dargebotenen Dienstausweise nicht ansehen wollte. »Beau hat mich gestern angerufen, um mir die fürchterliche Nachricht zu überbringen. Und heute Morgen dann mit der nächsten Hiobsbotschaft. Er hat mich auch gebeten, für Sie etwas nachzusehen. Die Pflegerin, die tagsüber da ist, hat mir übrigens schon gesagt, dass Sie hier waren, während ich unterwegs war.«

Sie trat zur Seite und bat die beiden ins Haus. Sofort schlug ihnen extrem warme Luft entgegen – Josie hatte das Gefühl, sie stünde vor einem Backofen, der auf die höchste Grillstufe eingestellt war. Auf ihrer Oberlippe bildeten sich sofort Schweißperlen. Direkt hinter der Eingangstür befand sich ein kleines Wohnzimmer mit einem Ruhesessel und einer durchgesessenen braunen Couch. Die beiden Möbel waren auf einen Fernseher hin ausgerichtet, auf dem gerade die WYEP-Abendnachrichten liefen. Mit einem Seitenblick stellte Josie fest, dass die Nachrichtenredaktion wohl noch keinen Wind von den Morden an Claudia und Eve bekommen hatte, obwohl die Collins' ja zur Mannschaft von WYEP gehörten. Stattdessen berichtete der Sender über eine »starke Polizeipräsenz im Stadtpark« am Tag zuvor – dank Ambers geschickter Schachzüge. Aber es war nur eine Frage der Zeit, bis sich jemand – aus dem Collins-Lager oder dem Sender – zu den beiden Morden auslassen würde.

»Nehmen Sie doch Platz«, sagte Trudy und deutete auf die Couch. Josie und Noah drückten sich an dem kleinen runden Tischchen vorbei und setzten sich. Josie legte sofort ihre Jacke ab, Noah behielt seine an, öffnete aber immerhin den Kragen.

»Tut mir leid wegen der Hitze«, sagte Trudy, die sich ganz vorne auf der Sitzfläche des Ruhesessels niedergelassen hatte. Sie nahm eine Fernbedienung vom Beistelltisch daneben und drückte auf einen Knopf. Der Sessel gab ein schnurrendes Geräusch von sich und Trudy fuhr ein Stück nach oben. »Meine Mom«, meinte sie. »Sie leidet an einer früh ausbrechenden Form von Alzheimer-Demenz. Vergisst zu essen. Vergisst, wie man isst. Ist jetzt nur noch Haut und Knochen und friert ständig. Ich kann ein Fenster öffnen, wenn Sie möchten.«

Josie hätte das Angebot liebend gern angenommen, aber Noah antwortete mit einem Lächeln: »Danke, schon in Ordnung. Wir werden Sie nicht allzu lange aufhalten.«

Trudy fummelte noch einmal an der Fernbedienung des Sessels herum, bis sie gemütlich saß. Sie schniefte und wischte sich mit der freien Hand die Tränen weg, die inzwischen über ihre Wangen herabliefen. »Ich hab noch etwas Schwierigkeiten, das alles zu verarbeiten. Es kommt mir so unwirklich vor. Die arme Claudia. Wissen Sie schon mehr?«

»Die Ermittlungen sind in vollem Gang«, antwortete Noah.

Trudy legte die Fernbedienung beiseite und wischte sich erneut über die Wangen.

»Entschuldigen Sie bitte. Ich dachte, ich hätte mich gestern schon gründlich ausgeweint, aber offensichtlich sind noch ein paar Tränen übrig.«

»Miss Dawson«, sagte Josie. »Wir können auch ein anderes Mal wiederkommen, wenn Ihnen das lieber ist.«

»Nein, nein, bitte, das Mindeste, was ich tun kann, ist, Ihre Fragen zu beantworten. Ah ja, ich soll Ihnen auch noch was zu diesem Mann sagen, Archie Gamble. Beau hat mich gebeten nachzusehen, ob er ein Klient von uns war. Ich sollte wirklich keine Namen von Klienten ausplaudern, aber Beau hat nicht lockergelassen. Er hat mir versprochen, dass ich deswegen keine Schwierigkeiten bekommen würde. Wie auch immer, wahrscheinlich tut das gar nichts zur Sache, denn wir hatten nie einen Klienten mit diesem Namen.«

»Danke«, entgegnete Josie, zog ihr Handy hervor und suchte das Führerscheinfoto von Gamble heraus. Sie zeigte es Trudy und fragte: »Haben Sie ihn schon irgendwann mal gesehen?«

Trudy sah sich das Gesicht genau an. »Nein, tut mir leid. Nie gesehen.«

»Hat Claudia seinen Namen jemals erwähnt?«, wollte Josie wissen.

»Nein. Nie.«

»Wie lang arbeiten Sie denn schon für Beau und Claudia?«, fragte Noah.

Trudy lächelte unter Tränen. »Ich hab schon für sie gearbeitet, bevor sie Beau und Claudia waren. Ich war bei dem

Therapeuten angestellt, der die Praxis vor Beau geführt hat. Beau fing direkt nach Abschluss seines Studiums dort zu arbeiten an. Dann ist der andere Therapeut in Pension gegangen und Beau stand allein da. Claudia hat angefangen, regelmäßig mitzuarbeiten, als klar wurde, dass Beau die Praxis zugrunde richten würde. Claudia hat sie gerettet. Sie hat diese Praxis vor dem Ruin bewahrt und mir meinen Arbeitsplatz gesichert – und zwar mehr als einmal innerhalb all der Jahre.«

Josie wischte sich mit dem Handrücken den Schweiß von der Stirn. »Was meinen Sie damit?«

»Ich meine einfach, dass ..., nun ja, Beau? Ich wünsche ihm bestimmt nichts Böses. Er sieht ja nicht gerade schlecht aus und hat gute Absichten, aber er hatte irgendwie kein Talent für eine solche Privatpraxis. Hat immer wieder Beschwerden bekommen. Klienten verloren.«

»Welche Art von Beschwerden denn?«, hakte Noah nach.

»Nun, wie viele Arten von Beschwerden gibt es denn?« Trudy lachte müde über ihren eigenen Witz und wischte sich mit dem Daumen weitere Tränen ab. Sie atmete tief ein, hielt eine Hand hoch und bewegte die Finger. Dann bog sie mit der anderen Hand einen Finger nach dem anderen nach innen um. »Verpasste Termine. Zuspätkommen. Falsch ausgestellte Rechnungen. Desinteresse an den Klienten. *Zu großes* Interesse an den Klientinnen. Ich glaube einfach nicht, dass er diese Arbeit jemals wirklich mochte, und deswegen hat er sie auch nicht besonders ernst genommen.« Sie ließ die Hände in den Schoß fallen und seufzte.

»Was meinen Sie mit ›zu großes Interesse an den Klientinnen‹?«, hakte Josie nach.

Trudy schüttelte den Kopf. »Da gab es so einige Missverständnisse über die Jahre hinweg. Manchmal kamen eben Paare und ich kann Ihnen sagen, dass in fünfundneunzig Prozent der Fälle die Ehemänner gar nicht da sein wollen und dem Ganzen von Anfang an feindlich gegenüberstehen. Wenn diese Männer dann festgestellt haben, dass Beau freundlich zu ihren Frauen war und ihnen als Erster in ihrem Leben wirklich zugehört hat, hat sie das natürlich gestört. Daraufhin haben sie ihn beschuldigt, nicht neutral zu sein oder sogar mit ihren Ehefrauen zu flirten, und dann haben wir diese Paare nie wiedergesehen.«

»Hat er denn geflirtet?«, wollte Noah wissen.

»Um Himmels willen, nein. Wie ich schon sagte, einige dieser Ehefrauen waren so ausgehungert nach Zuwendung, dass sie natürlich höchst erfreut waren, als endlich jemand hören wollte, was sie zu sagen hatten. Und dann hingen sie nur so an Beaus Lippen und freuten sich schon auf die nächste Sitzung.«

»Sie selbst waren aber in den Sitzungen nicht anwesend, oder?«, fragte Josie.

»Nein, natürlich nicht. Das ist ja alles streng vertraulich und unterliegt der Schweigepflicht. Ich teile Ihnen nur mit, was ich im Wartezimmer vor und nach den Sitzungen beobachtet habe. Was so gesprochen wurde, wenn Beau nicht anwesend war, oder was mir die Ehemänner gesagt haben, wenn sie anriefen, um alle zukünftigen Termine abzusagen.«

»Hat Beau jemals Grenzen überschritten?« Josie hinderte mit dem Zeigefinger einen Schweißtropfen daran, über ihre Nase herabzurollen. »War sein Verhalten jemals unangemessen?«

»Das glaub ich nicht«, erwiderte Trudy. »Wenn es so war, hab ich es jedenfalls nie bemerkt.«

»Hatte er jemals außerhalb der Therapie Kontakt mit Klienten oder Klientinnen, auch ehemaligen? Zumindest Ihrer Kenntnis nach?«, fragte Noah.

Trudy sah Noah mit zusammengekniffenen Augen an. »Fragen Sie mich grade, ob er jemals eine Affäre mit einer Klientin hatte?«

»Hatte er das denn?«, bohrte Noah nach.

Trudys Gesicht entspannte sich. Ihr Blick schweifte in die

Ferne. Etwas über Josies und Noahs Köpfen schien ihre Aufmerksamkeit gefangen zu nehmen. Sie stand auf und streckte den Arm aus. »Mom!«, rief sie aus. »Wo hast du denn deinen Rollator?«

Josie und Noah drehten die Köpfe und sahen eine alte Frau mit kurzem, spärlich gewordenen weißem Haar, die durch die Tür zu einem anderen Raum auf sie zusteuerte. Sie war tatsächlich so dürr, wie Trudy es geschildert hatte. Ein lila Sweatshirt hing an ihrer vogelgleichen Gestalt. Mit spindeldürren Fingern klammerte sie sich an den Möbeln fest, um das Gleichgewicht zu halten. Als sie weiter ins Wohnzimmer hineinkam, wurde ihr Gang unsicher. Trudy überwand rasch die Distanz zu ihrer Mutter und legte ihr gekonnt den Arm um die Taille, bevor sie stürzen konnte. »Mom. Du brauchst deinen Rollator, damit du nicht hinfällst.«

»Wer sind denn die Kinder da?«, entgegnete ihre Mutter und deutete auf Josie und Noah.

»Das sind keine Kinder, Mom. Die beiden sind hier, um mit mir über meine Chefin zu sprechen.«

Trudys Mutter versuchte, sie wegzuschieben, und schlug auf den Arm um ihre dünne Taille. Ihre Aufmerksamkeit galt noch immer Josie und Noah. »Schick sie lieber gleich ins Sekretariat. Wenn sie während der Unterrichtszeit auf dem Schulflur erwischt werden, heißt's ab ins Sekretariat!«

»Mom, jetzt komm schon. Lass mich dir helfen. Ich muss dich stützen, damit du nicht fällst.« Trudy hielt den Arm weiter fest um die Taille ihrer Mutter geschlungen und führte sie weg von Josie und Noah und in den Flur hinaus. Ein paar Minuten später kam sie wieder und verzog entschuldigend ihr Gesicht. »Tut mir leid.«

Josie lächelte. »Ist sie Lehrerin gewesen?«

Trudy lächelte zurück und setzte sich wieder in den Ruhesessel. »Ja. Siebenunddreißig Jahre lang. Grundschule. Wo waren wir stehen geblieben?«

»Wir wollten wissen, ob Beau jemals eine Affäre mit einer Klientin hatte«, erwiderte Josie.

»Stimmt«, meinte Trudy. »Ich glaube eigentlich nicht. Wenn doch, ich hab jedenfalls nichts davon gewusst.«

»Aber ganz sicher sind Sie nicht?«, hakte Josie nach.

Trudy antwortete nicht, sondern war auf einmal völlig fasziniert von einem losen Faden, der aus der Armlehne des Sessels hing.

»Ms Dawson, ich kann verstehen, dass das unangenehm für Sie ist, aber wir müssen in Fällen wie diesen solche Fragen stellen. Wir interessieren uns dafür, ob es jemanden gibt, der vielleicht gegen Beau oder Claudia Collins einen Groll hegt. Jemand, der wütend auf einen der beiden ist, speziell auf Beau. Jemand, der ihm oder Claudia schaden möchte.«

Trudy zog den Faden noch weiter heraus und wickelte ihn dann um ihren Zeigefinger.

Da klar wurde, dass sie nicht preisgeben würde, was sie wusste, meinte Josie: »Sie haben erwähnt, dass einige der Ehemänner, die Beau beraten hat, unzufrieden waren. Oder sogar verärgert. Fällt Ihnen denn irgendein Mann oder jemand von den Klienten überhaupt ein, auch von den ehemaligen, der es auf die Collins' abgesehen haben könnte?«

Der Faden hinterließ dünne rote Striemen auf Trudys Fingerkuppe. »Es fällt mir wirklich niemand ein. Abgesehen davon dürfte ich es Ihnen nicht sagen, selbst wenn es so wäre. Die Schweigepflicht untersagt es mir, irgendetwas preiszugeben, sogar Namen, das wissen Sie doch bestimmt.«

»Wenn Sie der Meinung wären, dass ein bestimmter Klient in diesem Fall hier eine Bedrohung darstellt, dürften Sie uns den Namen bestimmt verraten«, argumentierte Noah.

»Aber das ist die ganze Wahrheit«, entgegnete Trudy. »Es gab Klienten, die mit Beau nicht glücklich waren, aber ich kann mich an niemanden erinnern, der bedrohlich wirkte. Namen von Klienten, die unzufrieden waren oder der Praxis den

Rücken gekehrt haben, möchte ich Ihnen nicht nennen. Jetzt, wo Claudia tot ist, muss ich mir eine neue Arbeitsstelle suchen.« Sie deutete auf die Tür auf der anderen Seite des Wohnzimmers. »Ich muss ja auch an meine Mutter denken. Ich muss für sie sorgen und möchte sie so lang wie möglich bei mir behalten. Dafür brauche ich ein Einkommen. Wenn ich gegen die Schweigepflicht verstoße, wird man mir nie wieder eine Arbeitsstelle wie diese geben.«

»Das verstehe ich, Trudy«, sagte Josie, »wirklich. Aber Claudias Mörder stellt noch immer eine Gefahr dar. Wir wollen hier keine Klientenakten sehen, sondern bräuchten lediglich einen Namen von Ihnen.«

Mit einem Seufzer sah Trudy ihr wieder in die Augen. »Es tut mir leid. Selbst wenn mir ein Name einfiele, was nicht der Fall ist, würde ich mich schwertun, ihn zu nennen. Es gibt wirklich niemanden, von dem ich glaube, dass er Claudia oder Beau schaden wollen würde. Das ist die Wahrheit. Beau therapiert ja aktuell gar keine Klienten mehr. Schon lange nicht mehr. Das macht nur noch Claudia und ihre Klienten vergöttern sie. Haben sie vergöttert. Mein Gott. Ich denke, ich muss morgen anfangen, die Leute anzurufen und ihnen Bescheid zu sagen.«

Sie verstummte und wieder flossen Tränen über ihr Gesicht. »Es war nur Claudias Verdienst, dass die Praxis überhaupt noch existierte. Wie gesagt, wenn sie nicht gewesen wäre, dann hätte ich schon seit Langem keine Arbeit mehr. So krank wie meine Mutter all diese Jahre war, brauchte ich diesen Job einfach. Ich weiß gar nicht, wie ich es schaffen soll, bis ich was Neues finde. Vielleicht kann ich ja an den Pflegerinnen zu Hause sparen. Ich muss mit Beau sprechen. Mein Bruder lebt in Virginia und muss beruflich ständig reisen. Mom hat ja nur noch mich. Und sie ist sowieso schon total verwirrt ...«

Es tat Josie in der Seele weh, das zu hören. Sie erinnerte sich daran, wie ihre Großmutter Lisette schlussendlich in ein Pflegeheim umziehen musste. Josie hatte sie so lange wie möglich bei sich und Ray zu Hause behalten und es war schrecklich für sie gewesen, Lisette in ein Pflegeheim zu geben, obwohl es die beste Lösung war und Lisette selbst darauf bestanden hatte. Josie streckte den Arm aus und berührte Trudy an der Hand. »Uns tut es leid. Wir wollten Sie nicht noch mehr aufregen. Wir wollen einfach nur die Person finden, die das getan hat. Sie waren ja die Letzte, die Claudia lebend gesehen hat. Wie kam Sie Ihnen denn vor?«

Trudy atmete tief ein, um sich wieder zu fangen. »Es ging ihr gut. Mit ihren Klienten ist sie immer ganz in ihrem Element. Sie liebt diese Arbeit ... liebte sie. Dieses ganze Buch- und Fernsehgedöns«, sagte sie und warf ihre Hände in die Luft, »das ist alles Beaus Ding. Da hat sie nur ihm zuliebe mitgemacht. Und das Geld hat wahrscheinlich auch nicht wehgetan, schätze ich mal.«

»Hat sie jemals erwähnt, dass sie in letzter Zeit mit jemandem Ärger hatte?«, fragte Noah. »Vielleicht nicht mit einem Klienten, aber mit jemand anderem? Vielleicht jemand vom Sender? Von den Nachbarn? Den Freunden?«

»Nein«, meinte Trudy. »Da war nichts dergleichen. Claudia war ein entzückender Mensch. Ich kann mich nicht erinnern, dass mal jemand böse auf sie war.«

»Soweit Sie es wissen – hatte Claudia eine Affäre?«, fragte Josie.

Trudys Blick verdüsterte sich. Ihr mühsam zustandegebrachtes Lächeln wich gleich wieder. Nach kurzem Zögern entgegnete sie: »Soweit ich weiß, nein. Aber natürlich war sie leidgeprüft. Beau mit all seinen überfliegenden Ideen kann schon sehr anstrengend sein. Er war schuld, dass die beiden immer noch mehr um die Ohren hatten, aber sie liebt ihn – hat ihn geliebt. Ich glaube nicht, dass sie ihn betrügen würde. Ich meine, ich glaube nicht ...« Sie verstummte.

»Was ist los?«, drängte Josie.

Trudy blickte zu Boden und winkte ab. »Nichts, nichts. Ich

interpretiere da wahrscheinlich zu viel hinein, und jetzt, wo Claudia tot ist, wäre es nicht fair, das zu sagen.«

»Was zu sagen?«, wollte Noah wissen.

Wieder stahlen sich Tränen aus Trudys Augen. »Ich möchte einfach nicht ... ich möchte sie einfach nicht in irgendeiner Weise in Verruf bringen. Sie war wirklich eine der liebenswertesten Personen überhaupt.«

»Trudy, ich verspreche Ihnen, dass Sie Claudia keineswegs in Verruf bringen, wenn Sie die Wahrheit sagen«, versicherte Josie ihr mit sanfter Stimme. »Es könnte uns im Gegenteil helfen, ihren Mörder ausfindig zu machen.«

»Aber ich kenne die Wahrheit ja gar nicht«, sagte Trudy. »Ich weiß nur ...«

Sie blickte zur Seite und bohrte den Nagel ihres Zeigefingers in die Armlehne. »Ich möchte da einfach nichts lostreten. Irgendwelche Gerüchte. Da kommt nie was Gutes dabei raus.«

»Dann erzählen Sie uns doch einfach, was Sie wissen«, meinte Noah. »Genau das. Nicht mehr und nicht weniger.«

Trudy atmete stockend ein. »In den Monaten vor ihrem Tod, vielleicht war es sogar ein ganzes Jahr, hat sie die Praxis zum Mittagessen immer verlassen.«

Josie und Noah tauschten einen Blick aus. Das also sollte das skandalöse Geheimnis sein, das Trudy unbedingt für sich hatte behalten wollen?

»Ich verstehe nicht«, sagte Noah.

Trudy zupfte einen weiteren Faden aus dem Sesselbezug heraus und rollte ihn zwischen Daumen und Zeigefinger. »In all den Jahren, in denen ich Claudia gekannt hab, hat sie ihre Arbeit – ich meine die Therapie, nicht das andere Zeug – immer lieber getan als alles andere. Wenn sie erst mal in der Praxis war, ist sie immer geblieben, bis auch der letzte Klient des Tages weg war. Falls sie überhaupt was gegessen hat, dann an ihrem Schreibtisch. Nur eine Kleinigkeit. Beau wollte sie oft überreden, ihn zum Mittagessen zu begleiten, aber sie hat immer abgelehnt. Und dann, eines Tages, hat sie angefangen, zum Mittagessen wegzugehen. Einfach so. Und gar nicht mal so kurz. An manchen Tagen war sie über eine Stunde weg. Ein paarmal musste ich sogar die Sitzungen mit den Klienten nach hinten verschieben, weil sie spät dran war.«

»Hat sie Ihnen jemals erzählt, wo sie hingegangen ist?«, fragte Josie.

»Nein«, antwortete Trudy. »Sie hat immer nur gesagt, dass sie weggeht und vor dem nächsten Klienten zurückkäme. Zuvor hat sie sich in dieser Zeit immer Aufzeichnungen über die Klienten gemacht. Das war wirklich sonderbar.«

»Haben Sie Claudia deswegen mal gefragt?«, erkundigte sich Noah.

Trudy schüttelte den Kopf. »Nein, das hätte ich nicht richtig gefunden. Ging mich ja nichts an. Und außerdem wirkte sie immer so ... belebt, wenn sie zurückkam. Was immer sie da tat, es hat sie glücklich gemacht. Ich hatte sie schon lange nicht mehr so gesehen. Nicht seitdem sie frisch verheiratet war.«

Jetzt fragte Noah: »Glauben Sie, sie hatte eine Affäre?«

Trudy schürzte die Lippen und zog den Faden noch ein Stück weiter aus dem Bezug heraus. »Ich weiß es nicht. Es ist einfach so untypisch für sie, so etwas zu tun.«

»Viele Leute haben Affären«, meinte Josie. »Sogar solche, von denen man es nicht erwarten würde.«

»Ja, aber Claudia war einfach ... Vielleicht haben Sie ja recht, aber es passt irgendwie so gar nicht zu ihrem Charakter.«

»Haben Sie denn eine Ahnung, mit wem sie sich zum Mittagessen getroffen hat?«, fragte Noah.

»Nein. Ich geb es nur ungern zu, aber ich hab mal in ihren persönlichen Terminkalender geschaut. Da stand überhaupt nichts drin. Vielleicht hat sie sich gar nicht mit jemandem zum Essen getroffen. Vielleicht ist sie zur Massage gegangen oder in einen Yogakurs. Deswegen wollte ich eigentlich nicht drüber sprechen, denn ich weiß ja gar nicht, was sie zu dieser Zeit immer gemacht hat. Tut mir leid, ich fürchte, ich bin keine große Hilfe.«

Josie stand auf und fühlte, wie ihr der Schweiß entlang der Wirbelsäule hinablief. Mit ihrer klebrig-feuchten Hand fischte sie nach einer Visitenkarte in ihrer Tasche. Sie reichte sie Trudy mit dem Standardsatz, dass sie anrufen solle, wenn ihr noch etwas einfiele, was sie wissen sollten. Egal was.

Im Auto meinte Josie zu Noah: »Wir müssen sehen, ob wir die Abfrage der Daten von Claudias Handy beschleunigen können. Vielleicht finden wir da etwas, das diese Geschichte hier erhellen kann – Text- oder Sprachnachrichten. Irgendwas.«

»Ich werde auf jeden Fall die Rechtsabteilung des Mobilfunkanbieters anrufen«, entgegnete Noah. »Und denen ein wenig Feuer unterm Hintern machen. Aber lass uns vorher noch zu Margot Huff fahren.«

SECHSUNDZWANZIG

Auf den Fluren des WYEP-Gebäudes war es eigenartig ruhig für einen Fernsehsender. Aus dem Hauptstudio wurden gerade live die Nachrichten gesendet. Der Bereich der Collins' war völlig verlassen. Margot war nirgends zu sehen, nicht einmal in den paar nebeneinanderliegenden Büros, die dem Team von Partnerschaftsplausch mit den Collins' gehörten. Kathy, die Produzentin, saß dagegen allein in ihrem Büro und starrte auf ihren Computerbildschirm. Als Josie an die halb offene Tür klopfte, sprang sie von ihrem Stuhl auf.

»Entschuldigen Sie, dass ich störe«, sagte Josie.

Kathy fuhr sich durch ihr dunkles Haar und setzte ein Lächeln auf. Als sie bemerkte, dass Noah hinter Josie stand, warf sie einen Kontrollblick nach unten auf ihre weiße Bluse und ihre beige Businesshose und strich mit den Handflächen die Falten glatt. So aus der Nähe schätzte Josie sie auf Mitte fünfzig. Die Wände hinter Kathy in dem kleinen Büro hingen voll mit Fotos von ihr zusammen mit verschiedenen Promis.

Noah schob Josie sanft über die Schwelle und streckte Kathy seine Hand entgegen. Sie nahm sie und ihr Lächeln wurde breiter, aber das fast unsichtbare Zucken in ihren Mundwinkeln verriet Nervosität. Kam das, weil sie Noah attraktiv fand oder weil sie etwas zu verbergen hatte?

»Ich hoffe, Sie nehmen es uns nicht übel, dass wir einfach so hereinplatzen«, sagte Noah zu ihr. »Wir hätten da nur ein paar Fragen.«

»Aber natürlich«, entgegnete Kathy. »Ich, äh, habe diese schreckliche Nachricht über Eve gehört. Sehr traurig. Wirklich tragisch. Sie war noch so jung.«

»Ja«, stimmte Noah ihr zu. »Die letzten achtundvierzig Stunden waren für Ihr Team wirklich sehr schwierig, aber genauso für uns, die wir herausbekommen sollen, wer hinter dem allem steckt. Wie wir wissen, haben Sie bereits unseren Kollegen einige Hintergrundinformationen gegeben – nämlich, dass Sie von Anfang an bei der Sendung von Beau und Claudia mitgearbeitet haben und aus der Nachrichtenredaktion von WYEP hierhergewechselt sind, in der Sie davor jahrelang beschäftigt waren.«

Kathy nickte zustimmend, die Augen unverwandt auf Noahs Gesicht geheftet, während er sprach.

Noah formulierte seinen nächsten Satz äußerst diplomatisch: »Und Sie bleiben dabei, dass Ihre Beziehung zu Beau Collins und den restlichen Mitgliedern des Showteams immer ausschließlich professioneller Natur war?«

»Ja, so ist es«, erwiderte Kathy.

»Wir wollten mit Ihnen sprechen, weil Sie als Einzige vom ganzen Team genau genug hingesehen haben, um zu bemerken, dass Eve verliebt war«, sagte Josie.

Kathy richtete ihren Blick auf Josie und das Lächeln auf ihrem Gesicht war jetzt völlig unverstellt. »Danke. Mir war nur nicht klar, dass das wichtig ist. Ich hab nur berichtet, was ich bemerkt hatte.«

»Das war sehr hilfreich«, erwiderte Noah. »Wir haben uns gefragt, ob es vielleicht noch andere Dinge gibt, die Sie im Lauf der letzten Monate oder sogar des ganzen letzten Jahres beobachtet oder gehört oder bemerkt haben und die Sie uns mitteilen könnten.«

»Hmm. Ich hab Ihren Kollegen eigentlich alles gesagt, was ich weiß.«

Josie zog ihr Handy heraus und suchte nach dem Foto von Archie Gamble. Sie hielt es Kathy hin, aber diese erkannte ihn allem Anschein nach nicht. »Wer ist das?«

»Wir hatten gehofft, Sie könnten uns das sagen«, meinte Noah.

Kathy schüttelte den Kopf. »Ich hab den Mann noch nie gesehen.«

»Sein Name ist Archie Gamble«, erklärte Josie. »Sagt Ihnen das irgendetwas?«

Wieder ein verständnisloser Blick, wieder Kopfschütteln.

»Aber Liam Flint kennen Sie, oder?«, fragte Noah.

Kathys Miene verdüsterte sich. »Es tut mir leid wegen der Szene am Set neulich, aber mal ehrlich: Dieser Typ ist ein arroganter Arsch. Er glaubt tatsächlich, dass er was Besseres ist als alle anderen. Soll ich ganz offen sprechen? Niemand hier kann ihn leiden. Wir ertragen ihn alle einfach nur.«

»Wissen Sie, ob er irgendeinen Groll gegen Beau oder Claudia hegt?«, wollte Josie wissen.

Völlig unerwartet ließ Kathy ein schrilles Lachen hören. »Gegen Beau vielleicht. Liam hat noch nie einen Hehl daraus gemacht, dass er Beau hasst, aber ich sag Ihnen was: Liam hegt einen Groll gegen die ganze Welt.«

»Nach allem, was Sie beobachtet haben«, fragte Noah, »gibt es denn jemanden, von dem Sie glauben, dass er den Collins' schaden oder Claudia sogar hätte umbringen wollen? Oder Eve?«

Kathys Lachen erstarb, als sie die Tragweite dieser Frage erkannte. Sie überlegte lange. Dann sagte sie: »Mir fällt niemand ein. Zumindest nicht vom Sender. Da hab ich nichts bemerkt. Aber natürlich bekommen die beiden im Internet eine

Menge Hass ab. Darüber sollten Sie mit Margot sprechen. Sie ist für die sozialen Medien der Collins zuständig.«

»Das werden wir tun.« Noah schenkte Kathy ein Lächeln, und zwar ein absolut umwerfendes. Josie hatte schon Dutzende Male gesehen, wie er es im Umgang mit Zeugen einsetzte. Dann gab er Kathy eine Visitenkarte. »Vielen Dank, Kathy«, meinte er. »Sie waren uns eine große Hilfe. Rufen Sie jederzeit an, wenn Ihnen noch etwas einfällt.«

Während Kathy noch auf die Karte starrte, verließen Josie und Noah das Büro. Sie waren schon im Flur, als Kathy ihnen hinterherrief: »Warten Sie!«

Sie kam ihnen nachgelaufen, und als sie die beiden in der Mitte des leeren Flurs einholte, vergewisserte sie sich erst mit einem Blick, dass niemand in der Nähe war. Dann senkte sie ihre Stimme beinahe zu einem Flüstern. »Ich hab Ihnen und Ihren Kollegen das nicht erzählt, weil ich dachte, Eve hätte es selbst getan, bevor sie umkam, aber vielleicht war das ja nicht der Fall.«

»Was erzählt?«, fragte Josie.

Kathy schob die Visitenkarte in ihre Hosentasche und fuhr sich erneut mit den Händen durchs Haar. »Ungefähr vor einem Monat, ich schätze mal so zwischen Thanksgiving und Weihnachten, hab ich ein Gespräch zwischen Eve und Claudia mitbekommen. Die beiden waren in Claudias Büro und die Tür war nur angelehnt. Ich war gekommen, um Claudia etwas zu fragen, aber dann hab ich die beiden sprechen hören und bin stehen geblieben und ... Es ist mir etwas peinlich, aber ich hab gelauscht. Nur ein paar Sekunden lang. Claudia hat Eve erzählt, sie habe das Gefühl, jemand würde ihr folgen.«

»Hat sie gesagt, warum sie diesen Eindruck hatte?«, fragte Noah.

Kathy schüttelte den Kopf. »Ich bin erst gegen Ende des Gesprächs dazugekommen. Ich hab nur gehört, dass sie zu Eve so was gesagt hat wie ›Es ist nur so ein Gefühl, aber irgendwie kommt es mir so vor, als würde mich zurzeit jemand beobachten, egal wo ich hingehe‹. Eve meinte daraufhin, dass sie eben eine Prominente sei und immer unter öffentlicher Beobachtung stünde und dass es vielleicht nur daran liege. Dann haben sie mich draußen vor der Tür gehört und die Unterhaltung beendet.«

»Haben Sie eine der beiden mal darauf angesprochen?«, hakte Josie nach.

Kathy legte sich eine Hand auf die Brust. »Nein, natürlich nicht. Ich wollte nicht, dass sie mich für eine Lauscherin halten. Ich hab mir gedacht, wenn Claudia glaubt, dass jemand ihr folgt, sie tatsächlich verfolgt, dann würde sie zur Polizei gehen. Sie hätte ja auch einen Privatdetektiv oder einen Leibwächter oder so engagieren können. Claudia und Beau sind reich genug, um sich so was leisten zu können. Aber dann hab ich nie wieder was davon gehört, sodass ich dachte, das Problem wäre entweder gelöst oder Eve hätte recht gehabt – dass Claudia sich das alles nur eingebildet hat.«

SIEBENUNDZWANZIG

Josie und Noah dankten Kathy, dass sie sich Zeit genommen hatte, gingen zurück zum Schalter des Sicherheitsdienstes und ließen sich zeigen, wo es zum Büro von Raffy Sullivan ging. Die Tür stand offen. Hinter einem winzigen Schreibtisch in dem fensterlosen Raum, der nur etwa ein Viertel so groß war wie Kathys Büro, saß Raffy und scrollte gerade auf einem Laptop durch die Facebookseite von WYEP. Zwei Handys lagen bei seinem Computer. Neben dem Bürostuhl, auf dem er saß, war noch ein zweiter in den engen Raum gequetscht, an dessen Lehne eine Damenhandtasche hing.

»Ah, hallo«, sagte Raffy, als Josie an den Türrahmen klopfte. »Ich würde Sie gern reinbitten, aber ich fürchte, es gibt nicht genug Platz.«

Josie quetschte sich trotzdem in den Raum. Noah blieb auf der Schwelle stehen.

»Wie Sie sehen können, werden hier neuerdings Wandschränke zu ›Büros‹ umgewandelt«, fügte Raffy hinzu und setzte dabei das Wort ›Büros‹ mit einer Geste in Anführungszeichen. »Margot ist grade auf die Toilette, aber ich hab diese Liste, nach der Ihre Kollegin gefragt hat, falls Sie sie mitnehmen wollen.« Eines der Handys auf dem Schreibtisch klingelte. Raffy legte rasch seine Hand darüber, zog es zu sich und lehnte den Anruf flugs ab. Dann legte er es zurück, griff nach einem Stapel Blätter auf der anderen Seite seines Laptops und reichte ihn Josie. Sie blätterte die Seiten rasch durch, während Noah Fragen stellte.

»Sind das die Leute, die sowohl auf der Plattform von WYEP als auch auf der von den Collins' blockiert wurden?«

»Ja, genau«, sagte Raffy. »Margot und ich dachten, wir erledigen das mit vereinten Kräften. Wie Sie sehen können, hat es die Mehrzahl dieser Trolle direkt auf die Collins' abgesehen. Aber hin und wieder gibt es welche, die sie auch über die sozialen Medien des Senders angehen. Einige wechseln zu den WYEP-Seiten, wenn Margot sie auf der Website der Sendung blockiert hat.«

Die Liste war lang. Namen, Profilbilder und alle weiteren Informationen, die aus den Profilen dieser Leute zu erschließen waren. Es handelte sich vorwiegend um Männer.

»Sie mussten diese Leute also blockieren, weil sie die Collins' getrollt haben«, fragte Noah. »Was haben die denn so geschrieben? Gibt es jemanden darunter, der so etwas wie einen persönlichen Rachefeldzug gegen einen der beiden führt?«

Raffy strich sich nachdenklich über den Kinnbart. Wieder meldete sich sein Handy. Mit einem Stirnrunzeln blickte er auf das Display. Diesmal sah Josie darauf einen Namen aufblitzen. Brooke. Raffy wischte auf Ablehnen und sah wieder zu Noah. »Einen Rachefeldzug? Das ist natürlich ein hartes Wort. Es geht hier eigentlich nur um ein paar wirklich fiese Typen, die die Collins' aus den unterschiedlichsten Gründen hassen: für ihre Frisuren, ihre Stimmen, für irgendwas, was sie mal in der Sendung gesagt haben. Eine Frau hat angefangen, sie zu trollen, weil sie eine der Übungen bei ihrem Mann ausprobiert hat und er sie daraufhin als dumm bezeichnet hat. Und dann gibt es auch Frauen, die besessen von Mr Collins sind und meinen, dass er Claudia verlassen sollte.« Er deutete auf die Seiten in Josies Hand. »Diese zwei Gruppen finden Sie auf Seite zehn, glaube ich. Es gibt jeweils unter dem Profil Screenshots von dem Inhalt, aufgrund dessen sie blockiert wurden.«

Josie blätterte zu Seite zehn und las erst die Profile durch und dann die Kommentare und Nachrichten, die die Frauen hinterlassen hatten.

Ich weiß, dass wir füreinander bestimmt sind. Und ich weiß, dass du es auch weißt, in tiefster Seele. Du musst jetzt deinen ganzen Mut zusammennehmen und sie endgültig verlassen.

Beau, Liebling, ich kann Tag und Nacht nur an dich denken. Bitte komm zu mir.

Claudia ist eine blöde Schlampe, die dir niemals genügen wird. Lass mich dir zeigen, wozu eine echte Frau fähig ist.

Es macht mich krank zu sehen, wie du jeden Tag in der Sendung Theater spielst. Ich weiß, dass du sie hasst. Ich bin die Einzige, die dich glücklich machen kann.

Was diese Frauen gepostet hatten, hörte sich schwer nach psychischen Problemen an, aber reichte das aus, dass eine von diesen Frauen versucht haben könnte, Beaus Leben zu ruinieren? Wären sie trotz ihrer Wahnvorstellungen fähig, einen so präzisen Plan auszuhecken? Lebten sie überhaupt in der Gegend? Der Hintergrund dieser Frauen musste jedenfalls später gründlich durchleuchtet werden.

»Irgendwelche Drohungen?«, fragte Josie.

»Das ist Interpretationssache«, meinte Raffy. »Es hat ein paar Dinge gegeben, die ich meinem Boss geschickt habe, weil ich der Meinung war, wir sollten die Polizei verständigen, aber seinem Gefühl nach ist ›Ich hoffe, du stirbst‹ nicht direkt als Drohung zu werten.«

»Echt?«, wunderte sich Josie. »Wer von diesen Leuten hat das geschrieben?«

»Seite vierzehn«, antwortete Raffy. »Aber das, wonach Sie wirklich suchen, ist auf Seite einundzwanzig.«

Josie übersprang Seite vierzehn und blätterte gleich vor zum Profil eines gewissen Ron Abbott auf Seite einundzwanzig. Sein Profilbild zeigte einen Mann, der wohl in den Dreißigern war, mit blonden Haaren auf dem großen Kopf und einem Mondgesicht. Während sie die Seiten mit den Screenshots seiner Nachrichten und Kommentare durchsah, gab Raffy ihr weitere Hintergrundinformationen.

»So ungefähr vor fünf Jahren ist das Buch der Collins' rausgekommen und ein Riesenerfolg geworden, und als sie ungefähr ein Jahr danach mit ihrer Sendung begonnen haben, hat dieser Typ den Sender in den sozialen Medien extrem getrollt. Er war ekelhaft, und zwar richtig. Hat alles Mögliche über Mr Collins gesagt. Es klang so, als hätte ihm Mr Collins persönlich irgendwas angetan. Zu dieser Zeit hatte ich grade angefangen, die Social-Media-Plattformen zu managen, so dass ich der Ansprechpartner für Zeug wie dieses war. Margot war noch nicht an Bord. Ich hab ihn immer wieder blockiert, aber er kam ständig unter irgendwelchen blöden gefakten Usernamen wieder. Ich hab meinem Boss das Zeug immer wieder vorgelegt, aber, wie bereits gesagt, war er entweder nicht der Meinung, dass es ›das Ausmaß einer Drohung annahm‹, oder er versprach, ›es Beau vorzulegen, damit der sich selbst darum kümmert‹. Eines Tages dann hat Abbott einfach aufgehört damit. Großartig, hab ich mir gedacht. Endlich bin ich fertig mit diesem Typen.«

»Aber er war noch nicht fertig«, überlegte Josie laut. Sie überflog die Nachrichten von Abbot und fühlte ein äußerst ungutes Gefühl wie kalte Finger entlang ihrer Wirbelsäule hochstreichen.

Ich hoffe, du stirbst einen fürchterlichen und langsamen Tod.

Ihr solltet gefoltert werden, du und deine Schlampe von Ehefrau.

Jemand sollte dich in Stücke hacken und deine blöde Frau dabei zusehen lassen.

Erneut meldete sich Raffys Handy. Wieder Brooke. Er stieß einen Seufzer aus und lehnte den Anruf zum dritten Mal ab. Dann stellte er das Handy auf stumm. »Tut mir leid«, meinte er. »Eine Ex-Freundin. Lässt einfach nicht locker. Aber was haben Sie gerade gesagt?«

»Dass Ron Abbott mit seiner Hasskampagne noch nicht fertig war«, meinte Josie.

»Nein, ganz und gar nicht«, entgegnete Raffy. »Er hatte nur einen neuen Zugang gefunden. Zu der Zeit haben die Collins' beide ihre persönlichen Plattformen geschlossen und einzelne Accounts für die Show angelegt. Und dann Margot damit betraut. Offensichtlich hatten Beau und Claudia den Typen schon seit ewigen Zeiten auf ihren persönlichen Accounts blockiert. Aber als die neuen Profile angelegt wurden, hat sich Abbott sofort darauf gestürzt. So haben Margot und ich uns übrigens kennengelernt. Wegen diesem Abbott. Er kam unter verschiedenen Namen immer wieder, aber man konnte ihn leicht an seiner Sprache erkennen. Ich glaube auf jeden Fall, dass Margot auf so jemanden wie ihn nicht vorbereitet war. Nicht im Geringsten.«

»Nun ja«, meinte Josie und deutete auf einen Screenshot. »Hier schlägt er vor, dass man Beau Collins gewaltsam seine

Genitalien entfernen und damit dann ziemlich widerliche Dinge bei ihm anstellen sollte.«

Noah beugte sich nach vorn, um einen Blick auf die Nachrichten zu werfen, und pfiff leise durch die Zähne.

»Das ist noch nicht mal das Schlimmste«, kommentierte Raffy. »Lesen Sie weiter, dann werden Sie sehen.«

»Aber er wählt seine Worte so, dass sie nicht direkt wie eine Drohung klingen«, sagte Josie. »Er schreibt nicht, dass er das tun würde, sondern nur, dass es passieren sollte.«

»Genau«, bestätigte Raffy.

Josie wurde flau im Magen, als sie zu den Screenshots kam, wo stand, was Claudia verdiente. *Jemand sollte ihr mit heißen Schürhaken beide Augen ausstechen. Sie verdient, genauso zu leiden wie ihr beschissener Ehemann.*

»Diese Äußerungen mögen vielleicht keine direkten Drohungen sein«, meinte Josie, »aber sie reichen auf jeden Fall aus, um eine einstweilige Verfügung zu rechtfertigen. Haben Sie jemals rausgefunden, warum weder Beau noch Claudia deswegen zur Polizei gegangen sind?«

Raffy stand auf, stellte sich zwischen Josie und Noah und streckte seinen Kopf hinaus in den Flur. Er spähte in beide Richtungen, bevor er sich wieder an sie wandte. »Ich sollte Ihnen das wahrscheinlich nicht erzählen. Ich weiß es auch nur, weil ich ein Gespräch zwischen Beau und meinem Boss mitbekommen hab. Dieser Abbott – der war ein Klient.«

»Ein Klient von wem?«, wollte Noah wissen.

Raffy setzte sich wieder auf seinen Stuhl und verschränkte die Hände hinter dem Kopf. »Ich bin mir nicht sicher, aber wahrscheinlich von Beau, weil sein Zorn sich hauptsächlich gegen Beau gerichtet hat. Ich glaube, sie wollten das alles unter dem Deckel halten, besonders weil die Sendung ja gerade erst anfing, so richtig Quote zu machen.«

Josie blätterte bis ans Ende des Papierbündels zum letzten der Fake-Accounts, die Ron Abbott offenbar nur angelegt hatte, um die Collins' zu terrorisieren. »Das alles hat letztes Jahr aufgehört. Wissen Sie, warum?«

Raffy schüttelte den Kopf. »Was meinen Verantwortungsbereich und die Social Media des Senders angeht, hat es schon viel früher aufgehört. Sie können gern Margot fragen. Manchmal sind diese Leute auf einmal aus den sozialen Medien verschwunden und wir erfahren nie, warum.«

ACHTUNDZWANZIG
TAGEBUCHEINTRAG, UNDATIERT

Er weiß es. Keine Ahnung, wie er draufgekommen ist. Vielleicht durch tausend Kleinigkeiten, die ich nicht mehr unter Kontrolle habe. Meine ganze sorgfältige Planung, wie man es ihm am besten beibringen kann, ist umsonst gewesen. Ich wollte, dass wir es gemeinsam tun, und ich wollte dieses schreckliche Zuhause danach sofort verlassen, damit er mir nicht wehtun kann. Irgendwie hat er es einfach rausbekommen. Er war brutal und wütend. Er hat mir wehgetan, aber auch nicht schlimmer als zuvor. Ein Teil von mir ist erleichtert. Das Schlimmste ist vorbei. Hoffe ich. Vielleicht wird ja alles gut. Trotz dem, was ich getan habe, sage ich mir immer wieder, dass ich das hier nicht verdiene. Mein Liebster sagt mir die ganze Zeit, dass mir etwas viel Besseres zusteht als das hier. Ein echtes Leben mit wahrer Liebe. Ich traue mich nicht einmal, seinen Namen niederzuschreiben. Sogar jetzt noch.

Ich werde ihn gleich treffen und ihm die Neuigkeit verkünden. Wir müssen uns nicht mehr verstecken.

NEUNUNDZWANZIG

Josie reichte Noah den Seitenstapel und ließ ihn mit Raffy in dessen Büro zurück. Sie hatten mehrere Minuten lang mit Raffy gesprochen und Margot war noch immer nicht von der Toilette zurückgekehrt. Entweder ging es ihr nicht gut oder sie mied Josie und Noah absichtlich. Die nächstgelegene Damentoilette befand sich am Ende des Flurs. Josie drückte die Tür auf und überprüfte die Toilettenkabinen. Alle bis auf die letzte waren leer. Gerade als sie dort hinkam, wurden zwei zierliche Füße in schwarzen Ballerinas nach oben gezogen.

»Miss Huff«, sagte Josie, »ich weiß, dass Sie da drin sind.«

Stille.

Josie wartete einen Augenblick und versuchte es noch einmal. »Margot, bitte. Ich habe lediglich noch ein paar Fragen an Sie. Ich weiß, dass Sie dieses Wochenende unglaublichem Stress ausgesetzt waren, bei allem, was passiert ist. Ich will die Dinge nicht noch schlimmer für Sie machen. Es wird nicht lang dauern, versprochen.«

Hinter der Tür knarzte es. Dann war Margots Stimme zu hören, leise und piepsig. »Ich hab schon am Freitag mit einem

Polizisten gesprochen, nachdem Claudia ... Nachdem Eve Claudia gefunden hatte. Dem hab ich alles gesagt.«

»Ja«, erwiderte Josie, »das weiß ich. Wir sind auch sehr dankbar, dass Sie so kooperativ waren, besonders weil die Situation gerade so schwierig ist. Wir haben aber am Freitag all das, was wir jetzt wissen, noch nicht gewusst, sodass mein Kollege Sie das, was ich Sie jetzt fragen will, noch gar nicht fragen konnte.«

»Ich schwöre Ihnen, ich hab über Beau und Eve nicht Bescheid gewusst.«

»Das glaube ich Ihnen«, meinte Josie. »Sie stecken überhaupt nicht in Schwierigkeiten, Margot. Ich möchte, dass Sie das wissen. Ich will wirklich einfach nur mit Ihnen reden. Geben Sie mir fünf Minuten. Sie können die Zeit stoppen, wenn Sie möchten.«

Wieder ein Knarzen. »Ich hab mein Handy in Raffys Büro gelassen.«

»Ich hab meins hier«, sagte Josie. Sie zog es heraus, entsperrte es, ging auf die Timer-App und stellte den Alarm auf fünf Minuten. Dann ging sie in die Hocke und legte das Handy mit dem Bildschirm nach oben auf den Boden. Langsam schob sie es unter der Kabinentür durch. »Ich starte den Timer genau jetzt.«

Während sie auf den Startknopf tippte, kam einer von Margots Füßen wieder vom Toilettensitz herunter. »In Ordnung«, meinte sie.

Josie hätte es vorgezogen, ihr ins Gesicht sehen zu können, aber sie musste sich mit der Situation, wie sie war, begnügen. »Was können Sie mir über Ron Abbott erzählen?«

»Über diesen Internettroll? Alles, was ich über ihn weiß, befindet sich in der Zusammenstellung, die Raffy und ich gemacht haben. Hat er sie Ihnen nicht gegeben?«

»Doch«, erwiderte Josie. »Aber Raffy konnte uns nicht sagen, warum Abbott letztes Jahr plötzlich aufgehört hat, Beau und Claudia zu terrorisieren. Ich hab mich gefragt, ob Sie das wissen.«

»Nein. Tut mir leid. Keine Ahnung. Eines Tages hat er einfach aufgehört damit.«

»Was wissen Sie denn über ihn?«

»Nur dass er ein totaler Psychopath ist. Ein superkranker Psycho. Ich hab Beau gesagt, dass er mit der Polizei reden soll, aber er meinte, dass der Typ es irgendwann satt haben würde, ignoriert zu werden, und von selbst wieder verschwände. Und da hatte er recht.«

»Margot, bitte fassen Sie das jetzt nicht falsch auf, aber ich muss Ihnen diese Frage stellen: Ist es zwischen Ihnen und Beau Collins jemals zu einer romantischen oder sexuellen Annäherung gekommen?«

Einen Augenblick herrschte Stille, dann hörte Josie ein Rascheln und wie der Toilettensitz auf den Rand der Kloschüssel knallte. Die Kabinentür flog auf. Vor Josie stand Margot. Ihre Brust hob und senkte sich und ihr Gesicht war puterrot. »Sie haben sie wohl nicht mehr alle! Wie widerlich ist das denn? Nein. Niemals. Der andere Polizist hat mich das auch schon gefragt. Warum denken Sie alle, dass ich und Beau ...?« Sie blickte hoch zur Decke und erschauderte. »Allein die Vorstellung ist schon widerlich.«

»Okay, ich habe verstanden«, meinte Josie und bückte sich, um das Handy zwischen Margots Füßen aufzuheben.

»Nur weil er mit Eve geschlafen hat, heißt das noch lange nicht, dass ich mich auch drauf einlassen würde. Igitt.« Angewidert verzog sie den Mund.

»Es macht einfach den Eindruck, dass Sie ihn wirklich gut kennen«, erklärte Josie. »Zwischen Ihnen beiden besteht eine Vertrautheit, wie es sie sonst zwischen einem Chef und seiner Angestellten eher selten gibt.«

Margot rauschte an Josie vorbei, ging zu den Waschbecken und musterte ihr Gesicht im Spiegel. Als sie die tiefe Röte auf

ihren Wangen sah, riss sie erstaunt die Augen auf. Dann öffnete
sie den Wasserhahn vor sich und benutzte ihre Hände, um sich
das Gesicht mit Wasser zu kühlen. »Da haben Sie schon recht«,
lenkte sie ein. »Aber das kommt nur daher, dass Beau ein wirklich netter Mensch ist. Das hier ist meine erste richtige Arbeitsstelle. Ich habe an der Universität von Denton einen Abschluss
in Kommunikationswissenschaft gemacht. Ich wollte gern hier
bleiben, aber konnte keine Arbeit finden. Dann hab ich mein
Vorstellungsgespräch bei Beau komplett vermurkst, doch er war
wahnsinnig freundlich und gütig. Ich selbst hätte mir den Job
sicher nicht gegeben, aber er hat es getan. Er ist immer nett zu
mir gewesen, und zwar nicht auf irgendeine anzügliche Art und
Weise, falls Sie das denken.«

Sie blickte Josies Spiegelbild direkt in die Augen. Josie sagte
nichts.

»Okay, ja, es mag so wirken, als ob wir … Ich weiß nicht …
Als ob wir ein quasi familiäres Verhältnis haben, aber so ist
Beau einfach. Er hat sich immer anständig benommen – ich
meine, zumindest hab ich das gedacht. Aber jetzt, wo ich das
über Eve erfahren habe, bewerte ich jede gemeinsame Situation
mit ihm natürlich noch einmal neu. Und auch alles, was er
jemals geäußert hat, alles, was ich ihn jemals habe tun sehen,
alles, was ich zufällig mitbekommen habe. So wie dieses eine
Mal …«

Sie verstummte und drehte den Wasserhahn ab. Die Röte
auf ihren Wangen war einer gesunden Gesichtsfarbe gewichen.
Josie kontrollierte immer wieder den Timer auf ihrem Handy.
Noch eine Minute und siebenunddreißig Sekunden.

Sie versuchte, Margot weitere Informationen zu entlocken:
»Welches eine Mal?«

Laut dem Timer nahm Margot sich sieben Sekunden Zeit
zum Überlegen. »Ich glaube, das hat jetzt keine Bedeutung
mehr«, antwortete sie schließlich. »Damals, vor ein paar Monaten, hab ich mitbekommen, wie Beau und Claudia gestritten

haben. Das war hier im Sender. In seinem Büro. Ich sollte etwas für ihn zum Mittagessen holen, und als ich zurückkam, war seine Tür geschlossen, aber sie waren so laut, dass ich eine ganze Menge von dem, was sie sprachen, hören konnte. Ich hab nicht alles verstanden, aber soweit ich es mitbekommen habe, hatte er eine große Menge Bargeld in ihrer Aktentasche gefunden. Also wirklich eine Riesenmenge. Er war völlig außer sich und hat immer wieder gesagt, wie sie so etwas tun könne, ohne das vorher mit ihm zu besprechen, und so. Dann kam diese blöde Kathy, die Produzentin, den Flur entlang. Sie schwärzt immer jeden wegen allem Möglichen an und ich wollte keinen Ärger bekommen, sodass ich wieder ins Studio gegangen bin und darauf gewartet hab, dass er mich anruft.«

»Haben Sie ihn mal gefragt, was da los war?«, wollte Josie wissen.

»Das wollte ich eigentlich nicht, aber er stand die nächsten Tage so komplett neben sich und dann bin ich damit rausgeplatzt, dass ich das Gespräch der beiden mitbekommen hatte. Ich wollte einfach sicher sein, dass alles in Ordnung ist. Ich meine, ich brauche diesen Job.«

Weniger als dreißig Sekunden. »Und was hat er darauf gesagt?«, fragte Josie.

»Dass Claudia ein Konto von ihnen beiden mit einem ziemlich großen Guthaben aufgelöst hatte, weil sie eine Spende an das neue Frauenzentrum machen wollte. Sie wollte das Geld unbedingt in bar spenden, damit man es nicht mit ihnen in Verbindung bringen konnte. Es sollte nicht so aussehen, als ob sie in der Öffentlichkeit gut dastehen wollten, indem sie so viel Geld spendeten. Er sagte, er sei wütend gewesen, dass sie mit ihm nicht im Geringsten darüber gesprochen hatte. Nicht dass er es ihr habe ausreden wollen, aber es sei doch eine solch große Summe in ihrer beider Namen und dass sie das vorher mit ihm hätte besprechen sollen.«

»Wie groß war die Summe denn?«, wollte Josie wissen.

Margot presste die Finger auf ihre Wangen. »Ich weiß es nicht genau. Beau hat es mir nie erzählt. Er hat nur gesagt, dass es Zehntausende Dollar waren.«

»Wann war das?«

Glücklicherweise verschwendete Margot nicht zu viele der kostbaren Sekunden darauf, sich zu erinnern. »So Anfang Oktober, denke ich.«

»Und haben Sie ihm das geglaubt? Die Geschichte mit dem Geld? Wo es herkam und wofür es bestimmt war?«

Das Piepen des Timers hallte in dem gefliesten Toilettenraum wider.

Margot zuckte leicht zusammen. Sie beobachtete, wie Josie den Alarm abstellte. Josie sah erwartungsvoll zu ihr hin, ob sie ihre letzte Frage noch beantworten würde. Margot drehte sich um und blickte ihr direkt ins Gesicht. »Bisher schon, aber jetzt bin ich mir da nicht mehr so sicher.«

DREISSIG

Noah stand noch immer in der Tür zu Raffys Büro, als Josie die Toilettenräume wieder verließ. Sie hatte Margot drinnen zurückgelassen, damit diese sich wieder fassen konnte, und war sich sicher, dass sie erst wieder herauskommen würde, wenn sie selbst und Noah das Gebäude verlassen hatten. Als sie dem Büro näherkam, war Raffys Stimme bis auf den Flur zu hören.

»... glaube einfach nicht an diesen ganzen Beziehungskram. Ich meine, das ist super und ich kenne eine Menge Leute, die was damit anfangen können, aber ich hab's mit meiner Ex ausprobiert und es hat überhaupt nichts genützt.«

»Spiele zu spielen, um mehr Nähe herzustellen, hat nicht funktioniert?«, erkundigte sich Noah.

Raffy musste lachen. »Überhaupt nicht, Mann. Es hat uns lediglich klar vor Augen geführt, dass wir unterschiedliche Dinge wollen, und damit war es dann auch vorbei.«

»Wann war das?«, wollte Noah wissen.

»Keine Ahnung«, meinte Raffy. »Vor ein paar Jahren. Aber wir sind immer in Kontakt geblieben. Wir sind auch nicht im Bösen auseinandergegangen, es war nur einfach vorbei. Sieh dir das an, Mann. Sechs Anrufe von ihr innerhalb der letzten halben Stunde. Sie betrinkt sich ab und an und veranstaltet dann diesen Scheiß und am nächsten Morgen kann sie sich nicht mal mehr daran erinnern.«

»Glauben Sie, dass Sie beide irgendwann wieder zusammenkommen werden?«

Ein Seufzer. »Ich weiß nicht, Mann. Vielleicht.«

»Haben Sie jemals dran gedacht, Beau Collins in Sachen Beziehung um Rat zu fragen? So unter vier Augen? Oder Claudia?«

Diesmal lachte Raffy lauter. »Sie machen wohl Witze, oder? Ganz bestimmt nicht. Ich mache diese Arbeit gern und ich will sie behalten, aber unter uns gesprochen: Die beiden sind der reinste Witz. Es hat schon einen Grund, dass sie getrollt werden, Mann. Überlegen Sie doch mal. Warum sollte ein früherer Klient solche Dinge sagen wie Abbott? Da ist sicher was dran. Ich hole mir ganz bestimmt keine Beziehungstipps von Leuten, deren Klienten glauben, dass man sie foltern sollte.«

»Margot scheint ihre Arbeit recht ernst zu nehmen. Weiß sie Bescheid, was Sie von den beiden halten?«

Raffy lachte in sich hinein. »Oh, Mann. Hören Sie, Margot und ich haben zwar was miteinander, aber das ist nichts Ernstes. Was sie denkt, kümmert mich nicht. Die Sache mit ihr, daraus wird nicht wirklich was werden.«

»Beau Collins scheint aber das Gegenteil zu befürchten«, merkte Noah an.

Ein tiefes Ausatmen. »Klar tut er das. Das ist vielleicht ein Typ.«

»Was meinen Sie damit?«

Raffy senkte die Stimme und Josie schlich auf Zehenspitzen näher an die Tür heran, um ihn hören zu können. »Na, der kann ja gar nicht anders, als alles zu vögeln, was bei drei nicht auf den Bäumen ist, wenn seine Frau nicht zusieht. Margot hat mir das von Eve erzählt. Wundert mich überhaupt nicht. Sie hat zwar nie was gesagt, aber wahrscheinlich hat er auch sie gefickt.«

»Margot?«, fragte Noah verwundert.

»Ja, logisch. Die ganze Zeit, die die beiden miteinander verbringen. Wie sie miteinander reden. Muss doch so sein. Ich werd mich aber sicher nicht auf Dauer mit den abgelegten Weibern von diesem Typen begnügen.«

Jetzt reichte es Josie. Sie trat hinter Noah. »Bist du fertig?«

Bei ihrem Anblick zuckte Raffy zusammen. »Ah, hallo. Haben Sie mit Margot gesprochen?«

»Ja«, sagte Josie.

Sie hielt sich nicht damit auf, sich von ihm zu verabschieden, und ging stattdessen weg, Noah in ihrem Schlepptau. Sobald sie draußen waren, meinte sie: »Das Beste, was Margot passieren kann, ist, sich von diesem Vollidioten zu trennen.«

»Da hast du recht«, erwiderte Noah.

Sie stiegen ins Auto und während Josie aufs Revier zurückfuhr, berichtete sie ihm, was Margot alles gesagt hatte.

»Glaubst du, Margot sagt die Wahrheit, wenn sie behauptet, sie hätte keine wie auch immer geartete Affäre mit Beau?«, fragte Noah.

»Sie lügt in Bezug auf irgendetwas«, erwiderte Josie. »Aber nicht in Bezug darauf. Beaus Ehefrau und seine Geliebte sind gerade ermordet worden. Wenn ich Margot wäre und irgendwie eine Affäre mit ihm gehabt hätte oder noch hätte, würde ich das bestimmt zugeben. Rein aus Selbstschutz.«

»Stimmt. Was ist mit dem Geld, das Claudia angeblich gespendet hat? Wie denkst du darüber?«

»Ich weiß nicht«, erwiderte Josie. »Der springende Punkt an der Geschichte war ja, dass Margot befürchtet hat, Beau hätte gelogen, was diese Sache betraf.«

»Aber es ist trotzdem eine Wahnsinnsgeschichte. Claudia Collins hebt Zehntausende Dollar von den gemeinsamen Konten ab, ohne das auch nur mit ihm zu besprechen? Das muss doch irgendwie von Bedeutung sein. Und dann haben wir Kathy, die sagt, dass Claudia meinte, verfolgt zu werden. Wir kratzen gerade mal an der Oberfläche all dessen, was bei diesen Leuten so los war.«

»Das Gefühl habe ich auch«, stimmte Josie ihm zu. »Aber was fangen wir mit dieser Information an? Wir können nicht beweisen, dass Claudia verfolgt wurde – und von wem –, und dann das Geld? Mal angenommen, sie hat es in Wirklichkeit gar nicht gespendet – können wir eine Verbindung zu den Morden herstellen?«

Noah dachte einen Moment lang nach. »Ich bin mir nicht sicher, ob an diesem Punkt irgendein Richter die Einsicht in die Finanzen der Collins' genehmigen würde. Das mit dem Geld ist zwar eigenartig, steht aber mit keinem der beiden Morde in Verbindung. Außer Beau hat gelogen und das Geld war für etwas anderes gedacht, aber noch einmal: Dann müssten wir schon eine klare Verbindung zu den Morden nachweisen können.«

»Wir können überprüfen, ob das Frauenzentrum im Oktober eine große anonyme Barspende erhalten hat. Ich rufe morgen gleich als Erstes dort an«, sagte Josie. »Und wir befragen auch Beau wegen des Geldes, aber davor möchte ich mir die Sache mit diesem Ron Abbott noch etwas genauer ansehen.«

Zurück auf dem Revier kostete es sie nur wenige Minuten, die Profile, die Raffy und Margot ihnen übergeben hatten, mit einem Ron Abbott in Verbindung zu bringen, der in Lenore County südlich von Denton lebte. Josie kam ziemlich schnell dahinter, warum er so plötzlich aufgehört hatte, die Collins' online zu trollen. Während sie auf ihren Bildschirm starrte, geriet ihr Magen in Aufruhr. »Noah«, rief sie. »Sieh dir das an.«

Er rollte auf seinem Bürostuhl um die zusammengestellten

Schreibtische herum, bis er neben ihr saß. Als er sich in die Zeitungsartikel vertiefte, die neun Monate zuvor in der *Fairfield Review*, einem kleinen Lokalblatt in Lenore County, erschienen waren, murmelte er: »Ach, du Scheiße«.

DEPUTYS IN LENORE COUNTY ZU ERWEITERTEM SELBSTMORD GERUFEN

Fairfield, Pennsylvania – Das Sheriffbüro von Lenore County wurde letzte Nacht tätig, weil Anwohner an der Landstraße 714 den Notruf verständigt hatten. Zahlreiche Nachbarn gaben an, aus Richtung des Grundstücks von Ron und Casey Abbott Schüsse vernommen zu haben. Ein Nachbar berichtete, vor den Schüssen sei Geschrei im Haus zu hören gewesen. Als die Deputys aus dem Sheriffbüro von Lenore County am Tatort ankamen, fanden sie die Hausbesitzer Ronald Abbott (34) und seine Frau Casey Abbott (33) tot vor. Die Umstände deuten auf einen erweiterten Selbstmord hin.

»Die Ermittlungen zu dieser fürchterlichen Tragödie sind noch in vollem Gang«, sagte ein Sprecher des Sheriffbüros.

Nachbarn und Freunde des Paars berichten, dass die Abbotts seit Jahren Probleme in ihrer Ehe hatten.

»Die Situation war wirklich nicht gut«, gab eine Kollegin von Casey Abbott an, die anonym bleiben will. »Sie haben permanent gestritten. Er kontrollierte sie ständig und das wurde mit der Zeit immer schlimmer. Ich glaube, sie haben es mal mit Beratung versucht, aber es hat nichts geholfen. Ehrlich gesagt verstehe ich nicht, warum sie bei ihm geblieben ist. Ich habe so etwas Schreckliches kommen sehen, aber Casey wollte nichts davon hören.«

Ronald Abbotts Bruder schätzt die Ehe des Paars dagegen völlig anders ein. »Mein Bruder war ein anständiger Kerl und ein hingebungsvoller Ehemann. Was hinter verschlossenen Türen vorging, weiß ich natürlich nicht. Ich habe seit Jahren

*nicht mit meinem Bruder gesprochen – ich war im Militär-
dienst unterwegs –, aber ich weiß, dass er nicht gewalttätig
war. Was immer in diesem Haus geschehen ist, Casey hat ihn
dazu getrieben.«*

Die Bestattung soll im engsten Familienkreis erfolgen.

Josie druckte den Artikel aus und klickte ihn dann wieder
weg. Sie ging auf die Website von WYEP und gab eine Reihe
von Suchbegriffen zu Ron und Casey Abbott, zu erweitertem
Selbstmord und zusätzlich »Ehepaar in Lenore County« ein. Es
gab keinen einzigen Treffer. »WYEP hat nicht darüber
berichtet.«

»Aber das ist doch quasi vor ihrer Haustür passiert«, meinte
Noah. »Meinst du, die Collins' haben die Berichterstattung
unterdrückt?«

»Ich weiß, wie wir das rausfinden können«, antwortete
Josie. »Wir haben schon eine ganze Liste an Fragen, die wir mit
Beau Collins durchgehen müssen.«

»Wir sollten wahrscheinlich auch Trudy Dawson befragen,
ob die Abbotts ihr was sagen.«

»Ich glaube nicht, dass sie uns etwas erzählen wird, außer
sie bekommt von Beau die Erlaubnis dazu. Wir sollten
vorsichtshalber einen richterlichen Beschluss vorbereiten.«

»Für die Klientenakte der Abbotts? Kein Richter wird uns
den ausstellen. Die Abbotts sind tot. Sie können unmöglich mit
den jetzigen Morden in Verbindung gebracht werden.«

Josie fluchte. »Da hast du recht.«

»Ich könnte mal mit der Streife telefonieren, die wir auf
Beau angesetzt haben, und fragen, wo er gerade ist, okay?«

»In Ordnung«, erwiderte Josie, »aber zuerst möchte ich mir
noch ein paar dieser Internettrolle genauer ansehen, nur um
sicherzugehen, dass wir nicht etwas anderes übersehen.«

»Wir teilen den Stapel einfach unter uns auf. Und wir
werden noch mehr Kaffee brauchen.«

Josie griff in eine ihrer Schreibtischschubladen und kramte darin herum, bis sich ihre Hand um eine Dose Ibuprofen schloss. Sie schraubte den Deckel ab, schüttelte drei Tabletten heraus und schluckte diese ohne Flüssigkeit hinunter. Der Fall, der Schlafmangel und die letzten beiden Stunden, in denen sie nur auf ihren Computerbildschirm gestarrt hatte, waren der Grund dafür, dass sich hinter ihrer Stirn ein heftiger Kopfschmerz entwickelt hatte. Sie griff nach dem Becher von Komorrah's auf ihrem Schreibtisch und trank den letzten Schluck aus. Am Platz gegenüber saß Noah und döste auf seinem Stuhl. Josie brachte es nicht übers Herz, ihn aufzuwecken. Er hatte sich bereits durch seine Hälfte der Liste mit Internet-Hatern durchgearbeitet und sie gönnte ihm sein Zehn-Minuten-Nickerchen.

Josie beendete ihre letzte Suchanfrage. Wieder eine Sackgasse. Keine der Personen, die von den Social-Media-Plattformen der Collins' oder von WYEP ausgeschlossen worden war, kam aus Denton. Nur eine von ihnen – eine der Frauen, die von Beau besessen waren – lebte in einem Ort, der sich in Fahrweite befand.

Es musste jemand sein, der in der Gegend wohnte, jemand, der sich im Stadtpark gut auskannte und in den Vierteln, in denen es die wenigsten Überwachungskameras gab und die Streifenwagen mit den Nummernschildkameras nur selten unterwegs waren. So sehr Josie Raffy auch verabscheute: Sein Hinweis auf frühere Klienten der Collins' war vermutlich nicht ganz unbegründet. Trudy hatte zwar abgestritten, dass es Probleme mit jemandem gegeben hatte, doch Josie wurde das Gefühl nicht los, dass die Sekretärin alles tun würde, um ihren Job zu behalten, sogar Beau decken. Wenn er nicht wollte, dass das Thema zur Sprache kam, würde Trudy auch ihren Mund halten. Falls jedoch stimmte, was Raffy mitangehört hatte, und die Abbotts ehemalige Klienten waren, konnte es durchaus sein, dass sie nicht die Einzigen waren, die sich mit Beau Collins angelegt hatten.

Josie öffnete den Internetbrowser und suchte nach der Eheberatungspraxis der Collins'. Es dauerte eine Weile, bis sie auf etwas stieß, das in unmittelbarem Zusammenhang damit stand, da es bei den ersten dreizehn Seiten mit Treffern ausschließlich um das Buch, die Sendung oder den Podcast der beiden ging. Endlich hatte sie Erfolg, und zwar bei den Bewertungen. Einige fand sie bei Yelp und sie waren durchweg positiv. Die Kommentare mit nur zwei oder drei Sternen kritisierten, dass Beau nicht pünktlich zu den vereinbarten Sitzungen erschienen war, waren allerdings schon mehrere Jahre alt. Bei Google gab es noch weniger Bewertungen. Sie waren alle wohlwollend, neueren Datums und bezogen sich nur auf Claudia, die darin in den höchsten Tönen gelobt wurde. Dann stieß Josie auf eine dritte Website mit dem Namen Citizen Review, bei der es ausschließlich um Denton ging und auf der es deutlich mehr Bewertungen gab als auf den beiden anderen Websites. Josie übersprang die positiven und klickte direkt auf die Rubrik mit nur einem Stern. Es gab dort nur eine einzige Bewertung. Eingestellt worden war sie mehr als vier

Jahre zuvor, von einem Nutzer, der sich lediglich »Anonym« nannte.

Beau Collins ist ein lüsterner Lügner, dem man nicht über den Weg trauen sollte. Er ist gar kein richtiger Therapeut. Sein Ziel ist nicht, Ihnen zu helfen. Sein Ziel ist es, Ihnen die Frau auszuspannen. Man sollte ihm verbieten, als Paarberater zu arbeiten. Nehmen Sie sich vor ihm in Acht. Er wird Ihre Frau gegen Sie aufhetzen. Vor Ihren Augen wird er mit ihr flirten und Sie dann auslachen, wenn Sie ihm sagen, dass er gefälligst damit aufhören soll. Dann wird er Ihre Frau anrufen und sich mit ihr über private Dinge unterhalten, ohne dass Sie etwas davon wissen. Er ist ein Hochstapler und ein Betrüger. Er wird Ihre Ehe und Ihr Leben zerstören. Zahlen Sie ihn nicht auch noch dafür, dass er Ihnen Ihre Frau abspenstig macht! HALTEN SIE SICH VON IHM FERN. Er ist ein schrecklicher Mensch und hat es verdient, den Zorn aller Ehemänner zu spüren zu bekommen, deren Frauen er gevögelt hat. Ich hoffe, dass dieser Bastard eines Tages seine gerechte Strafe erhält.

Hatte Ron Abbott diese Bewertung geschrieben? Oder war es jemand anders gewesen?

Wieder ein Punkt mehr auf der Liste von Fragen, die sie Beau Collins stellen mussten.

Josie bereitete eine richterliche Anordnung vor, mit der sie bei Citizen Review anfragen konnten, ob sich herausfinden ließ, wer die Bewertung geschrieben hatte. Am nächsten Morgen konnte sie sie unterzeichnen lassen und dorthin schicken. Gerade als Josie fertig damit war, schreckte Noah aus dem Schlaf hoch. Er blinzelte und fuhr sich mit den Händen übers Gesicht. »Warum hast du mich denn schlafen lassen?«

»War ja nicht besonders lang«, antwortete Josie. »Kannst du bitte mal bei der Einheit anrufen, die Beau zugewiesen ist, und nachfragen, wo er sich gerade aufhält? Ich drucke inzwischen etwas aus. Das musst du dir ansehen.«

Während Noah den Anruf tätigte, ließ Josie die Bewertung aus dem Drucker.

»Beau hat sich im Eudora eingemietet«, sagte Noah.

Der Name des Hotels ließ augenblicklich eine Welle der Angst in Josie aufsteigen. In einem der jüngsten Fälle hatten sie eine Reihe von widerwärtigen Machenschaften aufgedeckt, die sich dort ereignet hatten – wenn auch ohne das Wissen des Hoteldirektors. Das Eudora war zwar das älteste, größte und vornehmste Hotel der Stadt, doch die Erinnerungen an jenen Fall ließen sich nicht so einfach beiseiteschieben. Josie wäre froh gewesen, nie wieder einen Fuß dorthin setzen zu müssen. »Wo sonst«, sagte sie und stand auf. Sie ging um ihren Schreibtisch herum und reichte Noah die Bewertung. »Ich fahre. Und du solltest dir das hier auf dem Weg mal durchlesen.«

Sie fanden Beau Collins an der Bar im Bastian's, dem Restaurant direkt neben der Hotellobby. Ganz allein saß er am Ende des Tresens und starrte in ein Glas mit einem bernsteinfarbenen Getränk – Bourbon, soweit Josie es beurteilen konnte, als sie näherkamen und ihr der Geruch in die Nase stieg. In ihrem Inneren verspürte sie ein bohrendes Verlangen. Die lebhafte Erinnerung an einen Wild Turkey, der sich zutiefst befriedigend von ihrem Rachen bis zu ihrem Magen brannte, verlieh ihr für einen Augenblick ein berauschendes Gefühl. Sie hatte vor Jahren aufgehört zu trinken, nachdem sie sich zum letzten Mal mit Luke Creighton getroffen und realisiert hatte, dass es sich zwar gut anfühlen mochte, sich bis zur Besinnungslosigkeit zu betrinken, aber dass es schlechte Entscheidungen und noch schlechtere Folgen mit sich brachte – und kein bisschen dazu beitrug, den seelischen Schmerz zu lindern.

Beau Collins schienen derartige Bedenken fremd zu sein.

Er kippte den Bourbon hinunter und bedeutete dem Barmann, ihm nachzuschenken. Der Mann taxierte Beau und seinen traurigen, ungepflegten Stoppelbart, das ungekämmte Haar, sein zerknittertes und schief geknöpftes Hemd und seine zusammengesackte Haltung. Er goss Beau noch einen Whiskey ein, kommentierte das Ganze jedoch mit einem »der Letzte«.

Beau widersprach nicht, sondern starrte nur tief in sein Glas. Man hätte meinen können, dass es zu ihm sprach.

Noah stupste Josie mit dem Ellbogen an. »Vielleicht ist er zu betrunken, um zu reden.«

»Das werden wir gleich sehen«, erwiderte Josie. »Kann schon sein, dass er betrunken ist, aber wir müssen immerhin zwei Morde aufklären.«

Die beiden näherten sich ihm und Josie legte ihm von hinten die Hand auf die Schulter. Der Alkohol hatte seine Reflexe verlangsamt und es dauerte einen Moment, bis er den Kopf zu ihr umdrehte und sein ausdrucksloses Gesicht einen Anflug von Ärger erkennen ließ. »Detective Quinn. Spionieren Sie mir jetzt etwa hinterher?«

»Sie wissen doch, dass wir Sie im Blick behalten«, antwortete Josie und setzte sich auf den Barhocker neben ihm. »Wir wollen Sie ja nur beschützen.«

Sein Blick wanderte wieder zu dem Whiskey, der vor ihm stand. Noah ging um Beau herum. »Wie viele haben Sie schon gehabt?«

Beau griff nach dem Glas und schwenkte den Bourbon darin. »Nicht genug, um mich vergessen zu lassen, dass mein Leben, so wie ich es bisher gekannt habe, vorbei ist.«

Josie musste sich auf die Zunge beißen, sonst hätte sie gesagt: *Sie sind ja noch da – im Gegensatz zu Claudia und Eve.* Sie brauchte unbedingt Antworten von diesem Mann.

Beau stellte das Glas wieder ab und sah von Noah zu Josie. »Lassen Sie mich raten: Sie haben noch Fragen.«

Josie nickte. »Fangen wir mit Claudia an. Vor ein paar

Monaten hat sie einen größeren Geldbetrag von einem Ihrer Konten abgehoben. Zumindest haben Sie das Margot so erzählt.«

»Mein Gott«, murmelte Beau, »dieses Mädchen ... Ist ihr denn gar nichts heilig? Das ist privat. Eine private Angelegenheit zwischen meiner Frau und mir.«

Noah hakte nach: »Dann hat sie also tatsächlich Geld von einem Ihrer Konten abgehoben, ohne das vorher mit Ihnen abzusprechen?«

»Ja. Es war als Geldspende für irgend so eine Wohltätigkeitsorganisation gedacht, die sie toll fand.«

»Über welchen Betrag sprechen wir?«, wollte Josie wissen.

»Dreißigtausend Dollar.«

»Welche Organisation war das?«, fragte Noah.

Beau zuckte mit den Schultern. »Keine Ahnung. Irgendwas mit Frauen. Vielleicht häusliche Gewalt oder so. Warum?«

»Sie wissen nicht, welcher Organisation Ihre Frau dreißigtausend Dollar von Ihrem Geld gegeben hat?«, wunderte sich Josie.

»Claudia hat immer getan, was sie wollte, okay? Das mit der Spende war mir egal, aber nicht, dass sie das vorher nicht mit mir besprochen hat. Sie wollte es so machen, dass die Sache nicht mit uns in Verbindung gebracht werden kann. Aber ich verstehe nicht, was das mit ihrer Ermordung zu tun hat.«

Josie wechselte das Thema. »Wussten Sie, dass Claudia im vergangenen Jahr fast jeden Tag von der Praxis zum Mittagessen gegangen ist? Manchmal war sie über eine Stunde fort. Manchmal sogar so lange, dass sie ihre Termine verschieben musste.«

Ein Ausdruck von Überraschung huschte über Beaus Gesicht. »Nein«, sagte er. »Das wusste ich nicht. Mit wem war sie denn beim Mittagessen?«

»Wir hatten gehofft, dass Sie uns das sagen können«, gab Noah zurück.

Beau seufzte. Er presste die Handballen gegen seine Augen und rieb sie sich. »Ich habe keine Ahnung«, murmelte er. »Da müssen Sie Trudy fragen.«

»Das haben wir schon getan«, meinte Josie. »Aber sie weiß auch nicht, mit wem sich Claudia getroffen hat.«

»Ich kann Ihnen da jedenfalls nicht weiterhelfen«, sagte Beau.

»Claudia hat Eve erzählt, dass sie glaubt, jemand würde sie verfolgen. Das war schon im Oktober. Wussten Sie davon? Hat Claudia Ihnen gegenüber jemals was in der Richtung erwähnt?«, fragte Noah.

Beau blinzelte langsam. »Was? Nein, nein, nein. Ich habe nie ... Sie hat nie ... Sie hatte das Gefühl, dass jemand sie verfolgt? Sie hat mir nie was davon gesagt. Da kann ich Ihnen also auch nicht weiterhelfen.«

»Dann erzählen Sie uns was über Ron Abbott«, forderte Josie ihn auf.

Beau schüttelte den Kopf und drückte dann seinen Daumen und Zeigefinger gegen die Nasenwurzel. »Er ist tot.«

»Das wissen wir«, gab Noah zurück. »Er hat seine Frau umgebracht und die Waffe dann gegen sich selbst gerichtet.«

»Tragisch.«

»War er Ihr Klient?«, fragte Josie.

»Warum fragen Sie mich über einen Toten aus? Ein Toter hat meine Frau nicht ermordet und Eve auch nicht.«

»Stimmt. Aber jemand, der ihn kannte oder ihm nahestand, könnte es getan haben«, sagte Noah.

Josie versuchte es noch einmal: »War er Ihr Klient?«

Beau musterte erneut sein Bourbon-Glas. »Ja. Aber nur ziemlich kurz. Ron war ein zwanghafter, grausamer Mensch, ein Kontrollfreak. Bei ihm hätte die Beratung eh nichts gebracht. Ich hab mein Bestes getan, aber wie erwartet hat er nach nur einem Monat abgebrochen.«

»Weil Sie eine Affäre mit Casey Abbott hatten?«, wollte Josie wissen.

Beau stieß ein Lachen hervor. »Sie glauben jetzt wahrscheinlich, dass ich mit jeder eine Affäre hatte, was? Wegen Eve.«

»Hatten Sie ein intimes Verhältnis mit Casey Abbott?«, fragte Noah ihn.

»Nein, natürlich nicht«, antwortete Beau. »Aber selbst wenn es so gewesen wäre, was würde das für einen Unterschied machen? Sie ist tot. Ihr Mann ist tot. Alle sind tot! Außer der Mörder. Aber es sieht nicht so aus, als hätten Sie beide großes Interesse daran, ihn zu finden.«

»In Fairfield, Lenore County, ging der Fall Abbott durch alle Medien, während WYEP gar nicht darüber berichtet hat. Haben Sie dafür gesorgt?«

Beau ließ den Kopf hängen. »Ich bin nicht stolz drauf, aber ja. Ich habe mit dem Nachrichtendirektor von WYEP gesprochen und ihn gebeten, die Story nicht zu bringen. Und er hat mir den Gefallen getan.«

Beau gestand die Sache mit einer derartigen Gelassenheit, dass es klang, als sei es das Ehrlichste, was er seit der Ermordung seiner Frau von sich gegeben hatte.

»Lassen Sie mich jetzt in Ruhe?«, fügte er hinzu.

Josie griff in ihre Tasche und zog den Ausdruck mit der Praxisbewertung heraus. Sie strich das Blatt auf dem Tresen glatt und schob es Beau zu. »Hat Ron Abbott das hier geschrieben?«

Mit glasigem Blick las Beau sich die Bewertung durch. »Ich hab keine Ahnung.«

»Haben Sie von dieser Bewertung gewusst?«, fragte Noah.

Beau schwieg.

»Mr Collins?«, hakte Josie nach.

Beau nahm das Glas und kippte den Bourbon mit einem Schluck hinunter. Er schmatzte genussvoll, dann fuhr er sich mit der Manschette seines Ärmels übers Gesicht. »Ja, ich hab von der Bewertung erfahren, als sie vor ein paar Jahren auf die Website gestellt wurde. Aber ich weiß nicht, ob Ron Abbott sie geschrieben hat.«

»Wer hat Sie darauf aufmerksam gemacht?«, wollte Josie wissen.

Beau klang erschöpft. »Claudia. Sie hat die Sache ziemlich ernst genommen und sich furchtbar darüber aufgeregt. Aber ich hab ihr damals dasselbe gesagt wie Ihnen jetzt: Ich weiß nicht, wer das hier geschrieben hat und warum. Nachdem es gepostet wurde, bin ich die Akten aller Klienten durchgegangen, die in der Zeit davor in der Praxis gewesen waren. Es war niemand dabei, bei dem ich mir dachte, er könnte einen Grund haben, so einen Kommentar zu schreiben. Ich habe mich meinen Klientinnen gegenüber niemals unangemessen verhalten. Ich habe niemals mit einer von ihnen geflirtet oder eine romantische oder sexuelle Beziehung gehabt, weder früher noch jetzt.«

»Auch nicht mit Casey Abbott?«, bohrte Josie nach.

Beau gab keine Antwort.

»Aber warum sollte dann jemand so etwas schreiben?«, schaltete sich Noah wieder ein.

Beau starrte sehnsüchtig auf den Boden seines leeren Glases. »Detectives, Sie verschwenden nur Ihre Zeit mit dieser Sache. Ich hab keine Ahnung, warum jemand, den ich nicht mal kenne, eine solche Bewertung schreiben sollte. Ich bin immer davon ausgegangen, dass derjenige, von dem das hier stammt, mich vielleicht mit einem anderen Eheberater verwechselt hat oder mich vielleicht nur kompromittieren und meinen Ruf schädigen wollte. Das ist ihm auch durchaus gelungen, weil es daraufhin tatsächlich ziemliche Schwierigkeiten zwischen mir und Claudia gab.«

»Wenn Sie befürchtet haben, dass die Sache Ihrem Ruf schadet, warum haben Sie den Kerl dann nicht ausfindig gemacht und wegen Verleumdung verklagt? Oder wenigstens gefordert, dass der Kommentar gelöscht wird?«, fragte Josie.

»Haben Sie schon mal versucht, mit denen von Citizen Review Kontakt aufzunehmen?«

»Nein, noch nicht«, gab Josie zurück. »Wir wollten zuerst mit Ihnen darüber sprechen.«

»Na, dann wünsch ich Ihnen schon mal viel Spaß dabei. Sie werden schnell merken, warum ich weder das eine noch das andere tun konnte. Diese blöde Bewertung hat mir wirklich geschadet, das können Sie mir glauben. Zum Glück ist das schon so viele Jahre her, dass sie nicht gleich an erster Stelle angezeigt wird, wenn man die Kommentare über unsere Praxis aufruft. Aber eine Weile lang war das tatsächlich ein Problem.«

Josie sagte: »Wir hätten von Ihnen gern die Namen sämtlicher Klientinnen und Klienten, die in ungefähr dieser Zeit die Beratung bei Ihnen beendet haben.«

»Ich kann solche Informationen unmöglich an Sie weitergeben. Das sollte Ihnen eigentlich klar sein. Ich kann keine Namen rausgeben, ohne dass eine konkrete Gefahr besteht. Auch wenn ich vorhabe, die Praxis jetzt, wo Claudia nicht mehr lebt, zu schließen, könnte ich immer noch Probleme mit meiner Zulassung bekommen, falls jemand von meinen früheren Klienten, von denen ich Ihnen die Namen gebe, damit nicht einverstanden ist – was durchaus passieren könnte. Wenn Sie Namen haben wollen, muss ich Sie um eine richterliche Anordnung bitten. Allerdings bin ich mir trotz meiner begrenzten juristischen Kenntnisse ziemlich sicher, dass Sie kaum einen Richter finden werden, der Ihnen eine Anordnung für eine dermaßen pauschale Anfrage unterschreibt.«

Josies und Noahs Blicke trafen sich. Beiden war klar, dass Beau recht hatte. Sie konnten natürlich eine richterliche Anordnung vorbereiten, doch solange sie keine Verbindung zwischen einzelnen Namen aus Beaus Klientenakten und der unmittelbaren Bedrohung, die vom Mörder ausging, herstellen konnten, würde kein Richter sie ihnen bewilligen.

Beau fuhr fort: »Sie sollten außerdem bedenken, dass diese Person, wer auch immer es ist, sich dafür entschieden hat, den kritischen Kommentar anonym zu veröffentlichen, noch dazu auf einer Website, die man bestenfalls als unseriös bezeichnen kann. Obwohl es hier um ziemlich schwere Vorwürfe geht, wurde bei der staatlichen Zulassungsbehörde nie eine formelle Beschwerde gegen mich eingereicht – das können Sie selbst überprüfen. Sie müssen mir glauben: Das war jemand, der ein grausames Spiel mit mir treiben wollte und es darauf abgesehen hatte, meinen Ruf zu ruinieren – was ihm letztendlich nicht gelungen ist.«

»Nur um es noch mal klarzustellen: Sie sind sich vollkommen sicher, dass diese Bewertung nicht von einem Ihrer früheren Klienten geschrieben wurde?«, fasste Noah zusammen.

Beau zögerte, bevor er antwortete. »Ja, außer, sie stammt doch von Ron Abbott – wobei ich Ihnen ja schon gesagt habe, dass das alles gelogen ist. Aber bitte ... Lassen Sie mich jetzt allein.«

Sie kamen seiner Bitte nach. Josie war froh, als sie das Hotel endlich verlassen konnte und wieder in ihrem Wagen saß. Sie drehte den Zündschlüssel und fuhr vom Parkplatz des Eudora. »Er lügt«, sagte sie. »Er hatte eine Affäre mit Casey Abbot.«

»Ja«, pflichtete Noah ihr bei. »Wir können ja mal den Sheriff von Lenore County anrufen und mit denjenigen sprechen, die damals mit dem Fall Abbott zu tun hatten. Vielleicht haben sie damals irgendwas rausgefunden. Und wir könnten mit Caseys Kolleginnen sprechen, mit den Nachbarn oder mit seinem Bruder. Irgendwer muss doch was wissen.«

»Aber bei der Suche nach dem Mörder hilft uns das auch nicht weiter«, meinte Josie. »Collins hat recht. Ein Toter kann Claudia oder Eve nicht umgebracht haben. Ich werde einfach nicht schlau aus diesem Typen. Warum hat er uns angelogen, was die Sache mit den Abbotts betrifft? Das spielt doch jetzt alles keine Rolle mehr.«

»Weil er, wenn er zugibt, dass er eine Affäre mit einer Klientin hatte, vielleicht zugeben muss, dass er noch weitere hatte?«, mutmaßte Noah.

»Könnte sein«, erwiderte Josie. »Aber was ist, wenn das, was er uns verheimlicht, der Schlüssel ist, mit dem sich dieser Fall lösen lässt? Da ist ganz bestimmt irgendwas, was er weiß, aber uns nicht sagen will. Er muss einen Verdacht haben, wer hinter der ganzen Sache steckt. Immerhin sind seine Frau und seine Geliebte ermordet worden. Seine Praxis, seine Sendung, die Buchverträge – alles, was er hatte, steht jetzt auf dem Spiel. Ohne Claudia funktioniert das alles doch gar nicht mehr. Schließlich beruht der Erfolg der beiden darauf, dass sie sich in der Öffentlichkeit als eine Art perfektes Paar darstellen – ob das nun gestimmt haben mag oder nicht.«

»Wenn er seine Frau so sehr geliebt hat, wie er immer behauptet, dann sollte ihm alles andere eigentlich egal sein«, sagte Noah. »Wenn dir jemals etwas zustoßen würde, dann würde ich jedenfalls die ganze Stadt abfackeln, um den zu finden, der dir das angetan hat.«

ZWEIUNDDREISSIG

Beau Collins hatte recht, was die Citizen-Review-Website betraf. Nachdem Josie und Noah sich die richterliche Anordnung hatten unterschreiben lassen, verbrachten sie den restlichen Sonntagabend damit, herauszufinden, wohin sie diese schicken sollten, um mehr über die Website zu erfahren. Sie hatten jedoch keinen Erfolg: Von den E-Mail-Adressen, die sie ausprobierten, funktionierte keine einzige. Dann endlich stießen sie auf einen Namen, der im Zusammenhang mit der Website genannt wurde, doch er war so geläufig, dass es unmöglich war, die Suche weiter einzugrenzen und den Eigentümer ausfindig zu machen. Am Montagmorgen saß schließlich das gesamte Team hinter dem Schreibtisch am Rechner, klickte sich von einem Link zum nächsten und versuchte, mehr über die Seite zu erfahren und wie man an persönliche Daten zu den Verfassern der Kommentare kam.

Doch sie kamen auch damit nicht weiter.

Josie unterbrach ihre Recherche über Citizen Review für eine Weile und rief in dem Frauenzentrum an, um sich bestätigen zu lassen, dass dort im vergangenen Oktober eine anonyme Spende in Höhe von dreißigtausend Dollar eingegangen war. Die Frau am anderen Ende der Leitung lachte bei der Vorstellung jedoch nur, und zwar so schallend und lang, dass das gesamte restliche Team es hören konnte. Josie legte auf und informierte die anderen. Sie grübelten gerade, was dann mit dem Geld geschehen sein mochte, als der Chief aus seinem Büro geschossen kam und mit energischen Schritten das Großraumbüro durchquerte. Er ging zum Fernseher an der Wand, griff nach der Fernbedienung und schaltete das Gerät an. Dann stellte er den Sender WYEP ein. Auf dem Bildschirm sah man Beau Collins in Großaufnahme, glattrasiert, aber immer noch blass und eingefallen, trotz der Unmengen an Make-up, das man ihm offensichtlich ins Gesicht geklatscht hatte.

Der Chief drehte sich zum Team um. »Dieser Mistkerl ist live auf Sendung, jetzt, in diesem Moment.« Sein von Akne vernarbtes Gesicht war hochrot. »Seine Frau ist am Hochzeitstag der beiden in ihrem Haus brutal ermordet worden, dann wurde auch noch ihre Assistentin – seine verdammte Geliebte – umgebracht, und dieser Idiot macht eine Show über Beziehungen. Hat irgendwer von Ihnen davon gewusst?«

Alle schüttelten den Kopf. Josie lehnte sich in ihrem Schreibtischstuhl zurück und verschränkte die Arme über der Brust. »Wir haben nie darüber gesprochen, ob er mit der Sendung weitermacht oder nicht.«

Gretchen meinte: »Ich dachte nicht, dass er so dumm ist, diese Woche live auf Sendung zu gehen.«

Der Chief deutete mit der Fernbedienung über seine Schulter auf den Bildschirm. »Amber hat sich den Arsch aufgerissen, um die Medien so lang wie möglich aus der Sache raus-zuhalten, damit wir entscheiden können, wie und wann sie Wind davon bekommen. Sie hat so geschuftet, dass ich ihr den Vormittag frei gegeben habe! Und jetzt posaunt dieser Typ alles aus. Hier wird jeden Moment die Hölle los sein.«

Gretchen stand auf und ging zum Chief hinüber. Sie nahm ihm die Fernbedienung aus der Hand und zeigte damit auf den

Fernseher. »Oder aber das hier sorgt für eine gewisse Aufmerksamkeit, die es dem Mörder umso schwerer macht, zu agieren, ohne erwischt zu werden.«

»Ich glaube eher, der Mörder sucht die Aufmerksamkeit«, sagte Noah. »Was wäre eine bessere Strafe für Beau Collins – und das scheint ja sein Ziel zu sein –, als ihn vor seinen Zuschauern zu demütigen?«

Der Chief schrie den Bildschirm an, als würde Beau persönlich vor ihm stehen: »Wie wär's mit einer Auszeit? Lass das mit der Sendung mal für ein paar Wochen sein, wie es jeder normale Mensch machen würde!«

»Es wäre eh bald rausgekommen, Chief, trotz aller Bemühungen von Amber«, sagte Josie. »Trudy Dawson, die Sekretärin aus der Praxis, wollte heute damit anfangen, Claudias Klientinnen und Klienten anzurufen und ihnen zu sagen, was passiert ist.«

Gretchen tippte auf einen Knopf der Fernbedienung, um lauter zu stellen. Beaus Stimme klang längst nicht so selbstbewusst wie in den früheren Sendungsmitschnitten, die sich Josie angesehen hatte.

»Verehrte Zuschauerinnen und Zuschauer, Sie werden sich nach der Sendung von vergangenem Freitag bestimmt alle gefragt haben, wie das große Dinner anlässlich unseres Hochzeitstages verlaufen ist! Vielleicht haben Sie am Wochenende ja sogar im Internet nach Fotos oder Videos davon gesucht. Glauben Sie mir, wir wollten Ihnen all das bieten, so wie Sie es erwartet haben. Doch leider ...« Seine Stimme wurde brüchig. Für einen quälend langen Moment ließ er das Kinn auf die Brust sinken. Dann holte er tief Luft und schaute wieder in die Kamera. In seinen Augen standen Tränen. Als er weitersprach, klang seine Stimme belegt. »Werte Zuschauer, Freunde, Kollegen ... Ich bin untröstlich, aber ich muss Ihnen mitteilen, dass ich am Wochenende meine geliebte Claudia verloren habe. Sie ist völlig unerwartet verstorben. Ich kann es kaum glauben, dass ich diese Worte aussprechen muss.« Aus seinem Augenwinkel stahl sich eine Träne und rollte seine Nase entlang. Es dauerte einen weiteren Moment, bis er sich wieder gefasst hatte. Seine Stimme zitterte immer noch. »Ich weiß nicht, wie ich ohne meine Partnerin weitermachen soll. Sie war die Liebe meines Lebens. Ich kann mir ein Leben ohne Claudia nicht vorstellen. Sie bedeutete mir alles. Sie hat in jeder Hinsicht das Beste in mir hervorgebracht. Sie haben ... Sie haben alle selbst gesehen, in dieser Sendung, wie sie das Beste in mir hervorgebracht hat. Wir hatten so viele Pläne für die Zukunft. Unsere Zukunft, die Zukunft dieser Sendung. Wir hatten gehofft, möglichst vielen Paaren dabei helfen zu können, dieselbe tiefe, unerschütterliche Verbindung zueinander zu erfahren, wie Claudia und ich sie im Laufe unseres Lebens aufgebaut und stets weiterentwickelt haben.«

Er hielt inne. Die Kamera war immer noch direkt auf sein Gesicht gerichtet, nah genug, dass man eines seiner Augenlider zucken sehen konnte. Es kamen weitere Tränen, die er mit einem Papiertaschentuch fortwischte, das ihm jemand aus dem Off reichte. Wieder holte er Luft, dann fuhr er mit bebender Stimme fort: »Doch jetzt sind all diese Pläne dahin. So was passiert im Leben manchmal. Manchmal kann man noch so gründlich planen oder sich noch so sehr anstrengen, es kommt doch ganz anders. Manchmal gibt es so etwas wie eine unerwartete höhere Gewalt.« Er räusperte sich, schluckte zweimal. »Eine unvorstellbare Tragödie.«

Josie war aufgestanden und ging zu Gretchen hinüber, während die Kamera von Beaus Gesicht wegschwenkte, was ihm Zeit gab, sich auf seinem Platz ein wenig zu drehen. Dann blickte er in eine andere Kamera und fuhr fort. »Und manchmal ist es auch das eigene Scheitern. Wir sprechen in dieser Sendung nicht oft über dieses Thema, weil wir ja wollen, dass Sie alle erfolgreich sind! Aber zu versagen ... das, äh, das ist ganz natürlich und jeder hat es schon mal erlebt. Meine, äh,

Frau zum Beispiel. Wissen Sie, ich glaube, sie würde Ihnen sagen …« Er unterbrach sich und beugte sich nach vorn, dann hob er einen Kaffeebecher zum Mund. Mit zitternder Hand nahm er einen großen Schluck und wischte sich danach mit dem Ärmel über die Oberlippe.

»Meine Frau, Claudia«, fuhr Beau fort, »hätte Ihnen gesagt, dass ihr größtes Scheitern darin bestand, dass sie damals, als wir noch sehr jung waren, diesen Job nicht bekam, den sie unbedingt machen wollte. Sie hatte ein paar Jahre zuvor ihren Doktor gemacht. Sie hätte so gerne mit Opfern häuslicher Gewalt gearbeitet.«

Nun standen auch Noah und Mettner hinter Josie, Gretchen und dem Chief. Noah sagte: »Was macht der Typ da?«

Mettner fügte hinzu: »Seine Frau ist gerade ermordet worden und er spricht im Fernsehen über ihr größtes Scheitern? Das kann doch nicht wahr sein!«

Josie hob eine Hand, um den anderen zu bedeuten, leise zu sein, während Beau weitersprach. »Niemand wäre besser für diesen Job geeignet gewesen als Claudia. Mag sein, dass ich da ein bisschen voreingenommen bin« – ein schwaches Lächeln –, »aber sie hätte es wirklich verdient gehabt, ihn zu bekommen, und wäre für diese Initiative eine echte Bereicherung gewesen. Leider hat man sich dort anders entschieden. Claudia hat die Stelle nicht bekommen. Es wäre stark untertrieben, wenn ich sage, dass sie am Boden zerstört war. Heute wissen wir natürlich, dass es letztendlich besser so war. Wir haben zusammen die Praxis übernommen, dann ein Buch geschrieben und hatten das Glück und die Ehre, die letzten Jahre mit Ihnen allen verbringen zu dürfen!«

»Mir reicht's«, sagte der Chief.

Josie ging zum Schreibtisch und griff nach ihrer Jacke, die über der Stuhllehne hing. »Na dann los«, sagte sie. »Wir müssen dahin fahren.«

Die anderen starrten sie an. »Jetzt gleich?«, fragte Mettner.

»Das größte Scheitern seiner Frau?«, entgegnete Josie. »Wonach klingt das denn für dich?« Sie blickte Noah an.

»Nach einer Frage aus dem Fünf-vertrauliche-Fakten-Quiz«, antwortete dieser. »Verdammte Scheiße. Dann hat der Mörder sich wieder bei ihm gemeldet.«

Gretchen stellte den Ton des Fernsehers ab. »Und ihm gesagt, dass er heute auf Sendung gehen und diese Frage beantworten soll.«

Der Chief brüllte los, so laut, dass alle zusammenfuhren. »Dann stehen Sie hier nicht rum und reden! Setzen Sie Ihren Arsch in Bewegung und machen Sie, dass Sie ins Studio kommen!«

DREIUNDDREISSIG

Zum ersten Mal seit Beginn der Ermittlungen wirkte Beau Collins eingeschüchtert. Der wuchtige lederne Chefsessel hinter dem Schreibtisch seines Büros im Aufnahmestudio von WYEP ließ ihn außerdem kleiner aussehen, als er war. Sein Blick schoss durch den Raum, der sich in den letzten Minuten ziemlich gefüllt hatte. Josie stand fast Schulter an Schulter neben Noah und Margot Huff. Hinter ihnen befanden sich Kathy, die Produzentin, und Marissa Parker, die Aufnahmeleiterin. In der Tür zum Büro drängten sich ein paar weitere Personen, die Josie vom ihrem Besuch am Samstag wiederzuerkennen glaubte.

Josie sagte: »Wenn bitte alle außer Mr Collins jetzt freundlicherweise rausgehen und im Studio warten würden.«

Sobald sie allein mit Beau waren, schloss Josie die Tür, ging zu ihm und beugte sich vor. »Mr Collins, hat der Mörder Sie direkt kontaktiert?«

Er antwortete nicht gleich, sondern warf erst einen raschen Blick auf die geschlossene Tür. »Ja.«

Noah seufzte. »Warum haben Sie uns denn nicht sofort angerufen, als er sich bei Ihnen gemeldet hat?«

Beau hob entschuldigend die Hände und zuckte mit den Achseln. »Was hätte ich denn tun sollen? Dafür war keine Zeit!«

»Aber dafür, ein Skript für die Sendung zu schreiben, hat die Zeit gereicht. Sie hätten uns sehr wohl anrufen können«, sagte Noah.

»Wie hat er Sie denn kontaktiert?«, wollte Josie wissen.

Beau griff nach seinem Handy, tippte den Code ein und reichte es Josie. »Von Claudias Handy aus.«

Auf dem Display sah man eine Reihe von Textnachrichten zwischen Beau und dem Kontakt, dem er den Namen »Schöne Claudia« gegeben hatte, mit drei Herz-Emojis dahinter. Josie scrollte nach oben bis zu der Stelle, wo sich die beiden Ehepartner über das bevorstehende Abendessen anlässlich ihres Hochzeitstags und etliche andere Terminsachen ausgetauscht hatten. Nichts an den Nachrichten war ungewöhnlich – außer dass in ihnen keinerlei Gefühl oder Humor mitschwang. Selbst Josie und Noah schickten einander gelegentlich Herzchen- oder Kussmund-Emojis. Josie scrollte wieder hinunter zu den letzten Nachrichten. Eine davon war um halb acht Uhr morgens von Claudias Handy aus verschickt worden – ganze zwei Stunden, bevor Beau auf Sendung gegangen war. Josie schluckte ihre Wut für einen Moment herunter und begann zu lesen:

Spielen Sie mit, dann wird nicht noch jemand sterben müssen. Gehen Sie heute auf Sendung. Beantworten Sie den Zuschauern die folgende Frage: Was war das größte Scheitern meiner Frau? Stimmt die Antwort nicht, werden Sie es bereuen. Und falls Sie gar nicht erst auf Sendung gehen, wird das Konsequenzen haben.

Danach folgte eine Reihe von Nachrichten, die Beau geschrieben hatte – eine verzweifelter als die andere.

Wer sind Sie? Was wollen Sie von mir?

Warum tun Sie das?

Sind Sie noch da? Hallo? Bitte antworten Sie mir.

ANTWORTEN SIE MIR! WARUM TUN SIE MIR DAS AN?

Keine Reaktion.

Josie scrollte wieder hoch zu den Unterhaltungen aus der Zeit vor Claudias Ermordung und sah sich die Nachrichten genauer an. »Sie und Claudia haben dasselbe Handymodell, richtig?«

Beau nickte. »Wir haben so einen Partnervertrag.«

Josie sagte: »Und Sie sehen, sobald sie Ihre Nachrichten gelesen hat.«

Beau nickte eifrig und deutete auf das Handy. »Ja, so ist es. Sie sehen ja, dass die älteren Nachrichten alle als gelesen markiert sind. Aber bei den neueren ist das nicht der Fall. Ich versteh auch nicht, wie das sein kann. Was hat das zu bedeuten?«

Josie gab das Handy an Noah weiter, damit er ebenfalls einen Blick darauf werfen konnte. Einen Augenblick später sagte er: »Ich ruf gleich mal bei der Einsatzstelle an. Vielleicht können die ja Claudias Handy noch mal orten.«

Er schob Beau das Telefon über den Schreibtisch wieder zu und verließ das Büro. Josie sagte: »Das bedeutet, dass der Mörder Claudias Handy ausgeschaltet hat, sobald er sich davon überzeugt hatte, dass Sie seine Nachricht gelesen haben. Er ist klug genug, das Handy die meiste Zeit ausgeschaltet zu lassen. Andernfalls könnten wir ihn ziemlich schnell aufspüren.«

Beau griff aufgeregt nach dem Handy und wedelte damit

durch die Luft. »Aber das war doch erst heute früh! Sie können doch bestimmt rausfinden, wo er sich da aufgehalten hat, oder?«

»Das überprüft mein Kollege ja gerade«, gab Josie zurück. Insgeheim bezweifelte sie jedoch, dass sie das weiterbringen würde. Der Mörder war ihnen bisher immer ein paar Schritte voraus gewesen. Er war schlau und raffiniert und schien eine ganze Menge darüber zu wissen, über welche technischen Möglichkeiten die Polizei bei der Verfolgung von Straftätern verfügte – oder zumindest genügend, dass er ihnen bis jetzt entkommen war.

»Aber dann können wir ihn doch finden!«, rief Beau und die nackte Hoffnung, die in seiner Stimme mitschwang, hatte etwas so Kindliches und Verzweifeltes, dass er Josie fast leidtat.

»Ganz so einfach ist es auch wieder nicht«, wandte sie ein.

»Aber warum denn nicht? Sie orten die Nummer – oder wie auch immer Sie das halt machen – und dann wissen Sie, wo er heute Morgen war. Dann fahren Sie hin, nehmen ihn fest und dieser Albtraum hat ein Ende.«

»Mr Collins«, erklärte Josie. »Wenn dieser Kerl weiß, dass er Claudias Handy immer wieder ausschalten muss, damit wir ihn nicht aufspüren können, bezweifle ich, dass er so dumm

ist, dort zu bleiben, wo er es zuletzt verwendet hat. Aber natürlich werden wir den Ort, wo er es zuletzt angeschaltet hat, großflächig nach Hinweisen absuchen.«

»Ich hab doch getan, was er gesagt hat«, sagte Beau. »Ich hab nach seinen Regeln gespielt. Dann muss er jetzt doch aufhören, oder?«

Josie spürte ein Brennen im Magen. »Mr Collins, können Sie sich vorstellen, warum der Mörder verlangt hat, dass Sie auf Sendung gehen und über das größte Scheitern Ihrer Frau sprechen?«

Beau wich Josies Blick aus. Neben seinem Laptop stand ein gerahmtes Porträt von ihm und Claudia vor dem Eiffelturm. Er nahm es in die Hand und drehte es zu ihr um. »Ich hatte mir immer gewünscht, nach Paris zu fliegen.«

Josie fragte sich, worauf er hinauswollte. War die ganze Aufregung zu viel für seine Nerven gewesen?

»Ich bin auf Fischerbooten groß geworden, in Maine. Was wusste ich schon über Paris? Für mich war es der Inbegriff von Eleganz und Kultiviertheit.« Er stieß ein bitteres Lachen aus. »Ich weiß, das ist naiv. Nachdem wir die erste Million Exemplare von unserem Buch verkauft hatten, überraschte Claudia mich mit einer Reise nach Paris. Sehen Sie sich das an. Wir waren so glücklich.«

Josie betrachtete das Foto noch einmal. Es war am Tag aufgenommen worden und das Sonnenlicht ergoss sich über Claudias langes blondes Haar, das mit ihrem breiten Lächeln um die Wette zu strahlen schien. Beau stand hinter ihr, die Arme um ihre Taille geschlungen. Er hatte die Wange an ihre Schläfe gepresst und grinste ebenfalls in die Kamera. Die beiden sahen tatsächlich glücklich aus und sehr verliebt.

Beau sprach weiter: »Das war, bevor ... bevor das hier losging. Und bevor wir unsere erste große Honorarzahlung bekamen. Claudia hat für diese Reise sogar auf unsere Ersparnisse zurückgegriffen, weil sie wusste, dass wir schon bald das Geld aus dem Verkauf unseres Buches erwarten konnten. Wir waren damals einfach nur zwei abgebrannte Eheberater.« Er lachte. »Die sich fühlten, als hätten sie gerade im Lotto gewonnen.«

»Mr Collins?«, sagte Josie.

Beau blinzelte ein paar Mal. Wieder traten ihm Tränen in die Augen und machten seinen Blick glasig. »Inzwischen haben wir Geld. Sogar ziemlich viel. Aber ohne Claudia hat das keine Bedeutung. Warum quält er mich denn immer noch, obwohl er mir doch schon den wichtigsten Menschen in meinem Leben genommen hat?«

Die Tür ging schwungvoll auf und Noah kam herein, sein

Handy durch die Luft schwenkend. »Claudias Handy wurde zuletzt im Stadtpark geortet – und zwar ziemlich weit drinnen. Ist schon ein paar Stunden her, aber wir sollten uns das vielleicht trotzdem mal genauer ansehen.«

Josie griff quer über den Schreibtisch und drückte ihre Hand auf die von Beau Collins. »Wir müssen los. Sollte sich der Mörder noch mal bei Ihnen melden, geben Sie uns bitte sofort Bescheid. Oder Sie gehen mit Ihrem Handy raus zu dem Polizisten, der ein Auge auf Sie hat. Sagen Sie ihm, dass der Mörder Ihnen eben eine Nachricht geschickt hat, dann kann er in der Einsatzzentrale anrufen und Claudias Handy sofort orten lassen. Vielleicht ist das der einzige Weg, wie wir diesen Kerl erwischen – und dann hat das alles hier ein Ende.«

VIERUNDDREISSIG

Josie keuchte und sah zu, wie ihr Atem sich vor ihr auflöste, während sie einen der abgelegeneren Pfade im Stadtpark bergauf stieg. Er lag genau am anderen Ende des Parks als die Höhle der Liebenden, worüber Josie ziemlich froh war. Sie verspürte keine Lust, in nächster Zeit noch einmal dorthin zu gehen, ob mit ihrem Team oder ohne. Zu beiden Seiten des Pfades ragten Bäume in den Himmel, deren Stämme sich bis in weite Ferne erstreckten wie große, finstere Wachposten. Josie Waden brannten, und obwohl die Temperaturen inzwischen unter dem Gefrierpunkt lagen, stand ihr der Schweiß im Nacken. Hinter ihr knirschten die Schritte des restlichen Teams über die Erde. Außerdem hörte man jemanden schwer atmen. »Irgendwie bin ich ziemlich unfit«, murmelte Gretchen.

»Zu viele Pekannuss-Croissants?«, zog Mettner sie auf.

»Ich bin nicht so unfit, als dass ich dir nicht in den Hintern treten könnte, Mett. Das ist dir hoffentlich klar!«

»Ich würde sogar was dafür zahlen, um das zu sehen«, lachte Noah.

Josie war zu sehr auf den Weg vor ihr konzentriert, um sich an dem Geplänkel der anderen zu beteiligen. Sie warf einen

Blick auf die Karte auf ihrem Handy und blieb stehen. »Hier müsste es sein«, sagte sie.

Während sie sich einmal um sich selbst drehte, sank ihre Hoffnung jedoch. Sie befanden sich auf einem Pfad, auf dem kaum jemand unterwegs zu sein schien, wohl hauptsächlich deswegen, weil er sich steil bergauf durch den nördlichsten Teil des Parks schlängelte, der an das Gelände der Denton University angrenzte. Gelegentlich nutzten die Studenten ihn, um in den Park zu gelangen.

»Aber hier ist nichts«, sagte Mettner. »Was ist so besonders an diesem Ort?«

»Nichts«, entgegnete Noah. »Deshalb hat er ihn ja auch ausgesucht.«

Gretchen blickte in die Richtung, aus der sie gekommen waren. »Der Weg führt also aus dem zentralen Bereich des Parks hier herauf. Und dann? Macht er irgendwo eine Kurve und verläuft wieder bergab?«

»Mhm«, bestätigte Noah. »Das andere Ende kommt bei den Softballfeldern raus, aber dort ist es so steil, dass nur wenige Leute den Weg benutzen.«

»Aber es sind genügend Leute unterwegs, dass der Täter nicht auffallen würde«, gab Mettner zu bedenken. »Für Januar ist immer noch ganz schön was los im Park, vor allem tagsüber.«

Wie zum Beweis dafür kamen hinter ihnen zwei Frauen mit ihren Walking-Stöcken den Pfad herauf und warfen den Detectives giftige Blicke zu, weil sie einen Bogen um sie machen mussten.

»Mist«, sagte Josie, sobald die beiden außer Hörweite waren. »Dann hat dieser Weg also drei Zugänge, wenn man mal davon ausgeht, dass er nicht quer durch den Wald hier raufgekommen ist.«

»Und es ist inzwischen schon fast vier Stunden her, dass er hier war«, fügte Mettner hinzu. »Wieder eine Sackgasse.«

»Nein«, widersprach Josie. »Nicht unbedingt. Wir könnten es noch mal mit einem Geofencing versuchen ...«

»Und was soll das bringen?«, wandte Mettner ein. »Gar nichts. Der Kerl ist einfach zu schlau.«

»Aber selbst schlaue Menschen machen irgendwann mal einen Fehler«, widersprach Josie. »Versuchen können wir es ja. Und wir könnten die Ergebnisse der Nummernschilderkennung in der Umgebung des Parks auswerten.«

»Ja, genau. Weil das beim letzten Mal so super funktioniert hat«, murrte Mettner.

»Hey«, sagte Noah und in seiner Stimme lag ein warnender Unterton. »Wir müssen alles versuchen. Du hast doch gesehen, wozu dieser Kerl fähig ist.«

Gretchen seufzte. »Versuchen können wir es ja mal. Wie es aussieht, ist er immer noch in der Gegend. Ich glaube, wir sollten auch den Hund einsetzen.«

Aller Augen richteten sich auf Josie. Einen endlosen, bedeutungsschweren Moment lang herrschte Schweigen zwischen ihr und den anderen. Als sie die Stille schließlich unerträglich fand, blaffte sie: »Was ist?«

Keiner sagte etwas.

Josie versuchte ihren Worten die Schärfe zu nehmen. »Okay, ich versteh schon, dass das eine unangenehme Situation ist. Luke und ich waren mal miteinander verlobt. Luke ...« Sie verstummte.

»... hat dich in jeder erdenklichen Art und Weise hintergangen?«, ergänzte Noah.

»Autsch«, murmelte Mettner.

Gretchen verzog das Gesicht. »Nicht nur dich, Boss. Uns alle.«

Josie machte den Mund auf, um Luke in Schutz zu nehmen, schloss ihn dann aber wieder. Noah und Gretchen hatten recht. Aber warum hatte sie dann das Gefühl, ihn verteidigen zu müssen? Weil er für die vielen falschen Entscheidungen, die er getroffen hatte, einen so schrecklichen Preis hatte zahlen müssen? Sie konnte sich kaum mehr an jene Nacht vor fünf Jahren erinnern, die sie zusammen verbracht hatten, aber was ihr sehr wohl im Gedächtnis geblieben war, war die Unterhaltung, die sie danach geführt hatten, als er mit Blue nach Denton gekommen war, um der Polizei bei ihrer Suche nach einer vermissten Siebenjährigen zu helfen. Der Luke, mit dem sie an jenem Tag gesprochen hatte, war nicht der Mann, der sie und ihr gesamtes Team hintergangen hatte. Die Erfahrungen, die er gemacht hatte, hatten ihn demütig werden lassen, ja sogar gebrochen. Jahrelang hatte er sich auf der Farm seiner Schwester versteckt und hätte dort, abgeschieden vom Rest der Welt, auch ohne Weiteres bis zu seinem Lebensende bleiben können. Stattdessen aber versuchte er, wieder von vorn anzufangen. Verlorene Seelen zu finden. Anderen zu helfen.

Josie seufzte. »Das liegt doch alles in der Vergangenheit. Wirklich. Es ist Jahre her. Er hat seine Strafe abgesessen. Er wird nie wieder eine Polizeiuniform tragen. Aber jetzt ist er hier, ob es uns gefällt oder nicht. Der Chief hat ihn als Berater engagiert, deshalb werde ich euch dasselbe sagen, wie der Chief es tun würde: Wir müssen Luke einfach als Verstärkung betrachten. Und die kann unser Department dringend brauchen. Nicht mehr und nicht weniger. Sonst hab ich dazu nichts zu sagen.«

»Sein Hund ist jedenfalls unglaublich«, gab Noah zu.

»Okay«, sagte Mettner. »Dann holen wir den Hund doch mit dazu. Aber was geben wir ihm, um die Witterung aufzunehmen?«

»Eve Bowers' Wagen«, meinte Gretchen. »Wir müssen es zumindest versuchen. Wir können den Wagen hierher abschleppen lassen und Luke bitten, mit seinem Hund zu kommen. Eine andere Möglichkeit haben wir nicht.«

Sie verstummten, als ein Mann den Weg heraufgejoggt kam und an ihnen vorbeilief, ohne sie eines Blickes zu würdigen.

Sobald er außer Sichtweite war, sagte Mettner: »Stimmt. Eine andere Möglichkeit haben wir nicht.«

Noah stampfte mit den Füßen auf und schob seine Hände in die Jackentaschen. »Okay. Dann ... Wir brauchen irgendeinen Plan, wenn wir nicht den ganzen Tag hier rumstehen und uns den Hintern abfrieren wollen. Ich kann das mit dem Geofencing übernehmen.«

»Ich schau mal, ob die Nummernschilderkennung irgendwas ergibt, und überprüfe die Überwachungskameras von Privatleuten und Geschäften in der Gegend«, sagte Mettner.

»Und ich bleib an der Sache mit Citizen Review dran und versuche rauszufinden, wer diese üble Bewertung geschrieben hat«, fügte Gretchen hinzu.

Josie seufzte. »Dann rufe ich Luke an.«

Eine Stunde später saß Josie auf dem Parkplatz, der dem Eingang zum Stadtpark am nächsten lag, in ihrem herrlich warmen Auto und beobachtete, wie ein Abschleppwagen mit Eve Bowers' Nissan sich näherte. Dahinter folgte Hummel in einem SUV, knapp dahinter Luke mit Blue. Josie wartete, bis alle ausgestiegen waren, dann ging sie zu ihnen hinüber. Blue wedelte ein paarmal mit dem Schwanz und Josie kniete sich hin und kraulte ihn ein wenig hinter den Ohren. Luke grinste sie an. Josie reagierte mit einem angespannten Lächeln und erklärte ihm, was sie brauchten. Sie war erleichtert, als anstelle seines schelmischen Lächelns wieder ein sachlicher Ausdruck in sein Gesicht trat. Nur wenige Augenblicke später hatte der Fahrer des Abschleppwagens das hintere Ende der Pritsche weit genug heruntergefahren, dass Blue hinaufkam und am Fahrersitz schnüffeln konnte.

Hummel, der neben Josie stand, sah zu, wie Luke seinem Hund Anweisungen gab. »Bist du sicher, dass das funktioniert?«

Josie seufzte. »Keine Ahnung, aber wir haben ja sonst kaum andere Spuren, die wir verfolgen könnten.«

Schon wenige Sekunden später kletterte Blue wieder von der Pritsche herunter und trabte los in Richtung des Pfades, dem Josie und ihr Team kurz zuvor gefolgt waren. Im Vorbeigehen sagte Luke zu ihr und Hummel: »Er hat die Witterung aufgenommen.«

Die nächsten Stunden rauschten nur so an Josie vorbei. Sie war froh, dass sie und Noah neben ihrem übrigen Sportprogramm auch regelmäßig laufen gingen. In einem raschen, gleichmäßigen Tempo folgten sie Blue, der unbeirrt vorauslief und nur stehen blieb, wenn Luke es ihm sagte. Er führte sie in einem großen Bogen durch den ganzen Park und dann wieder hinaus, um das Stadtzentrum und dann nach Süden.

»Wenn er die Fährte erst mal aufgenommen hat, verliert er alles andere aus den Augen«, erklärte Luke, als er Blue zum ersten Mal befahl, stehen zu bleiben. Er zog eine Wasserflasche und eine faltbare Gummischüssel aus seinem Rucksack und gab dem Hund zu trinken.

Erhitzt und mit vor Anstrengung rotem Gesicht ging Josie den Gehweg auf und ab und blickte zurück in die Richtung, aus der sie gekommen waren. Falls der Mörder diese Strecke tatsächlich zu Fuß zurückgelegt hatte, war es ihm offenbar ziemlich wichtig gewesen, die belebteren Gegenden der Stadt zu meiden. Hier befanden sie sich zwar immer noch in einem Wohngebiet, aber die Häuser standen weiter auseinander und ein gutes Stück von der Straße entfernt. Selbst wenn manche von ihnen Überwachungskameras besaßen, würde es vermutlich keine Aufnahmen von einem einzelnen vorübergehenden Mann geben. Zugleich waren hier genügend Fußgänger unterwegs, dass der Mörder wahrscheinlich niemandem weiter aufgefallen war. »Ich kann einen Streifenwagen anfordern«, sagte Josie zu Luke, »und ihn hierherkommen lassen. Dann könnte sich Blue darin ein bisschen ausruhen und aufwärmen, bevor wir weitermachen.«

Luke schüttelte den Kopf. »Nein, es geht schon noch.« Blue

zerrte bereits wieder an der Leine und schnüffelte fieberhaft am Boden. »Aber ich geb dir Bescheid, wenn wir den Wagen brauchen können.«

Sie setzten die Suche fort. Blue lief vorneweg, gefolgt von Luke, der ihm immer wieder ein Lob zuraunte, und dahinter Josie. Sie verlor jegliches Zeitgefühl. Nicht einmal auf ihr Handy oder ihre Armbanduhr sehen konnte sie. Es gab nichts als die Suche. Als sie das nächste Mal stehen blieben, befanden sie sich bereits in South Denton und Josie schätzte, dass sie vom Stadtpark aus schon über sechs Kilometer zurückgelegt hatten. Luke sorgte dafür, dass Blue genug trank, dann forderte Josie einen Streifenwagen an. Nach einer kurzen Ruhepause war Blue wieder startbereit. Josies Mund war trocken und sie fragte sich, wie weit der Mörder noch gegangen – oder gerannt – sein mochte. Sie wollte Luke fragen, wie lange Blue seiner Meinung nach noch weitersuchen konnte, wagte es jedoch nicht, die beiden in ihrer Konzentration zu stören.

Erst als sie sah, dass Blue in einen Schotterweg mit einem verbeulten Briefkasten abbog, ließ sie es zu, dass Hoffnung in ihr aufstieg. Am Ende der Zufahrt stand ein Haus mit einem Pick-up – und beides war ihr wohl bekannt. Etwa anderthalb Meter von dem Fahrzeug entfernt zeigte Blue passiv an, indem er sich setzte, regungslos verharrte und Luke mit ernstem Blick ansah.

»Hier ist es«, sagte Luke.

»Das ist ...« Josies Worte wurden von einer barschen Männerstimme unterbrochen.

»Sie bleiben besser alle stehen, wo Sie sind, drehen sich um und verschwinden schleunigst von meinem Grundstück, oder ich mach Ihnen Feuer unterm Hintern.«

Hinter dem Pick-up trat Archie Gamble hervor, eine Armbrust im Anschlag.

Blue sprang sofort auf und verbellte ihn.

Gamble richtete die Armbrust rasch auf einen nach dem

anderen, bevor er schließlich Blue anvisierte. Sofort schob sich Luke zwischen Gamble und das Tier, streckte die Hände in die Luft und sagte: »Wir wollen keinen Ärger. Aber zielen Sie nicht mit dem Ding auf meinen Hund.«

Im nächsten Augenblick hatte Josie auch schon ihre Dienstpistole in der Hand. Sie ging auf Schussdistanz und nahm eine Position ein, aus der sie im Notfall schießen konnte, ohne Luke oder Blue zu verletzen. »Mr Gamble, lassen Sie sofort die Waffe sinken.«

Er drehte sich zu Josie um. »Sie befinden sich auf einem Privatgrundstück, Miss.«

»Aber ich bin als Ermittlerin der Polizei von Denton hier und ich befehle Ihnen, sofort die Waffe sinken zu lassen.«

Auf ein Kommando von Luke hörte Blue zu bellen auf. Aus seiner Kehle drang ein tiefes Knurren, als er Gamble zwischen Lukes Beinen hindurch anstarrte.

Gamble stieß ein trockenes Lachen aus. Die Armbrust schwankte bedenklich in seinen Händen. Josie ließ den Bolzen der geladenen, schussbereiten Waffe nicht aus den Augen. Die Jagdspitze verfügten über drei Klingen. »Wollen Sie mich erschießen? Auf meinem eigenen Grundstück?«, fragte Gamble sie.

»Nicht, wenn Sie das Ding da aus der Hand legen«, antwortete Josie.

»Es tut uns wirklich leid, Sir«, schaltete Luke sich ein. »Wir führen gerade eine Suche durch. Der Hund hat uns zu Ihrem Grundstück gebracht. Wir haben ja keine bösen Absichten. Wir gehen natürlich auch wieder, wenn Sie Ihre Waffe herunternehmen.«

Archie spähte zu Luke hinüber, der seine Hände immer noch in die Luft hielt. Jetzt, wo er sie richtig sehen konnte, erstarrte er plötzlich, wandte sich in Lukes Richtung und ließ die Armbrust ein kleines Stück sinken. »Verdammt, was haben die denn mit Ihren Händen gemacht?«

Luke warf Josie einen raschen Blick zu. Sie nickte kaum merklich, um ihm zu bedeuten, dass er weiterhin versuchen sollte, Gamble in ein Gespräch zu verwickeln. Er hatte die Aufmerksamkeit des Mannes bereits auf sich gezogen und die Armbrust war nicht länger auf einen von ihnen gerichtet.

»Das ist eine lange Geschichte«, sagte Luke. »Ich erzähl sie Ihnen gerne mal, aber vielleicht lieber bei einem Bier als im Visier einer geladenen Armbrust.«

Archie sah auf die Waffe, als hätte er eben erst bemerkt, dass er sie in den Händen hielt. Er lachte und ließ die Arme mit der Waffe sinken. Mit einem Blick zu Josie hinüber sagte er: »Schätze mal, Sie sind erst dann zufrieden, wenn ich die hier abgelegt habe, was?«

Josie nickte. Er drehte sich um und deponierte die Armbrust auf der Ladefläche seines Pick-ups. Sobald er sich einige Schritte davon entfernt hatte, schob Josie ihre Pistole wieder ins Holster. Er musterte sie genauer. »Sie«, sagte er dann. »Sie waren doch neulich schon mal hier.«

»Ja.«

»Wegen so einer Frau und einem Auto.«

»Stimmt«, sagte Josie.

»Und dann haben Sie mir diese verdammten Leute vom Tierschutz auf den Hals gehetzt. Die wollten die Katzen einsammeln. Sie haben echt Nerven, wissen Sie das?«

Josie schwieg.

Hinter sich hörte sie das Knirschen von Schritten auf dem Schotter. Sie warf einen raschen Blick über die Schulter und war unendlich erleichtert, als sie den Streifenwagen die Zufahrt heraufkommen sah, der sich fast den ganzen Nachmittag über bereitgehalten hatte, wann immer sich Blue ausruhen und wieder aufwärmen musste. Zwei uniformierte Polizisten stiegen aus. Josie bedeutete ihnen zu warten.

Archie machte ein finsteres Gesicht. »Gibt's irgendein Problem?«

»Unser Suchhund hat die Fährte eines Verdächtigen in zwei Mordfällen aufgenommen und uns direkt zu Ihrer Einfahrt geführt. Was können Sie uns dazu sagen?«

Eine von Gambles buschigen Augenbrauen hob sich. »Eine Sache auf alle Fälle: Besorgen Sie sich lieber mal eine richterliche Anordnung und mir einen Anwalt, bevor Sie weiterreden. Und jetzt machen Sie, dass Sie von meinem Grundstück verschwinden.«

»Das werde ich tun«, erwiderte Josie. »Und währenddessen werden meine Kollegen das Grundstück kontrollieren.«

»Kontrollieren?«, fragte Gamble. »Was zum Teufel meinen Sie damit?«

Einer der Streifenpolizisten trat nach vorn. »Kommen Sie bitte mit, Sir«, wies er Gamble an.

»Den Teufel werd ich tun!«, knurrte Gamble wütend.

Der zweite Polizist kam hinzu. »Ist sonst noch jemand bei Ihnen?«

»Nein, und jetzt verschwinden Sie von meinem Grundstück!«

»Das geht nicht, Sir«, sagte der erste Polizist.

Josie überließ es ihnen, die Situation zu meistern. Die beiden würden dafür sorgen, dass Gamble nicht zurück in sein Haus ging und irgendwelche potenziellen Spuren verwischte, bevor sie die richterliche Anordnung erwirkt hatten. Außerdem würden sie das gesamte Gelände absichern, um auszuschließen, dass sich noch jemand dort befand.

Während sie die drei Männer unablässig im Blick behielt, winkte Josie Luke mit seinem Hund zu sich. Dann folgte sie ihnen rückwärts gehend Richtung Straße und beobachtete dabei die hitzige Diskussion zwischen Gamble und den Polizisten.

Vorn an der Straße, ein paar Meter von der Einfahrt zu Gambles Grundstück entfernt, schnaufte Luke erst einmal tief durch. Erst als Blue zu winseln begann, merkte Josie, wie sehr er zitterte. Luke ließ sich auf die Knie fallen und der Hund leckte ihm über die Wangen. »Alles gut, mein Junge. Alles gut.«

Er hob seine verstümmelten Hände, um Blues Schnauze zu berühren, doch sie bebten dermaßen, dass er den Hund nicht streicheln konnte.

»Luke«, sagte Josie.

Luke legte den Kopf auf die Knie und machte sich so klein wie möglich. Wieder winselte Blue und stupste ihn im Nacken an.

Josie hatte Luke schon einmal so gesehen. Damals hatte er ihr bei der Suche nach einem Zeugen geholfen, doch als sie ihn gefunden hatten, war er bereits getötet worden. Die Szene eben hatte in ihm offenbar einen beträchtlichen Teil dieses Traumas wieder aufleben lassen. Seine Stimme klang erstickt. »Alles gut. Alles gut.«

Josie kniete sich neben ihn und legte ihm den Arm um die Schultern. Sie ging mit dem Gesicht ganz nah an sein Ohr heran. Er roch nach Schweißhund und Rasierwasser. »Luke, sieh mich an.«

Er schüttelte den Kopf. Blue jaulte. Josie tätschelte dem Hund den Kopf und versicherte ihm: »Es ist alles gut, mein Junge.«

Sie kramte in Lukes Rucksack, bis sie die Wasserflasche gefunden hatte. »Luke, setz dich hin und trink das hier.«

Langsam hob er den Kopf. Sein Gesicht war kreidebleich. Er griff nach der Flasche, aber seine Hände zitterten immer noch zu sehr. Josie stellte die Flasche auf den Boden und nahm seine Hände in die ihren. »Sieh mich an«, sagte sie. »Es ist alles in Ordnung. Dir kann nichts passieren.«

Seine Hände fühlten sich seltsam an, irgendwie überhaupt nicht wie Hände, sondern eher wie zwei notdürftig zusammen-geflickte Klumpen aus verwachsenen Knochen, Metallplatten und wulstigem Fleisch. Wie konnte es sein, dass ihn das nicht störte? Josie widerstand der Versuchung, sie genauer betrachten, und sah ihn an, bis die Panik aus seinen blauen Augen wich und an ihre Stelle eine Art Erleichterung trat. Allmählich schien er sich wieder in den Griff zu bekommen. Neben ihnen wedelte Blue mit dem Schwanz und schnüffelte an Lukes Schulter.

Luke entzog Josie seine Hände wieder und strich damit über die Vorderseite seiner Jacke. »Du solltest telefonieren, wegen der richterlichen Anordnung«, murmelte er.

Josie rührte sich nicht. »Luke ...«

Er stand auf, holte zitternd Atem und wandte sich von ihr ab. »Ich ... Du solltest dir diese Anordnung organisieren. Tu, was du tun musst.«

Obwohl er sie nicht ansah, hatte sie das Gefühl, dass er sich schon tausendmal besser unter Kontrolle hatte als noch wenige Augenblicke zuvor. Er beugte sich zu Blue hinunter und tätschelte ihm die Flanken, wofür dieser sich mit ein paar schlabberigen Küssen mitten ins Gesicht revanchierte.

Josie zog ihr Handy aus der Tasche und rief das Team an.

SECHSUNDDREISSIG
TAGEBUCHEINTRAG, UNDATIERT

Es hat einen Unfall gegeben. Zumindest behauptet er das. Er sagt, er sei mein Ehemann, aber ich erinnere mich nicht an ihn. Ich erinnere mich nicht an dieses Haus. Mein Leben davor. Dieser Mann ist grausam. Ich kann nicht glauben, dass ich mit jemandem wie ihm verheiratet sein soll. Aber ich wusste auch nicht, wer ich selbst bin, bevor ich dieses Tagebuch gefunden habe. Jetzt weiß ich, dass ich meinen Ehemann aufs Fürchterlichste hintergangen habe. Jetzt verstehe ich, warum er mich so schlecht behandelt. Jeden Tag mühe ich mich ab, die Vergangenheit hervorzuholen. Aber sie kommt nicht hervor. Nur bruchstückhafte Erinnerungen an den Unfall. Sie ergeben noch keinen Sinn für mich. Am meisten quält mich das Gefühl, dass es da etwas ganz, ganz Wichtiges gibt, an das ich mich erinnern sollte, und es gelingt mir einfach nicht.

Ich wünschte, ich könnte mich an den Mann erinnern, in den ich verliebt war, den Grund für meinen Betrug. Wenn er mich so sehr geliebt hat, wo bleibt er dann jetzt?

Josie konnte die unbändige Wut in Archie Gambles Blick spüren, als er von dem Streifenwagen, der in seiner Zufahrt parkte, bis zur Straße ging, wo Josie, Noah und Mettner standen und darauf warteten, dass sie das Grundstück betreten konnten. Zwei uniformierte Polizisten flankierten Gamble. Entlang der Straße standen genügend Polizeifahrzeuge mit eingeschalteten Scheinwerfern, um die Dunkelheit zu erhellen, die sie umgab. Es war Abendessenszeit, aber keiner hatte Lust, etwas zu sich zu nehmen. Da Gamble von ihrer Anwesenheit alles andere als angetan war, hatten sie beschlossen, ihn zu einem anderen Streifenwagen zu geleiten, der am Straßenrand parkte, wo er sie nicht beobachten und gegen jede ihrer Bewegungen protestieren konnte, zumindest bis Josie, Noah und Mettner ihre Durchsuchung beendet hatten. Als Archie auf dem Weg zum Polizeiauto an ihnen vorüberkam, war ein rasselndes Räuspern zu hören, das tief aus seiner Kehle drang. Er drehte sich um und spuckte über seine Schulter. Ein gelbbrauner Schleimklumpen landete auf Josies Stiefel. Sie ignorierte ihn und fixierte Gamble stattdessen, ohne zu zwinkern, bis er als Erster die Augen abwandte. Neben ihr murmelte Noah: »Ich würde diesem Typen am liebsten eine scheuern.«

»Dann stell dich hinten an«, sagte Mettner. Er zog ein Paar Latexhandschuhe aus seiner Jackentasche und streifte sie sich über.

Josie starrte hinunter auf den Schleim. »Ich will, dass einer von euch das hier eintütet.«

Noah fragte: »Wie bitte?«

Josie blickte zu Archie Gamble hinüber und sah, wie der sich gerade, wild gestikulierend und mit einer unangezündeten Zigarette im Mund, mit einem der uniformierten Polizisten stritt. Man hatte ihm wohl nicht erlaubt, im Polizeifahrzeug zu rauchen. »Das auf meinem Stiefel«, sagte Josie. »Die Spucke. Tüte sie ein. Das ist eine DNA-Probe.«

Mettner kam herüber und sah ebenfalls auf ihren Schuh. »Du machst wohl Witze!«, sagte er.

»Überhaupt nicht«, erwiderte Josie. »Wir befinden uns hier nicht auf seinem Grundstück. Das da hat er freiwillig ausgespuckt.«

Mettner starrte sie fragend an.

Noah sagte: »Wir können doch drinnen im Haus DNA-Proben nehmen. Und die richterliche Anordnung ist umfassend genug, dass wir auch auf dem Grundstück DNA sichern können. Immerhin hat dieser Typ ja überall seine Zigarettenkippen hinterlassen.«

Josie lächelte. »Wir hatten kaum genügend nachvollziehbare Gründe, um überhaupt eine Unterschrift unter diese richterliche Anordnung zu bekommen. Jeder Verteidiger, der was auf sich hält, wird einen Antrag stellen, die DNA von den Kippen, die auf seinem Grundstück gefunden wurden, nicht als Beweis gelten zu lassen. Wir können sie meinetwegen sammeln, aber ich will unbedingt auch das hier als Probe.«

Mettner seufzte: »Ich hole einen Spurensicherungsbeutel.«

»Warte mal«, sagte Noah. »Wir haben doch immer Wechselkleider im Kofferraum. Ich hol dir einfach dein zweites Paar Stiefel.«

Gamble sah wütend zu Noah hinüber, als der an dem Polizeiauto vorbei und dann die Straße hinunter zu ihrem eigenen Fahrzeug eilte. Als er mit einem Paar Stiefel zurückkam, breitete sich langsam ein hämisches Grinsen in Gambles Gesicht aus. Er wandte sich zu Josie um, bleckte die Zähne und trug eine sehr selbstzufriedene Miene zur Schau. Josie quittierte seine höhnische Fratze mit einem Grinsen, bis sein Spott einem Ausdruck von Unsicherheit Platz machte. Der uniformierte Polizist sagte etwas zu ihm und zog damit seine Aufmerksamkeit auf sich. Ein weiteres Mal sah Gamble nicht mehr zu Josie hinüber.

Sobald die Probe gesichert war und Josie ein sauberes Paar Stiefel anhatte, streiften auch sie und Noah sich Latexhandschuhe über und betraten das Grundstück. Während Mettner damit begann, den Pick-up mit seiner Taschenlampe zu durchsuchen, gingen Josie und Noah ins Haus. Gretchen war nach Hause gefahren, um ein wenig zu schlafen. Das Erste, was Josie im Haus wahrnahm, war ein entsetzlicher Gestank – eine erstickende Mischung aus Nikotin, Schweiß und verdorbenem Essen. Hinter ihr keuchte Noah: »Gütiger Gott!«

Josie rümpfte die Nase: »Lass uns das so schnell wie möglich hinter uns bringen.«

»Das wird nicht so einfach sein. Sieh dir dieses Chaos doch mal an.«

Das Wohn- und das Esszimmer bildeten zusammen einen großen Raum. An einer Wand befand sich ein Ausgang, der zu einem Flur zu führen schien. Am anderen Ende des Hauses sah Josie einen Teil der Küche. Jede Oberfläche und ein großer Teil des Fußbodens waren mit allem möglichen Zeug bedeckt. Sie versuchte, sich Orientierung zu verschaffen, wusste aber gar nicht, wo sie zuerst hinsehen sollte. Auf einer Seite befand sich ein couchartiger Stapel an Kissen, auf dem sich Kleider und

Zeitschriften häuften. Als Josie nähertrat, sah sie, dass es ausschließlich Pornomagazine waren. Auf den aufgeschlagenen Seiten präsentierten sich vor ihr nackte Frauen in allen möglichen Posen. Ein kleiner Bereich in einer Ecke der Couch, etwa so groß wie Archie Gambles Hinterteil, war frei von Müll. Aschenbecher, Bierdosen, leere, zerdrückte Zigarettenschachteln und alte Essensverpackungen bedeckten den Couchtisch. Drei Fernseher lehnten an der Wand, aber nur einer davon war eingesteckt. Kaffeebecher, gefüllt mit Schrauben, Nägeln, Unterlegscheiben und Bohraufsätzen, bedeckten den Boden. Josie prägte sich die weiteren Gegenstände ein, die kreuz und quer herumlagen: ein Fahrradsattel, ein verbogener Gartenstuhl, ein Spazierstock, ein Angelkasten, eine Bowlingkugel und eine Kommodenschublade voll mit Inbusschlüsseln. Überall dasselbe, wo auch immer sie hinblickte.

Noah sagte: »Dieser Typ ist ein Messie. Ich meine, sieh dir das mal an.« Er deutete auf einen langen Tisch im Esszimmerbereich, der mit weiterem, anscheinend völlig wahllos zusammengewürfeltem Gerümpel vollgestellt war: eine Mikrowelle, eine Bettpfanne aus Metall mit allen möglichen Fernbedienungen darin, ein Stapel abgetragener Arbeitshandschuhe aus Leder, ein altes Neonschild, das für Black Label Beer warb, und eine Weihnachtsdekoration für den Garten in Form eines Schneemanns. »Wie zum Teufel sollen wir hier drin etwas finden?«

Die Eingangstür knarrte und Mettner tauchte auf. Er machte große Augen: »Das ist jetzt nicht euer Ernst, oder?«

»Ich fürchte, doch«, sagte Josie.

»Dieser Gestank«, klagte Mettner. »Deshalb hat der Typ nachts immer auf seiner Veranda gesessen. Wer könnte hier drin schon schlafen?«

Noah bahnte sich mühsam einen Weg durch den Flur. »Vielleicht ist es in den Schlafzimmern nicht ganz so schlimm.«

»Das bezweifle ich«, murmelte Mettner. »Wie sollen wir denn das alles hier durchsuchen?«

»Einfach kräftig wühlen«, erwiderte Josie. »Du fängst hier drin an. Ich beginne in der Küche und Noah übernimmt ... die ganzen Räume dort hinten.«

Der Gestank in der Küche war noch übler. Der Turm von schmutzigen Tellern im Spülbecken sah aus, als würde er jeden Moment umstürzen. Halb aufgegessene, schimmelige Mikrowellengerichte lagen über die Arbeitsfläche verstreut. Weitere leere Bierdosen und Aschenbecher, die vor zerdrückten Kippen überquollen, bedeckten den kleinen Resopaltisch. Auch hier lagen überall Magazine mit nackten Frauen offen herum, darunter sahen ein paar gefaltete Zeitungen hervor. Die einzige freie Oberfläche im Raum gehörte zu einem Stuhl, der unter den Tisch geschoben war. Sein Sitz aus Kunstleder war makellos sauber. Josie stellte sich dahinter und machte ein Foto, um genau den Anblick festzuhalten, in dem sie den Tisch vorgefunden hatte. Dann schob sie vorsichtig die Magazine und Zeitungen beiseite. Sie fand eine Gabel, die mit etwas Undefinierbarem verkrustet war, außerdem einen weiteren vollen Aschenbecher. Ein Feuerzeug. Eine Brille. Einen Stift.

Ein kleines liniertes Notizbuch mit sorgfältigen handschriftlichen Eintragungen in Blockbuchstaben.

Oben auf der ersten Seite las sie die Initialen »C.C.« Darunter gab es Listen, die mit Datumsangaben überschrieben waren. Zu jedem Datum waren verschiedene Zeiten und anscheinend Ortsangaben vermerkt. Die Einträge begannen vor über einem Monat. Das erste Datum war der 13.11. und darunter standen die Notizen:

7m Studio (allein)

1030m Praxis

1 n The Grotto

2 1 3a Praxis

5n zu Hause (allein)

Die Kombination der Initialen C.C. und der Stichworte »Studio« und »Praxis« reichten aus, um Josie zu bestätigen, dass Archie Gable Claudia Collins seit mindestens zwei Monaten vor ihrer Ermordung gefolgt war. Er hatte sogar notiert, wann sie allein gewesen war.

»Noah? Mett?«, rief sie.

Sie blätterte weiter. Es waren immer noch mehr Notizen, die dokumentierten, wo C.C. sich zu bestimmten Tageszeiten aufhielt, wann sie ankam und wieder fortging und ob sie dabei allein war. Einige der Aufzeichnungen bestanden aus seltsamen Kombinationen von Zahlen und Buchstaben: 4342SSRD tauchte zweimal auf, aber Josie kam nicht darauf, was es bedeuten könnte. Sie machte ein paar Fotos und rief noch einmal nach Noah und Mettner. »Ich glaube, ich hab hier etwas!«

Mettner tauchte im Eingang der Küche auf. Noah folgte ihm ein paar Sekunden später. Josie zeigte ihnen, was sie gefunden hatte.

»Wir müssen hier jeden Zentimeter durchkämmen«, sagte Noah. »Und wir müssen Gamble in Gewahrsam nehmen, um ihn zu befragen.«

ACHTUNDDREISSIG

Stunden später, nach Mitternacht, schlenderte Archie Gamble aus dem Polizeirevier von Denton, pfiff ein fröhliches Liedchen vor sich hin und lächelte alle an, die zu ihm hinsahen, darunter auch die Gruppe von Journalisten, die sich um das Gebäude versammelt hatten und begierig auf Neuigkeiten zum Mord an Claudia Collins warteten. Er ignorierte sie, stieg in seinen Pick-up und fuhr davon. Als man Gamble zum Verhör in Gewahrsam genommen hatte, hatte er gefordert, einen Anwalt kontaktieren zu können. Kurz darauf war Dentons führender Strafverteidiger Andrew Bowen eingetroffen, um Gamble zu vertreten. Josie und Bowen kannten sich seit mehreren Jahren und ihre gemeinsame Geschichte war nicht angenehm. Er bedachte sie mit wütenden Blicken, während sie ihm die Situation erklärte und beschrieb, was sie auf Gambles Anwesen gefunden hatten. Bedauerlicherweise – für die Polizei von Denton, für Claudia Collins und Eve Bowers – hatte man als einziges Beweismittel nur das Notizbuch sichern können. Trotz einer umfassenden Suche war es ihnen nicht gelungen, Claudias Handy zu orten. Den Inhalt der Feuertonne zu analysieren würde Tage, wenn nicht gar Wochen in Anspruch nehmen.

Außerdem hatten sie unter den Unmengen an gesammelten Gegenständen in Archie Gambles Haus nichts gefunden, was möglicherweise zum Erwürgen von Eve Bowers benutzt worden war.

Bowen riet Gamble, erst gar nicht mit den Ermittlern zu sprechen. Ohne einen Nachweis, dass das Notizbuch tatsächlich Gamble gehörte oder die Handschrift darin seine war, ohne hieb- und stichfesten Beweis, dass mit C.C. Claudia Collins gemeint war, und ohne irgendwelche anderen auf seinem Anwesen gefundenen Beweise, die sich eindeutig Claudia Collins zuordnen ließen, mussten sie ihn gehen lassen. Ein Notizbuch, in dem die Initialen C.C. standen, und dazu ein Tagesplan, selbst wenn er dem von Claudia verdächtig nahekam, war einfach nicht genug, um Gamble wegen des Mordes an Claudia Collins anzuklagen. Und um ihm den Mord an Eve Bowers zur Last zu legen, hatten sie sogar noch weniger in der Hand. Abgesehen davon, dass sie seinen Namen, notiert auf einem Briefumschlag, in ihrem Haus vorgefunden hatten, gab es keine erkennbare Verbindung zwischen den beiden. Sie hatten nicht genug in der Hand, um ihn wegen irgendetwas anzuklagen.

Bowen wusste das. Gamble wusste es. Und auch Josie und ihr Team waren sich dessen bewusst.

Sie steckten in einer Sackgasse.

Als Gretchen für die Nachtschicht wiederkam, informierten Josie, Noah und Mettner sie über die neuesten Entwicklungen, dann fuhren sie nach Hause. Wie auf Autopilot ging Josie unter die Dusche, zog sich um und stellte für sich und Noah etwas zum Abendessen in die Mikrowelle. Sie fütterte Trout, ging mit ihm spazieren und spielte mit ihm. Sobald alle drei zusammengekuschelt im Bett lagen, begann bei Josie das Gedankenkarussell.

War Archie Gamble der Mörder? Hatte er all die persönlichen Informationen gesammelt, die der Mörder über die

Collins' zu wissen schien, indem er Claudia gestalkt hatte? War er jene Person, von der Claudia geglaubt hatte, dass sie ihr gefolgt war? War Claudia ihm irgendwie auf die Schliche gekommen und so auf seinen Namen gestoßen? Hatte sie den Namen deshalb auf das Kuvert eines Werbebriefs geschrieben, der irgendwie bei Eve gelandet war? Kathy hatte zufällig mitgehört, wie Claudia zu Eve gesagt hatte, sie hege den Verdacht, verfolgt zu werden. Hatte Claudia Eve den Umschlag mit Gambles Namen gegeben, sodass Eve ihn überprüfen konnte? Und wenn das der Fall gewesen war, warum hatte Eve das am Abend von Claudias Ermordung nicht erwähnt?

Dann war da Gamble. Wenn er tatsächlich der Mörder war, wo versteckte er dann Claudias Handy? Hatte er Beweismittel vom Mord an ihr in seiner Feuertonne verbrannt? Aber wenn das der Fall war, warum hatte er nicht alles zerstört? Warum hatte er das Notizbuch bei sich herumliegen lassen? Oder hatte er es einfach nur vergessen? War es im Chaos seines Hauses untergegangen? Wenn er vorsichtig genug gewesen war, physische Beweise zu verbrennen, warum war er dann andere Risiken eingegangen? Wie etwa die Aufmerksamkeit auf sich zu ziehen, indem er Eves Wagen so nahe an seinem Grundstück abstellte? Vermutlich hatte er nie gedacht, dass es die Polizei zu ihm führen würde. Er hatte ja nicht geahnt, dass Eve seinen Namen niedergeschrieben hatte, bis sie es ihm gesagt hatten.

Immer wieder kam ihr die Nachricht des Mörders an Beau Collins in den Sinn:

Spielen Sie mit, dann wird nicht noch jemand sterben müssen. Gehen Sie heute auf Sendung. Beantworten Sie den Zuschauern die folgende Frage: Was war das größte Scheitern meiner Frau? Stimmt die Antwort nicht, werden Sie es bereuen. Und falls Sie gar nicht erst auf Sendung gehen, wird das Konsequenzen haben.

Beau hatte getan, was der Mörder gefordert hatte. Hieß das, dass er mit dem Morden aufhören würde? Oder würde es weitere Nachrichten geben? Josie bezweifelte sehr, dass dieser Mörder jetzt aufhören konnte. Sie blickte zu Noah hinüber. Er lag mit nacktem Oberkörper, eine Hand hinter seinen Kopf gelegt, auf dem Rücken, die andere Hand hielt die Fernbedienung zum Fernseher gerichtet. Josie blickte auf den Bildschirm, aber Noah zappte so rasch durch die Vorschau, dass sie kaum die Namen der Sendungen lesen konnte. Er würde sich nichts heraussuchen, denn das tat er nur selten. Es hatte sie jahrelang wahnsinnig gemacht, bis sie herausgefunden hatte, dass er gar nicht nach einer bestimmten Sendung suchte, die ihm dabei helfen würde zu entspannen. Es war die Suche selbst, die für ihn entspannend war.

Ihr selbst verhalf jede Sendung über Restaurants, über Kochen oder über alles, was auch nur entfernt etwas mit Essen zu tun hatte, innerhalb von Sekunden zum Einschlafen.

Als er sich durch alle Sender gezappt hatte, die sie empfangen konnten, begann er wieder von vorn. Josie kletterte über den schnarchenden Trout, streckte sich neben Noah aus und legte den Kopf an seine Brust.

»Du denkst noch über alles nach, nicht wahr?«, flüsterte er in ihr Haar.

Josie legte eine Hand auf sein Herz und das regelmäßige Pochen beruhigte sie.

»Meinst du, Beau Collins hat die Frage des Mörders richtig beantwortet?«

»Ich hab keine Ahnung«, meinte Noah. »Aber ich glaube nicht, dass dieser Täter schon genug hat. Er sagt, es sei ein Spiel – aber so bösartig wie dieser Perversling agiert? Ich glaube nicht, dass er Beau gewinnen lässt. Allerdings, wenn Gamble unser Mann ist, dann haben wir es ihm enorm erschwert, sein Spiel weiterzuspielen.«

»Stimmt«, räumte Josie ein. »Der Chief hat einen Streifenwagen vor seinem Haus postiert.«

»Ich weiß nicht, ob das hilft. Gamble könnte leicht durch den Hintereingang entwischen, über dieses riesige Grundstück verschwinden und irgendwo wiederauftauchen, wo niemand nach ihm sucht. Worauf sollen wir überhaupt ab jetzt unsere Ermittlungen ausrichten?«

»Ich glaube, wir sollten unbedingt frühere Klienten der Praxis in Betracht ziehen, Leute wie die Abbots«, schlug Josie vor.

»Aber das können wir nicht, solange uns keiner sagt, wer diese Klienten sind«, wandte Noah ein. »Beau Collins wird uns sicher keine Namen nennen – nicht um alles in der Welt.«

»Aber Trudy hilft uns vielleicht weiter«, sagte Josie. »Ich weiß, es ist eine weit hergeholte Vermutung, aber ich glaube, wir müssen unbedingt noch mal mit ihr reden und sie mit dem konfrontieren, was wir über die Abbots und diese Bewertung der Praxis in den sozialen Medien wissen. Sie weiß etwas, das sie uns nicht sagen will.«

»Dann reden wir einfach morgen noch mal mit ihr.« Noah zog den Arm hinter seinem Kopf hervor und legte ihn um sie. »Wie ist es dir heute mit Luke ergangen?«

Sie hoffte, er würde nicht merken, wie sie innerlich erstarrte. »Gut«, sagte sie. »Ich denke nur ... ich glaube, er braucht eine Weile, bis er sich wieder daran gewöhnt hat, mit der Polizei zusammenzuarbeiten.«

»Ich schätze, wir wissen, was sein größtes Scheitern war«, murmelte Noah.

»Hey«, ermahnte ihn Josie, denn sie fühlte sich wieder einmal genötigt, Luke zu verteidigen.

»Tut mir leid«, sagte Noah und strich mit seinen Lippen über ihre Stirn. »Ich bin gemein. Du hattest recht damit, was du vorher gesagt hast, dass er jetzt mit den Konsequenzen seiner Handlungen konfrontiert ist und seine Haftzeit abgesessen hat.

Er hätte nach seiner Entlassung nicht wieder die Strafverfolgungsbehörden unterstützen müssen. Er weiß sicher, dass manche Leute ihn hassen, aber er versucht, etwas Gutes zu tun, und das sollte man ihm hoch anrechnen.«

Josie dachte an Luke, wie er vor ihr gekniet hatte, an seine verstümmelten Hände in ihren, an die Panik, die seinen Körper durchgeschüttelt hatte wie ein elektrischer Stromstoß. Sie wollte nicht mehr über ihn sprechen. »Was meinst du, wie würden wir beide bei so einem Fünf-vertrauliche-Fakten-Quiz abschneiden?«, platzte sie heraus.

Noah lachte. »Ich dachte, du hältst nichts von solchen Spielchen?«

»Das tue ich auch nicht«, erwiderte sie und fuhr mit den Fingern über seine Bauchmuskeln. »Aber es macht einen großen Unterschied, ob du nicht weißt, wie der andere gern seinen Kaffee trinkt, oder ob du nicht weißt, was er für das größte Scheitern in seinem Leben hält.«

Er drückte sie an sich. »Das ist doch bei uns beiden das Gleiche. Das mit dem Scheitern.«

»Was meinst du damit?«

»Du glaubst, dein größtes Scheitern war, dass du deine Großmutter nicht gerettet hast.«

Josie stockte der Atem. Sie hatte bei einer Menge Dinge in ihrem Leben versagt. Sie hatte die Frau, die sich als ihre Mutter ausgegeben hatte, nicht davon abhalten können, andere zu verletzen, darunter auch sie selbst. Sie hatte in ihrer ersten Ehe versagt. Sie hatte als Verlobte versagt. Sie hatte ihrem ersten Ehemann nicht das Leben retten können; sie hatte Menschen nicht retten können, denen sie geschworen hatte, sie würde sie beschützen und ihnen helfen; und sie hatte auch bei der Lösung von Fällen versagt. Aber wenn sie ihr größtes Scheitern von allen benennen müsste, dann hatte Noah recht: Es war, dass sie nicht in der Lage gewesen war, das Leben ihrer Großmutter zu schützen. Sie spürte, wie ihr Tränen in die Augen stiegen, was nicht oft geschah. Ihre Therapeutin hatte mit ihr daran gearbeitet, dass Josie lernen sollte, ihre Gefühle bewusst zu durchleben, aber Josie hasste das und versuchte noch immer, das Weinen um jeden Preis zu vermeiden.

Sie schluckte den Kloß in ihrem Hals hinunter und sagte: »Und du glaubst, dein größtes Scheitern war, dass du das Haus deiner Mutter nicht zehn Minuten eher erreicht hast.«

Noahs Körper verspannte sich. Seine Stimme war heiser, als er erwiderte: »Ich glaube, wir kennen einander ziemlich gut.«

»Ganz gleich, wie oft wir einander sagen, dass diese Dinge nicht unsere Schuld waren«, sagte Josie, »wir werden einander nie glauben, oder?«

Für sie beide würden die Selbstvorwürfe nie aufhören, sie waren fest verwurzelt in ihrer Psyche. Unabänderliche Wahrheiten.

Seine Finger zerzausten ihr Haar. »Leider. Aber du weißt, wenn du mich fragen würdest, welches das größte Scheitern meiner Frau war, dann würde ich nicht das nennen.«

Sie verlagerte ihre Position, sodass sie ihn ansehen konnte. »Wirklich? Was hältst du denn für meinen größten Fehlschlag?«

Er lächelte, ließ die Fernbedienung sinken und fuhr die Narbe auf ihrem Gesicht mit dem Finger nach. »Dass du mich nicht eher geheiratet hast.«

NEUNUNDDREISSIG

Bis Dienstagmorgen war die Zahl der Journalisten vor dem Polizeirevier exponentiell angestiegen. Da Chief Chitwood ihnen versichert hatte, er und Amber würden sich um die Medien kümmern, brachen Josie und Noah auf, um noch einmal mit Trudy Dawson zu sprechen. Schwere graue Wolken hingen am Horizont, als sie zu dem gedrungenen, einstöckigen Flachdachgebäude im Geschäftsviertel von South Denton gelangten, in dem die Praxis der Collins' untergebracht war. Es stand auf einer eigenen Grundstücksparzelle und verfügte über einen kleinen asphaltierten Parkplatz. Nur ein Auto stand dort, auf dem Stellplatz, der am nächsten zur Eingangstür lag. Josie parkte daneben.

Die Tür zur Praxis war nicht verschlossen. Noah öffnete sie und hielt sie für Josie auf. Sie machte zwei Schritte hinein und fand eine Situation vor, die auf unheimliche Weise jener ähnlich sah, die sie vor gerade einmal drei Tagen im Esszimmer der Collins' vorgefunden hatten. Es gab zwar kein Blut, aber die anderen Parallelen waren unverkennbar.

»Noah«, sagte Josie.

Schon im nächsten Moment hielt sie ihre Dienstwaffe in

den Händen. Hinter sich hörte sie, wie Noahs Holster aufschnappte, dann das Geräusch, das seine Pistole machte, wenn sie aus dem Holster glitt. Ihr Atem verlangsamte sich. Leise sagte Noah: »Wir sichern erst und dann rufen wir die Kavallerie her.«

Josie nickte. Die Eingangstür der Praxis führte direkt in einen geräumigen Empfangsbereich. Die Wände waren in Mauve gestrichen und mit Großaufnahmen von Blumen dekoriert. Gemeinsam schoben sie sich vorwärts – vorbei an zwei Reihen mit Stühlen, die zu beiden Seiten eines schmalen Couchtischs standen – bis zu einem wuchtigen Empfangstresen. Dahinter saß Trudy Dawson zusammengesunken auf ihrem Stuhl, das Kinn war ihr auf die Brust gesunken. Neben dem Tresen ging es in einen dunklen Flur. Noah hielt die Pistole darauf gerichtet, während Josie Trudys Haare hochhob, die ihr wie ein Vorhang vors Gesicht gefallen waren, und zwei Finger an ihren Hals drückte. In dem Moment, als sie die vollkommene Reglosigkeit von Trudis Körper spürte, wusste sie, dass sie keinen Puls finden würde.

Sie sah Noah an und schüttelte den Kopf. Er nickte und deutete auf den Flur. Zusammen arbeiteten sie sich darin vor und sicherten jeden Raum, in den er führte: zwei Büros, ein Aktenraum, ein Badezimmer, eine Kaffeeküche und zwei Toiletten. Schließlich kamen sie zum Hintereingang, der verschlossen war. Es war niemand da. Und es wirkte alles ganz in Ordnung.

Außer, dass die arme Trudy tot war.

Sie verstauten ihre Waffen wieder im Holster und kehrten zum Parkplatz zurück, wobei sie darauf achteten, nichts weiter am Tatort zu kontaminieren als das, was durch ihre Anwesenheit dort unvermeidlich gewesen war. Josie ging langsam um das Gebäude herum und Noah rief die Leitstelle an. Draußen sah alles unberührt aus, abgesehen von den Überwachungskameras. Es waren im Ganzen vier Stück, eine auf jeder Seite des

Gebäudes. Ihre Linsen waren mit schwarzer Sprühfarbe bedeckt. Mittlerweile hatte leichter Schneefall eingesetzt. Als sie zu ihrem Wagen zurückkehrten, hielt Noah Josie die Tür auf. »Setz dich rein«, sagte er. »Sieh zu, dass du warm bleibst. Es wird Stunden dauern, bevor wir da wieder reinkönnen.«

Josies Frühstück rumorte in ihrem Magen, während sie zusah, wie ein Polizeifahrzeug nach dem anderen ankam und sich auf den kleinen Parkplatz drängte: zwei Einsatzfahrzeuge, der SUV der Spurensicherung, ein Rettungswagen, Dr. Feists kleiner Pick-up und schließlich Gretchen in einem zivilen Fahrzeug. Sie stieg aus, kam hinüber zu Josies und Noahs Wagen und setzte sich auf den Rücksitz. »Mett hat gerade noch einen anderen Anruf reinbekommen. Tod ohne Anwesenheit anderer Personen. Und was habt ihr hier?«

Josie und Noah brachten sie auf den neuesten Stand. Als sie fertig waren, seufzte Gretchen. »Also gut. Wir müssen versuchen, die Aufnahmen von den Überwachungskameras der Praxis zu bekommen, um zu prüfen, ob wir die Person sehen können, die sie mit Farbe besprüht hat.«

»Ich bezweifle, dass wir da was entdecken«, erwiderte Noah, »aber wir können es versuchen.«

»Ich fang schon mal an und sichte die Aufnahmen der Überwachungskameras von den anderen Firmen und Geschäften hier in der Straße«, schlug Gretchen vor. »Vielleicht ergibt sich da etwas.« Der Rücksitz knarrte und Gretchen klopfte Josie mit einem Stift auf die Schulter. »Wir kriegen ihn, Boss. Ganz bestimmt.«

»Danke, Gretchen«, sagte Noah. Sobald sie ausgestiegen war, zog er sein Handy heraus. Josie hörte zu, wie er den Polizisten anrief, der draußen vor Archie Gambles Haus Wache schob. Da sie und Noah im Wagen eng beieinandersaßen, konnte sie die blecherne Stimme des Officers verstehen. Gamble hatte nicht einmal den Kopf herausgestreckt, seit er am Abend zuvor nach Hause zurückgekehrt war. Nachdem Noah das Gespräch beendet hatte, saßen sie schweigend da und beobachteten die Kollegen von der Spurensicherung, wie sie in der Praxis ein und aus gingen.

Josie dachte an Trudys Mutter. Der dumpfe Schmerz in ihrer Brust, der begonnen hatte, als sie Trudy zusammengesunken hinter ihrem Schreibtisch entdeckt hatte, wurde stärker. Trudy hatte sich so hingebungsvoll um ihre Mutter gekümmert. Alzheimer war eine schreckliche, unbarmherzige Krankheit. Josie hatte Trudys Entschlossenheit bewundert, ihre Mutter bei sich zu Hause zu versorgen. Was würde jetzt mit der armen alten Frau geschehen? Wenn Trudys Bruder sich nicht um sie kümmern würde, dann müsste sie in ein Pflegeheim gehen. So oder so, ihr Leben, wie sie es bisher gekannt hatte, war vorbei. »Es muss unbedingt jemand zu Trudys Haus gehen«, sagte sie. »Ihre Mutter hat Alzheimer und kommt nicht allein zurecht, erinnerst du dich? Es gibt eine Tagespflegerin, aber ...«

Noah legte seine Hand auf ihre. »Lass mich ein paar Anrufe machen. Ich kümmere mich darum.«

Er musste gespürt haben, dass sie allein sein wollte, denn er stieg aus dem Wagen, um die Anrufe zu erledigen. Schließlich gab ihnen die Spurensicherung die Erlaubnis, das Gebäude wieder zu betreten. Sie fanden Schutzkleidung zur Untersuchung des Tatorts hinten in Hummels SUV und zogen sie sich über. Drinnen stand Dr. Feist schon neben Trudys Leiche und hob gerade mit ihren behandschuhten Händen vorsichtig Trudys Kinn an. Noah blieb vor dem Empfangstresen stehen, während Josie auf die andere Seite zu Dr. Feist ging. »Dieselbe Art von Strangulationsmalen«, sagte diese und deutete auf die violett-roten Streifen um Trudys Hals.

»Sie sehen fast genauso aus wie die Verletzungen, die wir an Eve Bowers' Leiche gefunden haben«, fuhr Dr. Feist fort. »Sieht so aus, als hätte er das gleiche Band benutzt.«

»Gibt es schon Schätzungen zum Todeszeitpunkt?«, fragte Noah.

»Sie ist noch nicht sehr lange tot, so viel kann ich euch schon mal sagen. Die Leichenstarre setzt gerade erst ein. Ausgehend von meinen ersten Temperaturmessungen an der Leiche und der Raumtemperatur schätze ich, dass sie wahrscheinlich etwa um acht oder halb neun heute Morgen getötet wurde.«

»Die Tagespflegerin bei ihr zu Hause sagte, sie ist heute morgen um halb acht aus dem Haus gegangen«, sagte Noah.

Josie bemerkte: »Dann dürfte sie spätestens um acht Uhr hier gewesen sein.«

Sie hatten die Tote etwa um Viertel nach neun aufgefunden. Jetzt war es schon nach elf Uhr.

Josie richtete ihre Aufmerksamkeit auf die Gegenstände auf dem Schreibtisch. Der Bildschirm des Laptops war dunkel. Der Hörer des Telefons ruhte auf seiner Gabel. Die Fotografien auf dem Schreibtisch zeigten Trudy Dawson mit einer älteren Frau und einem jüngeren Mann. Zweifellos ihre Mutter und ihr Bruder.

Dr. Feist trat hinüber auf die andere Seite von Trudy Dawsons Leiche und Josie hatte nun uneingeschränkte Sicht auf Trudys Schoß. Eine Hand ruhte, die Handfläche nach oben, auf ihrem Oberschenkel, und darin hielt sie eine hölzerne Rätselbox, die wie ein Geschenk gestaltet war.

Josie spürte ein scharfes Brennen in ihrem Magen. »Noah«, sagte sie.

Er kam um den Schreibtisch herum, um sich die Sache genauer anzusehen. Hummel trat aus dem Flur zu ihnen. »Hey«, sagte er. »Ich habe es so belassen, wie ich es vorgefunden hatte, weil ich wollte, dass ihr das seht. Ich werde es auf Spuren untersuchen und so bald wie möglich öffnen lassen.«

Josie sagte: »Danke. Wenn etwas darin ist, dann möchte ich das schnellstmöglich erfahren. Was ist mit Trudys Handy? Ist es hier oder hat er es mitgenommen?«

Hummel erwiderte: »Du meinst, ob dieser Typ Handys

sammelt? Nein. Es ist noch hier. Genauso wie ihre Handtasche. Die ganze Praxis sieht ziemlich unberührt aus.«

Josie ging zurück zur Eingangstür und ließ den Blick nochmals durch den Raum wandern – ohne den Adrenalinstoß, der mit dem Fund einer Leiche einhergeht, und ohne ihre Wut darüber. Ihr Blick ging vom Schreibtisch zum Flur. Trudy hätte nur aufstehen und vier oder fünf Schritte machen müssen, um von ihrem Stuhl in den Flur zu gelangen. An seinem Ende befand sich der Hintereingang.

Noah hob eine Braue und deutete mit dem Kopf in Josies Richtung. Dann blickte er den Flur hinunter und wieder zu ihr zurück. Er folgte ihren Gedanken, bevor sie sie aussprach, wie er es so oft tat, und sagte dann: »Sie hatte freie Sicht zum Hintereingang. Und sie hätte nur Sekunden gebraucht, um dorthin zu gelangen.«

Josie blickte zu den Stühlen und dem Couchtisch. Alle wirken unverrückt. »Es gab sicher keine Termine heute. Beau hat gestern in der Sendung verkündet, dass Claudia verstorben ist. Trudy ist wahrscheinlich in die Praxis gekommen, um solche Klienten zu kontaktieren, die das vielleicht nicht mitbekommen haben.«

Josie ging zurück zur Tür und trat dann langsam zum Schreibtisch. »Hat sie ihn gekannt? Er ist nahe genug an sie herangekommen, um sie töten zu können. Und sie ist nicht weggelaufen.«

Noah sagte: »Vielleicht hatte sie keine Zeit mehr zum Weglaufen.«

Josie sah sich alles rund um den Schreibtisch genau an und bückte sich, um darunter zu schauen. »Sie hat nicht gekämpft. Oder wenn doch, dann hat er die Beweise dafür verwischt. Hat alles wieder an Ort und Stelle zurückgestellt.«

»Nach dieser vorläufigen Untersuchung sehe ich keine Hinweise auf weitere Verletzungen«, sagte Dr. Feist, »aber ich werde euch informieren, sobald ich mit der Autopsie fertig bin.«

»Wenn wir glaubhaft machen könnten, dass sie ihn gekannt hat«, schlug Noah vor, »dann könnten wir vielleicht einen Richter überzeugen, einen Durchsuchungsbeschluss zu unterschreiben, damit wir die Namen von einigen der Klienten einsehen könnten.«

Josie schüttelte den Kopf. »Sie würden uns vermutlich nur die Namen der Klienten sehen lassen, die heute einen Termin hatten, der noch vor Claudias Tod vereinbart wurde. Für die sollten wir allerdings einen richterlichen Beschluss erwirken. Mit denen müssen wir auf alle Fälle reden und sicherstellen, dass keiner von ihnen heute hier war.«

Hummel entgegnete: »Es war keiner hier. Niemand außer Trudy und dem Mörder. Ihr Computerbildschirm war an, als wir herkamen. Die App des Überwachungssystems liegt auf ihrem Desktop. Sie war geöffnet.«

»Heißt das, sie hat gerade die Kameras geprüft, als dieser Typ hier aufkreuzte?«, meinte Noah.

»Keine Ahnung«, erwiderte Hummel. »Ich kann nur sagen, dass das Programm offen war. Ich hab mir kurz die Aufnahmen angesehen. Etwa um Viertel vor acht war jemand hier, obwohl man ihn oder sie nicht erkennen kann. Und ungefähr um dieselbe Zeit taucht der Sprühkopf einer Spraydose im Sichtfeld jeder Kamera auf. Sämtliche Linsen wurden mit Farbe zugesprüht. Der Mörder hat darauf geachtet, dass ihn keine Kamera davor oder während des Sprühens erfasst.«

»Na großartig«, seufzte Josie. »Einfach großartig.«

»Deshalb ist Gretchen auch losgezogen, um die anderen Firmen und Geschäfte entlang der Straße abzugehen. Wenn wir hier auf den Aufnahmen niemanden finden, dann hat vielleicht eine der Kameras von einem benachbarten Geschäft etwas festgehalten. Vielleicht ein Fahrzeug.«

»Ich hab genug gesehen«, sagte Josie. »Hummel, sag

Bescheid, wenn du bei den Fingerabdrücken irgendwelche Treffer hast. Ich muss so bald wie möglich wissen, was in dieser Box ist.«

»Alles klar, Boss«, sagte Hummel.

Die Eingangstür wurde aufgerissen. Officer Brennans Stimme schallte durch die Praxis. »Detective? Lieutenant? Detective Palmer ist wieder da. Sie sagt, sie hat was.«

VIERZIG

Josie strich sich das Haar zurück, während sie und Noah sich hinter Gretchen über einen kleinen Laptop-Bildschirm hinter dem Tresen einer Autoverleihfirma beugten. Prime Car Rental befand sich gegenüber der Praxis der Collins', und obwohl ihre Kameras nicht direkt darauf ausgerichtet waren, hatten sie doch einen kleinen Teil der Zufahrt zum Parkplatz der Praxis erfasst. Der Manager saß direkt vor dem Computer und spielte die Aufnahmen ein zweites Mal ab.

Noah fragte: »Bist du dir da sicher?«

»Ja«, erwiderte Gretchen. »Sieh es dir noch mal an.«

Der Manager drückte auf Play. Der Bildschirm zeigte den Parkplatz direkt vor den Eingangstüren, wo mehrere Wagen parkten. Dahinter verlief die Straße und auf der anderen Seite sah man die Bordsteinkante und dann die glatte Asphaltoberfläche, wo die Zufahrt zum Parkplatz der Collins' begann. Die Kamera erfasste nur einen Teil davon. Josie wusste, dass aus diesem Blickwinkel, der die Praxis der Collins' von der anderen Straßenseite aus zeigte, jene Hälfte des Eingangs, die sie sehen konnten, genau in den Süden von Denton wies. Der Zeitstempel unten rechts am Bildschirm zeigte 8:28 an. Die Aufnahme zeigte im weiteren Verlauf ein auf der Straße vorbeifahrendes Auto, dann einen Van, die beide Richtung Norden fuhren, in die Stadt hinein. Mehrere weitere Wagen sausten in die andere Richtung vorbei, aus der Stadt hinaus.

»Jetzt kommt es«, sagte Gretchen. »Achtet auf die Zufahrt zum Parkplatz der Collins'.«

Ein paar Sekunden vergingen, dann flitzte etwas Undeutliches über den Bildschirm und erschien eine Sekunde lang in dem Teil der Zufahrt, den die Kamera einfing. Im nächsten Moment war es verschwunden.

»Was soll das sein?«, fragte Noah.

Gretchen ließ ein frustriertes Stöhnen hören. Sie streckte über den Manager hinweg ihre Hand aus und nach einigem Herumhantieren ließ sie die Aufnahme zurückspulen und an jener Stelle pausieren, als das Objekt auf dem Bildschirm auftauchte. »Das ist kein Auto«, sagte sie.

Josie beugte sich weiter vor und versuchte, etwas zu erkennen. »Aber es sieht aus wie ein Reifen. Irgendwie.«

»Weil es ein Fahrrad ist!«, sagte Gretchen triumphierend. Mit ihrem Zeigefinger fuhr sie die Linien nach, die zum Rand des verwischten Halbkreises verliefen. »Das sind die Speichen. Und das hier ist ein Teil des Reifens. Und dieses – dieses rechteckige Ding – das ist ein Fuß oder ein Pedal, glaube ich.«

»Es ist ein Fahrrad, das vom Parkplatz der Praxis wegfährt. Das willst du uns wohl damit sagen«, meinte Noah.

Gretchens Gesicht war vor Aufregung gerötet. Sie fuhr sich mit der Hand durch ihr stacheliges grau-braunes Haar. »Ja! Es würde erklären, warum wir mit der verdammten Nummernschilderkennung nicht weitergekommen sind.«

»Und es würde auch erklären, warum der Suchhund in der Lage war, den Geruch des Mörders mehr als acht Kilometer weit zu verfolgen«, fügte Josie hinzu. »Vom Stadtpark bis zu Archie Gambles Haus.«

»Habt ihr auf Archie Gambles Anwesen ein Fahrrad gesehen?«, fragte Gretchen.

»Ein paar«, erwiderte Josie. »In der Garage. Ich bin mir nicht sicher, ob irgendwelche davon fahrtüchtig genug waren, um damit bis in die Stadt zu fahren, aber ich hab sie mir auch nicht genauer angesehen. Ich hab ja nicht gewusst, dass es von Bedeutung ist.«

»Wir holen uns einfach eine weitere richterliche Anordnung dafür«, schlug Gretchen vor.

»Und dann?«, fragte Josie nach. »Das beweist nur, dass Archie Gamble ein Fahrrad besitzt. Wahrscheinlich hat die Mehrheit der Bewohner dieser Stadt eines.«

»Aber fahren sie damit im Januar herum?«, fragte Noah.

Josie zuckte mit den Schultern. »Manche Leute schon – und das Wetter war nicht die ganze Zeit über schlecht. Selbst wenn ich einen Richter dazu bringen kann, eine Anordnung zu unterschreiben, damit wir Archie Gambles Fahrräder zu den Beweismitteln nehmen können, können wir nicht nachweisen, dass er an einem der Tatorte war. Außerdem hält ein Officer vor seinem Haus Wache.«

»Er hätte auf der Rückseite rausfahren können«, schlug Gretchen vor.

»Sicher«, erwiderte Josie, »aber wir können nichts beweisen. Wir würden Stunden und viele Kräfte darauf verwenden und danach hätten wir trotzdem nichts weiter als ein paar Fahrräder und noch immer keine sicheren Spuren. Wir müssen diesen Typen unbedingt finden, oder wenn Gamble irgendwie dahintersteckt, dann müssen wir genügend Beweise sammeln, um ihn anzuklagen. Dieser Mörder ist schlau. Viel schlauer als unser Durchschnittskrimineller. Er hinterlässt keine Fingerabdrücke, keine DNA. Er ist auf keinen Aufnahmen von Überwachungskameras zu sehen. Nicht mal hier!«

Noah schlug vor: »Wir könnten doch auch die Aufnahmen der Überwachungskameras weiterer Geschäfte in der Nähe prüfen. Damit können wir seine Fahrstrecke ermitteln und schauen, ob wir ein besseres Bild von ihm bekommen. Oder von dem Fahrrad. Vielleicht können wir auch Luke und Blue noch mal dort rausbringen und sehen, ob sie dem Geruch des Mörders von hier zu dem Ort, wo er hinfuhr, folgen können.«

»Ich bin mir nicht sicher, ob das eine gute Idee ist. Vielleicht brauchen sie eine Pause. Wir könnten auch die Polizeihund-Einheit des Sheriffs anfordern«, sagte Josie.

»Luke hat bereits an dem Fall gearbeitet«, wandte Noah ein. »Er versteht, wie wichtig das ist. Er weiß, dass wir ihn nicht bitten würden, wenn der Mörder nicht immer wieder so schnell zuschlagen würde. Luke hatte einen Tag Pause. Außerdem wohnt er in der Nähe. Er kann schneller hier sein als die Einheit des Sheriffs. Ruf ihn an. Gretchen und ich werden das mit den Kameras übernehmen.«

Josie erinnerte sich daran, wie Lukes verstümmelte Hände in ihren eigenen gezittert hatten. Die Sache mit Archie Gamble hätte ihn fast außer Fassung gebracht. Was würde geschehen, wenn sie dem Mörder von Angesicht zu Angesicht gegenüberständen – sei es nun Gamble oder jemand anderes?

»Josie«, sagte Noah und riss sie aus ihren Gedanken. »Hast du mich gehört?«

»Ja, ja. Ich werde Luke anrufen.«

EINUNDVIERZIG

Am späten Abend war die Aufregung über potenziell brauchbare Spuren verebbt, sie war verblasst wie das Blitzlicht einer Kamera, das in Schwärze aufging. Noah und Gretchen hatten unscharfe Aufnahmen von etwas gefunden, das so aussah wie ein Mann auf einem Fahrrad – zu verschwommen, um zu sagen, ob es Gamble war oder jemand anderes –, und diesen mithilfe der Kameras von sieben verschiedenen Geschäften bis in eine Gegend von Denton verfolgt, die Gretchen als »tote Zone« bezeichnete. Es war derselbe Bereich zwischen dem Park und Archie Gambles Haus, den Josie und Luke am Tag zuvor abgesucht hatten. Vereinzelte Wohnhäuser, keine Kameras. Danach konnten sie die Geruchsspur in keiner Richtung weiterverfolgen.

Luke hatte sich darüber gefreut, mit Blue erneut auf die Suche gehen zu können. Der Hund hatte die Fährte des Mörders an der Praxis der Collins' aufgenommen, sie dann aber in der Mitte einer Straße in der toten Zone verloren. Josie hatte mit jedem Anwohner dieser Straße gesprochen, aber keiner erinnerte sich daran, einen Mann auf einem Fahrrad gesehen zu haben oder aber einen Mann, der ein Fahrrad in einem Fahrzeug verstaute und dann davonfuhr – was nach Josies Überzeugung mit ziemlicher Sicherheit so geschehen war. Die automatische Nummernschilderkennung war in dieser Gegend von Denton nicht in Gebrauch und auch nicht in der näheren Umgebung, sodass sich eine diesbezügliche Durchsuchung hätte rechtfertigen lassen. Sie wussten sowieso nicht, nach was für einem Fahrzeug sie hätten suchen sollen.

Jetzt, wo sie wieder an ihren Schreibtischen auf dem Revier saßen, arbeiteten sie schweigend an ihren Computern. Niemand hatte die Energie oder den Optimismus zum Plaudern. Mettner kam, um Gretchen abzulösen, und wurde innerhalb von wenigen Minuten über die neuen Entwicklungen in dem Fall informiert. Gretchen wollte gerade gehen, als die Tür zum Treppenhaus aufgerissen wurde und Hummel mit zwei Beweismitteltüten aus Papier in der Hand hereintrat.

Josie stand auf und räumte sofort ihren Schreibtisch frei. Hummel streifte sich ein Paar Latexhandschuhe über, bevor er die erste Tüte dort abstellte. Sie enthielt die Überreste der Rätselbox, die am Tatort von Trudy Dawsons Mord gefunden worden war. Zwei zersplitterte Hälften, eine mit der hölzernen Schleife darauf, das andere mit dem langen, rechteckigen Fach im Inneren. Diesmal schnappte er sich geschickt das Kugellager, als es auf die Kante von Josies Schreibtisch zurollte. »Es ist wieder die gleiche Box«, sagte er.

Noah und Mettner kamen herüber und stellten sich dazu. »Kannst du sie immer noch nicht richtig öffnen?«, fragte Mettner.

Hummel verdrehte die Augen. »Anders als dieser Dreckskerl hab ich keine Zeit für Spielchen. Wir haben die Box auf Fingerabdrücke untersucht. Hab einige unvollständige und einen vollständigen gefunden, aber es gab keine Treffer in der AFIS-Datenbank.«

»Was war drin?«, fragte Josie.

Hummer hielt die andere Beweismitteltüte hoch, die größer

war als die erste. Darin befand sich eine Art Kuvert mit Knickspuren, wo es mehrmals gefaltet worden war. Hummel reichte Josie den Beutel. Dann sammelte er die Stücke der Rätselbox ein und platzierte sie wieder in ihrer Tüte. Sobald er fertig war, reichte ihm Josie den Beutel mit dem Kuvert. Er schüttelte es heraus und strich es auf dem Schreibtisch glatt. Das cremefarbene Papier war grau und beschmutzt mit Fingerabdruckpuder. »Wieder das Gleiche«, sagte er. »Die Fingerabdrücke waren ein Reinfall. Wir konnten einige als die von Trudy Dawson identifizieren. Dr. Feist hat uns einen Satz Fingerabdrücke zum Ausschluss gegeben. Wie ihr wisst, habe ich auch welche von Beau Collins. Aber sonst? Eine Menge Fingerabdrücke und unvollständige Abdrücke, aber keine Treffer in der AFIS-Datenbank.«

Josie blickte auf die Absenderadresse auf dem Umschlag. Es war die von Claudia Collins' Praxis. Adressiert war der Brief an die Pennsylvania Women's Alliance for Refuge and Assistance, eine gemeinnützige Organisation zum Schutz von Frauen. Das Kuvert war nicht frankiert. Vorsichtig zog Hummel den Inhalt aus dem Kuvert – die Seiten waren ebenfalls mit Rußpuder bedeckt –, legte sie auf dem Schreibtisch aus und strich sie dabei glatt. Es waren vier Seiten. Die erste trug einen Briefkopf mit Claudia Collins' Namen. Das Datum lag vierzehn Jahre zurück. »Das ist ein Begleitschreiben«, sagte Josie. »Zu ihrem Lebenslauf und der Bewerbung als Leiterin des Zentrums.«

Noah sagte: »Beau Collins war gestern im Fernsehen und hat den Zuschauern gesagt, dass Claudia damals diese Stelle nicht bekommen hat.«

»Natürlich hat sie sie nicht bekommen«, sagte Mettner und deutete auf das Kuvert. »Ihre Bewerbung wurde ja nie abgeschickt.«

»Warum hat der Mörder Trudy Dawson diesen Brief gegeben?«, fragte Noah.

»Wir wissen, warum«, sagte Josie. »Als wir mit ihr sprachen, sagte sie, wie wichtig – nein, wie entscheidend – es für sie gewesen sei, ihre Stelle als Praxissekretärin zu behalten. Ohne diese Stelle hätte sie nicht für ihre Mutter sorgen können. Beau hat gesagt, dass Claudia, nachdem sie diese Stelle nicht bekommen hatte, weiter mit ihm zusammen in der Praxis blieb.«

»Hätte Beau Trudy denn nicht als Sekretärin behalten, wenn Claudia aus der Praxis ausgeschieden wäre?«, fragte Mettner.

»Darum geht es nicht«, erwiderte Noah. »Beau hätte die Praxis ruiniert. Er hätte sie ohne Claudia nicht am Laufen halten können. Das hat Trudy uns so gesagt.«

Mettner deutete auf die Bewerbung. »Willst du damit sagen, dass die Sekretärin Claudias berufliche Laufbahn sabotiert hat?«

»Ich weiß nicht«, antwortete Josie. »Hätte Trudy überhaupt gewusst, was das für ein Brief war? Hätte Claudia so einen Brief von der Praxis aus abgeschickt, wo Trudy ihn hätte sehen und an sich nehmen können?«

»Trudys Fingerabdrücke sind darauf«, warf Hummel ein. »Nicht auf den Seiten der Bewerbung, aber auf dem Umschlag.«

Trudy Dawson war über Claudias Ermordung aufrichtig erschüttert gewesen. War es damals wirklich nur darum gegangen, dass sie ihren Job behielt? War ihre Mutter damals, als Claudia ihre Bewerbung geschrieben hatte, überhaupt schon krank gewesen? Hätte Trudy damals schon einen Grund für eine solche Verzweiflungstat gehabt?

»Ich glaube, wir müssen unbedingt mit Beau sprechen«, sagte Josie. »Über eine Menge Dinge.«

ZWEIUNDVIERZIG

Josie und Noah gingen gemeinsam zum Eudora-Hotel hinüber und fanden Beau dort wieder einmal in Bastian's Bar vor. Josies Stimmung verdüsterte sich, als sie sah, wie glasig und leer Beaus Blick war. »Ah, hallo, Det-tecti-iss.«

»Sie sind betrunken«, sagte Noah. Daran bestand kein Zweifel.

Beau winkte mit einem Arm und wäre dabei fast von seinem Barhocker gefallen. Josie fing ihn gerade noch auf, schlang einen Arm um seine Taille und half ihm, sich wieder aufrecht hinzusetzen.

»Danke«, sagte Beau. Er gab dem Barmann ein Zeichen, aber der ignorierte ihn.

Josie sagte: »Mr Collins, wir haben ein paar Fragen an Sie.«

»Fraagn, Fraagn ...«, murmelte Beau. »Immer nur Fraagn. Ich hab Ihn' alles erssählt, was ich weiß.«

Noah stieß Josie mit der Schulter an. »In seinem Zustand kann er keine Fragen beantworten.«

Wut stieg in Josie auf. Jeder Augenblick, in dem Beau bis zur Besinnungslosigkeit betrunken war, verzögerte ihre Ermittlungen. »Mr Collins, wissen Sie, was mit Trudy Dawson passiert ist?«

Beaus Gesicht entgleiste. Seine Hand umklammerte das leere Glas auf dem Tresen und er blickte hinein, ob noch etwas darin war. »Warum glauben Sie, dass ich betrunken bin? Einer Ihrer Kolle-en hat es mir gesa-at, als er mich gefra-at hat, ob ich mir die Aufnahm' der Überwachungskamera in der Prassis ansehn kann.«

Beau fing an zu weinen. Das Schluchzen schüttelte ihn so heftig, dass er vom Barhocker rutschte. Er klammerte sich mit beiden Händen an den Rand des Tresens. Der Barmann schüttelte den Kopf, schnappte sich das leere Glas und ging ans andere Ende der Bar, wo er einen Anruf machte.

Noah trat vor und stützte Beau, damit er nicht umfiel. »Ich glaube, Sie werden gleich hier rausgeschmissen. Wie wär's, wenn wir Sie auf Ihr Zimmer bringen?«

Beau nickte wortlos. Sein fleckiges rotes Gesicht war verquollen und nass vom Weinen. Josie hakte sich bei seinem anderen Arm unter und so bewegten sie sich alle drei auf den Ausgang zu. Mehrere Gäste unterbrachen ihre Unterhaltung und ihr Essen und starrten zu ihnen herüber. Josie sah einen oder mehrere, die mit ihren Handys Fotos machten. Die Bilder würden sicher gleich im Internet kursieren, dachte sie, aber Beau Collins würde garantiert einen Weg finden, die Stimmung zu seinen Gunsten zu drehen. Seine Trauer um Claudia war so abgrundtief, dass er die Kontrolle verloren und zu viel getrunken hatte, sodass er von zwei Polizisten auf sein Zimmer gebracht werden musste.

In der Hotellobby begegnete ihnen der Manager des Hotels, John W. Brown. Er hatte sich bei früheren Ermittlungen zu Personen, die mit dem Hotel in Verbindung standen, bereits kooperativ und fair gezeigt und irgendwie auch den Skandal überstanden, der in der Folge des damaligen Falles über sein Haus hereingebrochen war. Josie wusste jedoch, dass sein erster Gedanke stets dem Ruf seines Hotels galt.

»Detectives«, sagte er und betrachtete sie mit einem gequälten Lächeln. »Mr Collins.«

Beau sah ihn nicht an. Stattdessen schluchzte er weiter leise vor sich hin. Selbst seine Tränen rochen nach Bourbon.

»Wir begleiten Mr Collins auf sein Zimmer«, sagte Josie.

Brown musterte Beau kurz. »Ja, das sehe ich. Ich verstehe, dass Sie Schreckliches durchmachen, Mr Collins. Ich glaube auch, dass Detective Quinn recht hat, dass Sie jetzt am besten in der Ruhe und Abgeschiedenheit Ihrer Suite aufgehoben sind. Dennoch ...« – er wandte sich an Josie und Noah – »der Anblick eines prominenten Gastes, der sich offensichtlich in einer großen Notlage befindet und von Polizeibeamten aus der Bar geführt wird, macht keinen guten Eindruck – von allen Betroffenen. Wie wäre es, wenn meine Angestellten Mr Collins von hier aus begleiten? Ich melde mich ganz sicher direkt bei Ihnen, wenn weitere Probleme auftauchen sollten.«

Wie auf ein Stichwort erschienen zwei Hotelangestellte hinter Brown. Noah nickte den Männern zu und sie traten vor, um Beau zu übernehmen. Während sie ihn mühsam durch die Lobby zum Personalaufzug bugsierten, wandte sich Josie wieder an Brown. »Sie wissen, wir haben einen uniformierten Officer draußen, der Mr Collins im Auge behält, falls er beschließen sollte, das Hotel zu verlassen.«

Brown lächelte angespannt. »Ja, Ihr Vorgesetzter hat mich darüber informiert. Ich habe nichts dagegen.«

»Aber es gibt viele Möglichkeiten, aus dem Hotel zu gelangen«, gab Noah zu bedenken, »und so betrunken wie Mr Collins ist ...«

Brown hob die Hand, um Noah zu beruhigen. »Das müssen Sie mir nicht sagen. Ich werde Anweisungen an meine Mitarbeiter geben, ihn diskret im Blick zu behalten, solange er hier wohnt. Ich bezweifle, dass er in seinem Zustand heute Abend irgendwo hingehen kann, aber ich werde alles tun, um Ihnen dabei zu helfen, für seine Sicherheit zu sorgen.«

»Danke«, sagte Josie. »Wir werden morgen mit Mr Collins sprechen, wenn er wieder nüchtern ist.«

Sie konnten jetzt nichts weiter tun, als bis zum nächsten Tag zu warten.

Anders als Beau verbrachte Josie die Nacht hellwach und kochend vor Wut, während Noah und Trout neben ihr schnarchten. Während sie Noahs Gesicht im Halbdunkel des Mondlichts betrachtete, verwandelte sich ihre Wut in Verwunderung. Seine Worte von neulich kamen ihr wieder in den Sinn.

Wenn dir jemals etwas zustoßen würde, dann würde ich jedenfalls die ganze Stadt abfackeln, um den zu finden, der dir das angetan hat.

Sie wusste, dass er die Wahrheit sagte. Er würde Himmel und Hölle in Bewegung setzen. Er würde nicht ruhen. Sie würde das Gleiche für ihn tun. Das war besser, als Fünf vertrauliche Fakten übereinander zu wissen. Josie war in einem toxischen Umfeld aufgewachsen, hatte bis zum vierzehnten Lebensjahr bei einer Frau gelebt, deren Verständnis von einer guten Beziehung darin bestand, dass sie ungestraft jemanden hatte ermorden und anderen schweres Leid hatte zufügen können. Josies bester Freund und erste Liebe, Ray Quinn, war in einer fast ebenso dysfunktionalen Familie aufgewachsen. Sein Vater war ein Alkoholiker gewesen, der seine Mutter – und ihn – schlug, bis er die beiden eines Tages ganz verließ. Weder Josie noch Ray hatten je erfahren, was eine »gute« Beziehung ausmachte. Sie hatten nur gewusst, dass sie vermeiden wollten, dass dem anderen Leid zugefügt wurde. Sie hatten es versucht, aber ihre Ehe war dennoch gescheitert. Elendiglich. Josie hatte mit ihrer Verlobung mit Luke einen neuen Versuch gewagt und war wieder gescheitert. Elendiglich. Noah schob immer gleich Luke die Schuld dafür zu, aber die Wahrheit war, dass Josie so viel von sich selbst vor ihrem Verlobten verschwiegen hatte, dass er gar nicht das richtige Verständnis für sie hatte aufbringen können.

Und dennoch …

Trotz ihrer tiefen seelischen Wunden, Narben und Erfahrungen mit toxischen Beziehungen vermochte Josie so innig zu lieben, dass sie sowohl um Ray als auch um Luke gekämpft hatte. Das hatte alles nicht ausgereicht, aber sie hatte es zumindest versucht.

Beau schien eher um den Verlust seines eigenen Status als um Claudia zu trauern. Er brach zusammen, gerade jetzt, wo sie als Ermittler ihn doch am dringendsten brauchten, um den Mörder zu fassen. Einen Mörder, zu dem er sie vielleicht führen könnte, wenn er nur damit aufhören würde, sie ständig anzulügen. Er hatte gesagt, dass ihm Claudia alles bedeutet hatte, aber nun, wo er die Chance bekam, potenzielle Mörder zu identifizieren, verweigerte er sich. Warum? War die Entfremdung zwischen den beiden so groß geworden, dass sie unmöglich zu überbrücken war? Hatte zwischen Beau und Claudia Collins überhaupt jemals echte Zuneigung bestanden? Das Foto aus Paris wirkte so, als seien sie einmal innig verliebt gewesen. Aber stimmte das wirklich?

Eine warme Handfläche berührte Josies Hand, drückte sie und fuhr dann an ihrem Arm in sanftem, gleichmäßigem Streicheln auf und ab. Ihr Körper entspannte sich. Mit schlaftrunkener Stimme sagte Noah: »Du musst unbedingt etwas schlafen. Beau Collins ist morgen auch noch da und ich versprech dir, er wird immer noch das gleiche Arschloch sein wie beim letzten Mal, als du ihn gesehen hast.«

Er hatte recht, aber das half ihr auch nicht beim Einschlafen.

Am nächsten Morgen teilte die Einheit, die zur Überwachung von Beau abgestellt war, Josie und Noah mit, dass dieser ins WYEP-Studio gefahren war. Kurz danach standen die beiden am Set der Collins-Show und beobachteten Beau, der auf der weißen Couch saß und von einer der Stylistinnen hergerichtet wurde. Noch wurden keine Kameras hin- und hergeschoben, denn er sollte erst in einer Stunde auf Sendung gehen, aber dennoch eilten mehrere vom Team geschäftig umher und trafen Vorbereitungen für die Sendung dieses Vormittags. Unter ihnen war Liam Flint, der sich sichtlich ungeschickt dabei anstellte, so zu tun, als wollte er einen imaginären Knopf an der Seite der Kamera befestigen, während er in Wahrheit intensiv allen Gesprächen lauschte. Auf der anderen Seite stand Margot Huff im Off, ein Tablet an ihre Brust gepresst, und beobachtete sie misstrauisch. Eine Visagistin trat mit einem kleinen Schminkbeutel auf Beau zu, aber er winkte ab.

»Mr Collins«, schlug Josie vor, »vielleicht sollten wir in Ihr Büro gehen?«

Er sah zu Josie und Noah hoch und sein Gesicht drückte aufrichtigen Schmerz aus. Er schluckte schwer und sein Adamsapfel hüpfte an seinem Hals auf und ab. Seine Stimme war belegt. »Was Trudy anbelangt, werde ich ihrem Bruder unter die Arme greifen. Ich übernehme die Beerdigungskosten und natürlich werde ich alles dafür tun, die Betreuung ihrer Mutter sicherzustellen.«

»Standen Sie und Trudy sich nahe?«, fragte Josie.

»Sie war über zwanzig Jahre lang die Praxissekretärin, sogar schon bevor wir die Praxis übernommen haben«, sagte er.

»Aber Sie haben ja seit langer Zeit dort gar nicht mehr praktiziert«, sagte Noah.

»Sicher, aber Trudy war dennoch eine wichtige Partnerin

bei der gemeinsamen Arbeit von mir und meiner Frau. Sie hat diese Praxis ganz allein organisatorisch am Laufen gehalten.«

»Sie hatte eine Menge Verantwortung«, sagte Josie.

Beau nickte.

Noah fügte hinzu: »Sie konnten ihr in allem vertrauen.«

»Ja«, flüsterte Beau. »In allem.«

Josie ging um das kleine Tischchen zwischen ihnen herum und setzte sich auf den Rand der Couch, fast Knie an Knie mit Beau. Sie beugte sich zu ihm und merkte, dass er immer noch schwach nach Bourbon roch. »Wenn es irgendein wichtiges Dokument gab, das zurückgehalten werden sollte, da konnten Sie Trudy auch bitten, das zu tun, nicht wahr?«

»Natürlich«, sagte Beau.

»Auch wenn dieses Dokument mit der Post verschickt werden sollte?«, fragte Josie nach. »Sie konnten sie bitten, es an sich zu nehmen und zurückzuhalten, nicht wahr?«

Beau runzelte verwirrt die Stirn. »Ich verstehe nicht, was Sie meinen.«

Noah zog ein paar Blätter Papier aus der Innentasche seiner Jacke. Es waren Kopien von Claudias Bewerbung. Noah reichte sie Josie, die sie sorgfältig auf dem Tisch ausbreitete. Dann rückte sie ein wenig zur Seite, um Beau Platz zu machen. Während Beau die Seiten studierte, sah man, wie sich sein Körper zunehmend anspannte.

»Ich kapiere immer noch nichts«, sagte er. »Ist das ...? Das sieht aus wie Claudias Lebenslauf für eine Bewerbung. Was für eine Bedeutung hat das für Ihre Ermittlungen in dem Mordfall? Was wollen Sie mir damit sagen? Dass sich meine Frau aktiv darum bemüht hat, ihre Praxis zu schließen und eine Anstellung dort anzunehmen?« Er streckte die Hand aus und zog die Kopie des Anschreibens zu sich heran. »Das ... Warten Sie. Das Datum darauf ist ...«

Noah unterbrach ihn. »Das Datum liegt vierzehn Jahre zurück. Was wissen Sie darüber, Mr Collins?«

Beau studierte eine ganze Weile jedes Dokument. Dann klopfte er mit zitterndem Finger auf eine der Seiten. »Ich habe Ihnen gesagt, was ich darüber weiß. Ich habe der gesamten Stadt in meiner Sendung gestern erzählt, was ich weiß. Ich hab keine Ahnung, was Sie hier versuchen aufzuführen, aber ...«

»Wir glauben, dass Sie eine falsche Antwort gegeben haben«, sagte Josie.

Beau sah sie erschöpft an. »Was?«

»Die Antwort auf die Frage des Mörders«, sagte Noah. »Was war das größte Scheitern meiner Frau? Sie haben das falsch beantwortet. Wir glauben, es könnte der Grund dafür sein, dass der Mörder sich Trudy als Opfer ausgesucht hat.«

»Der Mörder hat das hier in eine Ihrer Rätselboxen gelegt und sie ihr dann in die Hand gedrückt, nachdem er sie ermordet hatte. Er hat alles so inszeniert, dass wir sie finden und erkennen, dass sie eine bestimmte Bedeutung hat.«

Aus dem Augenwinkel heraus sah Josie, dass Liam Flint sich näher zu ihnen hinbewegte und nicht einmal mehr so tat, als würde er an seiner Kamera herumfummeln.

Beau schüttelte heftig den Kopf. »Ich habe die Frage nicht falsch beantwortet. Was ich gesagt habe, stimmt. Es war die richtige Antwort. Ich hab keine Ahnung, was Sie da andeuten wollen.«

Josie deutete auf das Anschreiben. »Die Pennsylvania Women's Alliance for Refuge and Assistance hat sich nicht ›anders entschieden‹, nicht wahr? Claudia hat die Stelle nicht bekommen, weil man dort ihre Bewerbung gar nicht erhalten hat. Trudy hat sie an sich genommen. Hat sie aufbewahrt. Da Trudy die Praxissekretärin war, hat Claudia sie vermutlich gebeten, dort anzurufen und sich zu vergewissern, dass man ihre Bewerbung bekommen hat. Trudy brauchte ganz einfach nur zu lügen und zu sagen, sie habe angerufen und erfahren, dass Claudias Bewerbung eingegangen sei.«

»Ich ... ich verstehe nicht, was Sie damit sagen möchten

oder worauf Sie hinauswollen«, sagte Beau. »Trudy war eine loyale, integre Angestellte. Ich schätze es gar nicht, dass Sie ihren Charakter derart in Zweifel ziehen.«

»Hat Trudy das aus eigenem Antrieb gemacht oder haben Sie ihr gesagt, dass sie das tun soll?«, fragte Josie.

Beau vermied es, sie anzusehen. »Ich weiß nicht, wovon Sie reden. Ich weiß nicht, was das alles mit der Ermordung meiner Frau zu tun hat.«

»Es hat etwas damit zu tun, sonst hätte der Mörder uns nicht darauf aufmerksam gemacht.«

Beau warf einen weiteren entsetzten Blick auf die Seiten vor ihm, dann stand er auf und stapfte davon. Margot eilte ihm mit klackernden Absätzen nach. Josie blickte zur Kamera hinüber, aber Liam Flint war verschwunden. Sie waren so allein, wie man es in einem Fernsehstudio nur sein konnte.

DREIUNDVIERZIG

Auf dem Flur warfen ein paar WYEP-Mitarbeiter Josie und Noah neugierige Blicke zu. Es war das dritte Mal innerhalb von fünf Tagen, dass die beiden beim Sender waren. Sie waren bereits auf halbem Weg zum Eingang, der hinaus in die Lobby und zum Security-Schalter führte, als Liam Flint aus einer unbeschilderten Tür heraustrat. Er sah sie nicht und hatte es sehr eilig, als er mit gesenktem Kopf, einen Rucksack und einen Fahrradhelm an seine Brust gedrückt, vor ihnen durch den Flur eilte. Um den Hals hatte er einen hellbraunen Kaschmirschal geschlungen.

Josies Herzschlag beschleunigte sich. »Noah, sieh mal«, flüsterte sie. »Er hat einen Fahrradhelm.«

Noch etwas anderes erschien ihr sonderbar, aber sie konnte nicht ausmachen, was es war.

»Mr Flint«, rief Noah.

Das plötzliche Zucken in Liams Schultern sagte Josie, dass er Noah gehört hatte, aber er drehte sich nicht um. Stattdessen beschleunigte er seine Schritte weiter, eilte an den Türen zur Lobby vorbei und bog nach links in einen anderen Flur ein.

Josie und Noah folgten ihm. »Mr Flint«, sagte Josie laut, als sie ihn wieder vor sich sahen. »Bitte bleiben Sie stehen. Wir würden gerne mit Ihnen reden.«

Diesmal blieb er stehen, drehte sich aber nicht um, sondern wartete, bis Josie und Noah ihn eingeholt hatten. Ohne sie anzusehen, fragte er: »Was wollen Sie?«

Josie fragte zurück: »Wohin gehen Sie? Fängt jetzt nicht gleich die Sendung an?«

Liam blickte auf den Rucksack und den Helm in seinen Händen hinunter. Er hob eine Hand und rückte seinen Schal zurecht. Wieder hatte Josie das Gefühl, dass sie etwas Wichtiges direkt vor Augen hatte – abgesehen von dem Fahrradhelm –, auch wenn ihr nicht einfiel, was es war. Liam sagte: »Ich kann bei dieser Sendung nicht mehr mitarbeiten. Ich werde Beau meine Kündigung einreichen. Ich halte es dort einfach nicht mehr aus.«

»Wegen Claudia?«, fragte Josie behutsam.

Schließlich sah Liam sie direkt an. Tränen rannen ihm über die Wangen und er nutzte das Ende des Schals, um sie sich trocken zu tupfen. »Es gibt diese Show nicht ohne Claudia.«

In diesem Moment fiel es Josie wieder ein. Es stach ihr geradezu in die Augen.

»Sie bedeutete Ihnen etwas, nicht wahr?«

Er gab keine Antwort.

Josie zeigte auf seinen Schal. »Das ist ein sehr schöner Schal, Mr Flint. Wo haben Sie ihn gekauft?«

Hinter seinen Brillengläsern wirkten seine Augen groß, als er sie ansah. »Das war ein Geschenk.«

»Von Claudia?«, fragte sie, obwohl sie es bereits wusste. An dem Tag, als Claudia den kleinen Harris vor dem Zusammenstoß mit dem Fahrradfahrer bewahrt hatte, war einer der Gegenstände in ihrer Tasche ein hellbrauner Kaschmirschal gewesen – genau so einer, wie Liam ihn gerade trug.

Er starrte sie zwei Sekunden lang entgeistert an und ließ die

Hand von seinem Schal sinken. »Ich muss jetzt wirklich gehen«, sagte er.

»Diesen Schal hat Ihnen Claudia geschenkt, nicht wahr?«, fragte Josie nach. »Zu Weihnachten.«

Er sagte nichts und wich langsam vor ihnen zurück. Einen Moment lang fragte sich Josie, ob er davonlaufen würde. Am Ende des Flurs befand sich eine Tür, auf der AUSGANG stand.

»Sie spielen gerne Golf, nicht wahr?«, fragte sie.

Die Verwirrung über den plötzlichen Themenwechsel stand ihm ins Gesicht geschrieben. »Ich, ähm ... ja, aber woher wissen Sie das?«

Liam warf der Tür zum Ausgang einen verstohlenen Blick zu. Josie fragte immer weiter. »Claudia hat Ihnen auch einen Satz Golfbälle und Golftees zu Weihnachten geschenkt, nicht wahr?«

»Es ist nicht so, wie Sie denken«, platzte er heraus.

Noah sagte: »Sie haben sich Claudias Ermordung von allen im Team der Sendung am meisten zu Herzen genommen. Sie waren uns gegenüber nicht gerade auskunftsfreudig, in welcher Beziehung Sie zu Claudia standen. Mr Flint, es sieht fast so aus, als hätten Sie und Claudia eine Affäre gehabt.«

Liam sah sie betroffen an. »Das ist nicht wahr. Das stimmt überhaupt nicht.«

»Aber offensichtlich hat Claudia Ihnen sehr viel bedeutet«, sagte Josie.

Er senkte den Kopf. »Sie hat mir sehr viel bedeutet, ja. Ich war verliebt in sie, aber wir hatten keine Affäre. So war es nicht.«

Noah wandte ein: »Es klingt aber so, als hätten Sie eine gehabt.«

Liam schüttelte den Kopf. »Wir hatten keine. Das schwöre ich Ihnen. Es ist anders, als Sie denken. Glauben Sie mir, ich hätte unserer gegenseitigen Anziehung gerne nachgegeben, aber Claudia hätte das nie getan. Nicht solange sie noch mit Beau verheiratet war.«

»Es war da also etwas zwischen Ihnen«, sagte Josie. »Hat Claudia Ihre Gefühle erwidert?«

»Ich glaube schon, aber wir haben nie die rote Linie überschritten.« Josie und Noah mussten ziemlich skeptisch dreingeblickt haben, denn er fügte hinzu: »Ich erwarte nicht, dass Sie das verstehen.«

Josie ließ ihr Schweigen seine Wirkung tun und wartete ab, was Liam Flint sagen würde, wenn er es nicht länger aushielt. Schließlich flüsterte er: »Er hat es getan, wissen Sie.«

Noch bevor Josie oder Noah nachfragen konnten, kam eine Frau um die Ecke und den Flur hinunter auf sie zu. Josie kannte sie nicht, und die Frau würdigte sie kaum eines Blickes, sondern ging mit einem knappen Nicken an ihnen vorbei und verschwand in einem Raum fast am Ende des Flurs.

Sobald sich die Tür hinter ihr geschlossen hatte, fragte Josie: »Wer hat was getan?«

Liam sprach leise weiter: »Beau Collins hat seine Sekretärin dazu gebracht, dass sie die Bewerbung aus der Ausgangspost herausnahm, damit Claudia für diese Stelle nicht in Betracht gezogen würde.«

»Woher wissen Sie das?«, fragte Noah.

Liam holte tief Luft. »Claudia hat es mir gesagt.«

»Claudia wusste darüber Bescheid?«, wunderte sich Josie.

»Sie hatte schon immer den Verdacht gehabt, dass Beau ihre Bewerbung sabotiert hatte, aber sie hat es nie beweisen können. Dann, vor ein paar Monaten, hat Trudy ihr alles gestanden.«

»Was ist vor ein paar Monaten passiert?«, fragte Josie.

»Sie haben ihr erstes Angebot bekommen, ihre Sendung landesweit auszustrahlen«, erwiderte Liam. »Anscheinend machte sich Trudy daraufhin Sorgen um ihre Stelle. Sie gestand Claudia, sie habe Angst, wenn die Sendung wichtiger werde, dann würde Claudia ihre Praxis schließen müssen. Claudia antwortete, das würde sie niemals tun. Die Arbeit in der Praxis mochte sie am liebsten. Das hatte immer als Abmachung zwischen ihr und Beau gegolten. Zusammen taten sie, was immer er wollte – ein Buch schreiben, eine Sendung moderieren, einen Podcast veröffentlichen –, aber sie würde trotzdem auf alle Fälle ihre Praxis weiterführen. Trudy entgegnete ihr, Beau würde immer das bekommen, was er wollte, ganz gleich, mit welchen Mitteln er es erreichte. Claudia wollte wissen, was sie damit meinte, und im weiteren Gespräch brach alles aus ihr heraus. Zu der Zeit, als Trudy die Bewerbung an sich nahm, arbeitete Claudia in der Praxis nur in Teilzeit. Alle wussten, dass sie nicht vorhatte, dort zu bleiben, sondern dass sie gerne mit Opfern häuslicher Gewalt arbeiten wollte. Sie legte die Bewerbungsunterlagen in das Körbchen für die Ausgangspost. Beau überredete Trudy, sie an sich zu nehmen und zu vernichten.«

»Und Trudy hat das einfach so gemacht?«, fragte Josie.

Liam zuckte mit den Schultern. »Haben Sie Beau mal in seiner Sendung erlebt? Er kann ganz schön überzeugend auftreten. Außerdem bekam Trudy dafür eine Gehaltserhöhung und Jobsicherheit.«

»Wie hat Claudia auf diese Enthüllung reagiert?«, fragte Noah.

»Genau so, wie Claudia immer auf Dinge reagiert hat: mitfühlend. Sie war natürlich wütend und verletzt, aber es bestätigte ihr auch, was sie schon lange vermutet hatte. Alles läuft stets so, wie Beau es haben will. Und mit der Zeit kam ihr das verdächtig vor. Jedenfalls hat Trudy ihr gesagt, es sei in Ordnung, wenn Claudia sie feuern würde, denn ihr hatte diese Sache die ganzen Jahre über schwer auf der Seele gelastet, aber Claudia hat sie dennoch behalten. Ich habe Claudia immer gesagt, dass sie – zu ihren eigenen Ungunsten – zu nachsichtig mit allen ist.«

»Hat Beau gelogen, als er gesagt hat, diese Stelle nicht zu bekommen, sei Claudias größtes Scheitern gewesen?«

Liam wischte sich mit seinem Hemdsärmel die Nase. »Nein. Sie hat das tatsächlich lange Zeit geglaubt. Mir hat sie gesagt, dass diese Stelle eines der wenigen Dinge war, die ihr jemals wirklich wichtig waren, und eines der wenigen, bei denen sie gescheitert ist. In gewisser Weise war sie froh, als Trudy ihr die Wahrheit darüber gesagt hat.«

»Wissen Sie, ob sie Beau jemals deswegen zur Rede gestellt hat?«, fragte Josie.

»Das glaube ich nicht.«

»Haben Sie und Claudia viel Zeit miteinander verbracht?«, wollte Josie wissen.

»Wann immer wir konnten. Normalerweise haben wir uns zu einem späten Mittagessen getroffen. Nach der Aufzeichnung der Sendung hat sie meist bis ein oder zwei Uhr Klienten gehabt. Bis dahin war ich in der Regel noch im Sender beschäftigt, danach fuhr ich mit dem Rad los und traf mich mit ihr. Es gibt da dieses kleine Restaurant in South Denton, das Mittag- und Abendessen serviert. The Grotto.«

Archie Gamble hatte das Restaurant in seinen Aufzeichnungen mehrmals erwähnt und Mettner hatte dem Lokal einen Besuch abgestattet. Die Angestellten dort hatten sich daran erinnert, dass Claudia dort häufig zum Mittagessen eingekehrt war und sich dabei mit einem Mann getroffen hatte, aber niemand hatte sich daran erinnert, wie er aussah, wie alt er war oder konnte viel mehr sagen, als dass es ein Mann war. Die Aufnahmen der dortigen Überwachungskameras wurden alle vierundzwanzig Stunden gelöscht, wenn es keine besonderen Vorkommnisse gegeben hatte.

»Ich habe schon von diesem Restaurant gehört.« Noah deutete auf den Fahrradhelm in Liams Armen. »Fahren Sie viel mit dem Rad? Sogar im Januar?«

Liam nickte. »Solange es nicht schneit oder glatt ist, fahre ich mit dem Rad. Wegen Umweltschutz und so. Außerdem ist es gut für die Kondition.«

»Besitzen Sie ein Auto?«

»Ja, aber wenn möglich, fahre ich lieber mit dem Rad.«

Josie warf Noah einen Blick zu und er nickte fast unmerklich. Sie würden Liam Flints Hintergrund baldmöglichst genau ausleuchten, aber im Moment mussten sie unbedingt noch herausbekommen, was er wusste und woher er es wusste.

»Sie und Claudia haben sich also regelmäßig zum Mittagessen im Grotto getroffen«, begann Josie. »Hatte Claudia keine Sorge, dass man Sie beide zusammen sehen könnte?«

»Warum sollte sie? Wie ich schon gesagt habe, zwischen uns ist nie etwas geschehen. Nichts auf körperlicher Ebene.«

»Aber andere Leute hätten das ja nicht unbedingt wissen können«, entgegnete Josie.

Und Noah fragte: »Wusste Beau von Ihrer ... Freundschaft?«

»Nein, keiner hat etwas gewusst. Wir haben unsere Treffen zum Mittagessen zwar nicht geheim gehalten, aber wir haben sie auch nicht an die große Glocke gehängt. Wenn wir hier im Sender waren, verlief alles ganz geschäftsmäßig. Beiläufige Begrüßungen, freundliche Verabschiedungen. Mehr nicht. Aber Claudia war nie wirklich sie selbst, wenn sie hier war«, fügte er wehmütig hinzu.

Josie fragte: »Wie lange ist das zwischen Ihnen beiden so gegangen?«

»Etwa ein Jahr«, erwiderte Liam und wischte sich eine Träne ab, die über seine Wange und in seinen Bart gerollt war. »Ich, ähm, hab sie letztes Jahr draußen auf dem Parkplatz getroffen und sie weinte herzerweichend. Es war ihr peinlich, aber ich sagte ihr, dazu bestünde kein Grund. Wir haben geredet. Und daraus hat sich dann mehr entwickelt.«

»Hat Ihre Partnerin ein Problem mit dieser Beziehung?«, fragte Noah.

»Ich bin Single.«

»Wieso hat Claudia damals geweint?«, fragte Josie.

»Sie sagte, sie sei es leid, zu lügen.«

»Worüber zu lügen?«, wollte Noah wissen.

Liam blickte wieder zur Ausgangstür. Sein Gesichtsausdruck veränderte sich von wehmütig zu resigniert. Mit einem tiefen Seufzer wandte er sich ihnen wieder zu. »Über viele Dinge.«

VIERUNDVIERZIG

Josie deutete ans Ende des Flurs, zur Ausgangstür. »Steht Ihr Fahrrad dort draußen? Vielleicht sollten wir hinausgehen, bevor wir weitersprechen. Dann kann keiner Ihrer Kollegen oder Kolleginnen um die Ecke kommen und zufällig mithören.«

Sie wollte auch einen Blick auf sein Fahrrad werfen.

Liam nickte und führte sie den Flur entlang und hinaus auf einen kleinen Hinterhof an der Rückseite des Gebäudes. Auf einem kleinen betonierten Podest standen eine Bank und daneben ein Aschenbecher, seitlich der Veranda befand sich ein Fahrradständer. Nur ein Fahrrad war dort angekettet. Liam ging hinüber und hängte seinen Helm an einen der Lenkergriffe, machte aber keine Anstalten, das Schloss aufzuschließen. Josie sah es sich genau an und versuchte zu erkennen, ob es dem Fahrrad ähnlich sah, das sie nach Trudy Dawsons Ermordung auf den Aufnahmen der Überwachungskamera gesehen hatten. Während Noah die Befragung fortsetzte, machte Josie verstohlen ein paar Fotos davon und schickte sie Gretchen.

»Worüber hat Claudia gelogen, Mr Flint?«, fragte Noah.

»Das meiste hat mit der Sendung zu tun. Darin hat sie viel gelogen.«

»Weil ihre Ehe mit Beau eine Heuchelei war?«, fragte Noah. Liams Gesicht verdüsterte sich. »Nein. Das stimmt nicht. Ich wünschte, es wäre so gewesen. Das hätte bedeutet, dass Claudia und ich hätten zusammen sein können. Aber sie hat ihn geliebt. Aufrichtig geliebt.« Er stieß die Worte teils mit Abscheu und teils mit Ungläubigkeit aus. »Dennoch war eine Menge von dem, was sie in der Sendung gemacht haben, nur gespielt.«

»Was zum Beispiel?«, fragte Josie.

»Zum Beispiel mochte Claudia kein Tiramisu. Sie hasste es, genauer gesagt. Aber Beau sagte in einer Sendung einmal, dass sie es mochte, und dann bekam sie immer Tiramisu von Zuschauern, Lesern, Fans und sogar von Klienten. Manchmal musste sie sogar vor laufender Kamera davon essen.«

Josie meinte: »Hätte sie das nicht einfach korrigieren können? Wenn sie Fünf vertrauliche Fakten gespielt haben, hätte sie ihn dann nicht einfach korrigieren und ihn einen Tweet absetzen lassen können, zum Hashtag wasichnichtwusste?«

Liam lachte. »Dann hätte Beau sein ganzes Leben mit Tweeten verbringen müssen und er wäre im Fernsehen so rübergekommen wie der Arsch, der er ist.«

»Sie wollen sagen, er wusste eigentlich gar nichts über seine Frau?«, fragte Josie.

»Ich will damit sagen, dass er sie nicht wirklich gesehen hat. Er hat sie nie wirklich so gesehen, wie sie war. Ich schätze, sie war ihm früher mal seine Aufmerksamkeit wert, aber sobald sich das Buch dann gut verkaufte und sich all diese anderen Möglichkeiten auftaten, hat das aufgehört.«

»Und hat sie ihn im privaten Rahmen nie darauf angesprochen?«, fragte Noah.

»Ich glaube nicht, dass so etwas zur Dynamik ihrer Beziehung gehörte. Keine Ahnung. Vielleicht hat sie es getan, aber selbst wenn, ist Beau Collins nicht die Art von Mann, der

Verantwortung für etwas übernimmt, das nicht gerade schmeichelhaft für ihn ist. Das ist fast schon pathologisch. Er mag keine Kritik.«

Das klang für Josie plausibel. Selbst als sie ihn mit klaren Beweisen für seine Affäre mit Eve Bowers konfrontiert hatten, hatte er die Sache heruntergespielt, hatte das Ganze als Ausrutscher beschrieben und das Gespräch immer wieder zurück auf das Hochzeitsjubiläum gebracht. »Wusste Claudia von seiner Affäre mit Eve?«

Traurigkeit legte sich über Liams Gesicht. »Falls sie es wusste, dann hat sie nicht mit mir darüber gesprochen. Ich bezweifle es jedoch. Sie hat Eve sehr gemocht.«

»Haben Sie davon gewusst?«, fragte Noah.

»Nein. Ich glaube, niemand wusste davon, ehrlich. Vielleicht Margot? Es wurde nie darüber gesprochen, so viel steht fest. Ich hätte es Claudia definitiv gesagt, wenn ich so etwas gehört hätte.«

»Wann haben Sie das letzte Mal mit Claudia gesprochen?«, fragte Josie.

»Am Freitag nach der Sendung. Wir haben darüber geredet, was für eine Absurdität darin steckt, dass ich – als Teil der Crew – das Dinner zum großen Hochzeitsjubiläum aufnehme.«

»Und davor, wann war das letzte Mal, dass Sie Claudia privat gesehen haben?«

»Am Mittwoch.«

»Hatten Sie danach noch telefonisch oder über Textnachrichten Kontakt?«, fragte Josie.

»Ja. Ich hab ihr am Freitagabend eine Nachricht geschrieben, dass Margot mich angerufen hatte, dass alle später kommen würden.«

Wenn Claudias Mobilfunkanbieter bereit gewesen wäre, die richterliche Anordnung über die Freigabe zur Untersuchung ihres Handyspeichers schneller zu bearbeiten, hätten sie diese Information schon längst gehabt. Josie unterdrückte ihren

Frust und konzentrierte sich weiter auf Liam. »Hat sie Ihnen geantwortet?«

Seine Augen wurden feucht. Mit belegter Stimme sagte er: »Nein. Sie war da schon tot. Ich habe es erst erfahren, als wir dort ankamen, um unsere Arbeit zu erledigen, und da war die Polizei schon vor Ort.«

Noah sagte: »Als unsere Kollegen Sie neulich befragt haben, haben Sie davon nichts erwähnt. Warum nicht?«

Liam blickte auf seine Füße hinunter. Seine Stimme war heiser vor zurückgehaltenen Tränen. »Tut mir leid. Das geht niemanden etwas an. Claudia wollte unsere Beziehung immer geheim halten. Ich habe versucht, ihre Wünsche zu respektieren. Ich wollte nicht riskieren, ihren Ruf zu beschädigen. Außenstehende hätten das mit uns nicht verstanden. Sie würden etwas Falsches hineininterpretieren - genauso wie Sie beide. Sie würden Vermutungen anstellen. Claudia kann sich jetzt nicht mehr dagegen wehren. Und wahrscheinlich halten Sie mich jetzt auch für einen Verdächtigen, nicht wahr?«

»Es stellt definitiv Ihre Glaubwürdigkeit in Frage«, erwiderte Josie. »Wo waren Sie am Freitagnachmittag, bevor Sie für die Aufnahmen bei Claudias und Beaus Haus eintrafen?«

Er hob den Blick zum Himmel und vermied damit den Augenkontakt zu ihnen. »Ich war zu Hause.«

»Wohnen Sie mit jemandem zusammen, der das bestätigen könnte?«, wollte Noah wissen.

Liam schüttelte den Kopf.

»Was ist mit Samstagmorgen zwischen sechs und acht?«, fragte Josie.

»Ich war bis halb acht zu Hause. Dann bin ich losgefahren, ins Studio.«

»Und gestern?«, fragte Noah. »Zwischen Viertel vor acht und neun Uhr?«

»Ich war zu Hause bis Viertel nach acht. Eigentlich hätte ich um halb acht aufbrechen sollen, wie immer, aber ich war genervt und frustriert. Ich hab sogar überlegt, gar nicht zur Arbeit zu gehen. Deshalb war ich spät dran. Ich bin hier erst ungefähr um Viertel vor neun oder so eingetroffen.«

»Hat Claudia jemals einen Mann namens Archie Gamble erwähnt?«

»Nein«, erwiderte Liam, ohne zu zögern.

Josie holte auf ihrem Handy das Führerscheinfoto von Gamble auf den Bildschirm und zeigte es Liam. »Haben Sie jemals diesen Mann gesehen oder getroffen?«

Liam brauchte ein paar Sekunden, um das Foto zu studieren, bevor er antwortete. »Nein, wer ist das?«

Josie ignorierte seine Frage und schob ihr Handy wieder in die Tasche. »Hat Ihnen Claudia je gesagt, dass sie den Verdacht hatte, jemand würde sie verfolgen?«

Er machte große Augen. »Was? Nein. Wurde sie verfolgt?«

»Wir gehen davon aus«, erwiderte Noah. »Mr Flint, Sie haben gesagt, Claudia habe über eine Menge Dinge gelogen. Gab es dabei etwas, das nichts mit der Sendung zu tun hatte?«

Er wandte sich von ihnen ab und ging langsam in einem kleinen Kreis auf und ab. Als er keine Anstalten machte, die Frage zu beantworten, sagte Noah: »Ich weiß, Sie machen sich Sorgen um Claudias guten Ruf. Das ist sehr schön von Ihnen, aber ich kann dazu nur sagen, dass keine Beschädigung ihrer Reputation das Leben eines Menschen wert ist. Claudias Mörder läuft da draußen noch immer frei herum. Er hat innerhalb von fünf Tagen schon drei Menschen ermordet. Wenn Sie irgendetwas wissen, das uns weiterhelfen könnte, selbst wenn Sie sich nicht sicher sind, ob es nützlich ist oder nicht, dann müssen wir das jetzt unbedingt erfahren.«

Liam hörte auf, herumzugehen. Seinen Blick hielt er weiter fest auf seine Füße gerichtet. »Die Sache ist die, ich weiß nicht, worin die Lüge bestand – Claudia hat es mir nie erzählt –, aber was immer es war, es war eine große Sache.«

»Wie meinen Sie das?«, fragte Josie.

Schließlich richtete er den Blick auf sie. »Claudia hat etwas verheimlicht. Vor ein paar Monaten, nach der Sache mit Trudy, bemerkte ich, dass sie wegen irgendetwas verstört war. Bei unseren Mittagessen war sie mit den Gedanken ganz woanders. Ein paar Mal habe ich bemerkt, dass sie hier im Studio geweint hat. Sie hat sich bemüht, das vor Beau und der Crew zu verbergen – obwohl das gar nicht so schwer war, denn keiner hat ihr wirklich Aufmerksamkeit geschenkt. Ich hab sie ein paarmal gefragt, was sie so bekümmert. Sie hat abgewiegelt, aber ich habe ihr gesagt, ›das gelingt dir vielleicht bei Beau, aber ich kenne dich. Sag mir einfach, was los ist‹.«

»Und, was hat sie Ihnen gesagt?«, fragte Noah.

Er rückte seine Brille zurecht. »Sie brach in Tränen aus. Meinte, sie könnte mir das niemals erzählen. Ich hab ihr gut zugeredet, sie könnte mir alles sagen, und ich würde sie immer lieben. Ganz gleich, was es sei. Aber darauf hat sie nur gesagt, sie habe vor Jahren etwas Schreckliches getan und erst kürzlich erkannt, welchen Schaden sie damit angerichtet habe. Ich versuchte, sie zu trösten, aber sie meinte, was sie getan habe, sei unverzeihlich. Ich habe ihr gesagt, ich könne mir nur schwer vorstellen, dass sie etwas Schreckliches getan hat. Sie war ohne jeden Zweifel der beste Mensch, den ich jemals kennengelernt habe. Sie hat gesagt, sie wünschte, sie könnte alles ungeschehen machen, und keiner dürfte je davon erfahren. Es würde ihr Leben zerstören.«

»Aber sie wollte Ihnen nicht sagen, was es war?«, fragte Josie.

Er schüttelte den Kopf. »Ich hab es immer wieder versucht, denn ich dachte, wenn sie es mir einfach sagt, dann würde sie sich besser fühlen. Nach einer Weile hat sie mich gebeten, nicht weiter nachzufragen. Sie sagte, sie habe ihren Frieden damit gemacht. Ich musste die Sache auf sich beruhen lassen. Aber ich glaube, es hat sie weiter verfolgt.«

»Haben Sie irgendeine Vorstellung davon, was es war? Haben Sie eine Vermutung?«, fragte Noah.

»Nein, überhaupt nicht«, erwiderte Liam. »Ich habe Wochen damit verbracht, eine Theorie zu entwickeln, aber es ist mir nicht gelungen. Ich kann mir absolut nicht vorstellen, was sie getan hat, das so schlimm sein könnte. Mir fällt einfach nichts ein, was für sie unverzeihlich wäre.«

»Haben Sie sie jemals gefragt, ob Beau darüber Bescheid weiß?«, fragte Josie.

»Darauf hat sie mir nie eine direkte Antwort gegeben. Sie hat nur gesagt: ›Ich will darüber nicht mehr reden.‹ Ich habe ihre Wünsche respektiert und war wirklich davon überzeugt, dass es ihr eines Tages nicht mehr so viel ausmachen würde, darüber zu sprechen. Aber die Monate vergingen und ihre Stimmung wurde wieder normal, und da sie glücklich war, hab ich sie nicht weiter gedrängt. Ich hatte vor, sie eines Tages wieder zu fragen, aber dann wurde sie ermordet.«

Vor ein paar Monaten hatten die Collins' den Vertrag über die landesweite Ausstrahlung ihrer Sendung unterzeichnet. Vor ein paar Monaten hatte Claudia herausgefunden, dass ihr Mann ihre beruflichen Ziele sabotiert hatte. Vor ein paar Monaten hatte sie dreißigtausend Dollar in bar von einem Bankkonto abgehoben, um es einer Wohltätigkeitsorganisation zu spenden – einer Organisation, die eine solche Spende nicht verbucht hatte. Vor ein paar Monaten hatte Archie Gamble damit begonnen, ihr zu folgen.

Keine dieser Tatsachen schien auf irgendeine Weise miteinander in Verbindung zu stehen.

Bevor sie Liam noch weitere Fragen stellen konnte, klingelte Josies Handy. Sie zog es aus ihrer Tasche. Es war Beau Collins.

Liams Gesicht wurde blass. »Sie denken doch nicht, ihre Ermordung steht in Zusammenhang mit dem, was sie verborgen hat, oder?«

Josie nahm den Anruf entgegen: »Quinn.«

Beau Collins' Stimme ertönte: »Sie müssen unbedingt sofort ins Studio zurückkommen.«

»Was ist passiert?«, fragte sie.

»Bitte kommen Sie, so schnell Sie können. Ich habe eine weitere Nachricht vom Mörder bekommen.«

FÜNFUNDVIERZIG

Als sie zurück ins Studio kamen, drängte sich ein Grüppchen von Menschen um die Couch, auf der Beau nun saß und sein Handy vorsichtig mit beiden Händen umfasst hielt. Alle, die etwas mit der Sendung zu tun hatten, waren anwesend. Hinter der Couch, direkt hinter Beaus Schultern, stand Margot. Die Menge teilte sich, als Josie und Noah mit Liam Flint im Schlepptau dazukamen. Josie streckte die Hand nach Beaus Telefon aus. Seine Hände zitterten, als er es ihr reichte. Auf dem Display war eine neue Nachricht von der Schönen Claudia mit den drei Herz-Emojis zu sehen. Sie war vor sechs Minuten eingetroffen.

Noah rief sofort bei der Einsatzzentrale an und bat die Kollegen, Claudias Handy noch einmal zu orten. Josie durchströmte eine Welle der Erregung. Vielleicht hatten sie jetzt endlich die Möglichkeit, den Kerl zu schnappen, bevor er ihnen ein weiteres Mal entwischte. Sie las sich die Nachricht auf Beaus Handy durch.

Versuchen wir es noch mal. Gehen Sie heute auf Sendung und beantworten Sie die folgende Frage: Was bereut meine Frau

am meisten? Sie wissen ja, was passiert, wenn Sie es nicht tun
oder die Antwort wieder falsch ist.

Diesmal hatte Beau nicht zurückgeschrieben. Noah beendete sein Telefonat. »Die Einsatzzentrale versucht gleich noch mal, den Standort des Handys zu ermitteln. Könnte aber trotzdem bis zu einer halben Stunde dauern.«

Josie hielt ihm das Telefon hin, sodass auch er die Nachricht lesen konnte. »Scheiße!«, sagte er.

Beaus Haut war aschfahl. »Was soll ich jetzt tun?«

»Wir müssen das Ganze rauszögern«, sagte Josie. »Wenn die Kollegen das Handy finden, können wir Einsatzwagen hinschicken und den Kerl schnappen.«

Margot trat nach vorn. »Aber die Show beginnt in fünfzehn Minuten. Er hat gesagt, dass Beau auf Sendung gehen soll.«

»Wir haben keine Zeit«, sagte Beau. »Ich muss es tun.«

»Können Sie die heutige Sendung denn nicht absagen?«, schlug Noah vor. »WYEP könnte doch erklären, dass es technische Probleme gab.«

»Nicht innerhalb von fünfzehn Minuten«, sagte eine Stimme hinter ihnen. Kathy, die Produzentin, kam nach vorn. »Er muss weitermachen. Was er dann erzählt, ist mir egal, aber es muss eine Sendung geben. Uns sitzen die Sponsoren im Nacken.«

»Na gut«, stimmte Josie zu. »Dann machen Sie die Sendung.«

»Aber soll ich seine Frage dann beantworten?«

Josie überlegte blitzschnell. Wenn sie die Situation richtig einschätzte, sprach nichts dagegen, dass Beau auf Sendung ging und sogar die Frage beantwortete. Die Zuschauer hatten keine Ahnung, was hier gerade vor sich ging. Dass Claudia tot war, hatten sie zwar mitbekommen, doch die Einzigen, die von dem Spiel wussten, waren die Anwesenden im Studio und der Mörder selbst. Während Josie es sonst immer abgelehnt hätte, einem brutalen Mörder in die Hände zu spielen, sah es in diesem Fall doch so aus, als würden die Vorteile überwiegen. Der Mörder hatte es unmissverständlich gesagt: Wenn Beau nicht auf Sendung ging, würde das Konsequenzen haben. Beim letzten Mal hatte Beau die falsche Antwort gegeben, woraufhin Trudy Dawson ermordet worden war. Sie konnten also davon ausgehen, dass es ein weiteres Opfer geben würde, wenn Beau die Sendung nicht machte oder mit seiner Antwort danebenlag.

Das Problem war nur, dass sie nicht wussten, wen der Mörder diesmal im Visier hatte, falls Beau die Frage falsch beantwortete.

»Er muss es tun«, flüsterte Noah Josie ins Ohr. »Wir können ihm nicht sagen, dass er die Frage nicht beantworten soll, obwohl wir wissen, dass dann vielleicht noch jemand stirbt. Ein weiterer Mord lässt sich wohl am ehesten verhindern, wenn wir ihn die Sendung machen lassen.«

Im Studio lief die Klimaanlage, aber Josie spürte, wie ihr trotzdem der Schweiß im Nacken stand. »Mr Collins, was ist denn die Antwort auf die Frage?«

Beau wirkte für einen Moment verdutzt. »Was?«

»Sie werden gleich diese Show machen und den Zuschauern erzählen, was Claudia am meisten bereut hat. Was ist es denn?«

»Genau, wir müssen es wissen, damit wir ein Drehbuch schreiben können, bevor du live gehst«, fügte Kathy hinzu.

Josie musste sich zusammenreißen, um der Frau nicht den Ellbogen in die Rippen zu stoßen.

Beau schien verwirrt. »Was sie am meisten bereut hat? Dasselbe wie gestern. Dass sie diese Stelle nicht bekommen hat. Sie wollte mit Opfern häuslicher Gewalt arbeiten. Aber sie bekam nie die Gelegenheit dazu. Ich hab ihr gesagt, dass sie ja jetzt, wo wir bekannter geworden und finanziell abgesichert sind, damit anfangen könnte. Dass sie in Gottes Namen sogar ihr eigenes Frauenhaus aufbauen könnte, wenn sie unbedingt will.«

Josie wies ihn nicht darauf hin, dass es in Denton bereits ein hervorragendes Frauenhaus gab, sondern sagte nur: »Sind Sie sich da ganz sicher?«

»Aber ja«, erwiderte er voller Überzeugung.

Noah hakte nach: »Wenn Claudia jetzt hier vor uns stehen würde und wir ihr dieselbe Frage stellen würden, wäre das dann tatsächlich ihre Antwort?«

»Ja!«

»Nein«, rief Liam.

Alle Köpfe drehten sich zu ihm um, als er nach vorn in den Kreis der anderen trat. »Wer zum Teufel sind Sie denn?«, wollte Beau wissen.

»Er ist einer der Kameramänner«, murmelte Margot.

»Was?«, sagte Beau. »Ich hab ihn noch nie gesehen.«

»Am Samstag kam es direkt vor deiner Nase zu Handgreiflichkeiten zwischen ihm und Kathy und du kannst dich nicht mehr daran erinnern?«, bemerkte Margot.

Beau wandte sich um und sah wütend zu ihr hoch. »Entschuldige bitte, dass ich nicht jede Kleinigkeit mitbekomme, aber meine Frau wurde eben erst ermordet!«

»Leute«, schaltete Kathy sich ein, »wir haben jetzt keine Zeit für so was. In sieben Minuten geht es los.«

Wieder ballten sich Liams Hände zu Fäusten und man konnte erkennen, wie er unter seinem Bart rot anlief. »Ich arbeite hier, seit es die Show gibt, du Vollidiot, und du irrst dich. Was Claudia immer am meisten bereut hat, ist nicht, dass sie diesen Job nicht machen konnte, sondern dass sie nie Kinder bekommen hat.«

Beau sah aus, als hätte ihm jemand ins Gesicht geschlagen. Ein paar Sekunden lang herrschte entsetztes Schweigen.

»Es stimmt und das weißt du ganz genau«, fuhr Liam fort. »Sie wollte immer Kinder.«

»Aber ich ... kann keine ... Sie wusste das. Sie wusste, dass ich keine ... na ja ...«

»Ihr hättet ja auch welche adoptieren können«, schoss Liam zurück. »Aber das hast du abgelehnt.«

»Woher willst du das denn wissen? Du Niemand!«

Liams Stimme bebte: »Was fällt dir ein!«

»Vier Minuten, Leute!«, rief Marissa, die Aufnahmeleiterin. »Raus aus meinem Set! Los, los, los!«

Noah schob Liam sanft zurück, weg von der Couch. Alle außer Beau und der Visagistin zogen sich in den äußeren Bereich des Studios zurück. Jemand kam angeschossen, um sicherzustellen, dass das Mikrofon auch wirklich funktionierte, dann saß nur noch Beau auf der Couch. Der Countdown begann: »Auf Sendung in drei, zwei ...« Die Eins wurde nicht laut ausgesprochen, sondern nur mit der Hand angedeutet. Sobald Beau das Signal sah, schien sich eine Art Automatik in ihm einzuschalten. Sein Gesicht verzog sich zu einem Lächeln, das der Entsetzlichkeit der Situation angemessen war. Dann begann er zu sprechen, flüssig und sicher, aber doch mit dem gebotenen Ernst. Es dauerte einen Moment, bis Josie den Teleprompter entdeckt hatte. Zunächst begrüßte Beau die Zuschauer und bedankte sich bei ihnen, dass sie eingeschaltet hatten. »Ich habe nach Claudias Tod unglaublich viel Beistand von Ihnen allen zu Hause vor dem Bildschirm erhalten. Es kommt mir sonderbar vor, hier zu sein und zu Ihnen zu sprechen, obwohl mir eben erst meine Frau genommen wurde, aber ich bin Ihnen gegenüber immer offen und ehrlich gewesen. So wie unsere Sendung Ihnen ein Trost ist, sind auch Sie als Zuschauer mir ein Trost. Sie haben meine geliebte Claudia fast so gut gekannt wie ich. Wer könnte also besser mit mir trauern als die Menschen, die sie am meisten geliebt haben?«

In diesem Moment erstarb ihm das Lächeln auf den Lippen. Er zögerte und blinzelte zum Teleprompter hinüber. Dann sprach er weiter, wenn auch mit deutlich weniger Selbstvertrauen als zuvor: »Liebe Zuschauerinnen und Zuschauer da draußen, Sie haben mir immer wieder gesagt, wie sehr Claudia und ich Ihnen dabei geholfen haben, alle möglichen schwierigen Phasen in Ihrem Leben zu überstehen. Heute bitte ich Sie darum, mir in der dunkelsten Stunde meines Lebens zu helfen. Ich bitte Sie, die nächste halbe Stunde bei mir zu bleiben und sich mit mir an die wundervolle Frau zu erinnern, die sonst immer hier an meiner Seite war.«

Er tätschelte den Platz neben sich. Von dort aus, wo Josie stand, konnte sie sehen, wie seine Finger zitterten. Der Text auf dem Teleprompter verschwand. Weiter war Kathy nicht gekommen. Jetzt war Beau ganz auf sich allein gestellt. Josie schickte ein Stoßgebet zum Himmel, dass es – egal, was er sagte – die richtige Antwort sein würde. Sie wusste immer noch nicht, wem sie mehr vertrauen sollte: Beau oder Liam. Vielleicht kannte keiner der beiden Claudia so gut, wie er glaubte.

Beau ließ seinen Blick durch das Studio schweifen, als suche er jemandem, dann senkte er ihn. Die Sendezeit verrann. Kathy zischte etwas in ihr Headset. Endlich schaute Beau auf. »Claudia und ich hätten in der heutigen Sendung eigentlich eine Runde Fünf vertrauliche Fakten spielen sollen. Ich möchte mir kurz die Zeit nehmen, Ihnen dieses Spiel etwas näher zu erklären. Wie Sie alle wissen, können Sie dieses Quiz auf unserer Website spielen. Claudia und ich fanden immer, dass es eine unterhaltsame und einfache Möglichkeit ist, die emotionale Nähe zwischen Ihnen und Ihrer Partnerin oder Ihrem Partner zu fördern. Claudia hat dieses Spiel geliebt. Sie liebte es, dass es immer mit einfacheren Fragen losging und dann auf eine sehr tiefgreifende Frage hinauslief. Sie sagte immer, dass sich darin – in diesen ernsthaften Fragen – die lohnendsten Erkenntnisse verbergen, weil sie so knifflig und vom Partner nicht einfach nur mit einem Ja oder Nein zu beantworten sind. Ich werde Ihnen jetzt ...« Er unterbrach sich und deutete auf jemanden im Off, wobei er wieder sein selbstbewusstes, aber angemessen ernsthaftes Lächeln aufsetzte. »Kann ich bitte die letzte Frage des heutigen Spiels haben?«

Niemand im Off rührte sich, doch Beau nickte trotzdem und sagte: »Danke schön.« Dann richtete er sich wieder an die Zuschauer und fuhr fort: »Claudia und ich wussten im Vorfeld nicht, wie diese Fragen lauten würden. Das wäre ja auch geschummelt, nicht wahr?«

Für einen kurzen Moment wirkte er verwirrt, dann lächelte er nervös in die Kamera. »Aha«, sagte er. »Ich bin mir nicht sicher, was da los ist. Eigentlich sollte es diesmal um unseren Hochzeitstag gehen, aber wie es aussieht, hab ich doch nur eine normale Frage bekommen.« Er wandte sich ins Off und tat so, als würde er jemandem dort zuwinken. »Nein, nein, schon in Ordnung. Dann nehm ich einfach die hier.« Er lächelte wieder in die Führungskamera und fügte hinzu: »Man muss im Leben manchmal flexibel sein, stimmt's? Und lernen, sich auf etwas Neues einzustellen.«

Josie war beeindruckt, wie mühelos er sich in dieser entscheidenden Situation darauf eingestellt hatte, ohne Drehbuch weiterzumachen und dabei auch noch so zu tun, als wäre alles im Voraus arrangiert und mit dem Team abgestimmt worden.

»Also dann, hier ist die Frage, die wir am Ende der heutigen Show beantworten sollten.« Er gab vor, sie abzulesen: »Was ist es, was meine Frau am meisten bereut?«

»Was glaubst du, was er sagen wird?«, flüsterte Noah.

»Keine Ahnung«, gab Josie leise zurück.

Beau senkte den Blick, dann schaute er wieder in die Kamera, das Gesicht in weiche, teilnahmsvolle Falten gelegt. »Liebe Zuschauerinnen und Zuschauer ... Hätten Sie mir diese Frage vor ein paar Jahren gestellt, dann hätte ich Ihnen geantwortet, dass es die Tatsache war, dass Claudia nie die Gelegenheit bekam, sich beruflich mit Opfern häuslicher Gewalt zu beschäftigen. Das war ein Thema, das ihr sehr am Herzen lag.

Aber der Alltag hielt uns irgendwie ständig auf Trab. Mit unserer Praxis lief es immer besser. Dann haben wir das Buch geschrieben und ... na ja, alles Weitere wissen Sie selbst.« Breites Lächeln. »Aber Claudia und ich wurden älter und der ... der richtige Zeitpunkt für manche Dinge ging vorüber ... Ich werde Ihnen die schmerzliche Wahrheit sagen: Was meine Frau am meisten bereut hat, ist, dass wir nie Kinder hatten.«

»Er hat beide Antworten gegeben«, sagte Noah.

Es war genial – auch wenn Josie das Beau Collins niemals sagen würde. Sie stieß einen kleinen Seufzer der Erleichterung aus. Der Mörder musste ihm das einfach als richtige Antwort ›anrechnen‹ – es sei denn, Beau hatte sich in beidem geirrt. Hinter Josies Schläfen breitete sich ein pochender Kopfschmerz aus.

Beau fuhr fort: »Claudia und ich haben uns die ganze Zeit so auf unsere Karriere konzentriert und darauf, Menschen wie Ihnen zu helfen, dass wir uns nie ernsthaft darüber unterhalten haben, bis wir beide irgendwann auf die Vierzig zugingen. Und dann sah es so aus, als wäre es uns aus biologischen Gründen unmöglich, Kinder zu bekommen. Wir dachten lange und intensiv über eine Adoption nach, kamen aber zu dem Schluss, dass, wenn wir so etwas machen würden, also ein Kind bei uns zu Hause aufnehmen und zu einem Teil unseres Lebens machen, dass dieses Kind dann unsere volle Aufmerksamkeit verdient hätte. Wir mussten uns also entscheiden: Wollten wir auf Hochtouren weiterarbeiten und so vielen Paaren wie möglich helfen oder herunterfahren, adoptieren und uns darauf konzentrieren, einem einzigen Menschen zu helfen?«

Josie musste sich zwingen, nicht die Augen zu verdrehen.

»Versucht dieser Typ jetzt wirklich, es als ehrenwert darzustellen, ein Arschloch zu sein?«, meinte Noah.

»Sieht ganz so aus«, murmelte Josie.

Beau hielt inne, weil es Zeit für die Werbepause war. Noah sah auf sein Handy. »Das Telefon konnte auf dem staatlichen

Jagdgebiet anderthalb Kilometer von Archie Gambles Grundstück entfernt geortet werden. Mett und Gretchen sind schon unterwegs dorthin, mit mehreren Streifenwagen als Verstärkung.«

Irgendjemand machte für Beau wieder den Countdown. Er sprach weiter, diesmal jedoch über das, was er selbst am meisten bereute: dass er nicht da gewesen war, als sich seine Mutter einer Krebstherapie unterziehen musste. Als er begann, eine Ausrede nach der anderen dafür anzuführen, drehte sich Josie zu Noah um. »Gehen wir.«

SECHSUNDVIERZIG

Es war schon später Nachmittag, als Josie mit ihrem Team aufs Revier zurückkehrte. Sie war völlig steif und bis auf die Knochen durchgefroren, weil sie sich so viele Stunden im Freien aufgehalten hatte. Der Chief hatte mehrere Polizisten zur Verstärkung angefordert, die auf dem staatlichen Jagdgebiet, das an Archie Gambles Grund angrenzte, eine groß angelegte Suchaktion durchgeführt hatten. Der Polizist, dem man die Überwachung von Gambles Haus übertragen hatte, berichtete, dass dieser sich den ganzen Tag nicht draußen gezeigt habe, doch Josie war klar, dass es für ihn ein Leichtes gewesen wäre, durch die Hintertür zu entwischen, den Wald zu durchqueren, auf die andere Seite der Wertz Road zu gelangen und Beau die Textnachricht zu schicken. Sie hatten Claudias Handy bei ihrer Suche nicht gefunden, aber das hieß noch lange nicht, dass er es nicht bei sich hatte. Vielleicht hatte er es ja an irgendwo deponiert. Fakt war jedoch, dass sie es nicht hatten finden können.

Der Mörder war ihnen wieder einmal entkommen.

Jetzt stand der Chief vor ihren in der Mitte des Büros zusammengeschobenen Schreibtischen, die Arme über seiner schmalen Brust verschränkt. »Wollen Sie mir etwa erzählen, dass sich dieser Kerl heute früh um acht Uhr fünfunddreißig in dem staatlichen Jagdgebiet bei der Wertz Road aufgehalten hat, und zwar lang genug, um Beau Collins eine dieser bescheuerten Textnachrichten zu schreiben, aber dass wir, obwohl keine dreißig Minuten später ein ganzes Dutzend Polizisten dort draußen war, immer noch nichts in der Hand haben?«

Niemand antwortete.

»Quinn!«, polterte er. »Wie geht's jetzt weiter?«

Josie spürte die Erschöpfung in jeder Faser ihres Körpers. Dennoch versuchte sie, ihre Gedanken zu ordnen und sich wieder zu konzentrieren. »Vielleicht probieren wir es ja noch mal mit einem Geofencing.«

»Das ist wohl neuerdings deine Antwort auf alle Fragen, was?«, bemerkte Mettner.

»Jetzt mach mal halblang, Mett«, bremste ihn Noah.

»Ruhe jetzt, beide«, sagte der Chief.

»Wir nehmen uns die Position vor, wo Claudias Handy heute zum letzten Mal geortet werden konnte, dehnen die Suche von dort in alle Richtungen aus und überprüfen, was dort in der Stunde nach dem Versenden der Textnachricht passiert ist«, schlug Josie vor.

»Das ist viel«, gab Gretchen zu bedenken. »Verdammt viel. Das könnten Hunderte von Nummern sein, die wir da sichten müssen. Außerdem schaltet dieser Kerl sein eigenes Telefon ja bestimmt aus, bevor er irgendwo hingeht, wo er Claudias Handy anschaltet und Beau eine Nachricht schickt. Wenn er bisher schlau genug war, Claudias Telefon nur dann anzuschalten, wenn er es gerade braucht, dann wird seine Nummer wahrscheinlich auch nicht unter den Ergebnissen des Geofencings auftauchen.«

»Aber vielleicht kennt er das Verfahren auch noch gar nicht«, gab Josie zu bedenken. »Was, wenn er sein eigenes Telefon ausschaltet, während er sich noch innerhalb des Areals befindet? Wie weit ist er von der georteten Position entfernt, wenn er es ausschaltet? Was, wenn er genau dort ist, wir ihn bislang aber nicht gesehen haben, weil wir nicht mal nach ihm suchen?«

Mettner hielt dagegen: »Aber du bist doch diejenige, die immer gesagt hat, dass dieser Kerl aus dem engsten Umfeld der Collins' kommen muss. Und die Leute aus dem engsten Umfeld waren heute alle im Fernsehstudio anwesend.«

»Der Mörder könnte einen Helfer haben«, wandte Noah ein. »Oder sogar mehrere.«

»Stimmt«, pflichtete Josie ihm bei. »Was, wenn wir uns zu sehr auf das engste Umfeld konzentriert haben, anstatt auch anderswo zu suchen?«

»Wir haben anderswo gesucht«, meinte Gretchen. »Archie Gamble.«

»Quinn, Sie können nur dort suchen, wo die Indizien Sie hinführen«, sagte Chief Chitwood.

Josie schaltete ihren Computer ein, allerdings vor allem deshalb, weil sie nicht wusste, was sie sonst hätte tun sollen. »Was, wenn wir bei den Hinweisen irgendwas übersehen haben? Was, wenn sich dieser Kerl innerhalb des Geofencing-Areals befand, als er sein Telefon ausschaltete, wir aber seine Nummer nicht beachtet haben, weil sie nicht nah genug an der Position lag, an der Claudias Handy zum letzten Mal geortet wurde?«

Der Chief, Noah und Mettner wirkten verwirrt. »Es gibt eine einfache Möglichkeit herauszufinden, ob wir ihn die ganze Zeit vor der Nase hatten und ihn einfach nur übersehen haben«, meinte Gretchen. »Wir könnten die beiden Datensätze, die wir über das Geofencing erhalten haben, miteinander verknüpfen und sehen, ob es eine Nummer gibt, die zweimal auftaucht.«

Der Chief seufzte. »Von mir aus. Schließlich kann dieser Kerl gar nicht wissen, welche Areale wir bei dem Geofencing abgedeckt oder dass wir überhaupt welche eingerichtet haben. Gut. Dann sprechen wir jetzt über das nächste Opfer des Mörders. Gibt es irgendeine Idee, wer das sein könnte?«

Josie rief die Ergebnisse aus den beiden Geofencing-Arealen auf, um sich die Nummern noch einmal genauer anzusehen. Sie begann mit den jüngsten Daten aus dem Stadtpark, von dem Tag, an dem Eve ermordet worden war.

»Keine Ahnung«, sagte Noah. »Beau behauptet ebenfalls, dass er keine Ahnung hat. Ich hab ihn von unterwegs aus angerufen und ihm ordentlich das Messer auf die Brust gesetzt, aber er meinte, es sei gar niemand mehr da, auf den der Mörder es abgesehen haben könnte.«

»Es kann nur Margot Huff sein«, meinte Gretchen. »Das scheint mir am plausibelsten. Immerhin ist sie die ganze Zeit bei ihm. Manche glauben sogar, dass sie mal was miteinander hatten oder noch haben, auch wenn sie das abstreitet. Beau würde es vielleicht nicht zugeben, dass er am Boden zerstört wäre, wenn jemand sie umbringt, aber er wäre es zweifellos.«

Der Chief stieß ein zustimmendes Schnauben aus. »Dann schicken wir lieber eine Einheit zu ihr, und zwar sofort. Sie sollen Kontakt mit ihr aufnehmen und ihr erklären, dass sie sie im Blick behalten, bis wir den ganzen Schlamassel überstanden haben.«

Gretchen griff nach dem Telefon auf ihrem Schreibtisch, um alles entsprechend zu veranlassen.

»Ich schätze, dem Mörder ist es vollkommen egal, ob Beau seine Frage richtig beantwortet hat oder nicht«, sagte Mettner. »Was glaubt ihr, welche Antwort heute gestimmt hat?«

»Die Sache mit den Kindern, die sie nie hatten«, antwortete Gretchen, während sie auflegte. »Das war eindeutig die richtige.«

»Warum denn?«, fragte Noah. »Nur, weil sie eine Frau ist? Nicht alle Frauen wollen Kinder bekommen.«

»Nein«, erwiderte Gretchen. »Nicht, weil sie eine Frau ist.

Sondern weil man nur etwas bereuen kann, was sich nicht rückgängig machen lässt. Zum Beispiel so etwas wie das, was Beau Collins erzählt hat, dass er nicht da war, als seine Mutter sich einer Krebsbehandlung unterziehen musste. Manche Gelegenheiten gibt es nur einmal im Leben. Lässt man sie verstreichen, dann bereut man es. Und wenn man sich immer Kinder gewünscht hat und dann einen Mann heiratet, der entweder keine Kinder zeugen kann oder auf keinen Fall welche haben möchte, tja, dann kann es schon sein, dass man es bereut.«

»Ja, stimmt«, gab Noah ihr recht. »Jedenfalls hat er die erste Frage eigentlich richtig beantwortet – zumindest, wenn es nach Liam Flint geht. Aber warum hat dieser Kerl dann Trudy Dawson umgebracht?«

Josie schaute von ihrem Computerbildschirm auf und sagte: »Dieser Mörder spielt nach Regeln, von denen wir keine Ahnung haben.«

»Aber vielleicht ist er auch nur ein kaltblütiger, komplett durchgeknallter Psychopath«, schimpfte der Chief. »Mir ist egal, warum er das alles macht. Ich will nur, dass er geschnappt wird, kapiert?«

»Aber Chief«, protestierte Gretchen, »wir reißen uns hier doch den Arsch auf. Und auch unsere Spekulationen darüber, warum dieser Kerl so vorgeht, könnten möglicherweise Spuren ergeben.«

Chitwood deutete mit dem Zeigefinger auf sie. »Na, dann sehen Sie zu, dass Sie schleunigst welche finden, Palmer. Ich will nicht, dass dieser Scheißkerl in meiner Stadt noch jemanden umbringt.«

Mit diesen Worten marschierte er in sein Büro und knallte die Tür hinter sich zu.

»So viel zu unserem neuen, nutzerfreundlicheren Chitwood ...«, murmelte Mettner.

»Aber das *ist* doch der neue, nutzerfreundlichere Chitwood«, sagte Noah.

Gretchen musste lachen.

Josie wandte sich wieder ihrem Computer zu und nahm sich die Ergebnisse des zweiten Geofencings vor, das sie für den Abend von Claudias Ermordung eingerichtet hatten.

»Findet ihr diese Fragen auch so seltsam? Warum lässt dieser Kerl Beau Collins auf Sendung gehen und über die persönlichsten Geheimnisse seiner Frau sprechen? Was will er damit eigentlich erreichen?«, fragte Mettner.

»Vielleicht versucht er ja, Beau bloßzustellen und zu zeigen, wie wenig Aufmerksamkeit er Claudia tatsächlich entgegengebracht hat. Ihn wie einen Heuchler aussehen zu lassen«, erwiderte Noah.

»Falls das so ist«, meinte Mettner, »sollten wir Liam Flint mal genauer unter die Lupe nehmen. Nach dem, was ihr uns über euer Gespräch mit ihm heute Vormittag erzählt habt, war er nicht nur ziemlich von Claudia angetan, sondern er hasst auch Beau.«

»Das Problem dabei ist nur, dass wir heute bei ihm waren, als die Textnachricht ankam«, wandte Noah ein.

Josie sah zu Mettner hoch, lang genug, um die Enttäuschung und Frustration in seinem Gesicht zu bemerken.

»Wie Fraley schon gesagt hat: Flint könnte auch Hilfe haben«, gab Gretchen zu bedenken.

Mettner kam zu Josie herüber und blieb neben ihrem Stuhl stehen. »Boss, ist Flints Nummer bei den Ergebnissen des Geofencings aufgetaucht?«

»Nein, ich kann seine Nummer hier nirgends sehen«, sagte Josie. Dafür waren ihr zwei andere Nummern aufgefallen, die ihr irgendwie bekannt vorkamen. Sie zog ihr Handy heraus und scrollte durch ihre Kontakte. Eine Telefonnummer einzutippen, war nicht mehr üblich. Jeder, den man kannte, war unter seinem Namen, teils auch mit einem Foto, im Handy eingetragen und man musste lediglich auf den Anrufbutton drücken oder darüberwischen.

»Warte kurz«, sagte sie zu Mettner. »Ich muss grad mal was nachschauen.«

Tatsächlich gehörte die eine Telefonnummer, die sie wiedererkannt hatte, Misty DeRossi, was sich auch leicht erklären ließ. Am Nachmittag vor Claudias Ermordung hatte Misty den kleinen Harris zu einem seiner Basketballspiele im neuen Freizeitzentrum neben dem Stadtpark begleitet. Josie und Noah wären normalerweise auch mitgekommen, wenn sie nicht hätten arbeiten müssen.

Josie nahm sich die zweite Nummer vor und glich sie zunächst mit den Kontakten in ihrem Handy ab, bevor sie sie zusätzlich in einer Datenbank überprüfte. »So ein Mistkerl!«, murmelte sie.

»Was ist los?«, wollte Mettner wissen und beugte sich vor, um besser auf den Bildschirm sehen zu können.

Josie rief auf ihrem Handy Mistys Facebookseite auf und scrollte nach unten, bis sie die Fotos von Harris' Spiel gefunden hatte. Misty selbst hatte sie nicht gepostet; sie stellte nie Fotos von Harris online, aber der Basketballtrainer hatte sie und ungefähr ein Dutzend anderer Eltern auf mehreren Fotos der spielenden Kinder getaggt. Josie klickte eines nach dem anderen an. Harris war auf keinem zu sehen, aber die Kinder sah sie sich auch gar nicht an.

Plötzlich hörte sie Mettners Stimme unmittelbar neben ihrem Ohr. »Boss, ich bezweifle, dass es gut ankommt, wenn unser neuer, nutzerfreundlicherer Chief mitkriegt, wie du auf Facebook rumhängst, während wir gerade einen wichtigen Fall am Laufen haben.«

Doch Josie hatte bereits gefunden, wonach sie gesucht hatte, und zoomte in die Ecke eines Fotos hinein. Aufgeregt hielt sie Mettner das Handydisplay vor die Nase. »Das war bei einem Basketballspiel, das am Nachmittag vor Claudias Ermordung im Freizeitzentrum am Stadtpark stattfand. Das hier sind die Zuschauer.«

Sie zeigte auf einen Mann. Er hielt sich im Hintergrund, die Arme verschränkt, den Kopf gesenkt.

Stühle knarzten, als Noah und Gretchen aufstanden, um die Tische gingen und sich neben Mettner hinter Josies Stuhl stellten. »Das kann doch nicht sein«, sagte Noah.

»Er hat gesagt, er sei im WYEP-Studio gewesen«, fügte Mettner hinzu. »Wir haben sogar einen Beweis dafür!«

Gretchen korrigierte ihn: »Nein, keinen Beweis. Nur eine Aussage des Wachmanns. Er könnte gelogen haben. Wahrscheinlich ist er dafür bezahlt worden, dass er lügt. Beau Collins wollte seine Anwesenheit bei dem Spiel offensichtlich geheim halten.«

»Aber warum denn?«, wunderte sich Noah. »Und was verdammt noch mal wollte Beau Collins überhaupt bei einem Basketballspiel von Kindern?«

»Ich hab da so einen Verdacht«, sagte Josie. »Aber bestätigen können wir ihn nur, wenn wir mit ihm sprechen. Also los.«

SIEBENUNDVIERZIG

Beau Collins öffnete die Tür seines Hotelzimmers. Er sah aus, als hätte ihn jemand zusammengeschlagen. Seine Haare standen ihm in allen Richtungen vom Kopf. In seinem Gesicht zeichneten sich dunkle Augenringe ab. Ein Stoppelbart sprenkelte sein Kinn. Anstelle des eleganten Anzugs, den er im Aufnahmestudio angehabt hatte, trug er jetzt eine Jogginghose und ein T-Shirt mit einem undefinierbaren Fleck. Er ließ die Schultern hängen. Beim Anblick von Josie und Noah schien er sich innerlich schon auf eine schlechte Nachricht gefasst zu machen. In seinem Atem schwang der Geruch von Bourbon mit, als er zu sprechen begann: »Ist schon wieder jemand tot?«

»Dürfen wir reinkommen, Mr Collins?«, fragte Josie.

Er sah hinter sich. Josie und Noah waren noch nicht in seiner Suite gewesen, zu der ein Wohnbereich und ein Schlafzimmer gehörten. »Es stört uns auch nicht, wenn es unordentlich ist.«

Mit einem Seufzen antwortete Beau: »Darum geht es nicht. Aber Margot ist hier. Aber nicht, weil ich mit ihr schlafe. Sie hat mir ihre Hilfe angeboten.«

»Das wissen wir«, sagte Noah. »Unser Chief hat Margot

unter Polizeischutz gestellt. Der Kollege wartet draußen vor dem Hotel. Er hat es uns gesagt, als wir angekommen sind.«

»Wenn es Ihnen nichts ausmacht, in ihrer Anwesenheit weitere Fragen zu beantworten«, fügte Josie hinzu.

Beau lachte bitter. »Sie hat in den letzten Tagen eh schon alle tiefen, dunklen Geheimnisse mitbekommen, von denen ich nie wollte, dass sie jemand erfährt. Da kommt es auf eines mehr oder weniger auch nicht an.«

Als Josie nicht darauf antwortete, huschte ein besorgter Ausdruck über sein Gesicht. Dennoch ließ er die beiden ein. Margot lief gerade mit einer Mülltüte im Wohnzimmer herum und sammelte Take-away-Verpackungen ein. Ohne Make-up und in Freizeitkleidung – Jeans und langärmliges schwarzes Shirt – sah sie eher ihrem Alter entsprechend aus als bei ihren letzten Begegnungen. Sie wirkte sogar ziemlich jung und der überraschte Blick, mit dem sie Josie und Noah ansah, hatte etwas seltsam Vertrautes. Sie ließ die Tüte auf den Boden fallen und wischte sich die Hände an ihrer Jeans ab. »Ich kann auch gehen«, sagte sie. »Den Rest sollen die Putzleute machen, Beau, aber du musst sie dann morgen auch reinlassen.«

Hinter ihnen meldete sich Beau: »Nein. Bitte bleib doch, Margot. Es wäre mir lieber, wenn du bleibst.«

Sie sah zu den Türen hinüber, die ins Bad und ins Schlafzimmer führten. »Ich geh nur mal eben ins Bad.«

Beau sah ihr nach, dann ließ er sich auf die lange Polstercouch fallen. »Schießen Sie los«, sagte er ernst. »Erzählen Sie mir alles.«

Noah sagte: »Es ist niemand tot. Noch nicht.«

Für einen kurzen Moment wirkte Beau überrascht. »Was?« Über sein Gesicht zog sich ein zittriges Lächeln. »Das ist ja toll!«

»Ja, doch«, erwiderte Noah und warf Josie einen raschen Blick zu. »Auf jeden Fall.«

»Aber Sie haben noch andere Neuigkeiten?«

»Es gibt noch ein paar Fragen«, sagte Josie. »Fangen wir an. Ein Mitglied Ihres Teams beim Sender hat uns vorhin erzählt, dass Claudia ein Geheimnis hatte. Wussten Sie davon?«

Er runzelte die Stirn. »Nein. Ich weiß nichts von irgendwelchen Geheimnissen, die Claudia hatte. Wer hat Ihnen das erzählt?«

»Das spielt keine Rolle«, erwiderte Josie. »Was dagegen eine Rolle spielt, ist, dass Claudia der Meinung war, dieses Geheimnis könnte ihr Leben zerstören.«

Beau lachte. »Das ist doch absurd. Wer auch immer das gesagt hat, liegt schlichtweg falsch. Meine Frau war ein guter Mensch. Eine warmherzige, liebevolle Frau. Eine ehrliche Frau.«

»Was man von Ihnen nicht gerade behaupten kann«, sagte Josie.

»Was wollen Sie damit sagen?«, fragte Beau.

»Sie haben uns auch bezüglich der Spende, die Claudia gemacht hat, angelogen«, erklärte Noah.

Beau fiel die Kinnlade herunter. Josie zählte bis zwei, bevor er den Mund wieder schloss. Seine Lippen bewegten sich, noch bevor die Worte herauskamen. »Das stimmt nicht.«

»Das Frauenzentrum hat nie eine Geldspende über dreißigtausend Dollar erhalten«, sagte Josie.

Beau blinzelte. »Was sagen Sie da?«

»Claudia hat das Geld nicht gespendet. Nur: Was hat sie dann damit gemacht?«

»Ich weiß es nicht. Woher sollte ich das wissen?«

»Haben Sie sie denn nie nach einer Spendenbescheinigung gefragt?«, wollte Noah wissen. »Für die Steuer?«

»Ich ... Ich hab nicht ... Ich dachte, sie wäre diejenige, die ... ich ...« Er verstummte und nahm sich einen Augenblick Zeit, um seinen Atem wieder unter Kontrolle zu bekommen. »Ich weiß nicht, was sie mit dem Geld gemacht hat. Ich bin immer davon ausgegangen, dass sie die Spendenbescheinigung dem

Steuerberater gegeben hat. Ich hab mich darauf verlassen, dass sie es tut. Ich hab das nicht weiter überprüft. Wie gesagt, Claudia war ein ehrlicher Mensch. Sie hat nie gelogen. Wenn sie gesagt hat, dass sie etwas tut, dann hat sie es auch getan. Vielleicht hat sie es ja einer anderen Organisation gespendet.«

Entweder hatte er tatsächlich keine Ahnung, was aus den dreißigtausend Dollar geworden war, oder er log sie an. Josie hätte wetten können, dass Letzteres zutraf.

Sie holte ihr Handy heraus und klickte das Foto an, das sie auf Facebook gefunden hatte. Während sie das Display zu Beau umdrehte, sagte sie: »Sie haben behauptet, Sie hätten sich zu dem Zeitpunkt, als Claudia ermordet wurde, im WYEP-Studio aufgehalten.«

Er warf einen flüchtigen Blick auf das Foto, ohne es sich jedoch genauer anzusehen. »Das stimmt auch. Ich habe Ihnen doch gesagt, dass der Wachmann bestätigen kann, wann ich das Studio verlassen habe.«

»Sie haben gelogen«, sagte Josie.

»Nein, hab ich nicht! Ich ...«

Noah unterbrach ihn. »Unsere Kollegen, Detective Palmer und Detective Mettner, haben sich eben mit dem Wachmann unterhalten. Er hat zugegeben, dass Sie ihn dafür bezahlt haben, dass er die Unwahrheit über den Zeitpunkt sagt, zu dem Sie gegangen sind.«

»Nein, nein. Das stimmt nicht. Er irrt sich. Das ist ein Missverständnis ...«

Wieder schnitt Noah ihm das Wort ab. »Mr Collins, es besteht kein Zweifel daran, dass Sie im Freizeitzentrum am Stadtpark waren. Was haben Sie dort gemacht?«

»Ich habe ...« Er verstummte und sah zu der Mülltüte, die Margot auf dem Boden liegen gelassen hatte. Josie tat nichts, um die Stille zu durchbrechen. Aus dem Badezimmer hörte man ein knarzendes Geräusch – höchstwahrscheinlich Margot, die das Gespräch belauschte. Beau rieb sich mit den Handballen die Augen. »Das war unklug von mir. Ich war auf dem Heimweg und hab dort einfach vorbeigeschaut ...«

Als er seinen Satz nicht fortführte, hakte Noah nach. »Sie hatten ein Abendessen anlässlich Ihres fünfzehnten Hochzeitstags geplant, waren eh schon spät dran und dann haben Sie einfach beschlossen, im Freizeitzentrum vorbeizuschauen und einem Haufen sieben- und achtjähriger Kinder beim Basketballspielen zuzusehen?«

Wieder hörte man es knarzen. Die Badezimmertür öffnete sich einen Spalt. Josie steckte ihr Handy zurück in die Jackentasche. Ihr fiel wieder ein, was Liam gesagt hatte. Beau würde niemals etwas zugeben, selbst wenn man ihn mit unumstößlichen Fakten konfrontierte. »Mr Collins«, fing sie an. »Wie Sie sehen können, haben wir Fotos von dort, auf denen Sie zu sehen sind. Meine Kollegen sichten gerade das Material der Überwachungskameras, die sich innerhalb und außerhalb des Freizeitzentrums befinden. Ich kann mir nur zwei Gründe vorstellen, weshalb Sie uns in dieser Sache anlügen: Entweder Sie haben etwas mit diesen Morden zu tun oder Sie verheimlichen uns etwas sehr Bedeutendes. Etwas, von dem Sie nicht wollen, dass es irgendwer erfährt. Etwas, von dem vor allem Claudia nichts erfahren sollte.«

Beau machte ein betroffenes Gesicht. »Ich hab nichts mit der ganzen Sache zu tun. Wenn ich auf den Videoaufnahmen zu erkennen bin, dann sehen Sie ja, dass ich zu der Zeit, als meine Frau zu Hause alles vorbereitet hat, im Freizeitzentrum war. Ich bin kurz nach Margot in unserem Haus angekommen. Sie kann Ihnen das bestätigen.«

»Warum haben Sie sich das Spiel angeschaut?«, fragte Noah.

Beau antwortete nicht.

Josie sagte: »Als der Mörder Eves Leiche am Samstag in der Höhle der Liebenden abgelegt hat, hatte er ihr die Eheringe Ihrer Frau an den Finger gesteckt. Eve war Ihre Geliebte.«

»Ich hab Ihnen doch gesagt, dass ich die Sache beendet hatte. Es war ein Ausrutscher. Ein Fehl…«

Josie fiel ihm ins Wort. »Ein Fehltritt. Genau, das wissen wir schon. Am Montag hat der Mörder Ihnen eine Nachricht geschickt und wollte von Ihnen wissen, was Claudias größtes Scheitern war. Ihrer Aussage nach war es, dass sie die Stelle bei der Pennsylvania Women's Alliance for Refuge and Assistance nicht bekommen hat. Ob Sie die Frage damit richtig beantwortet haben oder nicht, ist unerheblich. Aber der Mörder von Trudy Dawson hat bei ihrer Leiche die Bewerbung zurückgelassen, die Sie und Trudy aus dem Postausgang genommen haben.«

»Aber ich habe Trudy nicht angewiesen, das zu tun«, protestierte er.

Josie hob eine Hand, um ihn zum Schweigen zu bringen. »Das spielt jetzt keine Rolle. Ich möchte, dass Sie mir zuhören. Ihre Antwort auf die Frage hatte mit Trudy und dem Mord an Trudy zu tun. Ganz gleich, ob Sie das von ihr verlangt haben oder nicht, sie hat die Bewerbung an sich genommen und dafür gesorgt, dass sie nicht abgeschickt wurde. Und dann wurde sie ermordet. Ich hoffe, Sie verstehen, worauf ich hinaus will?«

Er sah sie verwirrt an. Josie fiel es schwer, zu sagen, ob er es wirklich nicht begriff oder das nur vorgab.

Noah führte den Gedanken fort: »Als Sie heute auf Sendung gegangen sind, haben Sie den Zuschauern erklärt, was Claudia am meisten bereut habe, sei, dass sie nie Kinder hatte.«

Beau schnaubte wütend. »Weil das dieser Typ behauptet hat. Angeblich einer von den Kameraleuten. Ich kann mich nicht erinnern, ihn schon mal gesehen zu haben. Sie sollten ihn besser mal überprüfen.«

»Das haben wir bereits getan«, sagte Noah. »Er arbeitet schon seit fast zehn Jahren bei WYEP. Er war bei den Nachrichten und ist zu Ihrer Show gewechselt, als sie noch ganz neu war.«

»Er hatte recht, oder?«, fragte Josie. »Claudia wollte Kinder. Aber Sie nicht. Wenn in einer Ehe nur einer von beiden Kinder will, entscheidet sich das Paar meistens dagegen. Claudia ist mit Ihnen zusammengeblieben, aber sie hat es immer bedauert, nicht Mutter geworden zu sein.«

»Ja, und? Claudia hat sich doch entschieden. Sie hat sich entschieden, bei mir zu bleiben und unsere gemeinsame Karriere voranzutreiben.«

»Was passiert, wenn der Mörder der Meinung ist, Sie hätten die Frage falsch beantwortet?«, wollte Noah wissen.

Beau warf hilflos die Hände in die Luft und ließ sie wieder in seinen Schoß fallen. »Ich habe keine Ahnung, verdammt noch mal! Ich habe keine Ahnung, was dieses verrückte Scheusal vorhat oder was in seinem Kopf vor sich geht!«

»Aber wir«, sagte Josie. »Wir haben zumindest eine begründete Annahme. Er war der Meinung, dass Ihre erste Antwort falsch war, und deshalb hat er die Person getötet, die von Claudias Bewerbung auf diese Stelle wusste, die unmittelbar daran beteiligt war, Claudias Träume zu zerstören und Ihr Geheimnis zu wahren. Wenn er nun der Meinung ist, dass ›Kinder zu haben‹ die falsche Antwort ist, wen wird er dann töten?«

Beau schüttelte den Kopf. »Ich weiß es wirklich nicht.«

»Warum haben Sie sich dieses Basketballspiel angeschaut?«, fragte Josie.

»Hab ich doch gesagt. Ich bin da einfach vorbeigekommen ...«

Plötzlich hörte man Füße über den Teppichboden tappen. Josie und Noah wandten sich um und sahen Margot näherkommen. Erstaunlich energisch schob sie sich zwischen den beiden hindurch und baute sich vor Beau auf. »Worüber reden die beiden da?«

Er antwortete nicht. Margot sah erst Josie an, dann Noah. Sie streckte die Hand aus. »Ich will das Foto sehen.«

Josie klickte es für sie an. Margot starrte lange darauf. »Sie haben gesagt, das sei ein Spiel von kleinen Kindern gewesen?«

»Sieben- und Achtjährige«, sagte Noah.

Margot gab Josie das Handy zurück und wandte sich Beau zu. »Du Mistkerl. Sieben oder acht Jahre? Das wäre dann ...« Sie unterbrach sich und schaute zur Decke, als würde sie nachrechnen. »... ziemlich genau in Claudias idealem gebärfähigen Alter gewesen. Was hast du getan?«

Beau sprang auf, die Hände abwehrend erhoben. »Hör mir zu, Margot. Es war ein Fehler, okay? Ich hab mich nur ein paarmal mit ihr getroffen. Sie wollte das Baby behalten. Es ist nicht so, dass ich bei der Sache eine Wahl gehabt hätte.«

Noch bevor Josie oder Noah reagieren konnte, stürzte sich Margot mit ausgestreckten Armen auf ihn. Sie stieß ihn mit voller Wucht um, sodass er rückwärts auf die Couch fiel. »Du bist so widerlich!«, fauchte sie ihn von oben an. »Mir reicht's. Ich will dich überhaupt nicht näher kennenlernen. Ich will diesen beschissenen Job nicht. Und ich werde für dich auch keine Geheimnisse mehr hüten.«

Sie stampfte zu einem der Ohrensessel und griff nach ihrer Handtasche.

Ihre Hand lag schon auf der Türklinke, als Beau ihr hinterherrief: »Margot, bitte! Geh nicht! Ohne Claudia habe ich niemanden mehr. Diese ganzen Leute – Produzenten, Agenten, Manager – denen bin ich doch letztendlich völlig egal. Die interessiert doch nur, ob sie Geld verdienen können. Ich brauche dich.«

Margot liefen die Tränen über das Gesicht. Sie zögerte, wandte sich um und machte ein paar Schritte auf ihn zu. Dann blieb sie stehen und musterte ihn von oben bis unten. Josie fand, dass er in diesem Moment tatsächlich wie ein bemitleidenswerter, gebrochener Mann aussah. Margot schien ihm das jedoch nicht abzunehmen, denn sie presste sich die Hände auf die Ohren und begann zu schreien. Beau wich zurück, das

Gesicht angstverzerrt, als befände er sich mit einem wilden Tier im selben Raum. Dann ließ Margot die Hände sinken und fuhr ihn an: »Du brauchst mich nicht. Du hast dir nie was aus mir gemacht, bis ich auf einmal bei dir auf der Matte stand. Du bist so ein Stück Scheiße. Ich weiß nicht, warum ich mir jemals eingebildet habe ... Weißt du was? Du hast es verdient, zu leiden.«

Sie machte auf dem Absatz kehrt und nach einem knappen, an Josie und Noah gerichteten »Entschuldigung« war sie verschwunden.

Beau sah ihr hinterher und musste blinzeln, um die Tränen zurückzuhalten. »Wollen Sie uns sagen, was hier vor sich geht?«, fragte Noah. »Als wir gekommen sind, haben Sie erklärt, Sie hätten kein intimes Verhältnis mit Margot Huff. Aber jetzt, als sie mitbekommen hat, dass Sie ein Kind mit einer anderen Frau haben, schien sie doch ziemlich aufgebracht zu sein.«

Beaus Gesicht fiel in sich zusammen. »Ich habe kein intimes Verhältnis mit Margot! Sie ist meine ... Sie ist ... Oh, mein Gott!« Er ließ den Kopf sinken, bis zwischen die Knie, als würde ihm gleich schlecht werden. Nachdem er ein paarmal tief Luft geholt hatte, richtete er sich wieder auf. »Sie ist meine Tochter.«

Darauf war selbst Josie nicht gefasst gewesen, doch sie schaffte es, ihre Überraschung zu verbergen.

Beau fuhr fort: »Das war vor Claudia, und ich war ... Na ja, ich war noch ein junger Student. Ich war noch nicht bereit, Vater zu werden. Ihre Mutter meinte, das sei in Ordnung, sie würde damit schon zurechtkommen. Es sei meine Entscheidung, welche Rolle ich in Margots Leben spielen wolle. Zuerst hab ich mir gedacht, ich würde einfach ab und zu mal vorbeischauen, aber dann hab ich Claudia kennengelernt und mein Leben hat eine andere Wendung genommen. Ich hab es ihr nie gesagt. Sie hat es nie erfahren. Niemand hat es erfahren. Eines Tages ist Margot dann im Studio aufgetaucht und hat gesagt, sie

sei meine Tochter. Sie wollte mich einfach nur mal kennenlernen. Aber wie hätte das gehen sollen, ohne dass es jemandem
auffällt? Also hab ich sie als meine Assistentin eingestellt. So
kam es niemandem seltsam vor, dass wir so viel Zeit miteinander verbringen.«

Josie fragte sich, was er sonst noch so alles verheimlichte
und inwieweit diese Tatsache für die schrecklichen Ereignisse
der vergangenen Tage mitverantwortlich war. Zunächst aber
musste sie sich auf die drängendste Frage konzentrieren. »Sie
hatten also vor acht oder neun Jahren eine Affäre mit einer
Frau. Wer war das?«, wollte sie wissen.

Beaus Blick blieb auf seinen Schoß geheftet. »Das möchte
ich lieber nicht sagen.«

»Sie wissen, dass das nächste Opfer des Mörders diese Frau
sein könnte – oder auch Ihr Sohn.«

Beau griff sich an die Brust. »Mein Sohn? Nein! Das würde
er nicht tun!«

»Das wissen wir nicht«, wandte Noah ein. »Aber wir sollten
entsprechende Vorkehrungen treffen. Nennen Sie uns den
Namen seiner Mutter.«

»Das ... das geht nicht ... Ich hab ihr versprochen, sie in
Ruhe zu lassen und auch sein Leben nicht durcheinanderzu-
bringen. Wenn sie das Gefühl hätte, dass sie und ihr Sohn
wegen mir oder Claudia in Gefahr sind, dann würde sie ... dann
wäre das nicht gut. Bitte.«

»Ich bin mir sicher, dass die Sicherheit ihres Sohnes für sie
entscheidender ist als irgendein Groll, den sie vielleicht gegen
Sie hegt«, drängte Josie ihn. »Nennen Sie uns einfach ihren
Namen. Bitte. Wir müssen dafür sorgen, dass die beiden in
Sicherheit sind. Und zwar so schnell wie möglich.«

»Trudy hat er fast unmittelbar nach der Sendung umgebracht. Wann hatten Sie zum letzten Mal Kontakt zu dieser
Frau?«, fügte Noah hinzu.

Beaus Augen weiteten sich. »Ich habe gar keinen Kontakt

zu ihr. Darauf hatten wir uns geeinigt. Ich bekomme nur ab und zu mal ein Foto von Sam zu sehen – das ist alles. Wenn sie wüsste, dass ich mir dieses Spiel angeschaut habe, würde sie durchdrehen. Ich zahle für alles, was Sam braucht, aber sonst halte ich mich aus ihrem Leben raus und dafür erzählt sie niemandem, dass ich einen Sohn habe. Das ist ihr auch völlig egal. Sie hasst mich. Hören Sie, der Mörder kann überhaupt nicht wissen, dass es sie oder Sam gibt. Da können Sie absolut sicher sein. Niemand weiß das.«

»Sie müssen bitte entschuldigen, wenn wir Ihnen nicht glauben, Mr Collins«, sagte Josie. »Aber Sie waren von Anfang an nicht gerade ehrlich zu uns. Letztendlich haben Sie uns eine Lüge nach der anderen aufgetischt.«

»Die beiden sind in Sicherheit«, beharrte er. »Bitte. Ich möchte nicht, dass irgendwer erfährt ...«

Noah wurde noch deutlicher: »Wenn Sie es uns nicht sagen, werden wir mit allen Müttern und Jungs der Mannschaft sprechen, die an dem Nachmittag bei dem Spiel mit dabei waren, bis wir sie gefunden haben. Entweder erfährt jeder, der an dem Nachmittag im Freizeitzentrum war, dass Sie mit einer anderen Frau einen Sohn haben, oder Sie sagen uns jetzt ihren Namen und wir organisieren einen diskreten Polizeischutz für sie und Ihren Sohn. Ihre Entscheidung.«

Eine Weile lang geschah gar nichts und Josie begann schon zu zweifeln, ob er ihnen irgendetwas verraten würde. Beau ließ sich auf die Couch fallen und es schien, als wäre er am liebsten zwischen den Polstern versunken. Nach einer gefühlten Ewigkeit sagte er: »Jasmine. Jasmine Toselli.«

ACHTUNDVIERZIG

Jasmine Toselli wohnte auf der anderen Seite der Stadt, im Osten Dentons. Es war ein gepflegtes Zuhause, auch wenn der Garten und die Veranda mit allen möglichen Spielsachen eines Siebenjährigen übersät waren. Allerdings hätte das Haus leicht in das Wohnzimmer der Collins' gepasst. Josie musste an die geräumige Villa von Beau denken, die zum Tatort geworden war und nun leer stand, während hier, nur wenige Kilometer entfernt, sein Sohn in einem bescheidenen Häuschen lebte und weder von der Existenz seines Vaters noch von der Gefahr wusste, die ihm und seiner Mutter in diesem Augenblick drohte. Josie und Noah hatten veranlasst, dass eine Polizeieinheit, die in unmittelbarer Nähe war, sofort bei den Tosellis nach dem Rechten sah. Als Josie und Noah dort ankamen, standen zwei Streifenwagen vor dem Haus.

Obwohl aus den Fenstern Licht drang, stapften die Polizisten mit Taschenlampen um das Haus herum. Als Josie und Noah aus dem Auto stiegen, kam einer von ihnen die Treppe zur Veranda herunter. »Sieht nicht so aus, als wäre jemand zu Hause«, sagte er. »Die Lichter sind zwar an, aber wir haben geklopft und geklingelt und es hat niemand aufgemacht. Wir haben uns von der Einsatzzentrale die Telefonnummern der Frau geben lassen – Handy und Festnetz –, aber sie geht nicht ran. Durch ein Fenster hier vorn und eines auf der Rückseite kann man ein bisschen reinschauen, aber es scheint niemand zu Hause zu sein.«

»Vielleicht sind sie ja oben oder in einem Zimmer, das man von außen gar nicht sieht«, gab Noah zu bedenken. »Wir müssen irgendwie reinkommen. Ich glaube nicht, dass wir warten sollten, bis die von der Einsatzzentrale sie ans Telefon bekommen haben. Die Kollegen sollten lieber sofort ihr Handy orten.«

»In Ordnung«, sagte einer der anderen Polizisten. Er ging ein Stück beiseite, den Kopf über sein Funkgerät gebeugt.

Josies Magen verkrampfte sich. Sie drehte sich um und blickte die idyllische, ruhige Straße auf und ab. »Wissen wir schon, was für einen Wagen Jasmine Toselli fährt? Ist er noch hier? Vielleicht ist sie ja irgendwo hingefahren.«

Der andere Polizist deutete auf einen kleinen Mitsubishi, der ein paar Häuser weiter parkte. »Das ist ihr Auto.«

Jasmine und Sam Toselli waren also nach Hause gekommen. Aber warum machten sie dann nicht auf? Und warum ging Jasmine nicht ans Telefon?

Josie lief eilig die Stufen hinauf. »Na dann, gehen wir rein. Ich will nicht noch mehr Zeit verlieren.« Sie wies den anderen Polizisten an, um das Haus herumzugehen und mögliche Hinterausgänge im Blick zu behalten.

Noah kam zu ihr auf die Veranda. »Wir können uns nicht einfach gewaltsam Zutritt verschaffen«, sagte er vorsichtig.

»Und wie wir das können«, widersprach Josie.

»Josie, wir sehen hier nur nach dem Rechten. Wir dürfen das Haus nur dann betreten, wenn Anzeichen eines Kampfes oder eine Leiche sichtbar sind. Und das ist hier nicht der Fall.«

»Verdammt noch mal, Noah«, sagte sie und hatte das Gefühl, als schnürte ihr eine Schraubzwinge den Brustkorb zu.

»Du weißt genauso gut wie ich, dass dieser Mörder hinter ihnen her ist. Vielleicht hat er die beiden ja auch schon getötet.«

»Wir könnten ein paar Leute anrufen, versuchen, jemanden aus dem engeren Umfeld von Jasmine Toselli zu erreichen. Vielleicht können wir auch in Sams Schule anrufen und nachfragen, wer sein Notfallkontakt ist.«

»Wir können nicht länger warten«, sagte Josie.

»Laut den Vorschriften ...«

»Ich pfeif auf die Vorschriften!« Die Worte waren ausgesprochen, noch bevor sie sie zurückhalten konnte. Es war das erste Mal, dass sie ihre Stimme gegenüber Noah erhoben hatte. Er wich einen Schritt zurück. Etwas ruhiger fügte sie hinzu: »Dieses Kind ist so alt wie Harris. Er ist sieben. Du kannst ja wieder von der Veranda gehen, aber ich geh jetzt da rein und übernehme auch die Verantwortung dafür. Der Chief kann mich ruhig feuern. Aber ich könnte es nicht ertragen, wenn wir zögern und dieser Junge stirbt. Ich ...«

Sie unterbrach sich, weil Noah sie nicht länger ansah. Er starrte auf die Tür hinter ihr, den Blick auf Hüfthöhe gerichtet. »Josie«, brachte er heiser heraus, »sieh mal.«

Sie drehte sich zur Tür um. Es war eine Außentür mit Glaseinsätzen, einem größeren unten und einem kleineren oben. Zunächst sah Josie lediglich einen verschmierten Handabdruck auf der unteren Glasscheibe. »Ich kann nichts ...«, begann sie, doch dann kam Noah einen Schritt näher, nahm sie bei den Schultern und führte sie dorthin, wo er eben noch gestanden hatte.

»Von hier aus kannst du es sehen.«

Erneut betrachtete sie die Tür. Das Gefühl der Schraubzwinge um ihren Brustkorb wurde stärker und schmerzhafter. Noah hatte recht. Es war erst zu erkennen, wenn man so dastand, dass das Licht im richtigen Winkel auf die Tür fiel. Das natürliche Hautfett vom Finger des Jungen hatte auf dem Glas eine Kritzelei hinterlassen. Es war das Gesicht eines

Mannes: ein Oval, Knopfaugen, ein Strich als Nase, ein anderer als Mund und ein wild hingekritzelter Bart – das war alles. Daneben war etwas, das Josie zunächst für einen Pfeil hielt, aber als sie genauer hinsah, erkannte sie, dass es eine Pistole sein sollte. Unter den beiden hastig auf die Scheibe geschmierten Zeichnungen standen zwei krakelige Worte, in der noch ungeübten Handschrift eines Siebenjährigen.

Böser Mann.

Noch bevor Josie reagieren konnte, schob Noah sich vor sie und riss die Tür auf. Seine Pistole hielt er in der Hand. Er drehte am Türknauf der Eingangstür, doch sie ließ sich nicht öffnen. Er ging einen Schritt zurück, hob ein Bein und rammte seinen Stiefel gegen die Stelle direkt neben dem Türknauf. Beim dritten Versuch splitterte Holz und die Tür flog auf.

Er warf Josie einen Blick über die Schulter zu. Bei ihr lief bereits alles wie auf Autopilot. Sie hielt die Pistole schussbereit in der Hand. Ohne darüber nachzudenken, nur angetrieben von ihrem Muskelgedächtnis, schaltete sich bei ihnen der Zugriffsmodus ein. Noah übernahm die Führung.

Sobald sie über die Türschwelle traten, schwenkte Noah seine Waffe durch den rechten Teil des Zimmers, Josie durch den linken. Beim Weitergehen registrierte sie jedes Detail und prägte es sich ein, für den Fall, dass es ihnen später noch nützlich sein konnte. Der winzige Eingangsbereich war durch eine hüfthohe Mauer von dem geräumigen Wohnzimmer getrennt. Der Teppich am Eingang war zusammengeschoben. Auf dem Sofa im Wohnzimmer lag ein iPad neben einer unordentlich hingeworfenen Wolldecke. Auf dem Couchtisch stand eine Schüssel mit Salzbrezeln.

Daneben lag eine rechteckige Rätselbox.

»Noah«, stieß Josie heiser aus.

»Ich hab's gesehen«, erwiderte er. »Gehen wir weiter.«

Sie zwang sich, den Blick von der Box abzuwenden, und versuchte, das Rauschen des Blutes in ihren Ohren zu ignorieren und den übrigen Raum zu erfassen.

Auf dem Fernseher lief gerade eine Zeichentrickserie, die Harris sich schon so oft angeschaut hatte, dass Josie jede Folge auswendig mitsprechen konnte. Auf der anderen Seite des Mäuerchens sah sie eine umgestürzte Maltafel. Überall auf dem Boden waren Whiteboardstifte verteilt. Ein Stück weiter lag eine zerbrochene Stehlampe, in deren Kabel sich ein Büschel lockiges braunes Haar verwickelt hatte. Im flackernden Licht der zertrümmerten Lampe glitzerten Bluttröpfchen wie Rubine.

In dem Zimmer hatte es einen Kampf gegeben. Jasmine Toselli hatte sich erbittert zur Wehr gesetzt.

Josies Herzschlag donnerte schmerzhaft gegen ihren Brustkorb. Es kostete sie große Mühe, die Beklemmung, die sie ergriff, zu unterdrücken. Bei diesem Anblick musste sie unweigerlich an Misty und Harris denken. Allein bei der Vorstellung, was für eine schreckliche Angst Jasmine und Sam empfunden haben mussten, durchfuhr es Josie bis ins Mark.

Sie mussten vorankommen.

Als Nächstes war die Küche an der Reihe, ein offener Raum, der auch als Esszimmer diente. Josie schnürte es fast die Kehle zu, als ihr Blick auf den Kühlschrank fiel. Er war zur Hälfte mit Zeichnungen von allen möglichen Tieren, Fahrzeugen und ein paar Dinosauriern bedeckt. Die andere Hälfte war mit Fotos einer Frau und eines kleinen Jungen zugepflastert – Jasmine und Sam Toselli, im Zoo, im Stadtpark, bei einem Basketballspiel, bei irgendeiner Preisverleihung in der Schule. Jasmine war jünger als erwartet, hatte lockiges braunes Haar und ein breites, bestechendes Lächeln im Gesicht. Sam kam mehr nach ihr als nach Beau, obwohl Josie in seinen Augen und der Kinnlinie die Ähnlichkeit mit seinem Vater erkannte. Auf sämtlichen Bildern strahlte er mit seiner Mutter um die Wette, und obwohl Josie sie nur für den Bruchteil einer Sekunde betrachtete, wärmte ihr der Anblick der Lücke zwischen seinen oberen Schneidezähnen das Herz. Sie musste sich zwingen, wegzusehen und sich wieder auf das zu konzentrieren, was sie umgab. In der Nähe des Eingangs lag ein Handy mit zerbrochenem Display. Zwischen dem Herd und dem Tisch, der für zwei gedeckt war, war eine Schüssel Nudeln zu Boden gefallen. Neben einem der Gedecke stand ein Saftkarton.

Nachdem Josie und Noah die Küche gesichert hatten, stießen sie auf eine Tür, die nach unten führte. Der Keller war als Fitnessraum eingerichtet und deshalb hell erleuchtet, wie Josie erleichtert feststellte. Doch er war leer. Langsam und vorsichtig arbeiteten sie sich ins obere Stockwerk vor. Zwei Schlafzimmer, ein Bad, alle unberührt und leer. Als sie wieder nach unten ins Wohnzimmer kamen, atmete sie erst einmal tief aus. Sie war froh, dass sie Jasmine oder Sam nicht bereits tot aufgefunden hatten. Kaum war der Gedanke ihr jedoch durch den Kopf geschossen, packte sie die Angst. Wenn die beiden nicht hier waren, bedeutete das, dass der Mörder sie in seiner Gewalt hatte.

Noah stand in der Mitte des Wohnzimmers. »Sie muss in der Küche gewesen sein, als der Mörder aufgetaucht ist. Irgendwie ist er hier reingekommen. Sie hat Panik bekommen. Er ist in die Küche gegangen und hat sie angegriffen. Dann hat sich der Kampf hierher verlagert.«

Josie versuchte, sich die Situation vorzustellen. Wann hatte Sam Gelegenheit gehabt, die Botschaft zu hinterlassen? Hatte er dem Mann die Tür aufgemacht? Oder war die Eingangstür gar nicht abgeschlossen gewesen? Hatte Sam versucht, davonzulaufen, als der Mörder Jasmine in der Küche entgegengetreten war, war dann aber vor Schreck erstarrt? Vielleicht hatte er ja seine Mutter nicht zurücklassen wollen. Hatte er alles von der Tür aus mitverfolgt, seine Botschaft an die Scheibe gekritzelt und im selben Augenblick zurück ins Wohnzimmer laufen wollen, als der Mörder mit Jasmine aus der Küche kam, sodass es dann erneut zu einem Kampf gekommen war? Josie ging eine noch schaurigere Frage durch den Kopf: War das im Wohnzimmer Sams oder Jasmines Blut? Oder hatte einer der beiden den Mörder so schwer verletzt, dass er geblutet hatte?

»Wir müssen Gretchen und Mett anrufen«, sagte sie. »Und die Spurensicherung. Wir müssen rausfinden, was in der Box ist. Sofort. Dieser Tatort muss kriminaltechnisch untersucht werden. Die Straße muss unter die Lupe genommen werden. Wir müssen die Aufnahmen sämtlicher Häuser zusammentragen, die über eine Kamera verfügen. Der ›böse Mann‹ in dieser Zeichnung hat einen Bart. Archie Gamble hat auch einen Bart. Wir müssen die Einheit vor seinem Haus kontaktieren.«

Noah schob die Waffe zurück ins Holster und nahm sein Handy heraus. Sie gingen nach draußen und baten einen der Streifenpolizisten, den Tatort zu bewachen, bis die Spurensicherung eintraf.

»Ich verständige die Staatspolizei. Wir müssen sofort eine Vermisstenmeldung für Sam Toselli über das AMBER-Alarmsystem rausbringen.«

Josie wandte sich um und blickte Richtung Eingangstür. »Zuerst müssen wir diese Rätselbox aufbekommen. Vielleicht hilft uns ja das, was da drin ist, die beiden zu finden, bevor es zu spät ist.«

NEUNUNDVIERZIG

»Ich kann sie nicht einfach öffnen«, sagte Hummel. »Wir müssen erst mal alle Beweise am Tatort sichern. Das weißt du.«

Josie, die neben ihm auf der Veranda vor Jasmine und Sam Tosellis Haus stand, stemmte die Hände in die Hüfte und baute sich vor ihm auf. Noah war zurück zur Straße gegangen und telefonierte bereits mit der Staatspolizei, um eine Fahndung nach Sam zu veranlassen. »Wir haben keine Zeit mehr, Hummel. Die Beweissicherung am Tatort dauert Stunden. Ich muss aber sofort wissen, was in der Box ist. Wenn es etwas ist, was uns dabei helfen kann, diese Mutter und ihren Sohn zu finden, bevor sie ermordet werden, dann müssen wir es wissen.«

Hummel seufzte, schob seine Haube zurecht und marschierte vor ihr im Kreis herum.

Josie machte eine Handbewegung in Richtung Haustür. »Chan ist doch gerade da drin und macht Fotos. Du könntest die Box holen, sie gleich hier mit Aluminiumpuder bestäuben, um schon mal die latenten Fingerabdrücke abzunehmen, und sie dann öffnen.«

»Das ist nicht die Art und Weise, wie ich solche Dinge normalerweise erledige«, sagte er. »Du weißt ja, wie so was laufen kann, wenn es vor Gericht geht. Selbst der geringste Verstoß gegen die Vorschriften wäre für den Anwalt der Verteidigung ein gefundenes Fressen.«

Josie packte ihn am Unterarm und zwang ihn so stehenzubleiben. »Wir sprechen hier von einem siebenjährigen Jungen, Hummel. Wir haben die DNA dieses Mörders bereits an mehreren anderen Tatorten sichern können. Wenn wir Sam und Jasmine lebend finden können, wird niemand mehr nach der Box fragen. Dann werden die beiden nämlich selbst als Zeugen aussagen können. Bitte. Ich will ja nicht, dass du den ganzen Tatort kontaminierst. Ich bitte dich nur, eine Box zu öffnen, nachdem Fotos davon gemacht worden sind.«

Noah kam eilig die Stufen herauf. »Die Fahndung ist veranlasst. Gretchen und Mett werden in einer Minute hier sein. Der Polizist, der vor Gambles Haus positioniert ist, meinte, dieser habe es den ganzen Tag über nicht verlassen und sei immer noch dort. Ich hab ein paar Streifenpolizisten losgeschickt, um die Nachbarschaft abzuklappern – vielleicht hat ja irgendwer diesen Typen gesehen oder sein Wagen ist auf einer der Kameras zu erkennen.« Als er merkte, dass keiner der beiden ihm zuhörte, unterbrach er sich. »Was ist los?«

Josie hielt Hummel immer noch am Arm und sah ihm fest in die Augen. »Mach einfach die Box auf«, sagte sie ruhig.

Es dauerte eine gefühlte Ewigkeit, bis er seinen anderen Arm hob, ihr die Hand tätschelte und sich ihrem Griff entzog. »Gib mir ein paar Minuten.«

Erleichterung durchströmte Josie, als sie zusah, wie er im Haus verschwand und nach Officer Chan rief.

Noch bevor sie etwas zu Noah sagen konnte, kamen Gretchen und Mettner die Straße heraufgerannt. »Ging leider nicht früher«, sagte Mettner.

Josie und Noah kamen zu ihnen auf den Gehweg und brachten sie auf den aktuellen Stand der Dinge, während Hummel die Rätselbox auf Spuren untersuchte, bevor er sie öffnete. Sie unterhielten sich gerade, als auf ihren Handys gleichzeitig ein schriller Alarm ertönte – die Fahndungsmeldung für Sam Toselli.

Josie schaltete das Signal auf ihrem Handy aus und klickte eine Textnachricht an, die Chief Chitwood an sie alle geschickt hatte. »Der Chief wird eine Pressekonferenz einberufen.«

»Dann sollten wir ihm so viele Informationen wie möglich zukommen lassen«, sagte Gretchen. »Die Wohngegend hier ist ziemlich dicht besiedelt. Unwahrscheinlich, dass niemand ein Auto bemerkt hat. Dieser Typ hat die Mutter und ihr Kind ja bestimmt nicht mit seinem Fahrrad entführt.«

»Ich hab schon mehrere Polizisten losgeschickt, um das Material sämtlicher Überwachungskameras zu sichten«, sagte Noah.

Von der offenen Heckklappe des SUV der Spurensicherung her hörte man Hummel rufen: »Boss! Ich hab die Box aufbekommen!«

Alle rannten zu Hummel hinüber und drängten sich um ihn. Er hatte den Kofferraum des SUV mit einer Plastikfolie ausgelegt, bevor er die Box mithilfe des Puders nach Fingerabdrücken abgesucht und dann geöffnet hatte. Neben mehreren zersplitterten Teilen der Box lag ein Gummihammer. Hummel strich ein direkt vor ihm liegendes Stück Zeitungspapier glatt, das zusammengerollt in der Box gelegen hatte.

»Gibt es tatsächlich noch gedruckte Zeitungen?«, wunderte sich Mettner.

»Vielleicht ist es ja eine ältere«, gab Gretchen zu bedenken.

»Soweit ich sehen kann, steht kein Datum darauf«, sagte Hummel.

»Lässt sich erkennen, aus welcher Zeitung das hier stammt?«, wollte Noah wissen.

Hummel drehte das Blatt um und betrachtete es von der Rückseite, wo eine Anzeige für Baumfällungen zu sehen war. »Nein, aber man könnte es anhand dieses Artikels herausfinden.« Er wendete es erneut und legte es so hin, dass alle es lesen konnten. Josies Puls beschleunigte sich, als ihr klar wurde, was da stand.

FRAU AUS LENORE COUNTY ERLEIDET DURCH TRAGISCHEN AUTOUNFALL ANOXISCHE HIRN-SCHÄDIGUNG

Die 30-jährige Brooke Sullivan, wohnhaft in Lenore County, erlitt eine schwere anoxische Hirnschädigung, nachdem ihr Fahrzeug in der Nähe der Old Arch Bridge in den Cedar Creek gestürzt war. Am Montag wurde der Wagen gefunden. Er hing mit der Motorhaube voran von der Brücke, vermutlich infolge eines Unfalls. Lediglich ein abgebrochener Teil der Brücke und die Äste eines vom Flussufer emporragenden Baumes hatten verhindert, dass der Wagen vollständig ins Wasser gestürzt war. Aufgrund des defekten Sicherheitsgurtes konnte Sullivan sich nicht aus dem Wagen befreien. Ein vorbeifahrender Mann, ebenfalls aus Lenore County, entdeckte ihren Wagen und verständigte den Notruf. Bis zum Eintreffen des Rettungsdienstes war ein weiteres Teil der Brücke weggebrochen, sodass das Fahrzeug tiefer gestürzt und Wasser eingedrungen war. Mrs Sullivans Kopf befand sich für unbestimmte Zeit unter Wasser, bevor die Rettungskräfte sie losschneiden konnten. Sie wurde aus dem Wagen befreit und konnte von den Sanitätern wiederbelebt und ins Denton Memorial Hospital gebracht werden.

»Sie befindet sich in einem Wachkoma«, erklärte der Leiter der dortigen Neurologie. »Der Sauerstoffmangel, den sie erlitten hat, während sie mit dem Kopf unter Wasser im Auto gefangen war, hat ihr Gehirn geschädigt. Wir hoffen auf eine gute Genesung, aber noch lässt sich nicht sagen, ob und in welchem Umfang sich ihre geistigen Funktionen wiederher-stellen lassen.«

Die Polizei hat keinen Anhaltspunkt, wie es zu dem Unfall auf der Brücke gekommen ist, geht aber davon aus, dass er auf die Wetterbedingungen zurückzuführen ist, da die Temperaturen an jenem Tag unter dem Gefrierpunkt lagen und die Brücke vereist war. Es heißt außerdem, dass Mrs Sullivan allein in ihrem Wagen gewesen ist und vermutlich keine weiteren Fahrzeuge in diesen Unfall verwickelt waren.

»Sullivan«, überlegte Mettner. »Warum kommt mir das jetzt so bekannt vor?«

»Und Brooke genauso«, meinte Noah.

»Dieser Social-Media-Typ bei WYEP – der heißt doch auch Sullivan. Raffy Sullivan«, erinnerte sich Gretchen.

»Und er hat uns erzählt, dass seine Ex-Freundin Brooke heißt«, sagte Josie.

»Als wir dort waren, um uns mit ihm über Internettrolle zu unterhalten, hat immer wieder eine Frau namens Brooke angerufen«, fügte Noah hinzu.

Josie zog ihr Handy hervor und öffnete den Browser, um nach Brooke Sullivan zu googeln. Ihre Suche ergab nur einen Treffer: ein Artikel aus der *Fairfield Review* aus Lenore County. Es war derselbe, den sie eben gelesen hatten. »Sie hatte den Unfall vor fünf Jahren«, sagte Josie. Dann öffnete sie eine Datenbank und führte darin eine schnelle Suche nach Brooke Sullivan durch. »Anscheinend wohnt sie immer noch in einem Haus in Lenore County: 4342 Silver Springs Road in Fairfield. Ich überprüfe mal im mobilen Datenterminal, ob das noch aktuell ist, aber wahrscheinlich wäre es nicht schlecht, sich das mal genauer anzusehen.«

Irgendwie erschien Josie die Adresse vertraut, aber sie konnte nicht sagen, weshalb.

Ein Handy klingelte und die anderen begannen, nach ihren Geräten zu kramen. Dann hielt Noah seines in die Höhe. »Das war meins«, sagte er. »Das Eudora.«

»Super«, meinte Gretchen. »Falls Beau dort ist, sollen sie dafür sorgen, dass er bleibt, wo er ist, weil wir ein paar Fragen an ihn haben.«

Noah ging ein paar Schritte beiseite und nahm den Anruf entgegen. Mettner sagte: »Wir haben uns Raffy Sullivans Beziehungsstatus gar nicht näher angesehen, sondern nur seinen Hintergrund überprüft. Er hat keine kriminelle Vorgeschichte. Keine Festnahmen. Nichts Verdächtiges. Wer ist er eigentlich? Warum sollte der Mörder uns zu Raffys Ex-Freundin führen – oder, wie ich eher glaube, seiner Frau?« »Sie haben denselben Nachnamen«, überlegte Gretchen. »Sie könnte auch seine Schwester sein. Aber wenn er Noah und Josie gegenüber behauptet hat, sie sei seine Ex-Freundin, dann ist sie wohl doch eher seine Frau oder Ex-Frau. Er ist mit Margot Huff zusammen. Vielleicht wollte er ja nicht, dass sie weiß, dass er geschieden ist.«

»Oder er ist noch mit ihr verheiratet«, überlegte Mettner.

Noch einmal begann Josie, den gesamten Fall gedanklich durchzugehen. »Dieser Mörder hatte nie vor, mit all dem davonzukommen«, sagte sie.

»Wie meinst du das?«, fragte Mettner.

Gretchen sah Josie nachdenklich an. »Der Boss hat recht. Bei dem Fall hier geht es einzig und allein darum, Beau Collins' Leben zu ruinieren.«

»Er will sich für irgendetwas rächen«, mutmaßte Mettner. »Sieht so aus, als hätte Beau Collins eine ganze Liste von Sünden, für die er büßen muss.«

Der Mörder hatte mit Claudia begonnen und den Mord am Abend ihres Hochzeitstages inszeniert, den die beiden medienwirksam hatten begehen wollen. Er hatte eine Rätselbox hinterlassen, die er vermutlich über die Website der Collins' bestellt und in der er eine Seite aus ihrem Buch deponiert hatte – ein Buch, in dem es um die spielerische Suche nach dem Liebesglück ging, mit der sich eine Beziehung intensivieren ließ.

Schon bevor er Margot von Eves Handy aus die Textnachricht geschickt hatte, um ihr mitzuteilen, dass das Spiel begonnen hatte, war offensichtlich, dass er sein Spiel mit ihnen trieb.

Das Ziel war nicht nur, Beaus Leben zu zerstören, sondern auch, ihn zu entlarven, alle seine Geheimnisse aufzudecken. Die Affäre mit Eve. Die zurückgehaltenen Bewerbungsunterlagen. Die verschwiegene Vaterschaft. Josie hatte immer vermutet, dass der Täter jemand aus dem engeren Umfeld von Beau und Claudia war, doch irgendwie kam niemand so recht in Frage.

»Raffy Sullivan hatte über Monate Kontakt zum engeren Umfeld der Collins'«, meinte Josie. »Er war mit Margot zusammen, das hat Gretchen ja schon gesagt. Als wir bei ihm waren, hatte sie sogar ihr Handy einfach so in seinem Büro liegengelassen, während sie zur Toilette ging. Sie vertraut ihm. Er ist in dem Fernsehstudio, weil er für den Sender arbeitet. Und darüber hat er Zugang zu allen möglichen Informationen.«

»Du glaubst also, dass Raffy Sullivan der Mörder ist?«, fragte Gretchen.

»Ich weiß es nicht«, erwiderte Josie.

»Aber wenn er der Mörder ist, warum sollte er unsere Aufmerksamkeit dann auf sich lenken? Das ergibt doch keinen Sinn. Das Muster hinter seinem Vorgehen ist, dass der Gegenstand in der Box auf eines von Beaus Geheimnissen hindeutet. Also muss Brooke Sullivan das Geheimnis sein. Ich glaube nicht, dass wir genügend Hinweise haben, um direkt darauf schließen zu können, dass Raffy der Täter ist. Ich habe ihn am ersten Tag der Ermittlungen im Fernsehstudio befragt. Und ich habe seinen Hintergrund überprüft. Er lebt in einer Mietwohnung hier in der Nähe. Ich könnte auch bei WYEP anrufen und fragen, ob er gerade dort ist.«

Noah kam zu den anderen zurück. »Ist er nicht.«

»Wie meinst du das?«, wollte Josie wissen.

Noah hielt sein Handy hoch, obwohl das Display inzwischen wieder schwarz war. »Das war eben Mr Brown, der Manager des Eudora. Ein Angestellter hat offenbar gesehen, wie Beau das Hotel vor ungefähr zwanzig Minuten mit einem anderen Mann durch den Hintereingang verlassen hat. Sie sichten gerade die Aufnahmen der Überwachungskameras, aber es hieß, der andere Mann war ungefähr fünfunddreißig bis vierzig Jahre alt, mit braunen Haaren und einem Kinnbart.«

»Hört sich so an, als könnte das Raffy gewesen sein«, sagte Gretchen.

Noah lief los und rief den anderen über die Schulter zu: »Ich werd mal rüberfahren und mir die Aufnahmen selbst ansehen. Ich geb euch dann Bescheid.«

»In der Zwischenzeit sollte jemand nach der Brücke suchen, wo der Unfall damals passiert ist«, schlug Josie vor. »Egal ob Raffy der Täter ist oder jemand anderes, er wird den Mord an Jasmine und Sam dort inszenieren.«

»Wie kommst du darauf?«, fragte Mettner.

»Claudia hat er am Abend ihres Jubiläumsdinners umgebracht – die Ehe der Collins' war in mehrfacher Hinsicht Heuchelei. Eve hat er in der Höhle der Liebenden umgebracht – sie war Beaus heimliche Geliebte. Trudy hat er in der Praxis umgebracht – dort, wo sie und Beau das ›Verbrechen‹ gegenüber Claudia begangen haben. Dieser Mörder hat uns die ganze Zeit geführt, hat uns vorgeführt, was Beaus Geheimnisse, Fehltritte und Sünden sind. Warum sollte er jetzt den Zeitungsartikel am Tatort hinterlassen, wenn er nicht vorhätte, dadurch ein weiteres Geheimnis zu enthüllen oder uns zu den Leichen von Sam und Jasmine zu führen? Und dieser Artikel führt uns zu der Brücke.«

Gretchen legte Mettner die Hand auf die Schulter. »Bleib du hier am Tatort. Gib uns alles weiter, was du rausfindest: Zeugen, Videoaufzeichnungen ... Du hast gesagt, dass Raffys Wohnung hier in der Nähe ist? Schick eine Einheit hin, die sollen nachschauen, ob er sich dort aufhält. Ich fahre derweil nach Lenore County, suche nach dieser Brücke und seh mich dort um.«

»Ich überprüfe die Adresse, unter der Brooke Sullivan zuletzt gemeldet war«, sagte Josie.

»Willst du allein dort hinfahren?«, fragte Mettner.

»Nein, natürlich nicht«, erwiderte sie. »Dem Artikel zufolge hat sie ihren Wohnsitz in Lenore County. Ich werde also den dortigen Sheriff anrufen und ihn um Verstärkung bitten. Er kann bestimmt jemanden dorthin schicken. Wenn wir in ihrem Zuständigkeitsbereich aktiv werden, mit Brooke sprechen und die Brücke überprüfen, müssen wir sie über den Stand der Ermittlungen informieren.«

»Ich muss auch noch telefonieren«, sagte Gretchen.

Während Josie zusah, wie die anderen sich auf den Weg machten, um den verschiedenen Spuren nachzugehen, klingelte ihr Telefon. Sie zog es heraus und wischte über das Display, um den Anruf entgegenzunehmen. »Quinn.«

Es war Dan Lamay, der diensthabende Polizist auf dem Revier. »Boss, ich hatte eben den Kollegen in der Leitung, der Archie Gamble überwacht.«

Josies Magen verkrampfte sich vor Angst. »Was hat er gesagt?«

»Äh, Archie Gamble ist weg.«

»Was?«

»Er ist nicht mehr in seinem Haus und konnte bislang auch nicht ausfindig gemacht werden.«

»Bist du sicher?«

»Äh, ja. Anscheinend hat der zuständige Kollege gesehen, wie er das Haus zu Fuß verlassen hat und in den Wald gegangen ist. Seitdem ist er verschwunden.«

»Wie lange ist das her?«, fragte Josie.

»Ungefähr zwanzig Minuten.«

Sie seufzte. »Ich geh der Sache nach.«

FÜNFZIG

TAGEBUCHEINTRAG, UNDATIERT

Ich weiß jetzt, wer er ist. Mein Liebster. Heute ist eine Frau zu uns nach Hause gekommen. Ich sehe außer meinem Mann keine anderen Menschen mehr, außer wir fahren zu den Ärzten. Ich weiß das, weil ich jeden Tag in dieses Tagebuch schreibe, damit ich mich an alles, was passiert, erinnern kann. Ich hab alle Einträge seit dem Unfall durchgeschaut. In keinem steht was von anderen Leuten außer den Ärzten. Als ich eine Frauenstimme aus der Küche gehört hab, wusste ich, dass ich sie von irgendwoher kenne. Ich musste einfach ihr Gesicht sehen. Vielleicht würde ich mich ja dann an etwas erinnern. Ich wollte nur heimlich einen Blick in den Raum werfen, aber dann bin ich hingefallen. Seit dem Unfall stürze ich andauernd. Sie haben mich gehört. Mein Mann hatte richtig Spaß daran, mich ihr vorzuführen. Er hat mir so lange Fragen gestellt, auf die ich die Antworten nicht wusste, bis ich schließlich zu weinen angefangen habe. Mit jedem Mal, wo ich gesagt habe, das weiß ich nicht oder daran kann ich mich nicht erinnern, wirkte er noch zufriedener. Das war richtig sadistisch. Die Frau hat das wohl auch so empfunden, denn sie hat ebenfalls angefangen zu weinen. Als sie wieder weg war, habe ich gefragt, wer sie ist. Er *sagte, er würde es mir zeigen. Er hat seinen Laptop geholt und etwas für mich angemacht. Einen Ausschnitt aus einer Fernsehshow. Sie hieß Partnerschaftsplausch mit den Collins'. Ich habe die Frau erkannt, die grade bei uns gewesen war.*

Und den Mann. Als ich ihn gesehen habe, wusste ich Bescheid. Er war es. Der Mann, den ich liebte. Und er ist im Fernsehen mit seiner Frau, während ich hier in diesem winzigen Kreis der Hölle vor mich hin vegetiere, mit einem Mann, der behauptet, mein Ehemann zu sein, aber dessen Hass für mich kein Ende zu kennen scheint.

EINUNDFÜNFZIG

Zurück im Auto drehte Josie die Heizung so hoch wie möglich. Der Kälteschauder, der sie in dem Moment, als sie die Zeichnung von Sam Toselli an der Tür sah, ergriffen hatte, wollte nicht weichen. Sie schaltete das mobile Datenterminal ein und nahm sich einen Moment Zeit, um nach Brooke Sullivan zu suchen. Es gab nicht viele Informationen. Sie war niemals verhaftet, geschweige denn wegen eines Verbrechens verurteilt worden. Ihr Führerschein war vor drei Jahren abgelaufen, aber das Foto zeigte eine junge Frau mit langen braunen Haaren, die mit geschlossenem Mund lächelte. Sie wirkte so, als wäre sie ziemlich hübsch, wenn nicht die ganze Last der Welt auf ihren Schultern liegen würde. Josie fragte sich, womit sie wohl gerade fertig werden musste, als dieses Foto geschossen wurde. Wenn Raffy ein kaltblütiger Killer war, musste man sich fragen, ob er einen angenehmen Ehemann abgab. Josie hatte ja mit angehört, wie er sich sowohl über Brooke als auch über Margot geäußert hatte, als er glaubte, unter vier Augen mit Noah zu sprechen. Es hätte sie nicht gewundert, wenn es da auch eine Vorgeschichte von häuslicher Gewalt und Misshandlung gegeben hätte. Sie konnte allerdings keine Aufzeichnungen zu diesbezüglichen Notrufeinsätzen unter der Adresse der Sullivans finden, aber das sagte wenig aus.

Als Nächstes richtete sie ihre Aufmerksamkeit auf die Adresse in Lenore County, die immer noch in ihrem Hinterkopf rumorte. Das Haus war nur auf Brooke eingetragen. Josie zog seinen Standort auf einer Karte groß auf. Als sie wieder herauszoomte, bemerkte sie, dass es ein paar Kilometer die Straße hinunter von Archie Gambles Bruchbude lag. Wenn Raffy hinter allem steckte, wäre es für ihn ein Leichtes gewesen, Eve Bowers' Auto zu dem staatlichen Jagdgebiet zu fahren, das an Gambles Haus angrenzte, es dort stehen zu lassen und dann mit dem eigenen Auto heimzufahren. Er hätte ganz einfach den Weg durch Gambles Grundstück nehmen können. Nach allem, was sie wussten, hätte er auch eines von Gambles zahlreichen Fahrrädern benutzen können, um in die Stadt und wieder herauszufahren, und so den Verdacht auf Gamble gelenkt. Josie bezweifelte, dass Gamble bemerken würde, wenn etwas vom Gelände um sein Haus verschwand, vor allem, wenn es wieder zurückgebracht wurde. Und natürlich gab es auch die Möglichkeit, dass die beiden unter einer Decke steckten.

Da Gambles Anwesen auf dem Weg zum Haus der Sullivans lag, würde sie zuerst bei ihm anhalten. Sie nutzte die Freisprechanlage in ihrem Auto, um während der Fahrt im Büro des Sheriffs von Lenore County anzurufen und die Situation zu erklären. Gretchen hatte das Team dort bereits wegen der Brücke kontaktiert. Sie hatten wenig Personal zur Verfügung, weil es auf der Interstate in ihrer Nähe einen Busunfall gegeben hatte, aber sie versprachen, eine Streife loszuschicken, die Gretchen an der Brücke treffen würde, und eine weitere, die Josie beim Haus der Sullivans zu Hilfe kommen sollte. Josies nächster Anruf galt Luke. Wenn Archie Gamble sein Haus zu Fuß verlassen hatte, würde Blue seine Fährte verfolgen können. Luke arbeitete mit Blue gerade an einem anderen Fall in einem benachbarten County, versprach aber, so bald wie möglich nach Denton zu fahren.

Ein Schweißtropfen rann Josies Wirbelsäule hinab und sie drehte die Heizung herunter. Sie hatte sich so sehr auf die Gespräche konzentriert, dass ihr die brütende Hitze, die jetzt im Auto herrschte, völlig entgangen war. Das Zischen der Luft aus den Lüftungsschlitzen wurde zu einem sanften gleichmäßigen Summen. Doch noch immer sammelte sich Schweiß unter ihren Achseln und am Haaransatz. Sie ließ das Fenster herunter und die frische Nachtluft herein. Einen Moment später bemerkte sie den Streifenwagen, der zu Archie Gambles Haus beordert worden war und jetzt mit blinkenden Lichtern dort stand. Josie parkte hinter dem Auto, stieg aus und lief rasch zur Fahrertür. Der Officer ließ das Fenster herunter und sie erkannte sofort, dass es Brennan war.

Er wischte sich mit dem Ärmel den Schweiß von der Stirn. Sein Gesicht war gerötet. »Ich habe zusätzliche Streifen angefordert«, unterrichtete er sie. »Bis jetzt ist aber noch keine gekommen.«

»Die sind ziemlich beschäftigt«, erwiderte Josie.

Brennan deutete zu Gambles Haus auf der anderen Straßenseite. Im Fenster nach vorn brannte ein einzelnes Licht. »Ich bin ihm nach, hab mich dann aber verirrt und bin im Wald im Kreis gelaufen. Trotz Taschenlampe. Ich konnte ihn nicht aufspüren. Als ich endlich den Weg aus dem Wald gefunden hatte, hab ich mir gedacht, ich fordere mal Verstärkung an, aber bis jetzt ist keiner da.«

»Luke Creighton und sein Spürhund sind auf dem Weg«, sagte Josie. »Sie werden uns helfen können. Ich bin mir allerdings nicht sicher, ob Archie Gamble derzeit unser größtes Problem ist.«

»Wirklich?«, meinte Brennan. »Als er aus seinem Haus kam, sah es nämlich so aus, als wäre er bewaffnet.«

Josie wurde flau im Magen vor Angst. »Was für eine Waffe?«

Brennan zuckte mit den Achseln. »Das weiß ich nicht. Ich war zu weit weg. Was Glänzendes auf jeden Fall. Könnte ein Messer gewesen sein, aber auch eine Pistole. Schwer zu sagen.«

Josie stieß einen Fluch aus. Sie hatte nicht die geringste Ahnung, was Gamble vorhatte oder warum er sich letztlich entschlossen hatte, das Haus nach so vielen Tagen der Untätigkeit genau zu diesem Zeitpunkt zu verlassen. »Okay«, meinte sie. »Sie warten hier auf Luke und Blue. Die sollten bald da sein. Ich muss die Straße runter und was überprüfen. Falls ich beim Eintreffen von Luke und Blue nicht zurück bin, fangt einfach ohne mich an.«

Wenige Augenblicke später bog sie in die Einfahrt des Hauses der Sullivans. Es lag an einer ähnlichen Straße wie das von Archie Gamble – dunkel, kaum befahren, Bäume zu beiden Seiten, ohne Nachbargrundstücke in der Nähe. Hier endeten die Gemeinsamkeiten aber schon. Obwohl von außen schmucklos, war das Haus doch sauber und wirkte gepflegt. Es war ein schlichtes eingeschossiges Gebäude. Josie sah keine Autos, als sie auf die Kieszufahrt abbog, auch keine Einsatzwagen des Sheriffs von Lenore County. Sie rief noch einmal dort an und erhielt erneut das Versprechen, dass binnen Kurzem jemand eintreffen würde, um sie zu unterstützen.

Dann wägte sie ihre Möglichkeiten ab.

Wenn Raffy tatsächlich der Mörder war, könnte er dann Sam und Jasmine hierhergebracht haben?

Josie rief Noah an. Er ging beim zweiten Läuten dran. »Hey«, sagte er. »Ich wollte dich gerade anrufen. Wir haben etwas.«

»Im Hotel?«, fragte Josie.

»Und auf der Straße«, antwortete er. »Mett hat gesagt, dass niemand von den Nachbarn was gesehen hat, aber eine von deren Überwachungskameras hat aufgenommen, wie ein Mann Jasmine und Sam zwingt, in den Kofferraum einer schwarzen Limousine zu steigen. Die Aufnahme ist unscharf, der Winkel ungünstig und die Entfernung zu groß, aber das kann man immerhin erkennen.«

Josie spürte ein Flattern in ihrer Brust. »Was ist mit dem Hotel?«, wollte sie wissen.

»Eindeutig Raffy«, entgegnete Noah. »Brown hat wesentlich schärfere Aufnahmen von ihm, wie er zur Tür von Beaus Hotelzimmer geht. Er verschwindet für einige Zeit nach drinnen und dann kommen sie zusammen raus. Gehen dann über die Hintertreppe und durch den Personaleingang nach draußen. Keine Waffe, aber Beau sieht extrem verängstigt aus. Beaus Handy wurde im Hotelzimmer zurückgelassen. Wir suchen uns gerade die Aufnahmen von der Parkplatzkamera raus. Da jetzt klar ist, dass es sich um Raffy handelt, schreiben wir das Fahrzeug zur Fahndung aus. Wo bist du gerade?«

»Ich sitze hier vor dem Haus der Sullivans und warte auf einen Deputy, der mich unterstützen soll. Noah, wie war denn der zeitliche Ablauf?«

»Das Kameramaterial zeigt, dass er Jasmine und Sam um siebzehn Uhr dreiundfünfzig entführt hat. Um achtzehn Uhr siebenundvierzig taucht er dann im Hotel auf. Er hat es um neunzehn Uhr achtundzwanzig mit Beau verlassen. Mett und ich versuchen, den Wagen über die Verkehrsüberwachung zu verfolgen, sobald ihn irgendeine Kamera draußen einfängt.«

Es war nach einundzwanzig Uhr. Wenn Raffy Beau und die Tosellis hierher zu diesem Haus bringen wollte, hätte er bereits da sein müssen. Wollte er hingegen, dass die Polizei ihn und die anderen fand, hätte er sein Auto nicht versteckt. Er war nicht hier. War schon so viel Zeit vergangen, dass er die Brücke erreicht haben könnte? Es sah ganz danach aus und trotzdem gab es bisher keinerlei Nachricht von Gretchen.

»In Ordnung«, sagte Josie. »Halt mich auf dem Laufenden.«

Sie stieg aus und ging zur Vordertreppe. Im Lichtschein einer fahlen Lampe öffnete sie ihr Waffenholster. Das Flattern in ihrer Brust wurde jetzt noch ungestümer. Dann ging ohne jede Vorwarnung die Haustür auf.

ZWEIUNDFÜNFZIG

Eine Frau, die Brooke Sullivan nur vage ähnelte, stand vor Josie und starrte sie ausdruckslos an. Ihr braunes Haar reichte ihr bis über die Taille und war an mehreren Stellen zu regelrechten Haarnestern verfilzt. Ihre Gesichtshaut war so blass, dass sie fast durchsichtig wirkte. Ihre Augen waren eingefallen. Sie trug ein T-Shirt mit einer Strickjacke darüber, die schief zugeknöpft war und nicht zu ihrer Jogginghose passte. Ihre beiden Socken hatten unterschiedliche Farben.

»Wer sind Sie?«, wollte sie von Josie wissen.

Josie zog ihren Dienstausweis heraus und streckte Brooke die Vorderseite entgegen.

»Die Polizei?«, sagte Brooke. »Warum sind Sie hier?«

»Sind Sie Brooke Sullivan?«, fragte Josie zurück.

Die Frau kratzte sich an der Schläfe, mit abgehackten Bewegungen ihres Handgelenks. Statt zu antworten, drehte sie sich um und zog sich ins Innere des Hauses zurück. Josie legte die Hand auf den Griff ihrer Pistole und folgte Brooke. Das Haus war kaum möbliert. Im Wohnzimmer stand eine alte und durchgesessene blaue Couch vor einem TV-Möbel, auf dem ein kleiner Fernseher stand, der gerade ausgeschaltet war. Im ganzen Raum gab es weder Fotos noch irgendwelchen Wandschmuck. Der Couchtisch stand nicht vor dem Sofa, sondern war zur anderen Seite des Raums an eine der kahlen Wände geschoben worden. Hinter der Couch standen zwei Stehlampen, die Lichtkegel auf den abgewetzten Stoff warfen. Josie ging Brooke weiter nach.

Im Türrahmen zur Küche blieb Brooke auf einmal stocksteif stehen. Josie holte sie ein, und als sie über Brookes Schulter spähte, sah sie eine Unmenge von Post-it-Haftzetteln, die an beinahe jeder Oberfläche im Raum klebten. Auf dem Zettel am Kühlschrank stand beispielsweise: *Tür zumachen*. Hinter der Spülenarmatur hingen zwei Post-its an der Wand und zeigten den Warmwasser- und den Kaltwasserhahn an. Toaster und Kaffeemaschine waren ebenfalls mit Aufschriften versehen. An allen Küchenschränken klebten Zettel mit der Auflistung ihres Inhalts. Brooke setzte sich wieder in Bewegung und machte vor der Kochinsel halt.

»Mrs Sullivan«, sagte Josie. »Ist jemand hier bei Ihnen im Haus?«

Brooke wandte sich wieder zu Josie um und lächelte unsicher. »Ich bin hier allein, weil ich muss. Er ist sonst manchmal gekommen, aber jetzt ist er nie mehr hier. Oder ich erinnere mich nicht daran.« Sie ließ den Kopf hängen. Als sie ihn wieder hob, um Josie in die Augen blicken zu können, runzelte sie die Brauen. »Wer sind Sie?«

Josie ging auf sie zu und zeigte noch einmal ihren Dienstausweis vor. Brooke starrte darauf, aber Josie hatte deutlich den Eindruck, dass sie ihn nicht wirklich wahrnahm. »Brooke«, sagte sie. »Leben Sie allein hier?«

»Ich muss«, erwiderte Brooke. »Er hat gesagt, ich muss wegen dem, was ich getan hab, alleine leben.«

»Was haben Sie denn getan?«

Brooke zog einen Hocker unter der Arbeitsplatte hervor und setzte sich darauf. Sie verbrachte mehrere Sekunden damit, ihre Sitzposition auszubalancieren, bevor sie wieder Notiz von Josie nahm. »Haben Sie gesagt, Sie sind von der Polizei?«

»Ja«, entgegnete Josie. »Ich wollte Ihnen gern ein paar Fragen stellen.«

»Über den Unfall?«

»Nein«, sagte Josie. »Über Beau Collins. Erinnern Sie sich an ihn?«

Etwas wie ein Schatten glitt über Brookes Gesicht, aber sie schüttelte den Kopf. »Ich bin mir nicht sicher.«

»Sind Sie verheiratet?«

»Ich bin mir nicht sicher. Warten Sie. Ja, ich glaube, ich bin verheiratet, nur dass er jetzt nicht mehr so oft zurückkommt. Vielleicht bin ich auch nicht verheiratet.«

Josie war erschüttert. Warum lebte diese Frau hier draußen mitten im Nirgendwo ganz allein, wenn sie sich nicht einmal erinnern konnte, ob sie verheiratet war oder nicht? Josie berührte eines der Post-its in ihrer Nähe, auf dem *An diesem Tisch essen* stand. »Wer hängt diese Zettel hier für Sie auf?«

»Die sind da, damit ich dran denke, dass ich das Haus nicht niederbrenne«, erklärte Brooke.

»Wem gehört das Haus denn?«, wollte Josie wissen.

»Das ist meins. War schon immer meins. Darum ist er gegangen statt mir. Er hat gesagt, ich kann hier bleiben, weil ich eine ... eine ... eine Entschädigung bekommen habe. So heißt es!« Sie klatschte triumphierend in die Hände. »Ich hab mich erinnert!«

»Das ist großartig«, sagte Josie. »Wissen Sie denn, was eine Entschädigung ist?«

Brooke runzelte die Stirn. Einige Sekunden verstrichen. »Nein, weiß ich nicht. Ich weiß nur, dass er Jahr um Jahr drauf gewartet hat. Damit er genug Geld hat, dass er mich endlich hier alleinlassen kann und in die Stadt ... in die Stadt ziehen kann? Ich glaube, das war es, was er gesagt hat. Ich habe seit dem Unfall große Probleme, mich zu erinnern. Tut mir leid.«

Wahrscheinlich hatte Brooke nach dem Unfall eine Auszahlung von einer Versicherung bekommen, obwohl Josie sich nicht sicher war, wie sie als einzige beteiligte Fahrerin zu einer Entschädigung gekommen war, außer ihr Anwalt hatte es geschafft, der Gemeinde Fahrlässigkeit in Bezug auf die Enteisung der Brücke nachzuweisen oder dass irgendein Defekt an der Brücke selbst nicht behoben worden war. Aber für Josies Belange war das jetzt unwichtig. »Wer kümmert sich um Sie, Brooke?«, fragte sie.

»Ich mache jetzt alles«, verkündete Brooke stolz. »Ich zieh mich selbst an und dusche mich und ich kann mir jetzt sogar einiges zum Essen selbst machen.«

Traurigkeit versetzte Josie einen Stich ins Herz. »Sehr gut. Aber wer kommt hierher und bringt Ihnen Lebensmittel? Schaut nach, ob es Ihnen gut geht?«

»Er macht das«, antwortete Brooke schlicht.

Josie schluckte ihre Frustration hinunter und fragte sich, ob Brooke sich noch an Raffys Namen erinnerte. »Wer ist er denn?«

»Mein ... Es tut mir so leid. Ich sehe ihn vor meinen Augen. Ich kenne sein Gesicht. Ich kann nur nicht ...« Sie kniff die Lider zusammen, als würde man sie direkt mit einem Lichtstrahl in die Augen blenden.

Josie zog ihr Handy heraus, um nach einem Foto von Raffy zu suchen. Dann wurde ihr bewusst, dass sie gar keines von ihm hatte, da er bis zu diesem Punkt der Ermittlung kein Verdächtiger gewesen war.

»Wollen Sie meine Erinnerungsschachtel sehen?«, fragte Brooke.

Zum ersten Mal, seit Josie das Haus betreten hatte, sah sie einen Hoffnungsschimmer. »Was ist denn Ihre Erinnerungsschachtel?«

Brooke lächelte. »Genau das, wonach es klingt. Da bewahre ich alle meine Erinnerungen auf. Die, die ich mir seit dem

Unfall nicht mehr merken kann. Meistens vergesse ich, wo sie ist, oder er stellt sie woanders hin, aber wenn ich sie finde, kann ich Ihnen die Antworten auf Ihre Fragen geben.«

»Ganz bestimmt«, meinte Josie.

Sie folgte Brooke durch einen Raum nach dem anderen und sah ihr zu, wie sie verschiedene Verstecke kontrollierte – in Schränken und unter Möbelstücken. Es gab nur zwei Schlafzimmer. Eines davon war leer. Im anderen stand ein Queen-Size-Doppelbett und eine einzelne Kommode. Haftnotizen an allen Schubladen gaben Auskunft über ihren Inhalt. Im Bad fand Brooke schließlich in den Tiefen des Schranks ganz hinten in einem Fach, das mit *Binden und Tampons* bezeichnet war, hinter zwei Boxen mit Damenhygieneprodukten einen Schuhkarton. Sie ging zurück ins Wohnzimmer, aber anstatt sich auf die Couch zu setzen, ließ sie sich im Schneidersitz auf dem Fußboden nieder und hielt den Karton behutsam auf ihrem Schoß. Josie ging neben ihr in die Hocke, um ihn genauer betrachten zu können. Auf die Vorderseite war »Brooke« gekritzelt.

Wieder spürte Josie ihre Traurigkeit wie tausend kleine Nadelstiche.

Brooke deutete auf den Namen. »So heiße ich. Brooke.«

Vorsichtig entfernte sie den Deckel und nahm sämtliche Gegenstände darin einen nach dem anderen heraus und legte sie rund um sich auf dem Boden ab. Fotos, ein Zeitungsausschnitt, lose Notizzettel und ein Tagebuch. Sie tippte mit einem Finger auf den Zeitungsartikel. Josie beugte sich darüber und sah, dass es derselbe war wie der, der im Haus der Tosellis hinterlassen worden war.

»Deshalb hab ich Schwierigkeiten, mich zu erinnern«, meinte Brooke. »Ich weiß noch ganz viel über den Unfall, auch wenn er denkt, ich weiß nichts mehr. Es gibt da aber was, an das ich mich erst noch erinnern muss. Etwas Wichtiges. Ah, warten Sie! Jetzt weiß ich es!«

Sie stand auf und ging wieder in die Küche, wo auf einmal Lärm entstand: Töpfe schepperten, Besteck klirrte. Etwas später kam Brooke mit einer braunen Papiertüte mit Griffen zurück. Sie stellte sie vor Josie ab und hob erst einige Takeaway-Boxen heraus. Darunter lagen Bündel von Hundert-Dollar-Noten. »Woher haben Sie das?«, fragte Josie.

»Von der Unfalldame«, antwortete Brooke. »Sie ist herge-kommen ...« Sie presste die Lider zusammen und blickte nach oben, mit einem Gesichtsausdruck, als hätte sie etwas Saures gekostet. Nach ein paar Sekunden öffnete sie die Augen wieder und rief: »Zweimal!« Dabei grinste sie triumphierend. »Ich hab mich erinnert! Das erste Mal ist sie gekommen, um mit ihm zu sprechen, und ich bin ihr nur aus Versehen begegnet. Das war ein ganz schlimmer Tag.«

Sie runzelte die Stirn und ihre Augen blickten in die Ferne. Josie war sich nicht sicher, ob sie noch nach der Erinnerung suchte oder sie bereits – zumindest bruchstückhaft – wiederge-funden hatte und nicht mochte, was sie da sah.

»Was war beim zweiten Mal?«, fragte Josie.

»Beim zweiten Mal?«

»Als die Unfalldame das zweite Mal hergekommen ist«, half Josie Brookes Gedächtnis auf die Sprünge.

»Ja, ja.« Brooke kniete sich wieder hin und berührte die gebündelten Hundert-Dollar-Noten. Sie fuhr mit den Fingern darüber, als wären sie mit Brailleschrift versehen. »Sie hat mir das gegeben. Wegen dem Unfall. Ich darf es behalten. Eigent-lich soll ich es ihm geben, aber das hab ich nicht getan. Er ist ... gemein und brutal und ich muss von ihm weg. Meinen Sie, das reicht?«

Josie stockte der Atem. »Reicht wofür?«

»Um von ihm wegzugehen?«

»Oh, Brooke«, antwortete Josie leise. »Ich kann Ihnen helfen, von ihm wegzukommen, ob mit Geld oder ohne.«

In Brookes Gesicht blitzte Angst auf. Sie drehte sich um zur Tür. »Okay. Aber wir müssen vorsichtig sein.«

Josie stand auf und ging rasch zur Haustür. Draußen regte sich nichts. Sie kehrte zu Brooke zurück, zog ihr Handy hervor und suchte ein Foto von Claudia Collins heraus. »Ist das die Unfalldame?«

Brooke runzelte die Stirn. »Ich bin mir nicht sicher.«

Josie deutete auf die Geldbündel in der Tasche. »Wenn ich das zählen würde, käme ich dann auf dreißigtausend Dollar?«

»Das weiß ich nicht.«

Josie richtete ihre Aufmerksamkeit auf die Fotos aus der Schachtel. Das Herz klopfte so heftig in ihrer Brust, dass sie sicher war, Brooke könnte es hören. Sie hätte nicht wirklich eine Bestätigung gebraucht, weil die Puzzlestücke in ihrem Kopf sich auf einmal alle zusammenfügten, aber hier war es – wenn man nur genau genug hinsah. Der Mann auf den Fotos mit einer viel jüngeren und gepflegteren Brooke hatte eine dicke Brille, langes blondes Haar und fast fünfzig Kilo mehr auf den Rippen. Er sah zum jetzigen Zeitpunkt ganz anders aus.

Aber seine Augen waren dieselben.

»Ihr Ehemann heißt Rafferty«, sagte Josie. »Die Leute sagen Raffy zu ihm.«

Brooke griff herüber und schnappte sich das Foto von ihrer Hochzeit. »Das ist er!«, rief sie aus. »Ich bin verheiratet. Das ist mein Mann.«

»Genau«, erwiderte Josie. »Wissen Sie, wo er jetzt grade ist?«

»Nein, tut mir leid, das weiß ich nicht. Aber ich hab Ihnen gesagt, dass mein Gedächtnis schlecht ist.« Sie nahm das Tagebuch und gab es Josie. »Deswegen heb ich das hier auf. Ich hab es nach dem Unfall gefunden und wieder angefangen, was reinzuschreiben, damit ich nicht so viele Dinge vergesse. Lesen Sie es. Vielleicht steht drin, wo er hingeht, wenn er nicht hier ist.«

Josie nahm das Tagebuch und blätterte darin. Es war dick und hatte zahlreiche Einträge, von denen keiner datiert war. Sie konnte die Einträge vor dem Unfall von denen danach unterscheiden, weil sich Brookes Handschrift leicht verändert hatte. Sie arbeitete sich vor bis zum Ende der Einträge und las dabei, so schnell sie konnte. Es stand kaum mehr über Raffy darin, als dass er immer grausam und gewalttätig gewesen war. Hinweise darauf, wohin er gegangen sein könnte, fehlten. Die größte Enthüllung war, dass Brooke und Beau Geliebte gewesen waren. Das überraschte Josie nicht. Die Reihe an Frauen, mit denen Beau hinter dem Rücken seiner Frau zugange gewesen war, schien endlos. Josie las bis zum Schluss und seufzte beim letzten Eintrag laut auf.

»Geht es Ihnen gut?«, fragte Brooke.

»Ähm, ja«, antwortete Josie.

»Haben Sie gefunden, wonach Sie suchen?«

»Nicht direkt.« Josie legte das Tagebuch zurück in den Karton und öffnete dann ein Foto von Beau Collins auf ihrem Handy. Sie drehte das Display zu Brooke. »Erinnern Sie sich an diesen Mann?«

Brooke zupfte an einer langen Strähne ihres fettigen Haars herum. Tiefe Trauer lag in ihren Augen. »Er war mein Geliebter«, sagte sie. »Das ist eins der wenigen Dinge, an die ich mich erinnern kann, aber es klappt wohl nur, wenn ich sein Gesicht sehe. Je öfter ich es sehe, desto mehr kommt das zurück. Ich wünschte, er würde kommen und mich holen. Mein Mann sagt, er wird nie mehr zu mir zurückkommen, weil er ein ...« Sie kramte für einen Moment in ihrem Gedächtnis. »... ein lüsterner Lügner ist.«

Die Worte trafen Josie wie ein Schlag. Die Bewertung im Internet!

Beau Collins ist ein lüsterner Lügner, dem man nicht über den Weg trauen sollte. Er ist gar kein richtiger Therapeut.

Sein Ziel ist nicht, Ihnen zu helfen. Sein Ziel ist es, Ihnen die Frau auszuspannen.

»Brooke«, sagte Josie. »Dieser Mann hier heißt Beau Collins. Können Sie sich daran erinnern, dass Sie und Ihr Mann bei ihm in der Eheberatung waren?«

Brooke senkte den Blick auf ihren Schoß. »Ich habe etwas Böses getan und ich muss dafür bezahlen.«

Josie streckte den Arm nach Brooke aus und berührte sanft ihre Hand, um ihre Aufmerksamkeit zu bekommen. Rasch griff die Frau nach Josies Fingern und umklammerte sie. »Brooke«, sagte Josie, »ich glaube, Sie haben genug bezahlt.«

Brooke sprang aus der Hocke auf und schlang ihre Arme so ungestüm um Josies Hals, dass sie Josie beinahe umgeworfen hätte. Josie kniete noch und es war schwierig, nicht das Gleichgewicht zu verlieren, aber sie ließ die Umarmung geschehen und erwiderte sie nach und nach sogar. Brooke hatte einen säuerlichen Geruch an sich, den Josie aber nur am Rand wahrnahm. Sie fragte sich, wann diese Frau zum letzten Mal umarmt worden war oder überhaupt Zuneigung erfahren hatte. Wann hatte sie dieses Haus zum letzten Mal verlassen? Wann hatte sie zum letzten Mal jemand anderen gesehen außer Raffy oder Claudia Collins? Warum zum Teufel hatte Claudia Collins den Sullivans dreißigtausend Dollar in bar übergeben?

Brooke sah zur vorderen Haustür hin. Als ihr Körper sich auf einmal anspannte, wusste Josie, dass etwas nicht in Ordnung war. Die Holzdielen knarrten. Josie hielt Brooke weiter fest, drehte sich aber auf ihrer Kniescheibe und schwenkte so ihrer beider Körper herum. Und sah, wie Archie Gamble mit einem aufblitzenden Metallgegenstand in der Hand auf sie und Brooke zustürzte.

DREIUNDFÜNFZIG

Die drei Sekunden, die Gamble benötigte, um sich von der Tür aus auf die beiden Frauen zu stürzen, vergingen wie in Zeitlupe. Während Josie Brooke auf sich zog und mit ihr zur Seite wegrollte, realisierte sie schlagartig, dass der blitzende Metallgegenstand in Gambles Hand das glänzende stumpfe Kopfende eines Zimmermannshammers war. Als er den Hammer auf die Stelle niedersausen ließ, wo Josie und Brooke gerade noch gewesen waren, machte Josie die nächste Rolle, sodass sie sich von der Couch entfernten und sie schließlich rittlings auf der geschockten Brooke saß. Völlig versteinert presste Brooke sich beide Hände auf die Brust und starrte mit angstgeweiteten Augen zu Josie hinauf. Doch es blieb keine Zeit, sie zu beruhigen.

Josie hob das linke Bein an und stellte den Fuß flach auf den Boden, um sich zum Stehen hochzudrücken, während sie mit der Rechten ihre Pistole aus dem Holster zog. Gamble drehte sich in einer Schleuderbewegung weg von der Stelle, an der er ins Leere gedroschen hatte, holte mit dem Hammer nach unten aus und hechtete Josie hinterher. Bevor sie ihn zum Stehenbleiben auffordern oder richtig auf ihn zielen konnte, war er schon über ihr und schwang den Hammer schräg nach unten. Er traf die Pistole, die Josie aus der Hand gerissen und in die Zimmerecke geschleudert wurde. Brooke kreischte auf.

Josies Körper reagierte instinktiv. Während er wieder ausholte, um ihr den Hammer auf den Kopf zu dreschen, sprang sie von der liegenden Brooke weg und stürzte sich auf ihn. Als sie gegen seinen Körper prallte, drehte sie sich schnell um, sodass ihr Rücken gegen seine Brust gepresst wurde. Ihre beiden Hände fuhren an seinem sehnigen Arm nach vorn bis zu dem langen Hammerstiel. Gamble fand mit der freien Hand ihr Gesicht und drückte sie auf ihren Mund. Sie stank nach Zigaretten und Schmutz. Seine Finger gruben sich in die Narbe seitlich an ihrem Gesicht, bis sie einen stechenden Schmerz verspürte und sich plötzlich fühlte wie damals als Sechsjährige – aufgeschlitzt, blutend und verängstigt.

Siebenundzwanzig Stiche.

Als er an ihrem Unterkiefer riss, wurde sie nur noch wütender. Sie hielt den Hammerstiel weiter fest umklammert und biss nach allem, was ihr zwischen die Zähne geriet. Tief aus Gambles Brust kam ein kehliger Laut. Sie konnte die Vibration am Rücken spüren und presste ihren Kiefer noch fester zusammen, bis etwas Heißes und metallisch Schmeckendes ihren Mund füllte. Fleisch riss ab. Gambles Griff um den Hammerstiel lockerte sich nur unmerklich. Josie benutzte beide Hände, um ihm den Hammer zu entwinden. Da er sie noch immer umklammert hielt, drehte sie sich erneut – weg von der Hand, in die sie gerade gebissen hatte – und nutzte den Schwung ihres Körpers, um den Kopf des Hammers in seinen Oberschenkel zu rammen. Als sie sich ganz umgedreht hatte und ihn ansah, stolperte er rückwärts, schaffte es aber irgendwie, sich abzufangen, sodass er nicht auf den Rücken fiel, sondern auf seinen Knien landete. Als sein rechtes Knie auf den Boden knallte, verlor er fast das Gleichgewicht. Die Wut in seinem Gesicht wurde von Schock abgelöst, dann von heftigem Schmerz. Doch als er zu ihr aufsah, wurde Josie klar, dass er mit ihr noch längst nicht fertig war.

Sie war sowohl als Privatperson wie auch als Polizistin in genug Handgreiflichkeiten verwickelt gewesen, um zu wissen, dass ein verheerender Schlag auf bestimmte Körperpartien den Gegner zu Boden brachte und ihn entweder gleich kampfunfähig machte oder wenigstens so lange betäubte, dass er überwältigt werden konnte. Hin und wieder trat aber auch genau das Gegenteil ein: Ein Hieb wie der, den sie gerade Gambles Bein verpasst hatte, kurbelte die Adrenalinausschüttung dermaßen an, dass jegliches Schmerzempfinden betäubt wurde und die betreffende Person auf einmal über die Kraft von zwei sehr wütenden Menschen verfügte.

Und Gamble war wütend.

Für den Bruchteil einer Sekunde trafen sich ihre Blicke. Sein Mund verzog sich nach oben zu diesem ganz speziellen Grinsen, aus dem Josie las, dass es ihm große Genugtuung bereiten würde, sie auf die denkbar brutalste Art umzubringen.

Josie hob das Kinn und nahm die Kampfansage an. Sie spuckte ihm den Fetzen Fleisch, den sie aus seiner Hand gebissen hatte, direkt vor die Füße.

Dann gingen sie aufeinander los. Josie war leicht im Vorteil, weil Gamble auf den Knien war, aber das hielt nur einen kurzen Moment an. Er war größer und stärker. Sie blieb dicht an seinem Körper, sodass er nicht viel Kraft oder Schwung in die Schläge legen konnte, die er auf ihren Kopf und auf ihre Schultern herunterprasseln ließ. Sie stieß ihm die Ellbogen in die Rippen, bewirkte damit aber nicht viel. Als sie ihrer beider Körper fallen spürte – sie unter Gamble –, fasste sie nach unten und versuchte, durch seine Jeans möglichst viel Haut und Muskelfleisch an der Innenseite seines Oberschenkels zu fassen zu bekommen, in der Hoffnung, genau die Stelle zu erwischen, an der sie ihm zuvor den Schlag verpasst hatte.

Volltreffer.

Er jaulte vor Schmerz, als er auf sie fiel, aber auch diesmal setzte ihre Attacke nur noch mehr Wut und Energie in ihm frei. Trotz des fast lahmen Beins setzte er sich rittlings auf sie und fing an, auf ihren Kopf einzudreschen. Josie senkte das Kinn auf die Brust, hob die geballten Fäuste über ihren Kopf und warf sich von einer Seite auf die andere, sodass ihre Unterarme und Fäuste die Hauptwucht des Angriffs abfingen. Mit ihrem Unterkörper versuchte sie krampfhaft, sich unter ihm herauszuwinden. Als das nicht gelang, stellte sie die Füße flach auf den Boden und winkelte die Knie ab. Sie hakte einen Fuß an seinem Fußgelenk ein und versuchte, zur Seite zu rollen und ihn dabei mit ihrer Hüfte aus dem Gleichgewicht zu bringen. Die Schläge hörten zwar für einen kurzen, wohltuenden Moment auf, aber er blieb auf ihr sitzen.

»Du Miststück!«, knurrte er. Er hatte noch ein paar andere ausgesuchte Kraftausdrücke für sie, aber Josie blendete sie aus. Stattdessen ging sie in Gedanken blitzschnell alle Nahkampftaktiken durch, die sie kannte, um sich aus der Situation zu befreien. Einige Schläge durchbrachen ihren Verteidigungswall und landeten auf ihrer Schulter, ihrer Stirn, ihrem Schlüsselbein. Wieder stellte sie einen Fuß flach auf und versetzte ihm mit dem anderen Knie einen Stoß in Richtung der Nierengegend, traf aber hauptsächlich sein Steißbein, was ihn noch wütender machte.

Dann hörte er schlagartig auf. Völlig überrumpelt verschwendete Josie nach seinem letzten Schlag kostbare Sekunden, sodass er sie auf einmal mit seinem gesamten Körpergewicht zu Boden drückte. Ihre Fäuste wurden von seinem Brustkorb gegen ihr Gesicht gepresst. Sein blutverschmiertes T-Shirt streifte über ihre Stirn. Einen Moment lang glaubte sie, er hätte vor, sie so zu ersticken, aber dann verschob sich sein Gewicht von ihrer Brust wieder nach hinten auf ihre Hüfte. Er richtete seinen Oberkörper auf und sah mit einem bedrohlichen Lächeln auf sie herab. In seiner Hand war der

Hammer, das Kopfende mit der Klaue direkt auf sie gerichtet. Vom Stiel tropfte Blut herab und rann in gewundenen Bahnen seinen Arm hinunter. Er hatte nur innegehalten, um nach dem Hammer zu greifen. Er hatte ihn auf dem Boden liegen sehen und ihn sich geholt.

Selbst wenn sie versuchen würde, den Schlag mit ihren Unterarmen abzufangen, würde ihr der Hammer die Knochen zertrümmern. Dagegen hatte sie keine Chance. Er würde sie jeden Moment töten.

Zum ersten Mal verdrängte Angst Josies adrenalinbefeuerte Wut.

Sie würde sterben.

Die Zeit verlangsamte sich. Alles um sie und Gamble schien stehen zu bleiben, wie in einen Äther mit der Konsistenz von zähem Sirup getaucht. Licht brach sich an der Klaue des Hammers, die auf sie zuschoss. Das Haar neben Josies Ohr wurde von einem Lufthauch bewegt. Sie hätte schwören können, dass sie die Stimme ihrer verstorbenen Großmutter hörte. Es war nur ein Wispern, aber es klang klarer als alles, was Josie jemals gehört hatte.

Jetzt noch nicht, Liebes.

Die Schwungbahn des Hammers wurde auf einmal zur Seite abgelenkt. Eine große Gestalt rammte Archie Gambles Körper. Sein Gewicht wurde von Josie genommen. Zuerst dachte sie, sie würde halluzinieren. Dann verstrich die Zeit wieder schneller und ihre Sinneswahrnehmung kehrte zurück. Ein Hund bellte wild.

Neben ihr rangen Luke und Gamble und wirbelten ineinander verknäult über den Boden. Der Hammer lag nur einen guten Meter entfernt von ihnen. Luke war größer als Gamble, aber seine Hände waren zum Kämpfen schlecht geeignet und Josie wusste, dass er seit fast zehn Jahren keine körperliche Auseinandersetzung mehr gehabt hatte. Blue hielt sich zurück, bellte und knurrte aber mit gesträubten Nackenhaaren, sodass lange Speichelfäden aus seinem Maul flogen. Josie versuchte aufzustehen und fiel wieder hin. Der Kampf hatte sie stärker mitgenommen als gedacht.

Sie sah sich nach Brooke um, aber sie war verschwunden. Auf allen Vieren suchte Josie nach ihrer Pistole. Gamble schaffte es, sich aus Lukes Umklammerung zu winden. Er streckte seine unverletzte Hand nach dem Hammer aus und umklammerte den Stiel. Ehe Luke reagieren konnte, hatte er sich hochgerappelt. Das Bein, dem Josie zuvor den Schlag verpasst hatte, knickte zwar leicht ein, aber Gamble blieb aufrecht stehen. Während ihre Hände noch am Boden nach der Pistole tasteten, beobachtete Josie voller Entsetzen, wie sich Luke am Boden mit aufgestellten Füßen zurückschob, bis er an die Wand stieß. Er versuchte nicht, aufzustehen. Er konnte nicht.

Die Panik hatte ihn wieder fest im Griff.

Nach dem Erlebnis vor Gambles Haus verstand Josie die Situation sofort. Es lag an dem Hammer. Sie hatte nie mit Luke darüber gesprochen, aber es war sehr wahrscheinlich, dass in den Foltersitzungen, bei denen seine Hände zertrümmert worden waren, ein Hammer zum Einsatz gekommen war. Sein Blick war starr auf das stumpfe Ende des Hammerkopfs gerichtet, mit dem Gamble, der sich über ihm aufgebaut hatte, auf ihn zielte.

»So, Bürschchen«, sagte Gamble. »Wenn ich mit dir fertig bin, wird von diesen komischen Dingern da, die du Hände nennst, nichts mehr übrig sein, was ein Arzt noch zusammenflicken könnte.«

»Luke!«, schrie Josie, aber selbst wenn er sie über Blues Gebell hinweg hätte hören können, war er zu abwesend, um ihre Stimme wahrnehmen zu können. Sie musste ihre Suche nach der Pistole aufgeben und Gamble erneut attackieren. Luke war wehrlos. Er würde sich nicht aus seiner Starre befreien können. Josie stand schwankend auf und stürzte auf

Gamble zu, aber bevor sie ihn erreichte, schoss Blue durch die Luft, prallte gegen Gamble und warf ihn zu Boden.

Dann sah sie Blue nur noch verschwommen, er verbiss sich in Gamble, riss Fleisch aus seinem Körper und gab Geräusche von sich, die Josie einem so gutmütigen Tier niemals zugetraut hätte. Gamble wand sich und rang keuchend mit dem Hund.

Endlich entdeckte Josie ihre Pistole, nur ein Stück von Luke entfernt. Sie stolperte auf ihn zu und ließ sich erneut auf die Knie fallen. Die Waffe lag direkt neben ihm. Sie nahm sein Gesicht in beide Hände und redete trotz seiner blicklosen Augen auf ihn ein. »Luke, alles wird gut. Es ist fast vorbei.« Sie fasste nach unten und berührte ihre Pistole. »Meine Waffe liegt direkt hier. Ich hab die ...«

Blue jaulte auf und das Geräusch ließ eine Woge von Übelkeit und Angst durch Josies Körper schwappen. Von da an schien alles in Warpgeschwindigkeit abzulaufen. Für den Bruchteil einer Sekunde herrschte Stille. Gamble stöhnte. Blue jaulte noch einmal. Luke blinzelte. In seinen Augen blitzte Erkenntnis auf. Josie fühlte seine warme Handfläche über ihrer.

Dann spürte sie die Pistole plötzlich nicht mehr. Luke schob Josie zur Seite. »Nicht, Luke!«, rief sie.

Blue hinkte jetzt winselnd von Gamble weg, drehte aber zwischendurch den Kopf nach hinten und knurrte ihn an. Den Hammer in der Hand, kam Gamble auf die Knie. Bei jeder Bewegung spritzte Blut aus einer seiner zahlreichen Wunden. Blue hatte ihn übel zugerichtet.

Luke zielte mit der Pistole auf Gamble. »Finger weg von meinem Hund, du Hurensohn.«

Dann jagte er Archie Gamble eine Kugel in die Brust.

VIERUNDFÜNFZIG

Vor Brooke Sullivans Zuhause hatte sich inzwischen mindestens ein halbes Dutzend Einsatzfahrzeuge aller Art versammelt. Autos der Deputys von Lenore County, Polizeiautos aus Denton und Sanitätswagen. Brooke war schon in den Patientenraum eines Krankenwagens gebracht worden, wo Rettungssanitäter sie untersuchten. Kurz darauf traf auch Noah ein, genauso wie Chief Chitwood. Gegen den Protest der beiden bestand Josie darauf, dass zuerst Blue versorgt werden sollte, bevor sie selbst sich von den Sanitätern durchchecken lassen würde. Luke war im Haus geblieben und saß kaum einen Meter von Archie Gambles Leiche entfernt auf dem Boden. Er hielt Blue im Arm und weinte in sein Fell.

Noah nahm Josies Kopf behutsam in seine Hände und zog eine Grimasse. Gambles Blut trocknete auf ihrem Gesicht an, aber sie schmeckte es auch noch immer in ihrem Mund. »Du bist verletzt«, sagte er.

»Nein«, antwortete Josie. »Mir geht's gut. Das Blut ist nicht von mir. Bitte, wir müssen Blue und Luke helfen.«

Noah holte etwas Wasser und ein Handtuch. Josie reinigte

sich damit, so gut sie konnte, während sie mit Noah und dem Chief besprach, wie es weitergehen sollte.

Nachdem sie die nötigen Vorkehrungen getroffen hatten, begleitete Noah Josie zurück nach drinnen. Sie kniete sich neben Luke und berührte ihn an der Schulter. Er zuckte zusammen, entspannte sich aber, als er aufsah und Josie erkannte.

»Luke«, sagte sie. »Brennan ist draußen in einem unserer Streifenwagen. Er nimmt dich und Blue mit zurück nach Denton. Ich hab schon unsere Tierärztin verständigt. Sie heißt Dr. Courtney Capone. Sie ist die beste Veterinärin von allen und wartet in der Tierklinik darauf, dass ihr angefahren kommt.«

»Mit Blaulicht und Sirene«, ergänzte Noah.

Luke nickte wortlos. Gemeinsam halfen Josie und Noah ihm und Blue auf und brachten die beiden zu Brennan, der sie schon erwartete. Als sie abgefahren waren, fasste Noah Josie an beiden Schultern und musterte sie von oben bis unten. Bei seiner Berührung lief ein Zittern durch ihren Körper. Sie war beinahe gestorben. Wäre gestorben, wenn Luke und Blue nicht gewesen wären. Noah lehnte seine Stirn an ihre und umschlang ihren Nacken mit einer Hand. Ihrer beider Atem vermischte sich, während Josie mit den Gefühlen rang, die sie überfluteten. Raffy war noch da draußen. Jasmine und Sam Toselli waren noch da draußen. Und hoffentlich am Leben.

»H-hm!«, räusperte sich Chief Chitwood.

Josie und Noah gingen wieder etwas auf Abstand und sahen zu ihm hinüber. »Ich habe mich hier gerade umgehört. Offensichtlich hat Gamble das Haus mit seinem geliebten Hammer verlassen und ist direkt hierhergekommen. Es ist noch völlig unklar, warum. Und auch, hinter wem er her war – hinter Brooke oder Raffy? Schließlich konnte er nicht ahnen, dass Quinn hier sein würde.«

Josie berührte eine schmerzende Stelle in der Mitte ihrer Stirn. Erst jetzt machten sich all die Verletzungen an ihrem

Körper bemerkbar. »Er hat sich leider nicht die Mühe gemacht, mir erst Fragen zu stellen.«

»Dass er sein Haus mit einem Hammer verlassen hat, spricht dafür, dass er auf Gewalt aus war«, meinte der Chief. »Gegen wen auch immer. Luke und Blue sind seiner Fährte durch den Wald bis hierher gefolgt. Die Streifenpolizisten sind dem Hund kaum hinterhergekommen.«

»Und was zum Teufel ist mit der Verstärkung aus Lenore County passiert?«, beschwerte sich Josie.

»Der Kollege kam leider zu spät«, entgegnete der Chief.

»Er kam zu spät und das hätte Josie fast das Leben gekostet«, sagte Noah vorwurfsvoll.

»Nein«, widersprach Josie. »Es war meine Entscheidung, allein da reinzugehen. Zu diesem Zeitpunkt war keine Bedrohung zu erkennen. Wie hätte ich, verdammt noch mal, wissen sollen, dass Gamble hierherkommt? Woher kennt er Brooke überhaupt? Oder Raffy?«

»Schluss jetzt, Detectives«, unterbrach der Chief. »Für so was haben wir wirklich keine Zeit. Einen Sündenbock können wir später noch suchen, wenn Sie wollen. Im Moment ist nur wichtig, dass Quinn überlebt hat und Gamble außer Gefecht ist. Ansonsten müssen wir noch immer eine Mutter und ihren Sohn finden. Gretchen und Mettner sind zu der Brücke aus dem Zeitungsartikel gefahren: die Old Arch Bridge. Die Deputys von Lenore County konnten ihnen beschreiben, wo sie liegt, aber sie ist seit diesem Unfall gesperrt. Also schon seit Jahren. Die Konstruktion ist zu stark beschädigt worden, als Brookes Auto damals das Schutzgeländer durchbrach. Dann haben sie sie gesperrt. Dort ist nichts. Niemand. Wir haben versucht, Raffys Handy zu orten, aber ohne Erfolg.«

»Wie?«, fragte Josie. Mit einem Finger fuhr sie an der Narbe in ihrem Gesicht entlang und ertastete dort, wo Gamble ihr beinahe die Haut vom Schädel gerissen hatte, eine Abschürfung. »Das gibt es doch nicht. Warum sollte er den Artikel hinterlassen, wenn er nicht gewollt hat, dass wir zu dieser Brücke fahren? Dort ist doch der Unfall passiert.«

»Bist du sicher, dass es genau diese Brücke sein muss? Denkst du, er versucht, den Unfall noch einmal nachzustellen?«

»Ja«, erwiderte Josie. »Genau das denke ich. Ich glaube, das alles steuert darauf zu. Er ist ein unendlich hohes Risiko eingegangen, indem er alle diese Morde begangen hat. Er war vorsichtig – hat ein Fahrrad verwendet, den Verdacht auf Archie Gamble gelenkt und die Handys abgeschaltet -, aber er war nur so lange vorsichtig, wie es nötig war, damit er seinen Plan bis zum Schluss durchziehen kann.«

»Was ist denn sein Plan?«, wollte der Chief wissen.

»Sein Plan ist, jedes einzelne der Geheimnisse von Beau Collins aufzudecken und sein Leben zu zerstören«, erläuterte Noah.

»Und Beau am Leben zu lassen, damit er mit den schrecklichen Folgen zurechtkommen muss«, ergänzte Josie. »Es ging immer nur darum, Beau leiden zu lassen. Denkt doch mal drüber nach: Raffy und Brooke sind zu Beau gegangen, um sich wegen ihrer Eheprobleme helfen zu lassen. Dann fängt Beau eine Affäre mit Brooke an. Laut ihrem Tagebuch war sie drauf und dran, Raffy zu verlassen.«

»Welches Tagebuch?«, fragten Noah und der Chief wie aus einem Munde.

Josie berichtete von Brookes Tagebuch. »Aber als der Unfall passiert war«, fuhr sie fort, »hat Beau sie im Stich gelassen. Sie war noch immer mit Raffy verheiratet. Er war für sie verantwortlich und sie brauchte eine Menge Betreuung – braucht sie noch immer. Selbst wenn er über den Betrug hätte hinwegkommen können – was unwahrscheinlich ist, wenn man zusätzlich bedenkt, dass er ihr gegenüber gewalttätig war: Er ist nicht mehr mit derselben Person verheiratet.«

»Aber er muss noch immer mit den Folgen zurechtkommen«, ergänzte Noah. »Muss für eine Frau sorgen, die fest entschlossen war, ihn wegen des gemeinsamen Therapeuten zu verlassen, an den sie sich nicht mal mehr erinnert, während besagter Therapeut einfach weiter sein Ziel verfolgt, reich und berühmt zu werden, und in einem noblen Haus mit seiner eigenen Frau lebt, die gesund und unversehrt ist.«

»Er hat das von langer Hand geplant«, sagte Josie. »Ich weiß nicht, ob er schon vor dem Unfall bei WYEP gearbeitet oder erst danach dort angefangen hat, aber er hat abgenommen, seine Haare gefärbt, sein Aussehen insgesamt komplett verändert und sich Zutritt zu Beaus und Claudias engerem Umfeld im Sender verschafft, sodass er private Details über die beiden sammeln und jedes einzelne von Beaus schmutzigen Geheimnissen herausfinden konnte. Brooke hat gesagt, dass sie eine Entschädigung wegen des Unfalls bekommen hat, und daraufhin hat Raffy sie verlassen, um ›in die Stadt zu ziehen‹. Er hat sich wohl mit einem Teil des Geldes sein Apartment finanziert, sodass er Margot daten konnte, ohne dass diese mitbekam, dass er noch immer verheiratet ist, oder sonst wie Verdacht schöpfte. Claudia muss irgendwie herausbekommen haben, wer er wirklich ist. Sie hat wohl gedacht, dass er sie genau in dem Moment entlarven würde, wenn die Show ins nationale Fernsehen kommt. Dann ist sie mit dem Geld hier aufgetaucht. Dreißigtausend Dollar in bar. Vielleicht hat sie ja gedacht, sie könne Raffy damit bestechen, aber als sie dann mit Brooke allein war, hat sie es möglicherweise nicht übers Herz gebracht.«

»Ich glaube ohnehin nicht, dass Raffy das Geld genommen hätte«, meinte Noah. »Für ihn ist es bei dieser Sache nie um Geld gegangen.«

»Quinn«, sagte der Chief. »Ich weiß, dass sie da drin gerade schwer attackiert worden sind, aber Sie müssen sich jetzt konzentrieren. Wenn dieser Typ glaubt, die ganze Sache mit

Beaus heimlichem Kind und dessen Mutter heute Abend zu einem Ende bringen zu müssen, wo würde er das tun?«

Josie blickte um sich, bis sie Brooke im Patientenraum eines der Krankenwagen entdeckte. Sie wirkte verängstigt und verwirrt. »Es ist nur eine Vermutung, aber sie könnte es vielleicht wissen.«

Noah und der Chief folgten Josie zum Krankenwagen. Sie warteten draußen, während Josie einstieg und sich auf die Bank neben der Trage setzte. Brooke musterte Josie genau und runzelte dabei die Stirn. Ein paar Sekunden später lächelte sie und meinte: »Sie sind die Polizei!«

Josie konnte sich ihrerseits ein Lächeln nicht verkneifen. »Sie haben sich erinnert! Das ist ja großartig. Ja, ich bin Detective Josie Quinn. Wir haben uns vorhin schon kennengelernt. Wir haben miteinander gesprochen und Sie haben mir von dem Unfall erzählt, in den Sie verwickelt waren, und dass Sie Probleme haben, sich an Dinge zu erinnern. Dann haben wir noch über Ihren Ehemann geredet und über die ›Unfalldame‹«.

Brooke nickte eifrig. Josie war sich allerdings nicht sicher, wie viel vom Geschehen des Abends wirklich noch in ihrem Gedächtnis war.

Josie fand ihr Handy in einer ihrer Jackentaschen. Irgendwie hatte es den Angriff von Archie Gamble überlebt. Sie suchte das Foto von Beau Collins heraus, weil ihr wieder eingefallen war, wie Brooke gesagt hatte, dass es ihrem Gedächtnis manchmal auf die Sprünge half, wenn sie sein Gesicht sah. Sie gab Brooke das Handy. »Ich möchte, dass Sie das halten. Sehen Sie sich sein Gesicht an.«

Brooke starrte darauf. Ihre Miene umwölkte sich, dann blitzte Erkennen in ihren Augen auf. »Das ist er! Mein Geliebter! Er ist im Fernsehen und ich bin hier. Mein Ehemann sagt, er ist ein ›lüsterner Lügner‹.«

»Ja«, meinte Josie. »Das haben Sie mir vorhin erzählt. Brooke, ich weiß, dass Sie Ihr Tagebuch verwenden, um sich

Dinge wieder vor Augen zu rufen, die Sie vergessen haben. Erinnern Sie sich noch, wie Sie ins Tagebuch geschrieben haben, dass Ihr Mann gewalttätig ist? Und wie sehr er Beau hasst? Diesen Mann da.« Josie tippte auf das Handydisplay.

»Ich ... ich glaub, das stimmt, ja. Ich müsste das Tagebuch noch mal sehen, aber wenn Sie sagen, dass ich das genau so geschrieben hab, dann glaub ich Ihnen das.«

»Okay«, meinte Josie. »Ich erzähle Ihnen jetzt etwas, das Sie nicht aufgeschrieben haben, weil Sie es gar nicht wussten. Raffy, Ihr Mann, hat geplant, Beau und einigen Leuten, die Beau am Herzen liegen, etwas anzutun.«

»Ich hab die ganze Zeit über gedacht, dass ich Beau am Herzen liege«, sagte Brooke leise.

»Ich weiß«, entgegnete Josie. »Und es tut mir sehr leid.«

Brooke hob den Blick vom Foto und sah Josie an. »Aber ich verdiene das hier, nach dem, was ich getan habe.«

Josie drückte Brookes Handgelenk ganz leicht. »Brooke, ich glaube, Sie verdienen was viel Besseres als das hier.«

»Danke«, entgegnete Brooke. »Sie sind bei der Polizei, nicht?«

Draußen am Wagen räusperte sich der Chief ungeduldig. Josie sah ihn giftig an und wandte sich dann wieder Brooke zu. »Ja. Das stimmt. Sie wollten mir helfen herauszubekommen, wohin Raffy diesen Mann bringen würde.« Wieder tippte Josie auf das Display. »Und ob er etwas Böses mit ihm vorhat.«

Brooke sah auf Beaus Foto und die unterschiedlichsten Gefühle spiegelten sich in ihrem Gesicht wider. Sie strich über Beaus Backe. »Wir waren so verliebt. Wir wollten beieinander bleiben. Dann ist der Unfall passiert. Ich dachte, er würde zu mir zurückkommen. Ich konnte das Haus nicht mehr verlassen, außer um zu Ärzten zu fahren.«

»Quinn«, zischte der Chief. »Das ist Zeitverschwendung.«

Josie ignorierte ihn. Brooke und Beau hatten eine Affäre gehabt. Beide waren verheiratet, und dass Beau der Eheberater der Sullivans gewesen war, machte das Ganze zu einem noch größeren Tabu. Sie hätten sich immer im Geheimen treffen müssen, wenn sie daran festgehalten hätten.

»Brooke«, sagte Josie. »Als Sie und Beau zusammen waren, wo haben Sie sich da immer getroffen?«

Wieder runzelte Brooke die Stirn. »Ich bin nicht sicher. Ich glaube ...«

»War das an der Brücke, bei der Sie auch den Unfall hatten?«

»Nein«, antwortete Brooke. »Nein. Diese Brücke – mit der war was nicht in Ordnung. Ich wollte gar nicht drauffahren, aber wir haben gestritten und ich bin falsch abgebogen und wir haben gestritten und ...«

Sie verstummte und Tränen strömten ihr übers Gesicht. Josie fand ein Papiertaschentuch und gab es ihr. Während Brooke sich die Tränen abtupfte, sagte sie: »Er meint, ich erinnere mich nicht an den Unfall, aber das tue ich sehr wohl.«

»Ich weiß«, entgegnete Josie. »Ich weiß, dass Sie das tun. Sie sind an diesem Tag falsch abgebogen, haben Sie gesagt. Wo wollten Sie denn eigentlich hin?«

»Ich nehme immer nur die Candle Bridge, wenn ich zurück nach Hause fahre. Das dauert länger, aber die Strecke ist sicherer. Und weil die Brücke weiter weg ist, kommt er gar nicht auf die Idee, dort nach uns zu suchen.«

Josie sah zu Noah und dem Chief hinüber. Noah hatte das Handy bereits am Ohr.

»Danke Ihnen«, sagte Josie zu Brooke. Sie streckte die Hand nach ihrem Telefon aus, aber Brooke gab es ihr nicht zurück.

»Sie werden die da sehen, oder?«, fragte sie.

»Ja«, antwortete Josie.

»Es gibt keine Candle Bridge«, verkündete Noah.

»Quinn, ich hab Ihnen gesagt, dass das hier Zeitverschwendung ist«, sagte der Chief. »Fordern wir die Hundestaffel des Sheriffs an. Einen Hubschrauber von der Staatspolizei. Wir müssen das hier ganz konventionell angehen und einfach eine Suche starten. Wir beginnen an der Old Arch Bridge und folgen dem Flusslauf.«

Josie hob ihren Blick von Beaus Foto und blickte zu Brooke. »Nehmen wir sie mit«, sagte sie.

»Haben Sie sie nicht mehr alle?«, raunzte der Chief. »Sie muss ins Krankenhaus. Ende der Diskussion.«

»Ich denke, wenn wir sie mitnehmen und sie den Fluss sieht, erinnert sie sich vielleicht«, wandte Josie ein.

»Nein«, erwiderte der Chief. »Los, fahren wir.«

»Erinnern Sie sich an damals, als Sie mich mit zu Ihnen nach Hause genommen und mir die Fallakten zu dem Cold Case Ihrer Schwester gezeigt haben?«, sagte Josie.

Chitwood schnaubte verärgert.

»Wissen Sie noch, was Sie da zu mir gesagt haben?«

Josie würde das niemals vergessen. *Quinn, hören Sie gut zu, denn ich werde das hier kein zweites Mal sagen und ganz bestimmt nicht vor Dritten. Sie sind die beste Ermittlerin, die mir jemals untergekommen ist.*

Der Chief warf beide Hände in die Luft. »Himmel, Arsch und Zwirn – meinetwegen. Nehmen Sie die Frau mit. Aber behalten Sie sie bloß im Auge.«

FÜNFUNDFÜNFZIG

Josie fuhr in ihrem eigenen Fahrzeug, während Brooke, sicher angeschnallt, auf dem Beifahrersitz saß. Brooke presste eine Hand gegen das Seitenfenster und hielt ihr Gesicht so nahe wie möglich an die Glasscheibe, ohne sie zu berühren, um zu beobachten, wie die im Dunkeln liegende Landschaft draußen vorbeiflog. Sobald ihr Atem das Glas beschlagen hatte, wischte sie es sofort wieder frei. »Ich darf nie einfach nur so zum Spaß mit dem Auto fahren«, sagte sie zu Josie. »Wir fahren immer nur zum Arzt.«

Hinter ihnen folgte ein ganzer Konvoi von Fahrzeugen, darunter das von Noah, vom Chief, von Gretchen, Mettner und zwei Wagen vom Büro des Sheriffs von Lenore County. Selbst jetzt in der Dunkelheit, im bloßen Licht der Scheinwerfer, begann sich Brooke bei ihrer dritten Runde in der Gegend, in der die gesperrte Brücke lag, wieder an manche Dinge zu erinnern – an Straßennamen und markante Orientierungspunkte. Josie fuhr langsam und ließ Brooke reden, bis sie, fast wie aus dem Unterbewusstsein, anfing, Orte zu benennen, an denen sie und Beau sich getroffen hatten. Hinter der alten Scheune einer verlassenen Farm. Auf der Rückseite eines Friedhofs an einer

Kirche. Auf dem Parkplatz des Anglerbereichs eines staatlichen Naturschutzgebiets. Schließlich erinnerte sie sich an das Ufer eines Flüsschens, über das eine mit einem Spitzdach abgedeckte Brücke mit offenem Tragwerk führte.

Sie hieß nicht Candle Bridge, sondern Cattail Bridge.

Josie parkte am Ufer, das einige Meter unter der Brücke verlief. Als die Wagen hinter ihr ebenfalls anhielten, streiften ihre Scheinwerfer jedes Mal über den Bereich zwischen der Brücke und dem rauschenden Fluss darunter. Zunächst dachte sie, was sie sah, sei eine optische Täuschung durch das Licht, aber beim dritten Mal erkannte sie, dass das, was sie da vor sich hatte, zwei Menschen waren – ein kleiner und ein größerer –, die wie Kokons kopfüber von der Brücke hingen.

Josie sprang aus dem Wagen und rannte zum Rand des Flusses. Ein weiteres Paar Scheinwerfer flackerte auf und sie erhaschte einen flüchtigen Blick auf den Hinterkopf von Jasmine Toselli, der leicht hin- und herschwang. Dann sah sie Sam Tosellis kleines Gesicht. Sein Haar hing herunter, seine Lippen waren schon bläulich verfärbt. Raffy hatte jeden von ihnen einzeln in eine Plastikplane gehüllt und ihre Körper mit Klebeband umwickelt. Ihre Füße waren zusammengebunden und mit etwas umwickelt, das aussah wie ein Anschnallgurt. Sie traute ihren Augen kaum.

Übelkeit stieg in ihr auf. Sie erinnerte sich an die Gewebestruktur bei den Verletzungsmustern am Hals von Eve Bowers und Trudy Dawson. Und jetzt das. Brooke war in ihrem Fahrzeug, das mit der Motorhaube voraus halb im Fluss hing, eingeklemmt gewesen, während es immer tiefer im Wasser des Flusses versank, weil ihr Anschnallgurt nicht richtig funktioniert hatte. Raffy hatte diese Tragödie nicht mit einem Fahrzeug nachstellen können, aber er hatte Anschnallgurte aus Autos geschnitten – vielleicht sogar aus dem Wagen, mit dem Brooke verunglückt war – und hatte sie zusammengebunden, um die tödlichen Seile nachzubilden.

Irgendwo über ihnen rief ein Mann um Hilfe. Seine Schreie wurden sofort erstickt.

Noah, Gretchen und Mettner tauchten neben Josie auf.

»Mein Gott«, keuchte Mettner. »Dieser Typ ist ja noch verrückter, als wir dachten.«

Josie sagte: »Wir brauchen Leute hier unten, falls er beschließt, sie ins Wasser fallen zu lassen. Wir benötigen wahrscheinlich auch jemanden weiter unten am Fluss. Wenn er die beiden abschneidet, stürzen sie kopfüber ins Wasser. Dann bleibt uns nicht viel Zeit, bevor sie ertrinken – wenn sie sich nicht gleich den Hals brechen. Die Strömung ist stark. Es muss jemand weiter unten am Fluss stehen, um sie rauszuholen, falls es hier keiner schafft, sie aufzufangen.«

»Das Fließwasserrettungsteam wird niemals rechtzeitig hier sein.«

Josie drehte sich um und deutete zu den Fahrzeugen. »Die haben doch alle Seile dabei. Fangt damit an, die zusammenzubinden. Befestigt das Seil unten an diesem Baum.« Sie deutete auf eine große Eiche, die ein, zwei Meter weiter stand. »Und an dem dort unten. Dann schlingt es fest um denjenigen, der ins Wasser rausgeht. Er muss versuchen, sie aufzufangen, wenn die beiden herunterstürzen. Die, die am Ufer stehen, sind dann dafür verantwortlich, alle an Land zu ziehen.«

»Gute Idee, Boss.« Mettner tippte Gretchen auf die Schulter. »Bist du eine gute Schwimmerin?«

Noah warf ein: »Keine so gute wie ich. Gretchen, du gehst mit Josie nach oben. Wir kümmern uns um das hier unten.«

Während die anderen Polizisten aus ihren Fahrzeugen stiegen, liefen Josie und Gretchen die Auffahrt zur Brücke hinauf, gefolgt von den beiden Deputys aus Lenore County. Hier oben herrschte fast vollkommene Dunkelheit. Auf der Brücke und um sie herum gab es keine Beleuchtung. Das Licht der Scheinwerfer am Ufer reichte kaum bis zur Brücke hinauf, aber wie Josie erwartet hatte, schalteten die Streifenwagen mit Polizeilicht ihre Arbeitsscheinwerfer an, die vorne und an den Seiten ihrer Warnlichtbalken angebracht waren und die Fahrbahn der Brücke besser erhellten. Als Nächstes gingen auch die Suchscheinwerfer an, mit denen jeder Streifenwagen an der A-Säule auf der Fahrerseite ausgestattet war. Ihre Lichtkegel begannen hin- und herzuschwenken und den Fluss und das Tragwerk der Brücke abzusuchen.

Sie warfen genug Licht auf die Fahrbahn der Brücke, sodass Josie Raffys schwarze Limousine sehen konnte, die quer zur Brückenauffahrt stand und so andere Fahrzeuge am Überqueren hinderte. Dahinter erhellten die Scheinwerfer Teile des Brückendachs, aber darunter lag alles im Dunkeln. Die kleinen Stablampen, die die Deputys von ihren Dienstgürteln abschnallten, trugen kaum dazu bei, die Szene ausreichend zu erhellen. Man konnte unmöglich erkennen, ob Raffy auch auf der anderen Seite den Zugang zur Brücke blockiert hatte, aber Josie setzte an das Team am Ufer einen Funkspruch ab und bat darum, dass einige Polizisten das überprüfen sollten.

Als sie die Limousine erreichten, krachte ein Schuss. Josie, Gretchen und die beiden Deputys stoben auseinander und suchten Deckung hinter einigen Bäumen am Straßenrand. Ein weiterer Schuss. Und noch einer.

Bumm. Bumm. Bumm.

Von dort, wo Josie stand, konnte sie hinunter zum Flussufer sehen, von wo aus man die Scheinwerfer auf die baumelnden Körper von Jasmine und Sam gerichtet hatte. Bei jedem Schuss zuckte Jasmines Körper zusammen. Josies Herz setzte einen Schlag aus und begann dann zu rasen. Zunächst dachte sie, Raffy habe auf Jasmine geschossen, aber dann erkannte sie, dass sie lediglich wegen des Knalls zusammengeschreckt war. Sie war also noch am Leben. Bei Sam war sich Josie dagegen nicht so sicher. Sie hoffte, dass er nur bewusstlos war.

Die Schüsse hörten auf.

Josie rief: »Raffy Sullivan! Hier spricht Detective Josie

Quinn von der Polizei in Denton. Wir sind zusammen mit dem Sheriff von Lenore County hier. Legen Sie Ihre Waffe nieder und treten Sie mit erhobenen Händen vor, sodass wir sie sehen können.«

Keine Antwort.

»Raffy!«, rief Josie noch einmal. »Raffy Sullivan!« Sie wiederholte ihre vorige Aufforderung.

Weitere Schüsse ertönten und hallten in Josies Ohren wider. Sie wartete ein paar Minuten und blickte hinunter zum Team am Flussufer. Man hatte Mettner an dem Seil festgemacht, das der Brücke am nächsten war. Er befand sich jetzt in der Mitte des Flusses, genau unterhalb der Stelle, wo Sams kleiner Körper in der Luft baumelte. Das Wasser reichte Mettner bis zur Brust. Er konnte den Jungen nicht erreichen.

Als Josies Gehör wieder funktionierte, vernahm sie ein lautes Jammern. Gretchen stand hinter einem Baum in der Nähe und fragte: »Meinst du, das ist Beau Collins?«

»Wahrscheinlich. Raffy möchte sicher, dass er zusieht.«

Josie rief erneut Raffys Namen und wiederholte ihre Aufforderung.

Schließlich rief eine Stimme zurück: »Er wird mich töten. Sie müssen hierherkommen und ihn erschießen. Er wird meinen Sohn töten. Bitte. Helfen Sie uns!«

Beau Collins.

Josie rief: »Raffy, es ist vorbei. Lassen Sie Mr Collins gehen und kommen Sie heraus. Es gibt nur eine Möglichkeit, das hier zu beenden.«

»Sie haben recht«, rief Raffy zurück. »Es wird damit zu Ende gehen, dass dieses Stück Scheiße dabei zusieht, wie alles, was ihm je am Herzen lag, zerstört wird.«

»Er hat fünfzehn Patronen verschossen«, flüsterte Gretchen. »Wahrscheinlich hat er eine Handfeuerwaffe. Es gibt nicht viele Modelle, die mehr verschießen können.«

»Er könnte ein verlängertes Magazin haben«, erwiderte Josie.

»Ich glaube nicht, dass er so was hat«, meinte Gretchen.

»Aber es wäre ein Risiko«, gab Josie zu bedenken.

»Ich liebe das Risiko«, erwiderte Gretchen.

Josie deutete auf den Asphalt und rannte dann, zusammengeduckt und die Waffe schussbereit, zu dem Auto hinüber. Gretchen folgte ihr.

Irgendwo aus der Dunkelheit hörte man Beaus flehende Stimme: »Du musst das nicht tun. Echt nicht. Du hast mir doch schon alles genommen. Es tut mir leid, okay? Es tut mir leid.«

»Es tut dir leid, was du mir angetan hast? Meiner Frau? Oder tut es dir nur leid, dass jetzt dein Leben ruiniert ist?«

Die Antwort kam für Raffy nicht schnell genug und als Nächstes hörte man das Klatschen eines Faustschlages, dann weitere Schreie von Beau.

Gretchen hob ihren Kopf vorsichtig über die Kühlerhaube der Limousine. Eine Sekunde später nahm sie ihre Position neben Josie wieder ein. »Wir brauchen hier oben mehr Licht. Irgendwas großes, starkes. So wie diese Scheinwerfer nach oben gerichtet sind, kann ich nur das Dach der Brücke sehen. Ich kann nicht erkennen, wo sich Raffy oder Collins befinden. Wenn wir einen starken Lichtkegel hätten, könnten wir ihn auf Raffys richten und ihn blenden. Wir könnten hinrennen und ihn überwältigen.«

Josie erwiderte: »Einer der Einsatzwagen hat bestimmt so was. Geh du runter, ich bleibe hier. Hol die stärkste Taschenlampe, die du kriegen kannst.«

»So, jetzt hört ihr mir alle aufmerksam zu«, rief Raffy. »Die Scheinwerfer sind jetzt auf deine heimliche Geliebte und ihren kleinen Bastard gerichtet. Ich werde dafür sorgen, dass du das alles genau mitansiehst.«

»Bitte nicht«, flehte Beau. »Mein Sohn hat doch nichts getan. Er weiß noch nicht mal, wer ich bin! Wenn Sie jemanden verletzen wollen, dann nehmen Sie mich. Schlagen Sie mich zusammen. Erschießen Sie mich. Stechen Sie mich nieder. Ist mir egal. Aber lassen Sie den Jungen gehen.«

Eine weibliche Stimme kam aus dem Dunkel, in das Gretchen verschwunden war – ihr Klang war irgendwie körperlos, aber doch kräftig. »Hey, Ehemann?«

Josie fluchte innerlich. Wer hatte Brooke Sullivan hier hinaufgelassen?

»Gehen Sie zurück!«, zischte Josie Brooke an, als diese vor ihr aus der Dunkelheit auftauchte und mit unsicheren Schritten auf das Auto zuging. »Brooke, gehen Sie zurück.«

»Brooke?«, rief Raffy.

»Hör auf«, rief ihm Brooke zu. »Hör auf mit all dem hier.«

»Du, ausgerechnet du bittest mich darum! Er hat dich ruiniert. Uns ruiniert. Er hat dich manipuliert, hat die Heiligkeit unserer Ehe verletzt, und dann, als du ihn gebeten hast, seine Frau für dich zu verlassen, hat er sich geweigert.«

»Nein ...«, schrie Brooke. Sie taumelte und fiel hin.

»Bleiben Sie liegen!«, rief ihr Josie zu. »Er kann Sie sonst sehen. Er ist bewaffnet!«

Brooke gehorchte ihr nicht, sondern rappelte sich wieder hoch.

Von der Fahrbahn der Brücke hörte man wieder das Klatschen eines Schlages, dann den Aufschrei von Beau. »Sag es ihr.«

»Aber so ist es nicht gewesen«, schrie Beau. »Ich wollte einfach noch etwas Zeit haben, um über alles nachzudenken.«

Ein weiterer Schlag, ein weiterer Aufschrei. Raffy brüllte: »Du bist so ein Lügner. Du kannst einfach nicht damit aufhören. Wenn du ihr nicht die Wahrheit sagen willst, dann tue ich es eben. Brooke! Er saß an dem Tag damals mit dir im Wagen. Am Tag des Unfalls. Er war bei dir. Du erinnerst dich nicht daran, aber nachdem du aus der Ohnmacht erwacht bist, warst du eine kurze Weile ganz klar. Du hast immer wieder nach ihm gerufen und wolltest wissen, ob er den Unfall überlebt hat. Dadurch hab ich alles erfahren. Er war bei dir im Auto und hat dich im Stich gelassen. Er hat es aus dem Wrack herausgeschafft, ist hochgeklettert, in Sicherheit, und hat dich dort, über dem Wasser hängend, zurückgelassen. Er hat oben darauf gewartet, bis du ins Wasser stürzt und ertrinkst.«

»Nein«, rief Brooke und machte einen weiteren Schritt vorwärts. »Das ist nicht wahr.«

»Brooke!«, drängte Josie. »Bitte gehen Sie zurück!«

»Hören Sie auf«, schrie Beau verzweifelt. »Hören Sie sofort auf. Seien Sie einfach still.«

Ein dumpfer Schlag brachte ihn zum Schweigen.

Raffy redete weiter. »Es ist wahr. Er wird es nie zugeben, aber ich hab ihn direkt nach dem Unfall gesehen. Ich bin ihm nämlich gefolgt. Er war ziemlich lädiert. Hatte überall Blutergüsse. Er hat bei dem Unfall im Wagen gesessen. Ich wollte ihn damit konfrontieren, aber dann hat das Krankenhaus angerufen, weil du einen Herzstillstand hattest. Als ich dort ankam, hatten sie dich zwar wiederbelebt, aber ich kannte ja schon die Wahrheit, und mit jedem Tag, an dem es dir nicht besser ging, ist mir immer klarer geworden, dass er eines Tages für all das bezahlen muss.«

»Nein«, rief Brooke. Zwischen den Schatten konnte Josie sehen, dass sie nun fast beim Wagen angekommen war.

»Warum hörst du mir nicht zu?«, brüllte Raffy sie wütend an. »Warum kannst du dir nie die Wahrheit über dieses Stück Scheiße eingestehen? Er hat dich am Tag des Unfalls im Auto zurückgelassen – damit du darin stirbst. Er hat nicht mal die 911 angerufen. Das ist die Wahrheit darüber, wie sehr er dich geliebt hat, wie sehr er sich um dich gekümmert hat.«

Beaus Schluchzer hallten durch die Nacht. »Das ist nicht wahr. Ich hab ... ich hab sie wirklich geliebt. Ich ... so ist das alles gar nicht passiert.«

»Halt endlich die Schnauze! Jetzt wirst du für deine ständige Lügerei büßen.«

Man hörte ein metallisches Klirren, ein kurzes Sägegeräusch und dann einen Chor von Aufschreien vom Flussufer unten. Etwas klatschte ins Wasser. Weitere Schreie. Mettners Stimme. »Ich hab sie verloren, ich konnte Jasmine nicht halten!«

Jasmine, nicht Sam.

»Neiiin! Nein! Nein!«, schrie Beau.

»Sieh es dir an«, brüllte Raffy. »Sieh es dir genau an. Na los!«

Noahs Stimme hallte vom Fluss herauf. »Ich hab sie!«

Als Nächstes vernahm man nur das Klatschen und die Ächzer von Fausthieben. Beau wurde zusammengeschlagen. Josie brannte darauf, die Taschenlampe ihres Handys einzuschalten und auf die Brücke zu stürmen, um Raffy zu stellen. Aber es war zu riskant, vor allem, weil Brooke ungeschützt dort stand.

»Aufhören!«, schrie Brooke und kam jetzt in Josies Reichweite. Brooke schlug jetzt mit den Händen auf die Kühlerhaube des Wagens. »Hör auf! Hör endlich auf, ihn zu schlagen.«

Josie versuchte, Brooke wieder hinunter in die Hockstellung zu ziehen, aber sie schlug Josies Hand weg und hielt sich am Wagen fest, um ihr Gleichgewicht zu bewahren.

Raffy war außer Atem, aber als er Brooke so nahe bei sich hörte, hielt er inne. »Dir ist wohl immer noch nicht egal, was mit diesem Arschloch passiert, was? Nicht mal jetzt, wo du die Wahrheit kennst? Wie er dich zurückgelassen hat, damit du verreckst? Wie er dich zu der gemacht hat, die du jetzt bist? Die Hülle einer Frau. Eine wertlose Lachnummer, die sich noch nicht mal meinen verdammten Namen merken kann?«

Brooke schlug wieder auf die Kühlerhaube und ihr Aufschrei gellte durch die Nacht. Danach folgte eine Stille, in der Josie sowohl das leiseste Plätschern der Strömung unter der

Brücke vernahm als auch die Schritte, die auf sie zuschlichen. Gretchen.

»Das stimmt alles nicht«, rief Brooke. »So ist das alles gar nicht passiert. Du denkst, ich erinnere mich an nichts. Du denkst, ich tauge zu nichts mehr, aber ich erinnere mich sehr wohl an den Unfall. Du hast recht. Beau war dabei. Er saß mit mir im Auto. Und er hat wirklich versucht, mir rauszuhelfen. Er hat sein Möglichstes getan. Ich hab ihm gesagt, er soll Hilfe holen.«

»Aber das hat er nicht getan!«, schrie Raffy zurück.

Brookes Stimme klang so traurig, dass es Josie in der Seele wehtat. »Doch, das hat er«, widersprach Brooke. »Er hat die Person angerufen, an die er sich immer gewandt hat, wenn er in Schwierigkeiten war.«

»Was?«, rief Raffy. Seine Stimme klang jetzt alarmiert, fast angstvoll. »Nein.«

»Doch, es stimmt«, entgegnete Brooke. »Als ich sie in unserem Haus gesehen habe, konnte ich mich ganz vage wieder an etwas erinnern. An ihre Stimme. Es hat lange gedauert, bis mir wieder einfiel, was es war. Dann, als es mir endlich bewusst wurde, hab ich es in meinem Tagebuch aufgeschrieben. Seither hab ich die Stelle jeden Tag gelesen.«

Ein Schauder durchfuhr Josie, als sie sich an den letzten Eintrag in Brookes Tagebuch erinnerte.

Brooke redete weiter: »Er hat seine Frau angerufen. Ihr Name ... ihr Name ... ich habe ihn vergessen ...«

»Claudia«, warf Raffy ein.

»Ja. Claudia. Er hat sie angerufen. Sie ist gekommen und er hat ihr die Wahrheit gesagt. Er hat ihr alles gestanden. Und sie ... sie ...«

Brooke verstummte. Josie spürte immer wieder Brookes Schmerz, der sie in Wellen überfiel. Auf der anderen Seite neben Josie tauchte Gretchen auf und stupste sie mit einer

Stablampe an der Schulter an. »Ich hab jetzt eine. Eine ganz große. Es kann losgehen.«

Beaus Stimme ertönte, heiser und gequält. »Claudia hat mir gesagt, dass wir sie zurücklassen und weggehen müssen. Sie glaubte, dass wir Brooke niemals aus dem Wagen befreien könnten. So, wie das Auto in der Luft hing, war das alles viel zu riskant. Claudia meinte, selbst wenn Brooke überlebt, selbst wenn wir sie rausziehen könnten, dann würde die Affäre, die Tatsache, dass ich mit einer Klientin geschlafen hatte, uns ruinieren. Nicht nur mich, sondern auch sie. Sie erinnerte mich daran, wie viel sie schon für mich aufgegeben hatte. Die berufliche Laufbahn, die sie angestrebt hatte, eigene Kinder. Sie sagte, wenn wir das Auto – und Brooke darin – nicht zurückließen, dann wäre das alles zerstört. Alles, wofür wir gearbeitet hatten. Die Praxis, das Buch, die Sendung, der Wohlstand.«

»Sie war es«, sagte Brooke leise. »Sie war es.«

Wieder trat Stille ein. Dann begann Raffy erneut zu brüllen. »So ein Quatsch. Alles Unsinn! Dann sind eben beide Arschlöcher. Na und? Sie haben unser Leben zerstört, Brooke. Sie haben dich zerstört!«

»Los jetzt«, zischte Josie. »Ich geh auf die andere Seite. Auf drei springst du auf und schaltest die Taschenlampe an. Versuch, den Strahl auf seine Augen zu richten.«

Leise funkte sie die Deputys in der Nähe an und informierte sie, dass sie und Gretchen gleich einen Zugriff starten würden. Raffy schrie immer noch, als Josie in Hockstellung um das Auto herum und dann unter das Dach der Brücke lief. Ein blendender Lichtstrahl, direkt auf ihn gerichtet, blitzte auf. Josie sah, wie Raffy mit hochrotem Gesicht die Augen zusammenkniff. Als er den Arm hochriss, um seine Augen abzuschirmen, erkannte sie ein großes Jagdmesser in seiner anderen Hand. Von einer der V-förmigen Streben im Tragwerk der Brücke hing das Ende eines Anschnallgurts herunter.

Sam.

Direkt vor Raffy lag Beau, zusammengekrümmt und blutig geschlagen, das Gesicht lila und blutüberströmt.

Gretchen hielt den Lichtstrahl weiter auf Raffy gerichtet, während Josie sich ihm näherte, die Pistole auf seinen Rumpf gerichtet. »Lassen Sie das Messer fallen«, rief sie ihm zu. »Kicken Sie es zu mir her und strecken Sie die Hände in die Luft, sodass ich sie sehen kann.«

Raffy warf den Kopf zurück und versuchte dem Lichtstrahl auszuweichen. Mit kleinen Bewegungen wandte er das Gesicht hin und her, aber er konnte dem Lichtstrahl nicht entkommen. Josie rief nochmals ihre Anweisungen, aber ohne Erfolg. Brooke rannte auf die Brücke und warf sich über Beau. Raffy, der jetzt sein Gesicht mit einem Arm abschirmte, sah die beiden. Er stürzte sich auf sie, das Messer über den Kopf erhoben und bereit, zuzustechen. Der Strahl von Gretchens Taschenlampe hüpfte auf und ab, als sie versuchte, ihn weiter zu blenden. Josie verstärkte den Griff um ihre Waffe und versuchte, in eine gute Schussposition zu kommen. Ihr Finger drückte leicht auf den Abzug, sie war schussbereit. Dann beachtete Raffy Beau und Brooke nicht weiter, sondern stürzte schnurstracks auf den Anschnallgurt zu. Er senkte das Messer und begann, ihn durchzuschneiden.

»Aufhören!«, schrie Josie. »Aufhören oder ich schieße!«

Aber Raffy war jetzt wie von Sinnen. Als das Zerschneiden mit dem Messer nicht klappte, begann er, auf den zerschlissenen Gurt einzustechen. Josie rief ihm eine weitere Warnung zu, während der Strahl der Taschenlampe wieder ruhiger wurde. Als Raffy nicht auf sie hörte, drückte sie ab und traf ihn am Arm. Das reichte aus, dass er das Messer fallenließ. Den Arm umfasst, taumelte er rückwärts und stürzte, und ein Ausdruck des Schreckens breitete sich auf seinem Gesicht aus. Josie kickte das Messer weg. Gretchen war neben ihr, als sie Raffy auf den Bauch drehten und seine Handgelenke mit Kabelbindern fesselten. Gretchen rief eine Entwarnung, sodass die Deputys die Brücke betreten und Raffy zum nächsten Rettungswagen bringen konnten.

Josie schnappte sich die Taschenlampe und rannte zurück zum Geländer der Brücke. Schreie drangen vom Fluss unten herauf. Man hörte ein knarzendes Geräusch und der Lichtstrahl erfasste den Anschnallgurt gerade in dem Moment, als die letzten Fasern nachgaben. Die Taschenlampe fiel über die Brüstung und stürzte ins Wasser hinunter, als Josie sich mit ihrem Körper auf das Gurtende warf. Ihre Hände bekamen es zu fassen, und sie knallte mit dem Brustkorb derb gegen die Brüstung. Sie taumelte, konnte jedoch den Gurt, an dem Sam Toselli befestigt war, mit beiden Händen festhalten. Dann ging plötzlich ein Ruck durch ihren Körper. Sie wurde mit ihm in die Dunkelheit heruntergerissen und stürzte in das eiskalte Wasser.

Der Kälteschock erfasste jede Zelle ihres Körpers, ihr Herzschlag stockte, die Zeit blieb stehen. Dann funktionierten ihre Glieder wieder und sie versuchte, nach oben an die Wasseroberfläche zu schwimmen. Sie gab sich Mühe, nicht in Panik zu geraten, aber schon bald brannten ihre Lungen und gierten nach Luft. Sie hörte wieder Lisettes Stimme. *Hör auf zu kämpfen, Liebes.*

Sie ließ los. Ließ zu, dass ihre Glieder erschlafften. Ließ ihren Körper treiben. Zur Oberfläche auftauchen. Dann umfassten zwei vertraute Arme ihre Taille. Sie wurde aus dem Wasser gezogen. Laute Rufe verdrängten die Stille unter Wasser, das ihr nasses Grab hätte werden können. Josie hörte nur eine Stimme heraus. Noah.

»Ich hab sie. Ich hab sie.«

Sie spürte Gestein unter sich. Noah presste seine Finger gegen ihren Hals. Sie riss die Augen auf. Er lächelte zu ihr herunter, obwohl sie noch immer eine Spur von Panik in seinem Gesicht ablesen konnte. »Hey«, sagte er. »Alles in Ordnung.«

»Sam«, brachte sie heraus. »Ist er ...?«

Noah legte seine Handfläche an ihre Wange. »Mett hat ihn aufgefangen. Er lebt. Ist dehydriert, hat einen Schock, ist völlig verängstigt, aber soweit okay. Auch seine Mutter.«

Josie spürte, wie die Erschöpfung jeden Teil ihres Körpers erfasste. Sie schloss die Augen. »Hol mir ein paar Decken, sei so gut.«

SECHSUNDFÜNFZIG

EINE WOCHE SPÄTER

Josie und Noah klingelten bei Beau Collins. Von draußen konnten sie hören, wie das Geräusch durch das Innere des riesigen Hauses hallte. Einen Augenblick später öffnete Margot Huff die Tür. Die Erschöpfung stand ihr ins Gesicht geschrieben. Unter ihren Augen sah man große Tränensäcke. Ihr Pulli und die Jeans schlackerten nur so an ihr. Dennoch hatte sie ein schwaches Lächeln für die beiden übrig. »Kommen Sie rein, er ist im Salon.«

Josie und Noah betraten die Diele. Noah fragte: »Weiß er, dass wir kommen?«

Margot schüttelte den Kopf. »Ich wollte nicht, dass er Zeit hat, sich alle möglichen Lügen auszudenken, die er Ihnen auftischen kann, wenn Sie beide wieder mal irgendwelche Enthüllungen zu machen haben.«

Sie hielt Josies Blick einen Moment lang stand, als versuche sie herauszufinden, ob Josie ihr vielleicht verraten würde, warum sie um das Treffen gebeten hatten. Letztendlich aber wusste Josie selbst nicht so recht, worauf die vielen Indizien hinauslaufen würden.

Margot wandte sich achselzuckend ab und bedeutete ihnen,

ihr zu folgen. Beau saß mitten auf der Couch, die in Richtung Fensterfront wies, hatte aber keinen Blick für die Aussicht. Auf dem Couchtisch vor ihm stand aller mögliche Nippes, den er sorgfältig in Luftpolsterfolie wickelte und in einem großen Karton verstaute.

Er begrüßte Josie und Noah mit einem flüchtigen Lächeln, das ihm jedoch ein nur noch erbarmungswürdigeres Aussehen verlieh. Raffy hatte ihn so übel zugerichtet, dass es Wochen dauern würde, bis die Schwellungen und Blutergüsse wieder abgeheilt waren. Die Ärzte in der Notaufnahme hatten ihm jedoch versichert, dass sein Gesicht dann wieder aussehen würde wie früher. »Officers«, sagte er, »wie kann ich Ihnen helfen?«

Josie und Noah standen auf der anderen Seite des Couchtischs und blickten zu ihm hinunter. Margot hielt sich im Hintergrund, als wollte sie sich jeden Moment durch die Haustür aus dem Staub machen. Josie fürchtete, dass sie, wenn es ihnen diesmal tatsächlich gelang, die Wahrheit aus Beau herauszubekommen, sich wünschen würde, sie hätte dieses Haus niemals betreten.

»Wir hätten nur noch ein paar letzte Fragen an Sie«, fing Noah an.

Beau legte eine Vase, die er eben eingewickelt hatte, in den Karton und wischte sich die Hände an seiner Jeans ab. »Wie geht es Brooke?«

»Ganz gut«, antwortete Josie. »Wir haben einen Platz in einer betreuten Wohneinrichtung für sie gefunden. Sie wird auch eine Beschäftigungstherapie beginnen.« Dass Brooke bei ihrer letzten Begegnung darum gebeten hatte, dass Beau sie besuchte, erwähnte sie nicht. Warum musste es auch von all dem, woran sich die Arme überhaupt noch zuverlässig erinnerte, ausgerechnet Beau Collins sein? Obwohl es durchaus auch hätte schlimmer kommen können, fand Josie – beispielsweise, wenn die meisten ihrer Erinnerungen etwas mit Raffy zu tun gehabt hätten. Jedenfalls war Josie optimistisch, dass Brooke dort, wo sie jetzt lebte, neue und bessere Erfahrungen machen würde. Sie würde nie wieder vollständig genesen, aber mit einer kontinuierlichen Betreuung und einem Umfeld, in dem sie sich geborgen und sicher fühlte, würde sie einige Fähigkeiten wiedererlangen.

»Ich würde sie gern besuchen«, sagte Beau. »Ich habe bereits eine Stiftung für sie ins Leben gerufen. Damit für ihre künftige Betreuung gesorgt ist. Das ist das Mindeste, was ich tun kann. Wie geht es Jasmine und Sam? Sie geht nicht ran, wenn ich anrufe.«

»Darüber dürfen wir keine Auskunft geben«, antwortete Josie.

Sam und Jasmine Toselli erholten sich gut von ihrem Martyrium, doch Jasmine hatte ausdrücklich darum gebeten, keine Details an Beau Collins weiterzugeben. Zumindest nicht zum jetzigen Zeitpunkt.

Er wirkte enttäuscht. »Oh, okay. Na ja, ich hab ihr ein paar Nachrichten hinterlassen. Vielleicht reagiert sie ja doch mal.«

Josie ging um den Couchtisch herum und setzte sich auf dessen Rand, direkt vor Beau. Ihre Knie berührten sich. »Beau«, fing sie an. »Wir müssen noch ein paar Dinge besprechen, aber zuerst muss Sie über Ihre Rechte belehren.«

Er lachte nervös auf. »Meine Rechte? Was ist das hier? Irgendeine Fernsehshow?«

Als ihm klar wurde, dass es kein Witz war, schluckte er und sah sie mit ernster Miene an. »Okay, Entschuldigung. Gut. Legen Sie los.«

Josie belehrte ihn über seine Rechte, und als sie von ihm wissen wollte, ob er alles verstanden hatte, bejahte er. Sie wartete darauf, dass er um einen Anwalt bat, doch er tat es nicht. Stattdessen blickte er sie nur gespannt an.

Josie holte Luft. »Wir haben die Ergebnisse der DNA-Analyse von den Tatorten bekommen. Claudia. Eve. Trudy.«

»Okay«, erwiderte er.

»Auf Claudias Körper hat man die DNA von zwei Personen gefunden. Rafferty Sullivan und Archie Gamble.«

Als Gambles Name fiel, wurde Beaus mit Blutergüssen übersätes Gesicht plötzlich blass.

»An den beiden anderen Tatorten hat man nur die DNA einer Person gefunden«, fuhr Josie fort. »Die von Rafferty Sullivan.«

Beau wartete darauf, dass sie weitersprach, was sie auch tat. »Wir wissen, weshalb Rafferty Sullivans DNA hier in diesem Haus war. Weil er ein raffiniertes, mörderisches Spiel plante, im Zuge dessen er alle Ihre Geheimnisse enthüllen und alle umbringen wollte, die Ihnen nahestanden. Aber die von Archie Gamble?«

Sie ließ den Namen im Raum stehen.

»Ich weiß nicht, wer das ist«, gab Beau zurück. »Das hab ich Ihnen doch schon gesagt.«

Noah half ihm auf die Sprünge. »Er folgte Ihrer Frau über mehrere Monate. Wir haben seine Aufzeichnungen. Er folgte ihr zum Fernsehstudio. Zur Praxis. Zum Restaurant The Grotto, wo sie sich immer mit Liam Flint zum Mittagessen traf.«

Hier unterbrach Beau: »Mit wem?«

Margot meldete sich zu Wort: »Mit dem Kameramann von eurer Sendung!«

»Der Typ mit der Brille?«, fragte Beau.

Josie antwortete nicht, sondern fuhr fort. »Gamble ist ihr sogar zweimal bis zu Raffy Sullivans Haus gefolgt – das in Lenore County, wo auch Brooke gewohnt hat. Ich habe eine Weile gebraucht, bis ich den Zusammenhang erkannt habe, aber Gamble hat sich immer Notizen gemacht, wenn er ihr gefolgt ist, und ein Eintrag taucht zweimal auf: 4342SSRD. 4342 Silver Springs Road – die Adresse von Brooke und Raffy.«

»Ich verstehe das nicht«, sagte Beau.

»Das ging uns genauso«, meinte Noah. »Deshalb haben wir uns dann auch mal die zeitlichen Abläufe in der ferneren Vergangenheit genauer angeschaut. Sie haben uns gesagt, Sie hätten Archie Gamble noch nie gesehen ...«

»Das stimmt! Genauso ist es. Ich hab den Mann nie zuvor gesehen.«

Margot trat einen Schritt nach vorn, die Arme über der Brust verschränkt. »Du hast wirklich absolut keinen Grund mehr zu lügen, das ist dir schon klar, oder?«

Josie wusste genau, warum er log, aber sie mussten ihn unbedingt dazu bringen, dass er es selbst zugab. Sie sagte: »Sie und Gamble hatten vier Monate vor Claudias Ermordung in der Zulassungsstelle eine Auseinandersetzung.«

»Und?«, sagte Beau und versuchte ein schwaches Lächeln. »Ich begegne vielen Menschen, die ganze Zeit, überall. Ich kann mich nicht daran erinnern.«

»Erinnern Sie sich noch an den Barmann in Leo's Bar zwei Wochen nach dem Zwischenfall in der Zulassungsstelle?«, wollte Noah von ihm wissen. »Er kann sich jedenfalls an Sie erinnern. Sogar ziemlich gut. Sie haben da nicht wirklich reingepasst.«

Beau schwieg.

Josie sagte: »Ungefähr zur selben Zeit bekam Margot im WYEP-Studio zufällig einen Streit zwischen Ihnen und Claudia mit, in dem es um einen größeren Geldbetrag ging, der von einem Ihrer Konten abgehoben worden war. Genauer gesagt: um dreißigtausend Dollar.«

»Darüber haben wir doch schon gesprochen«, meinte Beau. »Ich hab Ihnen das erklärt. Claudia hat das Geld abgehoben, um es irgendeiner wohltätigen Einrichtung zu spenden. Mag sein, dass es nicht die war, von der ich glaubte, dass sie es sei, aber jedenfalls hat sie es mir so erzählt.«

»Wie Sie wissen, hat das Frauenzentrum das Geld nie erhalten«, fuhr Josie fort. »Claudia hat das Geld an sich genommen und Raffy gegeben. Na ja, genauer gesagt hat sie es Brooke gegeben, weil an dem Tag nur sie zu Hause war.«

»Ja, und? Das hab ich Ihnen auf der Brücke doch schon erzählt. Es war Claudias Idee, Brooke dort zurückzulassen. Ich dachte damals, Brooke wäre bereits tot. Ich hab nie mehr darüber nachgedacht, weil mich das alles zu sehr quälte. Ich dachte mir, wenn Brooke oder Raffy mit mir sprechen wollen, dann melden sie sich schon. Aber sie haben es nicht getan.«

Josie griff in ihre Tasche und zog ein zusammengefaltetes Blatt Papier hervor, das sie auf den Tisch legte und glattstrich. »Das hier ist die Kopie des Tagebucheintrags, den Brooke an dem Tag schrieb, an dem Claudia mit dreißigtausend Dollar in bar bei ihr aufgetaucht war.«

Als er keine Anstalten machte, ihn sich durchzulesen, kam Margot mit großen Schritten herüber, schnappte sich das Blatt und las ihn laut vor. Ihre Stimme zitterte, als sie am Ende angelangt war.

»Heute war die Unfalldame wieder hier. Sie hat Unmengen von Geld mitgebracht. Mein Ehemann war nicht zu Hause. Sie meinte, es sei für ihn und ich solle es ihm geben. Sie meinte, es sei dafür, dass er im Studio nichts sagt oder so. Ich bin mir nicht sicher, was für ein Studio sie meint. Dann war sie plötzlich ganz aufgelöst und fing an zu weinen. Sie meinte, vielleicht sollte ich es lieber nehmen und ihn verlassen, zusehen, dass ich hier rauskomme. Ich weiß aber nicht, wohin ich gehen soll. Sie umarmte mich und es fühlte sich wunderbar an. Ich kann mich nicht erinnern, wann ich so was zum letzten Mal erlebt habe. Aber dann meinte sie, es tue ihr leid, dass sie mir das angetan habe. Ich wusste nicht, was sie damit meinte. Zumindest in dem Moment noch nicht. Selbst nachdem sie das gesagt hatte, wollte ich nicht, dass sie schon geht, obwohl sie immer noch geweint hat. Ich habe sie gefragt, warum sie weint, und sie hat gelächelt und mir über das Haar gestrichen, wie eine Mutter. Es fühlte sich so gut an. Sie meinte, ihr Mann habe das Geld abgehoben und sie habe ihn

damit erwischt und geglaubt, dass er etwas sehr Schlimmes damit tun wolle. Etwas sehr Schlimmes mit ihr. ›Ich glaube, meine Tage sind gezählt‹, sagte sie mir. ›Aber wenn Sie das Geld nehmen, kommen wir vielleicht beide mit dem Leben davon.‹ Ich wusste nicht, was sie damit meinte.

Ich wusste nicht mal, wer ihr Mann war, bis ich dann anfing, etwas in dieses Tagebuch zu schreiben, und meine letzten Einträge vor mir sah. Ihr Ehemann ist mein Geliebter. Der, der nicht mehr zurückgekommen ist. Er ist mit ihr im Fernsehen und jetzt wird er etwas Schlimmes mit ihr machen. Irgendwas, das mit diesem Geld hier zu tun hat. Ich verstehe das alles immer noch nicht, aber je mehr ich über sie und Beau nachdachte, umso mehr Erinnerungen kamen mir wieder. An den Unfall.«

Hier brach Margot ab. Sie wusste von den Enthüllungen auf der Brücke – dass Beau ebenfalls in dem Auto gewesen war und es nicht geschafft hatte, Brooke zu befreien. Dass er Claudia zu Hilfe geholt und diese darauf bestanden hatte, dass sie Brooke zurückließen.

Ihre Hand zitterte, als sie Beau das Blatt Papier vors Gesicht stieß. Er wich zurück, sodass sie ihn damit nicht traf. »Was ist das hier?«, wollte sie von ihm wissen. »Was hat das zu bedeuten?«

Wieder schwieg er.

Josie wartete einige Augenblicke, dann sagte sie: »Sie haben also nicht die Wahrheit gesagt, was das Geld angeht, richtig? Es war nicht Claudia, die es abgehoben hatte, das waren Sie. Sie haben Margot angelogen, als sie Sie fragte, worum es bei dem Streit ging. Es stimmt nicht, dass Sie wütend auf Claudia waren, weil sie das Geld abgehoben hatte, nicht wahr?«

Beau antwortete nicht.

Josie fuhr fort: »Es war Claudia, die wegen Ihnen außer sich war. Sie wollte von Ihnen wissen, wofür das Geld gedacht war. Und Sie haben einfach irgendetwas erfunden. Etwas, das ihr offensichtlich nicht glaubwürdig erschien. Dann hat entweder sie das Geld an sich genommen oder Sie haben es ihr gegeben. Sie hatte bereits herausgefunden, dass Raffy inzwischen für WYEP arbeitete, um sich so in Ihr engstes Umfeld einzuschleichen. Sie hatte ihn bereits aufgesucht, weil sie ihn zur Rede stellen wollte.«

»Wir wissen, dass das stimmt«, fügte Noah an, »weil er es uns erzählt hat. Wir haben ihn im Krankenhaus vernommen. Er sagte, Claudia habe herausgefunden, dass er der frühere Klient von Ihnen war, dessen Frau in den Unfall mit Ihnen verwickelt gewesen war. Sie ging zu ihm nach Hause, um ihn zu fragen, weshalb er gerade bei WYEP arbeitete. Und warum er mit Ihrer Assistentin zusammen war. Raffy holte Brooke mit dazu, damit Claudia sah, was Sie beide angerichtet hatten, indem Sie sie im Auto zurückließen. Claudia war unendlich betrübt. Sie ging nach Hause, suchte ihn jedoch später, im Studio, noch einmal auf und fragte ihn, was er von Ihnen wolle und was er vorhabe. Er wollte ihr jedoch keine eindeutige Antwort geben.«

»Aber die Sache ließ ihr keine Ruhe«, sprach Josie weiter. »Sie erzählte Liam, sie habe etwas Unverzeihliches getan, sagte ihm jedoch nicht, was es war. Wir wissen jetzt, dass es ihre Entscheidung war, Brooke sterben zu lassen – was für sie umso unerträglicher war, seit sie wusste, dass Brooke ein schlimmeres Schicksal ereilt hatte als der Tod.«

»Ja, und?«, erwiderte Beau. »Was spielt das alles für eine Rolle? Sie haben Raffy doch überführt. Er wird ins Gefängnis müssen. Es ist alles geklärt.«

»Wofür war das Geld gedacht, Beau?«, fragte Josie.

»Das ist doch lächerlich«, empörte er sich und stand auf.

Blitzschnell streckte Margot die Hand aus und stieß Beau unsanft gegen die Schulter, sodass er wieder auf die Couch plumpste. »Wofür war das Geld gedacht, Dad?« In ihrer Stimme lag beißender Sarkasmus, als sie das Wort »Dad« aussprach. Beau zuckte zusammen.

Als er immer noch nicht antworten wollte, fuhr Noah fort:

»An dem Abend, als Sam und Jasmine entführt wurden – demselben Abend, als Raffy ins Hotel kam, um Sie zu holen – haben Sie Ihr Handy zurückgelassen. Aus unserer Sicht war es Teil eines Tatorts, weshalb wir eine richterliche Anordnung beantragten, um an die Daten ranzukommen. Wir hofften, sie würden uns helfen herauszufinden, wohin Raffy Sie gebracht hatte.«

Josie nahm den Faden auf: »Nach Raffys Eintreffen haben Sie Archie Gamble angerufen. Kurz danach beobachtete einer unserer Mitarbeiter, wie dieser von zu Hause aufbrach, mit einer Waffe in der Hand. Er ging auf direktem Weg zum Haus von Brooke und Raffy Sullivan. Warum?«

Beau spreizte die Hände, um seine Ratlosigkeit auszudrücken. »Woher soll ich denn das wissen?«

»Worüber haben Sie gesprochen, als sie ihn anriefen?«, fragte Noah.

»Ich ... ich weiß nicht. Ich meine, Raffy hat mich gezwungen, ihn anzurufen. Ich wusste ja gar nicht, wer das ist. Ich habe nur getan, was Raffy von mir verlangt hat.«

»Okay«, sagte Josie, obwohl sie genau wusste, dass er nicht die Wahrheit sagte. »Und was wollte Raffy, dass Sie ihm sagen?«

Beau zögerte. Als er endlich antwortete, war seine Stimme kaum hörbar. »Dass ich zum Haus der Sullivans fahre. Dass ich mich dort mit ihm treffen und das restliche Geld mitbringen würde, das man ihm schuldete.«

»Wer schuldete ihm noch Geld?«, wollte Noah wissen.

Beau antwortete nicht.

»Warum hat Raffy Sie gebeten, ihm das zu sagen?«, hakte Josie nach.

»Ich weiß es nicht.«

Josie sprach weiter: »Raffy hat Sie gestalkt – Sie alle – und zwar über Jahre. Er hat alles über Ihre täglichen Routinen herausgefunden, über Ihre Geheimnisse. Er hatte dieses Spiel schon lange geplant, es ging nur noch um den richtigen Moment, um damit zu beginnen. Nachdem Claudia ihn zur Rede gestellt hatte, hat er den Startzeitpunkt vorverlegt. Er hat uns gegenüber zugegeben, dass er an dem Abend, als sie ermordet wurde, dort war. Er hatte wochenlang hinter ihr herspioniert. Er hatte vor, sie zu entführen, nicht aber, sie umzubringen. Sie sollte der Preis sein in dem Spiel, das er mit Ihnen spielen wollte. Wenn Sie genügend Fragen richtig beantwortet hätten, dann hätten Sie Claudia möglicherweise zurückbekommen – wenngleich Ihr Leben dann ruiniert gewesen wäre.«

Beaus Finger begannen zu zittern. Er verschränkte sie ineinander und verbarg sie in seinem Schoß.

»Raffy hatte immer wieder beobachtet, dass dieser ältere Mann Claudia verfolgte«, fuhr Josie fort. »Aber er wusste nicht, was das zu bedeuten hatte. An dem Abend Ihres Jubiläumsdinners war Raffy wieder einmal unterwegs, in dem Wald im Stadtpark, und beobachtete durch genau diese Fenster hier, was im Haus vor sich ging.« Sie deutete mit der Hand hinter sich. »Er wartete darauf, dass alle sich für das große Abendessen versammelten: Eve. Margot. Liam und die Videocrew. Sie. Er wusste genau, um wie viel Uhr die einzelnen Personen kommen sollten, weil seine Freundin Margot es ihm gesagt hatte.«

Bei diesen Worten durchfuhr Margot ein unübersehbarer Schauer.

»Sie können sich bestimmt vorstellen, wie erstaunt Raffy gewesen sein musste, als die einzige Person, die auftauchte, Archie Gamble war«, sagte Noah.

»Doch er hat nicht etwa Claudia nachspioniert, so wie sonst«, meinte Josie, »sondern ist einfach ins Haus hineingegangen.«

»Und schon wenige Minuten später wieder rausgekommen«, sagte Noah. »Blutverschmiert. Er geht zurück zu seinem alten Pick-up, holt einen Arbeitsoverall von der Ladefläche und zieht ihn an. Dann fährt er davon.«

»Ich ... ich weiß nicht, was das mit ...«

Margot kniff die Augen zusammen. »Du verheimlichst irgendwas. Ich weiß, dass du was verheimlichst. Sag es ihnen!«

»Es gibt eine Frage, die wir uns seit dem ersten Tag dieser Ermittlungen gestellt haben«, sagte Josie. »Woher wusste der Mörder, dass Claudia in dieser halben Stunde ganz allein sein würde?«

Sie ließ die Frage im Raum stehen.

Margot presste eine Faust auf ihren Mund. Dahinter hörte man ein ersticktes: »Oh, mein Gott.« Sie ließ sich neben Beau auf die Couch fallen und starrte ihn an. Er sah nicht zu ihr hinüber.

Josie und Noah ließen die Stille ihre Wirkung tun und warteten geduldig ab, ohne sich zu rühren, den Blick fest auf Beau gerichtet.

Dann begann Margot zu sprechen: »Ich weiß, dass du nie die Wahrheit sagst. Man könnte fast meinen, du wärst allergisch dagegen oder so. Aber Beau, ich bitte dich. Sieh doch nur, wohin diese ständigen Lügen geführt haben. Sie haben letztendlich dein ganzes Leben zerstört. Deine Ehe. Deine Sendung. Deine Praxis. Deine Karriere als Buchautor, das mit den Podcasts und so weiter. Einfach alles. Sogar deine Geliebte ist tot. Wenn du wirklich das getan hast, was ich befürchte, dann würde ich mal annehmen, dass du dafür nicht ins Gefängnis willst. Davon gehe ich jetzt mal aus. Aber was, wenn du gar niemanden hast, den das kümmern würde? Ganz allein leben zu müssen, als meistgehasster Mensch dieser Stadt, das wäre doch auch wie ein Gefängnis.«

Er drehte den Kopf zu ihr, dann griff er nach einer ihrer Hände. Josie hätte erwartet, dass Margot sie zurückzog, doch sie tat es nicht. »Aber ich hab doch dich.«

»Nein«, widersprach Margot. »Das hast du nicht. Nicht,

solange du dich weigerst, endlich für irgendetwas in deinem Leben die Verantwortung zu übernehmen. Das, was du für Jasmine nach der Geburt von Sam getan hast – dass du für ihn gesorgt, dich sonst aber aus dem Leben der beiden rausgehalten hast, weil sie das so wollte –, das war gut. Was du für Brooke getan hast – dass du die Stiftung für sie ins Leben gerufen hast –, das war schon mal ein Anfang, aber es reicht nicht.«

»Aber Margot«, sagte er mit belegter Stimme.

»Widersprich mir nicht«, sagte sie. »Die Sache ist die: Ich weiß, dass etwas Gutes in dir steckt. Ob das von irgendwelchen wahren Tugenden herrührt oder eher eine Art Selbsterhaltungstrieb dahintersteckt, ist mir noch nicht ganz klar, aber ich wollte es schon immer herausfinden. Mein ganzes Leben lang habe ich versucht, mir vorzustellen, wer mein Vater sein könnte. Als ich dann herausfand, dass du es bist, war ich überglücklich. Immerhin warst du ein Superstar. Du hattest etwas erreicht, aber außerdem warst du auch noch ein netter Mensch. Jetzt weiß ich, dass ich mich in beidem getäuscht habe. Dass du mir das alles nie wirst geben können. Das Einzige, was du als mein Vater mir geben kannst, ist, dass du die Verantwortung für das Schlimmste übernimmst, das du jemals getan hast. Wenn du das machst, dann verspreche ich dir, dass ich auch weiterhin einen Platz in deinem Leben einnehmen werde, dass ich da sein werde, wenn sie dich wieder rauslassen. Wenn nicht, dann gehe ich heute noch durch diese Tür und du wirst mich nie wiedersehen. Du wirst allein sein, für den Rest deines Lebens, wenn du jetzt nicht endlich die Verantwortung übernimmst und die Wahrheit sagst.«

Ganz allmählich begann Beaus Fassade zu bröckeln. Seine Schultern zuckten. Er schlug die Hände vors Gesicht. Aus seiner Kehle drang ein Schluchzen. Niemand sprach. Sie warteten einfach ab, bis er sich wieder gefasst hatte. Dann sagte er: »Okay. Ich war es. Ich habe Archie Gamble am Tag von Claudias Ermordung nachmittags angerufen und ihm gesagt, dass sie bis etwa halb sieben allein sein würde. Ich habe dafür gesorgt, dass alle anderen erst später kommen würden.«

»Und warum haben Sie das getan?«, fragte Noah.

»Weil ich Archie Gamble angeheuert hatte, um meine Frau zu töten.«

Über Margots Wangen rollten Tränen, doch sie blieb sitzen.

Beau fuhr fort: »Nachdem sie das mit Brooke herausgefunden hatte, war nichts mehr wie zuvor. Es gab bei mir auch davor schon Ausrutscher. Ich glaube, sie wusste das, aber sie störte sich nicht so sehr daran, als dass sie etwas gesagt hätte. Es ist nicht gelogen, wenn ich sage, dass ich Brooke gern hatte. Ich überlegte tatsächlich, ob ich Claudia nicht verlassen und mit Brooke mein Glück versuchen sollte. Doch je länger ich darüber nachdachte, umso mehr wurde mir bewusst, wie ungünstig sich das auswirken und wie viel es mich kosten würde – und was ich dabei verloren hätte –, und ich drückte mich vor der Entscheidung. Am Tag des Unfalls überzeugte mich Claudia, dass es besser sei, Brooke zu zurückzulassen und sich gemeinsam auf unsere Zukunft zu konzentrieren, was ich dann auch tat. Aber sie war nie zufrieden. Weder mit der Sendung noch mit dem Buch oder dem Podcast und auch nicht mit mir. Wir lebten wie in zwei unterschiedlichen Welten. Ich glaubte sogar, sie hätte möglicherweise ein Verhältnis mit jemandem. Ich war so wütend. In Kürze würde unsere Sendung landesweit ausgestrahlt werden. Während ich gerade dabei war, die Sache mit Eve zu beenden, sah es so aus, als würde Claudia sich Hals über Kopf in ein Abenteuer mit einem anderen stürzen. Sie war auf dem besten Weg, alles zu zerstören.«

»Aber der Gedanke, es könnte alles zerstören, wenn Ihre Frau, die diese Paarsendung mit Ihnen zusammen moderiert, ermordet wird, kam Ihnen nicht?«, fragte Noah.

»Das hätte ich schon hindrehen können«, gab Beau zurück.

»Ich war ohnehin bei sämtlichen Zielgruppen beliebter als Claudia. Ich hätte die Sendung weiterentwickeln können: eben noch Witwer, jetzt frisch verliebt. Ich war Star genug, um das so laufen zu lassen. Sie war es nicht. Ich hatte keine Idee, wie ich da sonst hätte rauskommen sollen, ohne dass das, was wir uns erarbeitet hatten, unwiderruflich den Bach runtergeht. Lässt du dich scheiden, geben die Zuschauer dir die Schuld dafür. Wird deine Frau aber umgebracht, liegt das nicht in deiner Macht.«

Josie hatte schon geahnt, was sie von ihm zu hören bekommen würden, wenn die Vernehmung erfolgreich verlief, doch jetzt musste sie sich zusammenreißen, sich die Verachtung nicht anmerken zu lassen, die sie für diesen Mann verspürte.

»Dann waren die dreißigtausend Dollar also für Gamble bestimmt?«, wollte Noah wissen.

»Ja, aber Claudia hat mich damit erwischt und zur Rede gestellt. Ich hab irgendwelche Ausflüchte erfunden – irgendwas mit einer gemeinnützigen Organisation –, aber sie hat sie mir nicht abgekauft. Sie hat mich schon immer durchschaut. Sie hat das Geld an sich genommen und gesagt, sie würde es wieder auf unser Konto einzahlen, aber das hat sie nicht getan. Ich habe dann nicht mehr nachgefragt, weil ich nicht wollte, dass das Thema noch mal auf den Tisch kommt. Also musste ich weitere dreißigtausend abheben, um ihn zu bezahlen. Dreißig, um ihn anzuheuern. Und weitere dreißig, wenn er seinen Job erledigt hätte. Er ist ihr gefolgt und irgendwann kam er dann und meinte, wenn ich wollte, wäre er jetzt so weit, ich müsste nur dafür sorgen, dass sie allein ist. Und das hab ich dann auch getan. Ich hatte ja keine Ahnung, dass das alles so ... ausgehen würde.«

Raffy hatte draußen zwischen den Bäumen gewartet. Seiner Aussage zufolge war er, nachdem Gamble das Haus betreten und wieder verlassen hatte, hineingegangen, um nachzusehen, was geschehen war, und hatte Claudia tot aufgefunden. Er war zunächst enttäuscht, sah darin dann aber doch eine gute Gelegenheit, mit seinem Spiel zu beginnen. Er schleppte Claudia ins andere Zimmer und hinterließ die Rätselbox.

»Also schuldeten Sie ihm, nachdem er Claudia ermordet hatte, noch dreißigtausend«, sagte Noah.

Beau nickte. »Aber dann wurde auch noch Eve ermordet und ich hatte keine Ahnung, was da vor sich ging. Es gab für mich keine Möglichkeit, Gamble zu kontaktieren. Dann erfuhr ich, dass Sie seinen Namen herausgefunden hatten. Sie kannten seinen Namen. Ich bekam es mit der Angst zu tun. Er rief mich auf diesem Wegwerfhandy an, das er mir gegeben hatte, um mit ihm in Verbindung zu bleiben. Er war außer sich vor Wut. Er sagte, er hätte nichts mit dem Mord an Eve zu schaffen. Er wollte nur sein Geld. Ich erklärte ihm, dass ich es ihm erst geben könnte, wenn die Ermittlungen zu Ende wären. Das hat ihm gar nicht gefallen. Er drohte sogar, mich umzubringen! Ich hatte keine Ahnung, was vor sich ging und wer hinter den Morden an Eve und an Trudy steckte – oder wer diese Rätselboxen hinterließ. Dann tauchte Raffy bei mir im Hotel auf. Er erzählte mir alles. Ich hatte ja keine Ahnung, dass er Brookes Ehemann war. Er sah völlig anders aus als damals. Jahrelang hatte er für den Fernsehsender gearbeitet, ohne dass ich es gemerkt hatte. Er war sogar mit meiner Tochter zusammen, verdammt noch mal! Ich hatte keine Ahnung, dass er uns die ganze Zeit über gefolgt war, sich heimlich in unser Leben gedrängt und Claudia nachspioniert hatte. Und dann erzählte er mir, dass er von der Sache mit Archie Gamble wusste – nicht, dass ich ihn angeheuert hatte, sondern dass dieser Claudia nachspioniert hatte. Er hatte beobachtet, wie Gamble ins Haus gegangen und blutverschmiert wieder herausgekommen war. Er wusste, dass Gamble sie getötet hatte – er wusste nur nicht, warum.«

»Also haben Sie uns vor ein paar Minuten angelogen«,

stellte Noah fest. »Raffy hat Ihnen gar nicht gesagt, dass Sie Gamble vom Hotel aus anrufen sollen, stimmt's?«

»Ja. Es war meine Idee, ihn anzurufen. Ich wollte Zeit schinden, Raffy irgendwie ablenken.«

»Wie meinen Sie das?«, fragte Josie.

»Raffy wollte wissen, wer Gamble war und ob ich wüsste, dass er es gewesen war, der meine Frau umgebracht hatte. Ich gab zu, Gamble zu kennen, aber mehr sagte ich nicht. Raffy konnte sich das alles immer noch nicht erklären. Er wusste nicht, woher ich Gamble kannte oder warum dieser Claudia umgebracht hatte, wollte es aber unbedingt erfahren, weil er das Gefühl hatte, dass Gamble ihn übertrumpft hatte.«

Josie wusste, dass das stimmte. Als sie und Noah Raffy im Krankenhaus vernommen hatten, hatte dieser ihnen dasselbe gesagt. »Gamble hatte seine Pläne durchkreuzt«, meinte sie.

Beau zuckte die Achseln. »Ja, könnte man so sagen. Und ja, ich hab Sie vorhin angelogen. In Wirklichkeit war es meine Idee, Gamble anzurufen. Raffy wollte, dass ich das Hotel mit ihm verlasse. Zunächst wusste ich nicht, warum, nur, dass es nichts Gutes bedeuten konnte. Ich war überzeugt, dass er mich umbringen würde, obwohl es schien, als wäre er weitaus mehr daran interessiert, alle meine Geheimnisse zu entlarven.«

»Lügen«, korrigierte ihn Margot.

Immerhin hatte Beau genügend Anstand, eine zerknirschte Miene aufzusetzen. Er räusperte sich. »Lügen«, wiederholte er, wobei ihm das Wort beinahe im Hals stecken geblieben wäre. »Ich redete Raffy ein, dass er, wenn es ihm wirklich darum ging, mich bloßzustellen, unbedingt erfahren sollte, was es mit Archie Gamble auf sich hatte. Ich erzählte ihm, mein allergrößtes Geheimnis – noch größer als das mit Brooke oder Jasmine und Sam – hätte mit dem zu tun, was ich über Gamble wusste. Dass ich ihn angeheuert hatte, sagte ich ihm natürlich nicht. Ich dachte mir, dass ich es später vielleicht als eine Art Joker einsetzen könnte, wenn ich es so lange wie möglich für mich behielt. Dass es Raffy davon abhalten würde, mich umzubringen. Raffy dachte, ich würde versuchen, ihn zu täuschen. Ich sagte ihm, wenn wir Gamble dazu bringen könnten, sich mit uns irgendwo zu treffen, dann könnte ich ihm beweisen, dass es einen Zusammenhang gab, mein Geheimnis wäre aufgedeckt und Raffy letztendlich wieder am Drücker. Er fragte, wie ich Gamble dazu bringen wolle, sich mit mir zu treffen. Ich erklärte ihm, dass ich ihm noch Geld schuldete und er an jeden Ort kommen würde, den ich ihm nannte, solange er glaubte, ich würde es ihm dort übergeben. Raffy sagte mir also, ich solle ihn anrufen und zu Raffys Haus bestellen, wo er sein Geld bekommen würde.«

»Und was, dachten Sie, würde passieren, wenn Sie zu dem Haus kämen?«, fragte Noah.

Beau blickte in seinen Schoß und senkte die Stimme. »Gamble hatte ja schon einmal jemanden für mich getötet, nicht wahr? Ich dachte mir also, wenn ich es schaffen würde, dass die beiden in einem Raum aufeinandertreffen, dann könnte ich Gamble vielleicht irgendwie dazu bringen, Raffy zu töten. Das wäre in unser beider Interesse gewesen. Es war sicherlich kein perfekter Plan, aber in diesem Moment ist mir einfach nichts Besseres eingefallen.«

In dieser verzweifelten Lage war wieder einmal sein Selbsterhaltungstrieb zutage getreten. Beau Collins würde immer versuchen, sich selbst zu retten, ganz egal, was er dafür tun oder welches Risiko er dabei eingehen musste.

»Ich konnte ja nicht wissen, dass Beau mich zu dieser Brücke bringen würde«, fügte er hinzu.

Deshalb war Gamble also wutentbrannt im Haus von Raffy und Brooke aufgetaucht, wild entschlossen, jeden zu töten, der sich ihm bei der Übergabe seines Geldes in den Weg stellte – Beau eingeschlossen. Dass Gamble auch vor einer Bluttat nicht zurückschrecken würde, war Beau nicht bewusst gewesen. Nachdem der ihm den Rest seines Lohns jedoch nicht hatte geben können, war er offenbar völlig ausgerastet. Und dann war auch noch die Polizei bei ihm aufgekreuzt. Wieder einmal hatte Beau Gamble von der Leine gelassen, ohne zu ahnen, welche zerstörerischen Auswirkungen das nach sich ziehen würde.

Was für ein unglaubliches Chaos. Der Gedanke an das Leid, das all die Menschen in Beaus Umfeld ertragen mussten, war für Josie kaum auszuhalten. Und alles nur wegen seiner endlosen Lügen. Mit einem Seufzen zog sie ihre Handschellen hervor.

»Beau Collins«, sagte sie. »Hiermit verhafte ich Sie wegen Anstiftung zum Mord.«

SIEBENUNDFÜNFZIG
ZWEI WOCHEN SPÄTER

Josie stand neben Luke an der Werferplatte auf einem der Softballfelder im Stadtpark und sah zu, wie Harris über das Außenfeld lief und einen Schläger hinter sich herzog. Ihm dicht auf den Fersen folgte Blue, der nach und nach vom Lauf in einen ausgewachsenen Spurt überging. Der Hund sah gesund und munter aus. Glücklicherweise waren die Verletzungen, die ihm Archie Gamble zugefügt hatte, nicht allzu schwer gewesen und er war rasch und vollständig genesen. Er holte Harris ein und schnappte nach dem Schläger. Die beiden spielten eine Weile Tauziehen, dann überließ Harris Blue den Schläger. Blue sauste damit davon und kehrte zurück zu Luke. Dort ließ er den Schläger zu Lukes Füßen fallen und sah keuchend und mit hängender Zunge zu ihm auf.

Luke beugte sich hinunter und tätschelte Blue den Kopf. »Braver Hund.«

Er wandte sich wieder an Josie und warf ihr ein strahlendes Lächeln zu. Harris lief zu ihnen hinüber, schnappte sich erneut den Schläger und rannte damit fort. Blue sprang auf und folgte ihm.

»Ich bin froh, dass er sich so gut berappelt hat«, sagte Josie.

Luke lächelte, während er beobachtete, wie Blue den kleinen Harris über das Außenfeld jagte. »Er ist zäh.«

»Er ist nicht nur zäh«, erwiderte Josie. »Er ist eine richtige Kämpfernatur. Luke, ich wollte dir danken. Wenn ihr beiden, du und Blue, nicht da gewesen wärt, dann wäre ich jetzt tot. Ihr habt mir das Leben gerettet.«

Luke nickte. »Blue hat uns beide gerettet. Das ist seine Aufgabe.«

Sie berührte seine Hand. »Wie geht es dir? Kommst du klar?«

Er seufzte und schenkte ihr ein schwaches Lächeln. »Ich arbeite daran.«

Zwischen beiden trat ein verlegenes Schweigen ein, das nur von Harris' Kichern unterbrochen wurde, als Blue ihm den Schläger abluchste und damit wieder davonrannte. Luke deutete auf den Jungen und den Hund. »Harris ist so groß geworden.«

»Ja«, pflichtete ihm Josie bei. »Es ist so schnell gegangen. Bevor es uns noch richtig bewusst wird, wird er den Führerschein machen.«

Luke musste lachen. »Du und Noah, wollt ihr beiden eigentlich keine Kinder?«

Josie schnürte es die Kehle zu. Es war schwer, darauf zu antworten. Das letzte Mal, dass sie mit Noah über das Thema Kinder gesprochen hatte, war bei Lukes letztem Besuch in Denton gewesen. Josie wollte keine. Sie hatte nie den Wunsch nach eigenen Kindern verspürt. Nicht, weil sie Kinder nicht mochte, sondern weil sie nach ihrer eigenen furchtbaren Kindheit befürchtete, dass sie sich als schreckliche Mutter erweisen würde. Wie könnte sie es rechtfertigen, ein Kind in die Welt zu setzen, wenn sie als elterliches Beispiel eine Mörderin erlebt hatte? Noah hatte ihr versichert, sie würde eine ausgezeichnete Mutter abgeben, aber ebenso gesagt, selbst wenn sie niemals ihre Meinung ändern werde, sei sie ihm auch allein genug. Dabei hatten sie es bewenden lassen.

»Ich schätze mal, das bedeutet Nein«, sagte Luke. »Schon okay. Ich weiß, dass du nicht gern über solche Dinge redest. Ich wollte einfach nur ein bisschen Smalltalk machen. Aber das ist nicht so meins.«

»Nein«, brachte sie hervor. »Schon gut. Ich ... es ist nicht, dass wir keine haben wollen. Ich hab einfach nur Angst davor. Meine Kindheit war nicht gerade toll. Was weiß ich schon übers Muttersein?«

»Alles«, erwiderte Luke ohne nachzudenken. »Du weißt, was du nicht tun sollst, das ist einfach, und ich hab dich mit Harris zusammen gesehen. Du bist ein Naturtalent.«

»Nein«, erwiderte Josie. »Das bin ich nicht.«

Ihre Blicke trafen sich. »Ich weiß, dass du das nicht glaubst, aber da liegst du falsch. Eltern lieben und beschützen ihre Kinder und sie treffen schwierige Entscheidungen. Du tust diese Dinge doch bereits für alle, die du liebst. Und Noah? Der ist ein richtig guter Kerl.«

»Ja«, hauchte Josie. »Der beste.«

»Ich würde es nur schade finden, wenn ihr beiden euch da Beschränkungen auferlegt. Ihr wärt wirklich tolle Eltern. Wenn ihr euch dagegen entscheidet, dann sollte das nicht aus Angst davor geschehen. Das ist meine Meinung. Und ich habe viel Ahnung davon, wie es ist, wenn die Angst dein Leben bestimmt.«

Blue flitzte vorbei, den Schläger im Maul. Harris rannte ihm nach, blieb aber abrupt stehen, als er jemanden hinter Josie und Luke entdeckte. Seine Augen wurden groß und ein Grinsen erhellte sein Gesicht. »Onkel Noah!«, rief er und rannte auf das Schlagmal zu. Josie und Luke wandten sich um und sahen, wie Noah, einen Kaffee in der Hand, auf das Spielfeld kam.

Harris stürzte auf ihn zu und umklammerte sein Bein mit

beiden Armen. Noah ging einfach weiter, während Harris an ihm hing.

Luke lächelte Josie an. »Du solltest zu ihnen gehen.«

Josie nickte und trabte zu Noah hinüber. Er reichte ihr den Kaffeebecher und salutierte zum Spaß vor Luke. »Wessen Idee war das, im Februar einen Spaziergang zu machen?«

Josie nippte an ihrem Kaffee. »Wir gehen durch den Park zu einem Basketballspiel im Freizeitzentrum«, entgegnete sie. »Das zählt wohl kaum als Spaziergang.«

Harris versuchte, an Noah hochzuklettern. Der packte ihn unter den Achseln, hob ihn mit Leichtigkeit hoch und warf ihn sich über die Schulter. Harris' Körper lag jetzt quer über Noahs Schulter, stocksteif, den Kopf und die Arme in die eine Richtung ausgestreckt, die Beine in die andere. Noah hielt Harris' Beine fest und wirbelte ihn herum, immer schneller. Harris kicherte und kreischte vor Freude.

Josie sagte: »Bitte hör auf, sonst wird dir noch schwindlig und du lässt ihn fallen.«

»Nein, ich lass ihn nicht fallen«, erwiderte Noah mit unerschütterlichem Selbstbewusstsein. Irgendwie schaffte er es, Harris so umzulagern, dass er jetzt in seinem Nacken saß, die Hände in sein dichtes, dunkles Haar vergraben. Er hielt den Jungen an seinen dünnen Beinen fest, als wären es Rucksackträger.

Die drei winkten Luke, als sie vom Spielfeld gingen, und steuerten das Freizeitzentrum an. Noah sagte: »Die beiden scheinen sich ganz gut zu machen.«

Josie sorgte sich immer noch wegen Luke, aber die letzten paar Male, als sie ihm und Blue begegnet war, hatten die beiden tatsächlich wohlauf gewirkt.

Im Freizeitzentrum setzte Noah Harris auf dem Boden ab, aber erst, nachdem er mit ihm noch einige akrobatische Schwünge vollführt hatte, bei denen Harris vor Vergnügen jauchzte und es Josie angst und bange wurde. Sie brachten

Harris in die Umkleidekabine und gingen dann zu ihren Plätzen. Von der Tribüne unten winkte Jasmine Toselli zu ihnen herauf und wandte sich dann wieder nach vorn, um Sam beim Einspielen zu beobachten.

»Besser als so kann es eigentlich nicht werden, oder?«, meinte Noah.

Josie nippte wieder an ihrem Kaffee. »Was meinst du mit ›so‹?«

Noah lächelte, als Harris in seinem Trikot aus der Umkleidekabine auftauchte und sich einen Basketball schnappte.

»So normal«, erwiderte er.

MEHR VON BOOKOUTURE
DEUTSCHLAND

Für mehr Infos rund um Bookouture Deutschland und unsere Bücher melde dich für unseren Newsletter an:

deutschland.bookouture.com/subscribe/

Oder folge uns auf Social Media:

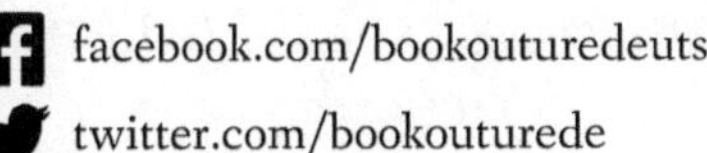

facebook.com/bookouturedeutschland

twitter.com/bookouturede

instagram.com/bookouturedeutschland

EIN BRIEF VON LISA

Vielen herzlichen Dank, dass ihr *Die unschuldige Frau* gelesen habt. Wenn euch das Buch gefallen hat und ihr über meine neuesten Veröffentlichungen informiert werden möchtet, meldet euch einfach unter nachstehendem Link an. Eure E-Mail-Adresse wird nicht weitergegeben und ihr könnt euch jederzeit wieder abmelden.

deutschland.bookouture.com/subscribe/

Wie immer betrachte ich es als ein Privileg, weitere Josie-Quinn-Bücher für euch zu schreiben. Es ist mir ein großes Vergnügen und wie bei allen meinen Büchern tue ich stets mein Möglichstes, um die Details der Polizeiarbeit so authentisch wie möglich darzustellen. Einige Punkte werden dabei natürlich aus Gründen der Dramaturgie und der spannenden Unterhaltung abgewandelt. Wie immer gehen alle Irrtümer oder Ungenauigkeiten im Buch auf mich zurück.

Ich fühle mich sehr reich beschenkt, eine so leidenschaftliche und begeisterte Leserschaft zu haben. Und von eurem Feedback kann ich gar nicht genug bekommen. Ihr könnt mich über meine Website oder über die unten aufgeführten Social-Media-Kanäle kontaktieren, aber auch über meine Website bei Goodreads. Gern dürft ihr auch meine Bücher bewerten und vielleicht *Die unschuldige Frau* anderen Leser:innen empfehlen. Rezensionen und Mundpropaganda sind eine große Hilfe dabei, dass immer mehr Leserinnen und Leser meine Bücher zum ersten Mal entdecken. Vielen Dank für eure Treue und anhaltende Begeisterung für diese Reihe. Danke dafür, dass ihr bei jedem neuen Buch Denton wieder einen Besuch abstattet, obwohl die Kriminalitätsrate dieser kleinen Stadt so astronomisch hoch ist. Ich bin euch sehr dankbar dafür! Ich hoffe, ihr werdet auch zum nächsten Abenteuer dorthin zurückkehren.

Danke!

Eure Lisa Regan

www.lisaregan.com

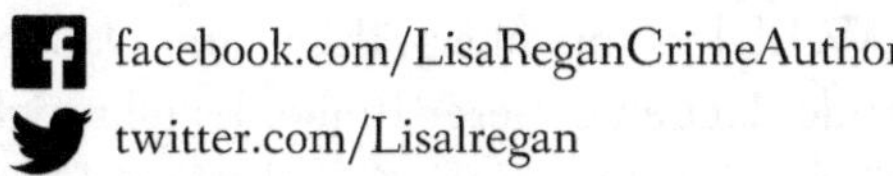

DANKSAGUNG

Zunächst danke ich wie jedes Mal meinen wunderbaren Leser:innen. Danke, dass ihr Josie und das Team auf diesem neuen Abenteuer begleitet habt. Ich sage das zwar immer, aber ich habe nicht das Gefühl, dass ich es wirklich oft genug betonen kann: Ihr seid wirklich die allerbesten Leser:innen in der ganzen Welt! Ich bin überwältigt von Dankbarkeit über eure anhaltende Treue zu dieser Reihe. Es gibt nichts, was ich lieber tun würde, als weitere Josie-Geschichten für euch alle zu schreiben.

Mein Dank geht wie immer an meinen Mann, Fred, und meine Tochter, Morgan, für eure unerschütterliche Unterstützung, für eure Geduld, euren fantastischen Humor und dafür, dass ihr auf so viel Zeit gemeinsame Zeit mit mir verzichtet, während ich in einer fiktionalen Stadt gegen das Verbrechen kämpfe. Des Weiteren danke ich meinen Erstleserinnen Dana Mason, Katie Mettner, Nancy S. Thompson und Torese Hummel. Vielen Dank auch euch, Matty Dalrympel, Jane Kelly und Jane Gorman für eure Hilfe bei der Ausgestaltung einiger vertrackter Stellen im Plot. Ich danke auch meiner unglaublichen Freundin und erstaunlichen Assistentin Maureen Downey, die immer alles im Auge behält und mich durch die Panikphase beim Verfassen jedes einzelnen Buchs hindurchlotst. Ich bin mir nicht sicher, was ich getan habe, um dich zu verdienen, aber ich bin definitiv sehr dankbar, dass du in meinem Leben bist und in meiner Nähe wohnst. Ich danke auch meinen Großmüttern: Helen Conlen und Marilyn House;

meinen Eltern: Donna House, Joyce Regan, dem verstorbenen Billy Regan, Rusty House und Julie House, meinen Brüdern und Schwägerinnen: Sean und Cassie House, Kevin und Christine Brock und Andy Brock; sowie meinen wundervollen Schwestern: Ava McKittrick und Melissia McKittrick. Ein herzliches Dankeschön geht an alle der üblichen Verdächtigen, die Mundpropaganda gemacht haben – Debbie Tralies, Jean und Dennis Regan, Tracy Dauphin, Claire Pacell, Jeanne Cassidy, Susan Sole, die Regans, die Conlens, die Houses, die McDowells, die Kays, die Funks, die Bowmans und die Bottingers! Wie immer geht mein Dank an all die fantastischen Blogger und Bloggerinnen, Rezensenten und Rezensentinnen, die Josies Abenteuer jedes Mal lesen, aber auch an diejenigen, die Josie in diesem Buch erstmals getroffen haben. Ich schätze es sehr, dass ihr mir eure Zeit und eure Unterstützung so großzügig schenkt!

Wie immer danke ich Lt. Jason Jay für das Beantworten aller meiner nie endenden Fragen. Mein Dank geht an Lee Lofland für die Beantwortung meiner Fragen zu Strafverfolgung und Polizeiarbeit und für die Nennung von Expertinnen und Experten, wann immer ich Unterstützung brauchte. Ich danke Stefanie Kelley, meiner unglaublichen Rechtsberaterin, die so ausführlich und gründlich meine Fragen beantwortet, die meine Bücher liest und mir dabei hilft, die Fakten so genau wie möglich zu schildern, wie es die Fiktion eben zulässt. Vielen Dank, Leanne Kale Sparks und Laurie Roma, für eure hilfreichen Informationen zu den Gesetzen bezüglich Datenschutz und Schweigepflicht. Vielen Dank an Wade Walton und Aunyea Lachelle, die mir alle Fragen darüber beantwortet haben, wie es in einem Fernsehstudio zugeht. Danke an Drip N Scoop in Ocean City, New Jersey, wo ich das erste Viertel dieses Buches geschrieben habe, für eure Unterkunft, für euer WLAN, für eure Lattes und köstlichen Donuts!

Ein großes Dankeschön geht an Jenny Geras, Noelle

Holten, Kim Nash und das gesamte Team bei Bookouture, darunter auch an meine Textlektorin Jennie, die absolut fabelhaft ist und alles wunderbar korrigiert. Last but not least danke ich der weltbesten Lektorin Jessie Botterill. Danke für deine Geduld und Freundlichkeit und dafür, dass du auch diesmal wieder so brillant warst wie immer. Du verstehst mich einfach. Du schaffst es immer, alles so zu machen, dass es für mich okay ist, und du sagst jeweils genau das, was ich hören will und wann ich es hören muss. Ich bin dir so unglaublich dankbar für alles, was du für mich tust, und ich bin mir nicht sicher, ob Worte das immer angemessen ausdrücken können.

www.ingramcontent.com/pod-product-compliance
Lightning Source LLC
Chambersburg PA
CBHW050850210726
48290CB00004B/1166